ELOGIOS
CALLE DU

"Este es un libro muy sexy y me encantó el viaje de la protagonista para encontrarse a sí misma y encontrar su fortaleza. Muy recomendado".
—El blog Happily Ever After de *USA Today*

"La voz de Young es fascinante y desde el momento en que abrí el libro quise colgar un aviso de "No Molestar" alrededor de mi cuello hasta que lo terminé".
—Fiction Vixen

"Este libro tiene diálogos divertidos, escenas de sexo increíblemente calientes y drama emocional. ¿Ya mencioné las escenas de sexo increíbles".
—Dear Author...

"Este libro es divertido. Sexy. Mientras que el personaje principal es sumamente dominante, también muestra su lado más suave justo cuando ella lo necesita".
—Smexy Books Romance Reviews

"Cada página chisporrotea cuando los dos personajes se juntan, pero este libro es mucho más que un revolcón caliente. Este libro tiene corazón, y mucho... Si quieres un libro que te va a atrapar por el cuello y que no te va a dejar ir hasta que termines de leer la última página, entonces *Calle Dublín* es el libro perfecto para ti".
—TotallyBooked

"Escritura brillante con la cantidad justa de picante, sensualidad y romance y todo lo que hay en medio".
—Once Upon a Twilight

CALLE DUBLÍN

SAMANTHA YOUNG

NEW AMERICAN LIBRARY

New American Library
Published by the Penguin Group
Penguin Group (USA) Inc., 375 Hudson Street,
New York, New York 10014, USA

USA | Canada | UK | Ireland | Australia | New Zealand | India | South Africa | China

Penguin Books Ltd., Registered Offices: 80 Strand, London WC2R 0RL, England
For more information about the Penguin Group visit penguin.com.

Published by New American Library, a division of Penguin Group (USA) Inc. Published by
arrangement with Ediciones B.

First Printing (Spanish Edition), July 2013

Copyright © Samantha Young, 2012
Translation by Javier Guerrero

 REGISTERED TRADEMARK—MARCA REGISTRADA

SPANISH EDITION ISBN: 978-0-451-24072-9

THE LIBRARY OF CONGRESS HAS CATALOGED THE ENGLISH-LANGUAGE EDITION
OF THIS TITLE AS FOLLOWS:
Young, Samantha.
On Dublin Street/Samantha Young.
pages cm
ISBN 978-0-451-41970-5
1. Life-change events—Fiction. 2. Roommates—Scotland—Edinburgh—Fiction.
3. Man-woman relationships—Fiction. 4. Edinburgh (Scotland)—Fiction.
5. Psychological fiction. I. Title.
PR6075.O847O53 2013
823'.92—dc23   2012040962

Printed in the United States of America
10 9 8 7 6 5 4 3 2 1

Set in Garamond 3
Designed by Elke Sigal

PUBLISHER'S NOTE

CALLE DUBLÍN

Prólogo

Condado de Surry, Virginia

Estaba aburrida.

Kyle Ramsey daba paladitas al respaldo de mi silla para captar mi atención, pero el día anterior había estado haciendo lo mismo con la silla de mi mejor amiga, Dru, y no quería que ella se molestara conmigo. Dru estaba colgada de Kyle. Así que la miré a ella. Estaba sentada a mi lado, dibujando un millón de minúsculos corazoncitos en la esquina de su libreta mientras el señor Evans garabateaba otra ecuación en la pizarra. Tendría que haber estado prestando atención, porque soy pésima con las matemáticas. A mamá y papá no iba a hacerles gracia que suspendiera el primer semestre de mi primer curso.

—Señor Ramsey, ¿quiere salir a la pizarra y responder a esta pregunta o prefiere quedarse detrás de Jocelyn para poder seguir dando patadas a su silla un rato más?

La clase se rio y Dru me observó con expresión acusatoria. Yo hice una mueca y le lancé una mirada envenenada al señor Evans.

—Me quedaré aquí si no le importa, señor Evans —respondió Kyle con imprudente arrogancia.

Puse los ojos en blanco, resistiéndome a volverme, aunque sentía el calor de la mirada de Kyle en la nuca.

—En realidad era una pregunta retórica, Kyle. Ven aquí.

Una llamada a la puerta detuvo el gruñido de conformidad de Kyle. Al ver a la directora, la señora Shaw, toda la clase se apaciguó. ¿Qué estaba haciendo la directora en nuestra aula? Solo podía ser una señal de problemas.

—Uf —masculló Dru entre dientes.

La miré y ella señaló con la cabeza hacia la ventana.

—La poli.

Asombrada, me volví hacia la puerta al tiempo que la señora Shaw murmuraba algo al señor Evans, y desde luego, vi a dos agentes del *sheriff* esperando en el pasillo, al otro lado de la puerta entreabierta.

—Señorita Butler.

La voz de la señora Shaw me sorprendió e hizo que mi atención se centrara en ella.

La directora dio un paso hacia mí y sentí que el corazón se me subía a la garganta. Su expresión era cautelosa, compasiva, e inmediatamente tuve la tentación de retroceder de ella y de lo que estuviera a punto de decirme.

—¿Puedes acompañarme, por favor? Coge tus cosas.

Ese normalmente era el momento en que a la clase se le escaparía alguna exclamación por el lío en el que me había metido. Sin embargo, igual que yo, mis compañeros sintieron que no se trataba de eso. Fuera cual fuese la noticia que me aguardaba en el pasillo, nadie iba a tomarme el pelo con eso.

—¿Señorita Butler?

Yo estaba temblando por un pico de adrenalina y apenas podía oír nada por encima del rugido de la sangre que se me agolpaba en los oídos. ¿Le había ocurrido algo a mamá? ¿O a papá? ¿O a mi hermanita Beth? Mis padres se habían tomado unas pequeñas vacaciones esa semana para desestresarse de lo que había sido un verano loco. Se suponía que ese día se habían llevado a Beth de pícnic.

—Joss.

Dru me tocó con el codo para captar mi atención. En cuanto sentí el contacto en el brazo, me aparté de la mesa, y la silla chirrió en el suelo de madera. Busqué a tientas la mochila sin mirar a nadie, y metí en ella todo lo que había sobre la mesa. Los susurros habían empezado a extenderse por toda el aula como una ráfaga de viento frío a través de una rendija en el cristal de la ventana. Necesitaba salir de allí, pese a que no quería saber lo que me esperaba.

De alguna manera, recordé cómo poner un pie delante del otro y seguí a la directora al pasillo. Escuché que la puerta de la clase del señor Evans se cerraba detrás de mí. No dije nada, me limité a mirar a la señora Shaw y luego a los dos agentes, que me observaron con compasión distante. Junto a la pared había una mujer en la que no me había fijado antes. Tenía aspecto serio pero calmado.

La señora Shaw me tocó el brazo y yo observé su mano apoyada en mi suéter. ¿No había hablado ni dos palabras con la directora antes y me estaba tocando el brazo?

—Jocelyn... estos son los agentes Wilson y Michaels. Y ella es Alicia Nugent del DSS.

La miré con expresión inquisitiva.

La señora Shaw se puso pálida.

—El Departamento de Servicios Sociales.

El miedo me atenazó el pecho y pugné por respirar.

—Jocelyn —susurró la directora—, siento decirte esto..., pero tus padres y tu hermana Elizabeth han sufrido un accidente de coche.

Esperé, sintiendo que se me cerraba el pecho.

—Todos han muerto en el acto, Jocelyn. Lo siento mucho.

La mujer del DSS dio un paso hacia mí y empezó a hablar. Yo la miré, pero lo único que alcancé a ver fue los colores que la componían. Lo único que oí fue el sonido ahogado de sus palabras, como si alguien hubiera abierto un grifo detrás de ella.

No podía respirar.

Presa del pánico, busqué algo, cualquier cosa que pudiera ayudarme a respirar. Noté unas manos en mí. Un murmullo de palabras tranquilizadoras. Las mejillas mojadas. Sal en la lengua. Y sentí que me iba a estallar el corazón de tan rápido que latía.

Me estaba muriendo.

—Respira, Jocelyn.

Esas palabras me las dijeron al oído, una y otra vez hasta que me centré en inspirar y espirar. Al cabo de un rato, mi pulso se calmó y se me abrieron los bronquios. Los puntos que salpicaban mi campo de visión empezaron a desaparecer.

—Eso es —la señora Shaw estaba susurrando y me frotaba la espalda en círculos con una mano caliente—. Eso es.

—Tendríamos que ponernos en marcha—la voz de la mujer del DSS irrumpió a través de mi neblina de confusión.

—Escucha, Jocelyn, ¿estás preparada? —preguntó la señora Shaw en voz baja.

—Están muertos —repetí, necesitada de apreciar el significado de las palabras. No podía ser real.

—Lo siento, cariño.

Un sudor frío se abrió paso entre los poros de mi piel, en las palmas de mis manos, bajo las axilas, en la nuca. Tenía carne de gallina y no podía dejar de temblar. Un vahído inesperado hizo que me bamboleara y el vómito hizo erupción desde mis tripas revueltas. Me incliné hacia delante y derramé mi desayuno sobre los zapatos de la señora de los servicios sociales.

—Está en estado de *shock*.

¿Lo estaba?

¿O era un mareo?

Un minuto antes estaba sentada en la clase, donde había calor y seguridad. Y en cuestión de segundos, en un abrir y cerrar de ojos... Estaba en un sitio completamente diferente.

1

Era un día hermoso para encontrar un nuevo hogar. Y una nueva compañera de piso.

Salí de la escalera húmeda y vieja de mi edificio de apartamentos georgiano y me recibió un día asombrosamente caluroso en Edimburgo. Me miré los bonitos *shorts* a rayas blancas y verdes de jean que me había comprado unas semanas antes en Topshop. Casi no había parado de llover desde entonces y me moría de ganas de estrenarlos. Por fin el sol había salido y asomaba en la esquina, por encima de la torre de la iglesia evangélica de Bruntsfield, fundiendo mi melancolía y devolviéndome un poco de esperanza. Para ser alguien que había empaquetado toda su vida en Estados Unidos y había partido hacia el país natal de su madre cuando solo tenía dieciocho años, no me llevaba muy bien con los cambios. Ya no, al menos. Me había acostumbrado a mi enorme apartamento con su interminable problema de ratones. Echaba de menos a mi mejor amiga, Rhian, con quien había vivido desde mi primer año en la Universidad de Edimburgo. Nos conocimos en la residencia de estudiantes y nos caimos bien. Las dos éramos muy reservadas y nos sentíamos cómodas una en compañía de la otra, por el mero hecho de que nunca nos presionábamos para hablar del pasado. Nos hicimos muy amigas en primer curso y decidimos alquilar un apartamento (o un «piso» como lo llamaba Rhian) en segundo año. Ahora que nos habíamos licenciado, Rhian se había marchado a Londres para empezar su doctorado y yo me había quedado sin compañera de piso. La guinda del pastel era la pérdida de mi otro gran amigo, James, el novio de Rhian. Él había salido corriendo a Londres (un lugar que detestaba, podría añadir) para estar con Rhian. Y para colmo, mi casero se había divorciado y necesitaba que desocupara el apartamento.

Había pasado las últimas dos semanas respondiendo anuncios de mujeres jóvenes que buscaban una compañera de piso. Y hasta el momento había sido un palo. Una chica no quería compartir piso con una estadounidense. Me quedé sorprendida. Tres de los apartamentos eran sencillamente... un asco. Estoy casi segura de que una chica pasaba *crack*, y el apartamento de otra tenía pinta de tener más tráfico que un burdel. Había depositado muchas esperanzas en que mi cita inminente con Ellie Carmichael iría bien. Era el apartamento más caro de mi lista, y se hallaba del otro lado del centro de la ciudad.

Estaba siendo austera en lo referente a mi herencia, como si gastar lo menos posible fuera a mitigar la amargura de mi «buena» fortuna. Pero me estaba desesperando.

Quería ser escritora y necesitaba el apartamento y la compañera de piso adecuados.

Vivir sola era otra opción, por supuesto. Podía permitírmelo. No obstante, la verdad era que no me seducía la idea de la soledad absoluta. A pesar de mi tendencia a guardarme el ochenta por ciento de mí misma sólo para mí, me gustaba estar rodeada de gente. A veces me hablaban de situaciones que no comprendía personalmente, y eso me ofrecía la oportunidad de ver las cosas desde otro punto de vista. Estaba convencida de que todos los buenos escritores necesitaban una perspectiva amplia. Por eso trabajaba en un bar de George Street las noches de los jueves y los viernes, pese a que no lo necesitaba. El viejo cliché era cierto: las camareras escuchan las mejores historias.

Era amiga de dos de mis colegas, Jo y Craig, pero en realidad solo estábamos juntos en el trabajo. Si quería tener un poco más de vida a mi alrededor, necesitaba una compañera de piso. Un aspecto positivo: el apartamento que iba a ver estaba a solo unas manzanas de mi trabajo.

Mientras trataba de contener la ansiedad de encontrar un nuevo domicilio, me mantenía atenta en busca de un taxi con la luz encendida. Miré la heladería, lamentando no tener tiempo de pararme y darme el capricho, y casi se me pasó el taxi que venía hacia mí desde el otro lado de la calle. Estiré el brazo, miré si había tráfico por mi lado y me alegré de que el taxista me hubiera visto y hubiera parado el auto. Me apresuré a cruzar la amplia calzada, logrando no acabar aplastada como un insecto verde y blanco en el parabrisas de un pobre desgraciado, y corrí hacia el taxi con la firme determinación de abrir la puerta.

En lugar de la manija, cogí la mano de una persona.

Desconcertada, seguí la mano bronceada masculina por un largo brazo hasta unos hombros anchos y un rostro que quedaba oscurecido por el sol que le daba desde atrás. El tipo, de más de metro ochenta, se alzaba sobre mí como todas las personas altas. Yo era una diminuta de metro sesenta y cinco.

Preguntándome por qué ese tipo tenía la mano en mi taxi, me fijé en su traje caro.

Un suspiro escapó de su cara en sombra.

—¿Hacia dónde vas? —preguntó con voz bronca y atronadora.

Llevaba cuatro años viviendo en Edimburgo y el acento escocés todavía me provocaba escalofríos. Y el suyo sin duda lo hizo, a pesar de la pregunta lacónica.

—A Dublin Street —respondí maquinalmente, con la esperanza

de que la distancia de mi trayecto fuera superior a la del suyo para que me cediera el taxi.

—Bien —abrió la puerta—. Yo voy en esa dirección, y como ya llego tarde, ¿puedo proponerte que compartamos el taxi en lugar de perder diez minutos decidiendo quién lo necesita más?

Una mano cálida me tocó la parte baja de la espalda y me empujó con suavidad. Desconcertada, de alguna manera dejé que me metieran en el taxi. Me deslicé por el asiento y me puse el cinturón mientras me preguntaba en silencio si había dado mi consentimiento con la cabeza. No creía haberlo hecho.

Al oír el sucinto «a Dublin Street» al taxista, torcí el gesto y murmuré:

—Bueno, gracias.

—¿Eres americana?

Ante la pregunta fácil, por fin miré al pasajero que tenía al lado. «Oh, veo.»

«Uf.»

El hombre del traje, de en torno a los treinta años, no era guapo al estilo clásico, pero había un brillo en su mirada y una mueca en la comisura de su boca sensual que, junto con el resto del envoltorio, emanaba atractivo sexual. Me di cuenta, por las líneas del traje gris plata perfectamente entallado que llevaba, de que hacía ejercicio. Se sentó con la desenvoltura de un tipo en forma, con un estómago plano y duro bajo el chaleco y la camisa blanca. Sus ojos azul pálido parecían desconcertados bajo unas pestañas largas, y por mi vida que no salía de mi asombro por el hecho de que tenía el pelo oscuro.

Los prefería rubios. Desde siempre.

Sin embargo, ningún rubio había logrado nunca que mi bajo vientre se encogiera de deseo a primera vista. Un rostro masculino y fuerte me miró: mandíbula marcada, hoyuelo en la barbilla, pómulos amplios y una nariz romana. La barba de dos días le ensombrecía las mejillas y tenía el pelo un poco alborotado. En conjunto, su aspecto descuidado contrastaba con el traje de diseño.

El hombre levantó una ceja ante mi descarado escrutinio y el deseo que estaba sintiendo se cuadruplicó, pillándome completamente por sorpresa. Nunca había sentido atracción instantánea por los hombres. Y desde mis años alocados de la adolescencia, nunca había contemplado aceptar el ofrecimiento sexual de un hombre.

Y en cambio, no estaba segura de que pudiera rechazar una proposición del que tenía a mi lado.

En cuanto la idea destelló en mi cabeza, me tensé, sorprendida e incómoda. Mis defensas se elevaron de inmediato y adopté una expresión flemática y educada.

—Sí —respondí, recordando por fin que el hombre me había hecho una pregunta.

Aparté la mirada de su sonrisita de complicidad, simulando aburrimiento y dando gracias al cielo de que mi tez aceitunada contuviera mi rubor.

—¿Solo de visita? —preguntó.

Por más irritada que estaba por mi reacción al hombre del traje, decidí que cuanta menos conversación hubiera entre nosotros mejor. A saber qué tonterías podía decir o hacer.

—No.

—Entonces eres estudiante.

Discrepé del tono. «Entonces eres estudiante.» Lo dijo como si estuviera poniendo los ojos como platos. Como si los estudiantes fueran el escalafón más bajo, personas sin ningún propósito real en la vida. Volví la cabeza para fulminarlo con una mirada mordaz y lo pillé contemplándome las piernas con interés. Esta vez, levanté las cejas hacia él y esperé a que apartara esos ojos preciosos de mi piel desnuda. Al notar mi atención, él me miró a la cara y se fijó en mi expresión. Esperaba que simulara que no había estado mirándome o al menos que apartara la vista enseguida. Y desde luego no esperaba que se limitara a encogerse de hombros y ofrecerme la sonrisa más lenta, pícara y sexy que me habían dedicado jamás.

Puse los ojos en blanco, luchando contra el calor entre mis piernas.

—Era estudiante —respondí, con un toque muy leve de sarcasmo—. Vivo aquí, tengo doble nacionalidad. —¿Por qué estaba dándole explicaciones?

—¿Eres en parte escocesa?

Apenas asentí con la cabeza, pero me regodeé en secreto por la forma en que pronunció la palabra «escocesa».

—¿Qué haces ahora que te has licenciado?

¿Por qué quería saberlo? Lo miré con el rabillo del ojo. Con lo que costaba el terno que llevaba, Rhian y yo podríamos habernos pagado la comida bazofia de estudiante durante cuatro años de universidad.

—¿Qué haces tú? Me refiero a cuando no estás metiendo mujeres en taxis contra su voluntad.

Su sonrisita fue la única reacción a mi pulla.

—¿Qué crees que hago?

—Creo que eres abogado. Prepotencia, sonrisitas de suficiencia, respondes a preguntas con más preguntas...

Prorrumpió en una risotada espléndida y profunda que resonó en mi pecho. Me miró con un destello en las pupilas.

—No soy abogado. Pero tú podrías serlo. Me parece recordar una pregunta contestada con otra pregunta. Y eso —haciendo un gesto hacia mi boca, y sus ojos adoptaron un tono más oscuro al acariciar visualmente la curva de mis labios—, es una sonrisita de suficiencia sin ninguna duda. —Su voz se había hecho más ronca.

Se me aceleró el pulso cuando nuestras miradas se encontraron y las sostuvimos mucho más tiempo de lo que es educado entre dos desconocidos. Tenía las mejillas calientes... y no solo las mejillas. Estaba cada vez más excitada con él y con la conversación silenciosa entre nuestros cuerpos. Notar que se me endurecían los pezones bajo el sujetador me sorprendió lo suficiente para volver a la realidad. Apartando mi mirada de la suya, me fijé en el tráfico que pasaba y rogué por que el trayecto en taxi acabara cuanto antes.

Al acercarnos a Princes Street y ver otro desvío causado por el proyecto de tranvía municipal, empecé a preguntarme si conseguiría escapar del taxi sin tener que volver a hablar con él.

—¿Eres tímida? —preguntó, haciendo trizas mis esperanzas.

No pude evitarlo. Su pregunta hizo que me volviera hacia él con una sonrisa de perplejidad.

—¿Perdón?

Inclinó la cabeza para mirarme con los ojos entrecerrados. Parecía un tigre perezoso, observándome con cautela para decidir si era una presa que merecía la pena cazar. Noté un escalofrío cuando él repitió:

—¿Eres tímida?

¿Era tímida? No. Tímida no. Solo completamente indiferente. Lo prefería así. Era más seguro.

—¿Por qué piensas eso? —mandaba vibraciones de timidez, ¿no? Hice una mueca al pensarlo.

Él se encogió de hombros otra vez.

—La mayoría de las mujeres se aprovecharían de mi aprisionamiento en el taxi con ellas: me hablarían hasta por los codos, me tirarían en la cara su número de móvil... y alguna cosa más.

Sus ojos bajaron a mi pecho antes de regresar enseguida a mi rostro. Notaba la sangre caliente bajo las mejillas. No podía recordar la última vez que alguien había conseguido avergonzarme. No estaba acostumbrada a sentirme intimidada y traté de sobreponerme.

Asombrada por su exceso de confianza, le sonreí de forma burlona, y enseguida me sorprendió el placer que me inundó cuando sus pupilas se dilataron ligeramente al ver mi sonrisa.

—Vaya, no tienes pelos en la lengua.

Él me devolvió la sonrisa, de dientes blancos pero imperfectos, y sentí que su expresión descarada me provocaba un sentimiento desconocido en el pecho.

—Solo hablo por experiencia.

—Bueno, no soy la clase de chica que le da el teléfono a un tipo al que acaba de conocer.

—Ahhh —suspiró con la cabeza como si hubiera comprendido algo sobre mí. Su sonrisa se desvaneció y sus rasgos parecieron endurecerse y resguardarse de mí—. Eres la clase de mujer que no tiene sexo hasta la tercera cita, de las que se casan y tienen hijos.

Hice una mueca ante su juicio precipitado.

—No, no y no.

¿Matrimonio e hijos? Me dio un escalofrío al pensarlo, y los miedos que se me subían a los hombros a diario resbalaron para atenazarme el pecho demasiado fuerte.

El hombre del traje me miró en ese momento, y fuera lo que fuese que captó de mi rostro lo hizo relajarse.

—Qué interesante —respondió.

No. Nada de interesante. No quería ser interesante para ese tipo.

—No voy a darte mi número.

Sonrió otra vez.

—No te lo he pedido. Y aunque lo quisiera, no te lo pediría. Tengo novia.

No hice caso del vuelco de decepción que sentí en el estómago, y al parecer funcionó el filtro entre mi cerebro y mi boca.

—Entonces deja de mirarme así.

Él parecía divertido.

—Tengo novia, pero no soy ciego. Solo porque no pueda hacer nada no significa que no tenga derecho a mirar.

No estaba excitada por la atención de ese hombre. «Soy una mujer fuerte e independiente.» Mirando por la ventana reparé con alivio en que estábamos en los jardines de Queen Street. Dublin Street estaba a la vuelta de la esquina.

—Aquí está bien, gracias —dije al taxista.

—¿En qué lado? —preguntó.

—Aquí —respondí un poco más bruscamente de lo que pensaba.

Dejé escapar un suspiro de alivio cuando el taxista puso el intermitente y el coche se detuvo. Sin otra mirada al hombre del traje, le pasé algo de dinero al taxista y puse la mano en la manija de la puerta.

—Espera.

Me quedé paralizada y miré al tipo del traje con cautela por encima del hombro.

—¿Qué?

—¿Tienes nombre?

Sonreí, sintiéndome aliviada ahora que estaba escapando de él y de la extraña atracción entre nosotros.

—De hecho, tengo dos.

Bajé del taxi, sin hacer caso del traicionero estremecimiento de placer que me inundó al oír su risa de respuesta.

En cuanto se abrió la puerta y vi por primera vez a Ellie Carmichael intuí que me caería bien. Era alta y rubia, y llevaba un vestidito de moda, un sombrero de fieltro azul, un monóculo y un bigote postizo.

Me miró parpadeando con unos ojos grandes, de color azul pálido.

Desconcertada, tuve que preguntar.

—Eh... ¿vengo en mal momento?

Ellie me miró un instante como si estuviera confundida por mi pregunta, más que razonable considerando su aspecto. Como si se le hubiera ocurrido de repente que llevaba un bigote postizo, lo señaló.

—Llegas pronto, estaba ordenando.

¿Ordenando con un sombrero de fieltro, un monóculo y un bigote?

Miré detrás de ella a un recibidor espacioso y con mucha luz. Una bicicleta sin la rueda delantera estaba apoyada en la pared del fondo; había fotografías y un surtido de postales y recortes diversos enganchados a un tablero recostado contra un armario bajo de nogal. Vi también dos pares de botas y unos zapatos negros de tacón esparcidos sin orden ni concierto bajo una fila de colgadores desbordados de chaquetas y abrigos. El suelo era de madera noble. Muy bonito.

Volví a mirar a Ellie con una enorme sonrisa, sintiéndome bien por toda la situación.

—¿Estás huyendo de la mafia?

—¿Perdón?

—Por el disfraz.

—Oh—rio y se separó del umbral, haciéndome un gesto hacia el apartamento—. No, no, vinieron amigos anoche, y nos pasamos un poquito con la bebida. Sacaron todos mis viejos disfraces de Halloween.

Volví a sonreír. Sonaba divertido. Echaba de menos a Rhian y James.

—Eres Jocelyn, ¿no?

—Sí, Joss —corregí. No había sido Jocelyn desde antes de que mis padres murieran.

—Joss —repitió ella, sonriéndome cuando yo daba los primeros pasos en el interior del apartamento de planta baja. Olía fantástico, fresco y limpio.

Como el apartamento que estaba dejando, ese también era de estilo georgiano, salvo que el edificio en el que me encontraba había sido todo él una casa, que posteriormente habían dividido en dos apartamentos. Bueno, en realidad, en la puerta de al lado había una *boutique* y las habitaciones de arriba pertenecían a esta. No había visto las habitaciones, pero la *boutique* era muy bonita, con ropa hecha a mano muy especial. El apartamento...

Buf.

Las paredes eran tan suaves que me di cuenta de que las habían enlucido recientemente, y quien había restaurado la casa había obrado maravillas. Los zócalos altos y las amplias molduras hacían honor al período de construcción. Los techos no se acababan nunca, igual que en mi apartamento. Las paredes eran de un blanco frío, pero esa uniformidad quedaba rota por objetos de arte coloridos y eclécticos. El blanco debería haber sido severo, pero el contraste con las puertas de nogal oscuro y el suelo de madera noble daba a la vivienda un aspecto de elegancia simple.

Ya me encantaba, y ni siquiera había visto el resto de la casa.

Ellie se apresuró a quitarse el sombrero y el bigote, volviéndose para decirme algo, pero se detuvo y sonrió con timidez antes de quitarse el monóculo que todavía llevaba. Por fin lo dejó sobre el aparador de nogal y sonrió con entusiasmo. Era una persona alegre. Normalmente evitaba a la gente alegre, pero Ellie poseía un encanto especial.

—Te enseñaré la casa antes, ¿de acuerdo?

—Buena idea.

Ellie se acercó a la puerta situada a mi izquierda y la abrió.

—El cuarto de baño. Está en un sitio poco convencional, ya sé, justo al lado de la puerta de la calle, pero tiene todo lo necesario.

«Oh... y tanto», pensé, entrando de manera vacilante.

Mis sandalias resonaron en las pequeñas baldosas de color crema del suelo, baldosas que cubrían cada centímetro del cuarto de baño salvo el techo, que estaba pintado de color mantequilla y tenía focos empotrados.

El cuarto de baño era enorme.

Al pasar la mano por la bañera de pies dorados, me imaginé de inmediato allí metida, con música sonando, velas encendidas y una copa de vino tinto en la mano mientras me sumergía en el agua y me olvidaba de... todo. La bañera ocupaba el espacio central. En la esquina de atrás, a la derecha, había una doble ducha con el grifo más grande que había visto. A mi izquierda, tenía un moderno cuenco de vidrio situado encima de una balda de cerámica blanca. ¿Era eso el lavabo?

Lo organicé todo rápidamente en mi cabeza. Grifos de oro, espejo enorme, secatoallas...

En el cuarto de baño de mi viejo apartamento nunca tuve un secatoallas.

—Caray —lancé a Ellie un sonrisa por encima del hombro—. Esto es increíble.

Ellie, casi saltando de puntillas, asintió y me sonrió con sus ojos azules y brillantes.

—Lo sé. No lo uso mucho, porque tengo uno en suite en mi habitación. Pero es un plus para mi potencial compañera de piso. Lo tendrá casi en exclusiva.

«Hum», pensé ante el atractivo del cuarto de baño. Estaba empezando a comprender por qué el alquiler era tan astronómico. Claro que si tienes dinero para vivir en una casa así, ¿por qué marcharte?

Al seguir a Ellie a través del pasillo y hasta la enorme sala de estar, pregunté con educación.

—¿Tu compañera de piso se muda?

Hice que sonara como simple curiosidad, pero en realidad estaba escudriñando a Ellie. Si el apartamento era tan impresionante, entonces a lo mejor el problema era con Ellie. Antes de que ella pudiera responder, me paré en seco, volviéndome para asimilar lentamente el salón. Como en todos los edificios antiguos, los techos de las habitaciones eran muy altos. Las ventanas altas y anchas permitían que la luz del sol entrara a espuertas desde la ajetreada calle en esa encantadora sala. En el centro de la pared del fondo había una chimenea enorme que claramente solo se usaba como elemento decorativo y no para encender fuego, pero daba sensación de unidad a la elegante pero informal sala. «Eso sí, está demasiado llena de cosas para mi gusto», pensé al mirar las pilas de libros diseminados aquí y allá junto con pequeños elementos estúpidos... como un juguete de Buzz Lightyear.

Ni siquiera iba a preguntar por él.

La habitación atestada empezó a cobrar sentido cuando observé a Ellie. Llevaba el cabello rubio recogido en un moño torpe y una sandalia de cada par, y en el codo del vestido aún tenía pegada una etiqueta con el precio.

—¿Compañera de piso? —preguntó Ellie, volviéndose para sostenerme la mirada.

Antes de que pudiera repetir la pregunta, la arruga entre sus cejas desapareció y ella asintió, como si comprendiera. Bien. No había sido una pregunta tan difícil.

—Oh, no —respondó con la cabeza—. No tenía compañera de piso. Mi hermano compró este piso como inversión y lo ha reformado. Luego decidió que no quería que yo tuviera que preocuparme de pagar un alquiler mientras estudio el doctorado, así que simplemente me lo cedió.

Buen hermano.

Aunque no hice comentarios, debió de ver la reacción en mis facciones. Sonrió y una expresión amable suavizó su mirada.

—Braden es un poco exagerado. Nunca regala nada sencillo. Pero ¿cómo iba a decir que no a esta casa? Lo único es que llevo aquí un mes y es demasiado grande y solitaria, y eso que mis amigos se pasan los fines de semana. Así que le dije a Braden que iba a buscar una compañera de piso. No le entusiasmó la idea, pero cambio de opinión cuando le conté a qué precio podía alquilarse. Es un empresario nato.

Supe de manera instintiva que Ellie adoraba a su (obviamente adinerado) hermano y que los dos mantenían una estrecha relación. Se percibía en el brillo de sus pupilas cuando hablaba de él, y conocía esa expresión. La había estudiado a lo largo de los años, afrontándola de cara y construyendo una coraza contra el dolor que me provocaba ver esa clase de amor en los rostros de otras personas, personas que todavía tenían familias en sus vidas.

—Da la impresión de que es muy generoso —comenté con diplomacia; no estaba acostumbrada a que la gente me echara encima sus sentimientos íntimos nada más conocerme.

Ellie no pareció molestarse por mi respuesta, que no era exactamente amable ni invitaba a más explicaciones. Se limitó a seguir sonriendo, me sacó de la sala de estar y me acompañó hasta el fondo de un largo pasillo. Era bastante estrecho, pero al extremo se abría en un semicírculo donde habían colocado una mesa de comedor y unas sillas. La cocina en sí tenía unos acabados tan caros como el resto de las cosas del apartamento. Todos los electrodomésticos eran de primera calidad y había una enorme cocina económica moderna en medio de los muebles de madera oscura.

—Muy generoso —repetí.

Ellie soltó un gruñido ante mi observación.

—Braden es demasiado generoso. Yo no necesitaba todo esto, pero insistió. Simplemente es así. Basta con ver a su novia, le dice que sí a todo. Estoy esperando que se aburra de ella como del resto de las anteriores, porque es una de las peores con las que ha estado. Es muy evidente que ella está más interesada en su dinero que en él. Hasta él lo sabe. Dice que el convenio le viene bien. ¿Convenio? ¿Quién habla así?

¿Quién habla tanto?

Oculté una sonrisa cuando Ellie me mostró el dormitorio principal. Era tan caótico como su ocupante. Ella siguió parloteando un poco más de la obviamente insulsa novia de su hermano y me pregunté cómo se sentiría ese tal Braden si supiera que su hermana estaba divulgando su vida privada a una completa desconocida.

—Y este podría ser tu cuarto.

Estábamos en el umbral de una habitación situada al fondo del apartamento. Una enorme ventana en voladizo con alféizar y cortinas de Jacquard hasta el suelo; alucinante cama estilo rococó francés y un escritorio de nogal y silla de cuero. Un sitio perfecto para escribir.

Me encantó.

—Es precioso.

Quería vivir allí. No importaba, el precio. No importaba, la charlatanería de mi compañera de piso. Ya había vivido bastante tiempo con austeridad. Estaba sola en un país que había adoptado. Me merecía un poco de comodidad.

Me acostumbraría a Ellie. Hablaba mucho, pero era dulce y encantadora, y había algo amable por naturaleza en sus ojos.

—¿Por qué no tomamos una taza de té y hablamos un poco? —estaba sonriendo otra vez.

Segundos después, me encontré sola en la sala de estar mientras Ellie preparaba el té en la cocina. De repente, se me ocurrió que no importaba si me caía bien Ellie. Yo tenía que caerle bien a ella para que me ofreciera esa habitación, y sentí que la preocupación me roía las entrañas. Yo no era la persona más comunicativa del planeta, y Ellie parecía de las más locuaces. A lo mejor no me aceptaba.

—Ha sido difícil —continuó Ellie al volver a entrar en la sala. Llevaba una bandeja de té y unos *snacks*—. Me refiero a encontrar una compañera de piso. Poca gente de nuestra edad puede permitirse algo así.

Yo había heredado mucho dinero.

—Mi familia es rica.

—¿Oh? —extendió una taza de té caliente hacia mí, junto con una madalena de chocolate.

Me aclaré la garganta, pero me temblaban los dedos en torno a la taza. Había empezado a notar un sudor frío y se me agolpaba la sangre en los oídos. Así era como reaccionaba siempre que estaba al borde de tener que contarle la verdad a alguien. «Mis padres y mi hermana pequeña murieron en un accidente de coche cuando yo tenía catorce años. La única familia que me queda es un tío que vive en Australia. Él no quiso mi custodia, así que viví en casas de acogida. Mis padres tenían mucho dinero. El abuelo de mi padre era un petrolero de Luisiana y mi padre había cuidado muy bien de su propia herencia. Todo quedó para mí cuando cumplí dieciocho.» La frecuencia de mi pulso se redujo y el temblor cesó cuando recordé que Ellie no necesitaba conocer mi cuento de terror.

—Mi familia paterna era de Luisiana. Mi bisabuelo ganó mucho dinero con el petróleo.

—Vaya, qué interesante —respondió sincera—. ¿Tu familia se trasladó desde Luisiana?

Asentí.

—A Virginia, pero mi madre era de origen escocés.

—Tienes sangre escocesa. ¡Qué bien! —lanzó una sonrisa secreta—. Yo también soy escocesa solo en parte. Mi madre es francesa, pero su familia se mudó a St. Andrews cuando ella tenía cinco años. Es curioso, pero ni siquiera hablo francés. —resopló y esperó mi comentario.

—¿Tu hermano habla francés?

—Qué va —desdeñó mi pregunta—. Braden y yo somos hermanastros. Compartimos el mismo padre. Nuestras madres siguen vivas, pero papá murió hace cinco años. Era un hombre de negocios muy conocido. ¿Has oído hablar de Douglas Carmichael and Co.? Es una de las agencias inmobiliarias más antiguas de la zona. Papá la heredó de su padre cuando era muy joven y empezó una empresa de construcción. También era propietario de unos cuantos restaurantes e incluso de varias de las tiendas para turistas de por aquí. Es un pequeño emporio. Cuando murió, Braden se lo quedó todo. Ahora todos le hacen el juego a Braden, todos los que quieren sacarle algo. Y todos saben lo bien que nos llevamos, así que también han intentado utilizarme a mí. —su bonita boca se torció con amargura en una expresión que parecía completamente intrusa en su rostro.

—Lo siento.

Lo dije en serio. Comprendía cómo se sentía. Fue una de las razones por las que decidí marcharme de Virginia y empezar de nuevo en Escocia.

Como si notara mi absoluta sinceridad, Ellie se relajó. Nunca comprendería que alguien pudiera confiarse así a un amigo, y mucho menos a un desconocido, pero por una vez no me asustó la franqueza de Ellie. Sí, tal vez esperara que compartiera mis sentimientos de igual manera, pero en cuanto me conociera sabría que eso no iba a ocurrir.

Para mi sorpresa, se había hecho un silencio extremadamente cómodo entre nosotras. Ellie, como si acabara de darse cuenta ella también, me sonrió con dulzura.

—¿Qué estás haciendo en Edimburgo?

—Vivo aquí. Doble nacionalidad. Me siento más a gusto aquí.

Le complació la respuesta.

—¿Eres estudiante?

Negué con la cabeza.

—Acabo de licenciarme. Trabajo las noches de los jueves y los viernes en el Club 39 de George Street. Pero ahora mismo estoy intentando concentrarme en escribir.

Ellie se entusiasmó con mi confesión.

—¡Es fantástico! Siempre he querido ser amiga de una escritora. Y es muy valiente intentar hacer lo que de verdad quieres. Mi hermano cree que estudiar un doctorado es una pérdida de tiempo porque podría trabajar para él, pero a mí me encanta. También doy clases en la universidad. Es solo... bueno, me hace feliz. Y soy una de esas personas espantosas que pueden salirse con la suya y disfrutar haciendo lo que les gusta aunque no les paguen mucho —hizo una mueca—. Eso suena terrible, ¿no?

La verdad es que yo no era de las que juzgan.

—Es tu vida, Ellie. Tienes la suerte de no tener problemas económicos. Eso no te convierte en una persona terrible.

Había tenido una terapeuta en el colegio secundario y casi pude oír su voz nasal en mi cabeza: «Dime ¿por qué no puedes aplicar el mismo proceso mental contigo, Joss? Aceptar tu herencia no te convierte en una persona terrible. Es lo que tus padres habrían deseado para ti.»

Entre los catorce y los dieciocho años, había vivido con dos familias de acogida en mi pueblo de Virginia. A ninguna de las familias le sobraba el dinero, y yo pasé de una casa enorme y elegante y comida y ropa cara a alimentarme con un montón de espaguetis de lata y compartir ropa con una «hermana» menor que resultaba que tenía mi misma talla. Al acercarse mi decimoctavo cumpleaños, y con el conocimiento público de que iba a recibir una jugosa herencia, se me acercaron varios hombres de negocios de nuestra localidad que buscaban un inversor y esperaban aprovecharse de quien suponían que era una chica ingenua, y también un compañero de clase quiso que invirtiera en su sitio web. Supongo que vivir como vivía «la otra mitad» durante mis años de formación y luego sentir que me buscaba gente falsa más interesada en mi bolsillo que en mí eran dos de las razones de mi reticencia a tocar el dinero que tenía.

Sentada allí con Ellie, alguien en una situación económica similar que se enfrentaba con la culpa (aunque de una clase diferente), sentí una sorprendente conexión con ella.

—La habitación es tuya —espetó Ellie de repente.

Su erupción de vitalidad llevó una sonrisa a mis labios.

—¿Así de fácil?

Ellie se puso seria de repente y asintió con la cabeza.

—Tengo una buena sensación contigo.

«Yo también tengo una buena sensación contigo.» Le dediqué una sonrisa de alivio.

—Entonces me encantará instalarme aquí.

2

U na semana más tarde me había mudado al lujoso apartamento de Dublin Street.

A diferencia de Ellie, a mí me gustaba tenerlo todo organizado a mi alrededor, y eso suponía ponerme de inmediato a abrir las cajas de la mudanza.

—¿Estás segura de que no quieres sentarte a tomar una taza de té conmigo? —preguntó mi nueva compañera de piso desde el umbral cuando yo estaba en mi habitación rodeada de cajas y un par de maletas.

—La verdad es que me gustaría desmontar todo esto para poder relajarme —respondí de manera tranquilizadora para que no pensara que no le hacía caso.

Siempre había detestado esa parte de una amistad floreciente: los agotadores rodeos en torno a la personalidad del otro, el tratar de entender la posible reacción de una persona a cierto tono o actitud.

Ellie se limitó a asentir para indicarme que comprendía.

—Bueno, tengo que dar clase dentro de una hora. Podría ir caminando en lugar de coger un taxi, y eso significa que he de salir ya. Así tendrás un poco de espacio y de tiempo para ponerte cómoda.

«Ya me gustas más.»

—Que te vaya bien con la clase.

—Que te vaya bien con las cajas.

Yo resoplé y la saludé con la mano cuando ella me obsequió con una bonita sonrisa antes de salir.

En cuanto se cerró la puerta del piso, me tiré en mi cama increíblemente cómoda.

—Bienvenida a Dublin Street —suspiré mirando al techo.

Kings of Leon cantaron *Sex on Fire* a todo volumen. Refunfuñé al darme cuenta de que se inmiscuían en mi soledad tan deprisa. Incliné la cadera para sacar el teléfono del bolsillo y sonreí al ver el identificador de llamada.

—Hola —atendí con afabilidad.

—Bueno, señorita autoindulgente, ¿ya te has mudado a tu nuevo piso exorbitantemente pretencioso? —preguntó Rhian sin ningún preámbulo.

—¿Es envidia eso que detecto?

—Exacto, afortunada. Casi me sientan mal los cereales de esta mañana cuando he visto las fotos que me has mandado. ¿Esa casa es de verdad?

—Tengo la impresión de que el apartamento de Londres no cumple con tus expectativas.

—¿Expectativas? Estoy pagando una fortuna por una caja de zapatos.

Resoplé.

—Madre mía —gruñó Rhian sin muchas ganas—, te echo de menos a ti y nuestro palacio de los ratones.

—Yo también te echo de menos a ti y nuestro palacio de los ratones.

—¿Lo estás diciendo mientras miras tu bañera con pies y grifos dorados?

—No... mientras estoy tumbada en mi cama de cinco mil dólares.

—¿Cuánto es eso en libras?

—No lo sé. ¿Tres mil?

—Coño, duermes en seis semanas de alquiler.

Refunfuñando, me incorporé para sentarme en la cama y abrir la siguiente caja.

—Ojalá no te hubiera dicho cuánto pago de alquiler.

—Bueno, te daría un sermón sobre cómo derrochas ese dinero tuyo en alquiler cuando podrías haberte comprado una casa, pero ¿quién soy yo para hablar?

—Sí, y no necesito sermones. Esa es la parte buena de ser huérfana. No hay sermones de preocupación.

No sé por qué dije eso.

No había ninguna parte buena en ser huérfana.

O en que nadie se preocupara por ti.

Rhian se quedó en silencio al otro lado de la línea. Nunca hablábamos de mis padres ni de los suyos. Era terreno vedado.

—De todos modos —aclarándome la garganta—, será mejor que siga abriendo cajas.

—¿Está ahí tu compañera de piso? —retomó la conversación como si yo no hubiera dicho nada sobre mi orfandad.

—Acaba de irse.

—¿Has conocido a alguno de sus amigos? ¿Hay algún chico? ¿Alguno lo bastante sexy para sacarte de tus cuatro años de sequía?

La risa escéptica se congeló en mis labios cuando saltó en mi mente una imagen del hombre del traje. Noté un cosquilleo en la piel al pensar en él y me quedé callada. No era la primera vez que aparecía en mis pensamientos en los últimos siete días.

—¿Qué pasa? —preguntó Rhian en respuesta a mi silencio—. ¿Hay alguno guapo?

—No —la quité de encima al tiempo que apartaba de mis pensamientos al hombre del traje—. Todavía no he conocido a ninguno de los amigos de Ellie.

—Qué lástima.

«La verdad es que no. Lo último que necesito en mi vida es a un hombre.»

—Escucha, tengo que acabar con esto. ¿Hablamos más tarde?

—Claro, cielo, hablamos luego.

Colgamos y yo suspiré, mirando todas mis cajas. Lo único que de verdad quería hacer era volver a echarme en la cama y regalarme una larga siesta.

—Oh, vamos a hacer esto.

Al cabo de unas horas había terminado de desempaquetar. Tenía todas las cajas bien dobladas y almacenadas en el armario empotrado. Había colgado y guardado la ropa. Tenía los libros alineados en la estantería y el portátil abierto en el escritorio, esperando mis palabras. Había puesto una fotografía de mis padres en la mesita de noche, otra de Rhian y yo en una fiesta de Halloween decoraba un estante y, en la mesa, junto a mi portátil, estaba mi foto favorita. Era una fotografía en la que aparecía yo con Beth en brazos y mis padres detrás de mí. La habían sacado en el patio de atrás, durante una barbacoa del verano antes de que murieran. Mi vecino había hecho la foto.

Sabía que las fotos por lo general provocaban preguntas, pero esas no podía guardarlas. Eran un doloroso recuerdo de que amar a la gente solo causaba sufrimiento... pero no podía soportar desprenderme de ellas.

Me besé las yemas de los dedos y toqué con suavidad la foto de mis padres.

Me hacen falta.

Al cabo de un momento, una gota de sudor que me corría por la nuca me sacó de la neblina de melancolía, y arrugué la nariz. Era un día de calor y yo había afrontado la faena de desempaquetar con la energía con la que Terminator perseguía a John Connor.

Hora de probar esa bañera espléndida.

Al echar un poco de líquido para hacer burbujas y abrir el grifo de agua caliente, empecé de inmediato a relajarme por el rico olor de las flores de loto. De nuevo en el dormitorio, me quité la blusa sudada y los *shorts*, y sentí una liberación petulante al recorrer el pasillo, desnuda en mi nuevo apartamento.

Sonreí, mirando en torno a mí, sin creer todavía que todo aquello era mío durante al menos seis meses.

Me hundí en la bañera y empecé a adormecerme, incluso con la música que atronaba desde mi *smartphone*. Solo el progresivo frío del agua hizo que me espabilara. Sintiéndome calmada y tan contenta como podía estar, salí de manera poco elegante de la bañera y me estiré hacia mi teléfono. En cuanto el silencio reinó a mi alrededor, miré hacia el toallero y me quedé helada.

Mierda.

No había toallas. Miré al toallero como si fuera culpa suya. Habría jurado que Ellie tenía toallas allí la semana anterior. Me iba a tocar ir goteando por todo el pasillo.

Dejé la puerta del cuarto de baño abierta de par en par y salí al espacioso pasillo, maldiciendo entre dientes.

—Eh... hola —una voz profunda, y mis ojos saltaron del charco que estaba creando en el suelo de madera noble.

Un grito de asombro estalló en mi laringe al mirar a los ojos del tío del traje.

¿Qué estaba haciendo ahí? ¿En mi casa? ¡Acosador!

Me quedé boquiabierta, tratando de entender qué demonios estaba ocurriendo; tardé un momento en darme cuenta de que no me estaba mirando a la cara. Su atención recorría mi cuerpo desnudo.

Con un ruido de angustia indescifrable puse un brazo delante de mis pechos y una mano delante de mi conejito. Los ojos azul pálido del intruso se encontraron con mi mirada gris horrorizada.

—¿Qué estás haciendo en mi apartamento? —miré apresuradamente a mi alrededor en busca de un arma.

¿Un paraguas? Tenía punta de metal... podría servir.

Otro ruido ahogado hizo que mis ojos volvieran a los suyos y noté un indeseado y completamente inapropiado calor entre las piernas. Él tenía esa mirada otra vez. Esa expresión oscura, de avaricia sexual. Odiaba que mi cuerpo respondiera de forma tan instantánea a esa mirada, considerando que el tipo podía ser un asesino en serie.

—¡Date la vuelta! —grité, tratando de encubrir lo vulnerable que me sentía.

De inmediato, él levantó las manos en ademán de rendición y se volvió despacio, dándome la espalda. Entrecerré los ojos ante la visión de sus hombros temblando. El cabrón se estaba riendo de mí.

Con el corazón acelerado, corrí hacia mi habitación para coger algo de ropa —posiblemente un bate de béisbol— cuando una foto del tablón de anuncios de Ellie captó mi atención. Era una foto de Ellie... y el hombre del traje.

¿Qué demonios?

¿Por qué no me había fijado en eso? Ah, claro. Porque no me gusta hacer preguntas. Enfadada con mi lamentable capacidad de observación, lancé una mirada por encima del hombro. Me gratificó descubrir que el hombre del traje no estaba espiando. Al correr resbalando hacia mi habitación, su voz profunda me siguió, atronando por el pasillo hasta mis oídos.

—Soy Braden Carmichael, el hermano de Ellie.

Por supuesto que lo era, pensé, malhumorada, secándome con una toalla antes de ponerme unos *shorts* y una camiseta corta.

Con mi pelo castaño apilado en un moño torpe y húmedo encima de la cabeza, volví a salir al pasillo para enfrentarme a él.

Los labios de Braden, que se había dado la vuelta, se curvaron hacia arriba al mirarme de pies a cabeza. El hecho de que estuviera vestida no importaba. Él todavía me estaba viendo desnuda. Estaba segura.

Puse los brazos en mi cintura en un gesto de humillación beligerante.

—¿Y acabas de entrar sin llamar?

Levantó una ceja oscura ante mi tono.

—Es mi apartamento.

—Llamar a la puerta es una norma de cortesía elemental —contesté.

Su respuesta consistió en encogerse de hombros y luego meterse las manos en los bolsillos del pantalón del traje como si nada. Se había quitado la chaqueta en alguna parte y se había arremangado la camisa hasta los codos, revelando unos antebrazos fuertes, masculinos.

Un nudo de necesidad se tensó en mis tripas ante la visión de esos antebrazos sexys.

«Mierda.»

«Mierda, mierda y mierda.»

Me ruboricé por dentro.

—¿Vas a disculparte?

Braden me regaló una sonrisa de matón.

—Nunca me disculpo a menos que lo haga en serio. Y no voy a disculparme por esto. Ha sido el punto culminante de mi semana. Posiblemente de todo el año—su sonrisa era tan fácil, que me persuadía a devolvérsela.

No iba a hacerlo.

Braden era el hermano de Ellie. Y tenía novia.

Y la atracción tan intensa que sentía por ese desconocido no podía ser sana.

—Vaya vida más aburrida llevas —contesté con débil altanería al pasar a su lado.

Esperas ser ocurrente después de enseñarle tus encantos femeninos a un tipo al que apenas conoces. Yo no podía rehuirlo y tenía que pasar por alto el cosquilleo en mi estómago al captar el aroma de la deliciosa colonia que llevaba.

Braden gruñó ante mi observación y me siguió. Sentía el calor de él en mi espalda al entrar en el salón.

Su chaqueta estaba sobre el respaldo de un sillón y había una taza de café casi vacía al lado de un periódico abierto en la mesita. Se había puesto cómodo mientras yo estaba en remojo en la bañera, completamente ajena a su presencia.

Enfadada, le lancé una mirada sucia por encima del hombro.

Su expresión burlona e infantil me golpeó en el pecho y aparté rápidamente la mirada. Me senté en el brazo del sofá mientras Braden se dejaba caer como si nada en el sillón. La burla había desaparecido. Me miró con solo una pequeña sonrisa en los labios, como si estuviera pensando en un chiste privado. O en mí desnuda.

A pesar de mi resistencia, no quería que pensara que mi desnudez tenía gracia.

—Así que eres Jocelyn Butler.

—Joss —corregí mecánicamente.

Él asintió y se relajó en su asiento, deslizando el brazo por el respaldo del sillón. Tenía una manos preciosas. Elegantes, pero masculinas. Grandes. Fuertes. Una imagen de esa mano subiendo por la cara interior de mi muslo destelló en mi mente antes de que pudiera detenerla.

Mierda.

Desenganché mi mirada de sus manos para verlo por completo. Tenía aspecto de sentirse cómodo y plenamente al mando de la situación. Se me ocurrió de repente que ese era el Braden con todo el dinero y responsabilidades, una novia jactanciosa y una hermana pequeña a la que sin duda sobreprotegía.

—Le caes bien a Ellie.

«Ellie no me conoce.»

—Me gusta Ellie, pero de su hermano no estoy tan segura. Parece bastante grosero.

Braden me mostró sus dientes blancos, ligeramente torcidos.

—Él tampoco está seguro de ti.

«Eso no es lo que dicen tus ojos.»

—¿No?

—No estoy seguro de cómo me sienta que mi hermanita viva con una exhibicionista.

Puse mala cara y solo a duras penas logré resistirme a sacarle la lengua. Sacó a relucir mi lado más adulto.

—Los exhibicionistas se desnudan en público. Yo no sabía que había nadie más en el apartamento y me había olvidado la toalla.

—Gracias a Dios por sus pequeños regalos.

Lo estaba haciendo otra vez, mirándome de esa manera. ¿Sabía que era tan descarado con eso?

—En serio —siguió, bajando la mirada a mi pecho antes de volver a mi rostro—, deberías ir por ahí siempre desnuda.

El halago me hizo mella. No pude evitarlo. Una ligera sonrisa curvó la comisura de mis labios y negué con la cabeza como si estuviera hablando con un niño malo.

Braden, complacido, se rio con suavidad. Una plenitud extraña e inesperada se formó en mi pecho y supe que tenía que cortar la extraña atracción instantánea que existía entre nosotros. Eso no me había ocurrido nunca antes, así que iba a tener que improvisar.

Puse los ojos en blanco.

—Eres un imbécil.

Braden se incorporó con un resoplido.

—Normalmente, las mujeres solo me dicen eso después de que tire con ellas y les pida un taxi.

Parpadeé con rapidez ante su lenguaje obsceno. ¿En serio? ¿Ya estábamos usando esa palabra cuando apenas nos conocíamos?

Él se dio cuenta.

—¿No me digas que no soportas esa palabra?

No. Supongo que esa palabra puede ponerte cuando se dice en el momento adecuado.

—No. Solo pensaba que no deberíamos estar hablando de tirar cuando acabamos de conocernos.

Está bien. Eso sonó fatal.

Los ojos de Braden se iluminaron con una risa silenciosa.

—No sabía que estábamos haciendo eso.

Cambié de tema abruptamente.

—Si has venido a ver a Ellie, está dando clase.

—En realidad he venido a conocerte a ti. Solo que no sabía que ibas a ser tú. Menuda coincidencia. He pensado mucho en ti desde la semana pasada en el taxi.

—¿Cuando estabas cenando con tu novia? —espeté con malicia, sintiendo que estaba nadando contra corriente con ese tipo. Quería que saliéramos de ese lugar de flirteo sexual en el que habíamos aterrizado y nos asentáramos en un terreno normal de «es solo el hermano de mi compañera de piso».

—Holly está en el sur visitando a sus padres esta semana. Es de Southampton.

«Me importa un rábano.»

—Ya veo. Bueno... —levanté, esperando que el gesto lo invitara a salir—. Diría que ha sido un placer conocerte, pero estaba desnuda... así que no lo ha sido. Tengo mucho que hacer. Le diré a Ellie que has pasado.

Riendo, Braden negó con la cabeza y se levantó para ponerse la chaqueta.

—Eres un hueso duro de roer.

Definitivamente, tenía que poner las cosas muy claras a ese tipo.

—Eh, no vas a roer este hueso. Ni ahora ni nunca.

Se estaba atragantando de risa al caminar hacia mí, obligándome a retroceder hacia el sofá.

—De verdad, Jocelyn... ¿Por qué tienes que hacer que todo suene tan sucio?

Me quedé boquiabierta de indignación cuando él se volvió y se fue... diciendo la última palabra.

Lo odiaba.

De verdad.

Lástima que mi cuerpo no opinara lo mismo.

El Club 39 no era tanto un club como un bar con una pequeña pista de baile al fondo. En el sótano de George Street, los techos no eran muy altos, los sofás circulares y los cubos cuadrados que hacían las veces de asientos eran bajos, y la zona de barra en realidad estaba construida en un nivel inferior, lo que significaba que los borrachos tenían que descender tres escalones para llegar a nosotros. El que había añadido ese pequeño detalle al plano de los arquitectos desde luego se había fumado algo.

Los jueves por la noche normalmente la barra poco iluminada estaba repleta de estudiantes, pero con el semestre terminado y el verano escocés ya encima, la noche era tranquila y habían bajado la música, porque no había nadie en la pista de baile.

Le pasé al tipo que estaba al otro lado de la barra sus bebidas y él me dio un billete de diez libras.

—Quédate con el cambio. —hizo un guiño.

No hice caso del guiño, pero metí el cambio en el bote de las propinas. Nos las dividíamos al final de la noche, aunque Jo argumentaba que ella y yo conseguíamos la mayoría de las propinas por el escote bajo del *top* que llevábamos como «uniforme», completado por unos jeans ceñidos negros. El *top* tenía escrito Club 39 en letra cursiva negra sobre el pecho derecho. Simple pero eficaz. Sobre todo cuando te habían bendecido tanto como a mí en el departamento de tetas.

Craig estaba disfrutando de su tiempo de descanso, de manera que Jo y yo estábamos ocupándonos del pequeño grupo de clientes de la barra, una multitud que menguaba a cada minuto. Aburrida, miré al otro lado de la barra para ver si Jo necesitaba mi ayuda.

Sí.

Y no solo en cuanto a ocuparse de servir copas.

Cuando Jo extendió la mano para darle el cambio al tipo al que estaba sirviendo, este la agarró por la muñeca y tiró de ella hasta quedar a solo unos centímetros de su cara. Torcí el gesto y esperé para ver cómo reaccionaba Jo. Su piel pálida se enrojeció y giró el brazo para soltarse. Los amigos del tipo empezaron a reírse. Muy bonito.

—Suéltame, por favor —dijo Jo entre dientes, tirando con más fuerza.

Sin la presencia de Craig y con la muñeca de Jo tan delgada que podría romperse, era cosa mía. Me dirigí hacia ellos, apretando el botón de debajo de la barra para llamar a los vigilantes de seguridad de la puerta.

—Oh, vamos, cielo, es mi cumpleaños, solo un beso.

Agarré la mano del tipo y le clavé las uñas en la piel.

—Suéltala, imbécil, antes de que te arranque la carne de la mano y te la clave en las pelotas.

Él aulló de dolor y se apartó de mí, con lo cual también soltó a Jo.

—Zorra yanqui —gruñó, agarrándose la mano, que ahora tenía cubierta con marcas en forma de luna creciente—. Voy a quejarme a la dirección.

¿Por qué mi nacionalidad siempre tenía que salir a relucir en una situación negativa? ¿Y qué? ¿Estábamos en una película de niños mimados de los ochenta? Resoplé, impertérrita.

Brian, nuestro enorme vigilante de seguridad, apareció detrás de él. No parecía divertido.

—¿Problemas, Joss?

—Sí. ¿Puedes sacar a este tipo y a sus amigos del bar?

Ni siquiera preguntó por qué. Solo en unas pocas ocasiones habíamos sacado a gente del local, así que Brian confiaba en mi valoración de la situación.

—Vamos, chicos, fuera —ordenó.

Y como los cobardes que eran, con la cara pálida y borrachos como cubas, los tres empezaron a alejarse de la barra con Brian detrás de ellos.

Sintiendo que Jo temblaba a mi lado, le puse una mano tranquilizadora en el hombro.

—¿Estás bien?

—Sí —esbozó una débil sonrisa—. Ha sido una mala noche. Antes me ha dejado Steven.

Hice una mueca, porque sabía lo mucho que eso tenía que dolerle a Jo y a su hermano pequeño. Vivían juntos en una apartamento de Leith Walk donde se turnaban para cuidar a su madre que tenía encefalomielitis miálgica. Para pagar el alquiler, Jo —era espectacular— usaba su físico para conseguirse amantes más mayores que los ayudarán económicamente. Por más que la gente le decía que era lo bastante lista para hacer algo mejor con su vida, ella tenía muchas inseguridades. Solo era en su aspecto físico y en su capacidad para pescar a un tipo para que se ocupara de ella y de su familia. Pero tener que cuidar de su madre era demasiado y tarde o temprano todos terminaban por dejarla.

—Lo siento, Jo. Sabes que si necesitas ayuda con el alquiler o lo que sea no tienes más que pedírmelo.

Se lo había ofrecido más veces de las que podía contar, y ella siempre me había dicho que no.

—No —respondió con la cabeza y me dio un beso dulce en la mejilla—. Encontraré a alguien. Como siempre.

Empezó a alejarse con los hombros caídos y yo descubrí que estaba preocupada por ella cuando en realidad no quería estarlo. Jo era una de las incomprendidas. Podía sacarte de quicio con su materialismo y al mismo tiempo darte una lección de humildad con su lealtad a la familia. Le encantaban los zapatos bonitos, pero estos quedaban relegados cuando se trataba de garantizar el bienestar de su hermano pequeño y su madre. Por desgracia, esa lealtad también significaba que pisoteaba a cualquier otro que se interpusiera en su camino y era pisoteada por cualquiera que quisiera aprovechar la situación contra ella.

—Voy a tomarme un descanso. Le diré a Craig que salga.

Asentí, aunque ella no podía verme, preguntándome quién sería su siguiente víctima. ¿O en víctima de quién iba a convertirse ella?

—Es una noche tranquila —comentó Craig caminando hacia mí dos minutos después con un refresco en la mano.

Craig, alto, de pelo oscuro y bien plantado, probablemente conseguía tantas propinas como Jo y yo. Siempre estaba flirteando. Y lo hacía bien.

—Es verano —contesté, echando un ojo al club tranquilo antes de darme la vuelta para apoyarme en la barra—. Volverá a haber gente entre semana en agosto.

No tenía que explicar que se animaría por el Festival de Edimburgo. En agosto, toda la ciudad quedaba tomada por el famoso festival. Los turistas invadían las calles. Se quedaban con las mejores mesas en los mejores restaurantes y siempre había tantos que hacían que caminar cinco pasos se convirtiera en un trayecto de cinco minutos.

Pero las propinas aumentaban.

Craig gruñó y se acercó a mí.

—Estoy aburrido —paseó los ojos por mi cuerpo en un perezoso examen—. ¿Quieres echar un polvo en el baño de caballeros?

Me lo preguntaba en todos los turnos.

Siempre le decía que no y le proponía que echara el polvo con Jo.

Su respuesta: «Eso ya está hecho.» Yo era un reto y creo que sinceramente se había engañado para pensar que algún día me conquistaría.

—¿Bueno? ¿Quieres? —apareció una voz familiar desde detrás de mí.

Me volví, parpadeando con sorpresa al encontrarme con Ellie al otro lado de la barra. Detrás de ella había un tipo al que no reconocí y... Braden.

Palidecí al instante, todavía mortificada por el día anterior, y apenas me fijé en la cuidadosa inexpresividad de sus ojos al observar a Craig.

Aparté mi mirada de él y sonreí débilmente a Ellie.

—Eh... ¿qué estás haciendo aquí?

Ellie y yo habíamos cenado juntas la noche anterior. Le había dicho que Braden se había pasado por casa, pero no le había hablado de todo el incidente de mi desnudo. Ella me había hablado de su clase, y yo me di cuenta de los motivos por los que era una gran profesora. Su pasión por la historia del arte era contagiosa y descubrí que la escuchaba con interés genuino.

En total había sido una primera cena agradable. Ellie me había planteado un par de preguntas personales que yo había conseguido desviar hacia ella. Ahora sabía que tenía dos hermanastros menores: Hannah (de catorce años) y Declan (de diez). Su madre, Elodie Nichols, vivía en la zona de Stockbridge de Edimburgo con su marido Clark. Elodie trabajaba de gerente a tiempo parcial en el Sheraton Grand Hotel, y Clark era profesor de historia clásica en la universidad. Por la forma en que hablaba, estaba claro que Ellie los adoraba, y yo tuve la impresión de que Braden pasaba más tiempo con esta familia que con su propia madre.

A la hora de comer, Ellie y yo nos habíamos tomado sendas pausas de nuestros respectivos trabajos para reunirnos en la sala de estar a comer y ver un rato la televisión. Nos habíamos reído con un episodio de la comedia británica clásica *Are you being served?* y nos habíamos relacionado en cómodo silencio. Sentía que estaba ganando terreno de manera sorprendentemente rápida con mi nueva compañera de piso.

No obstante, ¿presentarse en mi trabajo con su hermano? Bueno, eso no tenía gracia. Aunque ella no sabía nada de mi incidente del día anterior con su hermano...

—Hemos quedado a tomar algo con unos amigos en Tigerlily y se nos ha ocurrido pasar a saludar —sonrió, con sus pupilas bailando traviesas como si fuera una adolescente hasta que hizo un gesto inquisitivo en la dirección de Craig.

Tigerlily, ¿eh? Era un sitio agradable. Me fijé en el bonito vestido de lentejuelas de Ellie. Parecía algo de la década de 1920 y decía a gritos que era exclusivo. Era la primera vez que la veía tan arreglada, y con Braden a su lado vestido con otro traje atildado, igual que su acompañante, Adam, me sentí un poco fuera de lugar. A pesar de todo mi dinero, no estaba acostumbrada a lo obviamente elegante, al estilo de vida de «cócteles y *crème brûlée*» al que estaban habituados ellos. Decepcionada en cierto modo, me di cuenta de que no encajaba en ese grupo.

—Oh —sonreí como una tonta, sin hacer caso de sus gestos inquisitivos.

—Este es Adam —se volvió hacia el chico que tenía detrás de ella en cuanto se dio cuenta de que no iba a responder a su pregunta silenciosa.

Los ojos claros de Ellie se oscurecieron con profunda efusividad al mirar a Adam, y me pregunté si ese chico era su novio. No es que hubiera mencionado un novio. El guapetón de pelo oscuro era solo un poco más bajo que Braden, con hombros anchos que llenaban más que bien el traje.

Sus ojos oscuros y afables brillaron bajo las luces de la barra mientras sonreía.

—Hola, me alegro de conocerte.

—Lo mismo digo.

—Adam es el mejor amigo de Braden —continuó Ellie, y entonces se volvió hacia su hermano.

Se echó a reír en cuanto lo miró, y sus risitas llenaron la barra como pompas de jabón al volver a mirarme por encima del hombro.

—Te presentaría a Braden, pero creo... que ya se conocieron. —oí la última palabra entre su risa ahogada.

Me quedé de piedra.

Lo sabía.

Entrecerré los ojos y le lancé a Braden una mirada de asco.

—Se lo has contado.

—¿Contarle qué? —preguntó Adam, desconcertado, mirando a Ellie que todavía se reía como si se hubiera vuelto loca.

La boca de Braden se curvó hacia arriba, divertido al responder a Adam sin apartar sus ojos de mí.

—Que me encontré con Jocelyn cuando estaba paseando desnuda por el piso.

Adam me miró con curiosidad.

—No —contesté con amargura en mi tono—. Estaba saliendo del cuarto de baño para ir a buscar una toalla.

—¿Te vio desnuda? —inquirió Craig con un ceño estropeándole la frente.

—Braden Carmichael —tendió la mano por encima de la barra para estrechar la de Craig—. Encantado de conocerte.

Craig la estrechó, al parecer un poco aturdido por Braden. Genial. Incluso encandilaba a los hombres. Aunque sonrió a Craig, esa sonrisa desapareció cuando sus pupilas volvieron a posarse en mí. Detecté cierta frialdad en ellas y puse ceño. ¿Qué había hecho yo?

—Tengo novia —explicó Braden a Craig—. No estaba buscando salir con la tuya.

—Oh, Joss no es mi novia —negó con la cabeza con una sonrisa de gallito—. Y no es por falta de intentarlo.

—Cliente —señalé a la chica del otro lado de la barra, encantada de encontrar una excusa para desembarazarme de Craig.

En cuanto él se fue, me encontré con Ellie apoyada en la barra.

—¿No es tu novio? ¿En serio? ¿Por qué no? Es guapo. Y desde luego le gustas.

—Craig es una enfermedad de transmisión sexual andante —respondí de mal humor, pasando un trapo sobre una mancha invisible en la barra, tratando desesperadamente de evitar la mirada de Braden.

—¿Siempre te habla así?

La pregunta de Braden hizo que levantara la cabeza con reticencia, y de inmediato sentí la necesidad de tranquilizarlo y defender a Craig cuando vi sus ojos fríos y letales entrecerrándose en dirección de mi colega de trabajo.

—No quiere decir nada con eso.

—Oh, desde luego que este descanso no ha sido de diez minutos. —Jo venía quejándose al acercarse lentamente a la barra desde la parte de atrás.

Apestaba a humo de cigarrillo. No me cabía en la cabeza que alguien soportara un hábito que te hacía apestar de esa forma. Arrugué la nariz y Jo enseguida lo comprendió. No se lo tomó a mal, se limitó a encogerse de hombros y soplarme un beso mientras se detenía para apoyarse en la barra enfrente de Braden. Sus grandes ojos verdes se lo fumaron como si fuera uno de los cigarrillos que estaba tratando de dejar.

—¿Y a quién tenemos aquí?

—Soy Ellie —saludó a Jo como si fuera una quinceañera guapa. Le sonreí. Era adorable.

—Soy la nueva compañera de apartamento de Joss.

—Hola —le ofreció una sonrisa educada antes de volverse hacia Braden con expectación.

Yo no estaba en absoluto molesta por su descarado interés en él.

—Braden —saludó con la cabeza, pero su atención enseguida volvió a mí.

Ya.

¿En serio?

Estaba estupefacta.

Si quería ser sincera conmigo misma tenía que reconocer que me había estado preparando para observar a Braden subiendo un punto el coqueteo con Jo. Ella era alta, delgada como una modelo y tenía una melena de cabello rubio rojizo liso. Después de ver a Braden Carmichael transformado en un ligón seductor a mi lado, esperaba que derritiera a Jo con su encanto.

En cambio había sido bastante frío con ella.

Eso no me complació en modo alguno.

Hum. Siempre había sido buena mintiéndome a mí misma.

—¿Braden Carmichael? —preguntó Jo, ajena a su desinterés—. Oh, Dios mío. Eres el dueño de Fire.

Maldita mi curiosidad por ese hombre.

—¿Fire?

—El club de Victoria Street. Ya sabes, al lado del Grassmarket. —las pestañas de Jo estaban batiendo a toda velocidad hacia él.

«Es dueño de un club. Por supuesto que sí.»

—Sí —respondió, y miró su reloj.

Conocía ese gesto. Yo lo usaba cuando me sentía incómoda. En ese momento tuve ganas de soltarle un bofetón a Jo por casi echársele encima. Braden no iba a sustituir a Steven. Ni hablar.

—Me encanta ese sitio —continuó Jo, inclinándose sobre la barra para brindarle una panorámica de su pecho pequeño e intrascendente.

Miau. ¿De dónde había salido eso?

—¿A lo mejor podemos ir juntos un día? Soy Jo, por cierto.

Agh. Jo estaba riendo como una niña de cinco años. Por alguna razón, esa risita, que oía cada jueves y viernes por la noche, de repente me resultó muy irritante.

Braden dio un codazo a Ellie como para decirle «vámonos», en esta ocasión con expresión impaciente. Sin embargo, Ellie estaba demasiado ocupada murmurando con Adam para reparar en la callada desesperación de su hermano.

—¿Qué me dices? —insistió Jo.

Braden me dirigió una mirada inquisitiva que yo no entendí antes de encogerse de hombros y decirle a Jo:

—Tengo novia.

Jo resopló, sacudiendo la melena sobre los hombros.

—Pues déjala en casa.

Oh, Dios...

—Ellie, ¿no has dicho que habín quedado con alguien? —pregunté en voz lo bastante alta para apartarla de Adam.

Mi compañera de piso tenía que rescatar a su hermano cuanto antes.

—¿Qué?

La miré de manera significativa y repetí la pregunta entre dientes.

Por fin, reconociendo la expresión de Jo y la del rostro de su hermano, Ellie asintió con ojos como platos al comprenderlo.

—Ah, sí. Será mejor que nos vayamos.

Jo se enfurruñó.

—¿No...?

—¡Jo! —gritó Craig en una petición de ayuda desde el otro lado de la barra, donde habían empezado a reunirse más clientes. Lo adoré en ese momento.

Refunfuñando, Jo hizo pucheros a Braden de manera infantil y se apresuró a unirse a Craig y los clientes que esperaban.

—Lo siento —se mordió el labio, lanzando una sonrisa de disculpa a Braden.

Él desdeñó la disculpa y dio un paso atrás, haciendo un gesto caballeroso para que su hermana saliera delante.

—Chao, Joss —me dedicó una amplia sonrisa y un saludo—. Te veré por la mañana.

—Sí. Que vaya bien la noche.

Observé la mano propietaria de Adam en los riñones de Ellie al tiempo que me saludaba educadamente con la cabeza y la conducía afuera. ¿Había algo entre ellos? Posiblemente. No es que fuera a preguntar por ello. La curiosidad se volvería contra mí con preguntas sobre mi inexistente vida amorosa y luego Ellie querría saber por qué mi vida amorosa era inexistente. Esa era una conversación que no quería tener con nadie.

Sentí un hormigueo en la piel y de manera reticente dejé que mi mirada viajara de nuevo hacia Braden, que había dado un paso hacia la barra, con la educada frialdad de antes sustituida por un calor que me resultaba muy familiar.

—Gracias por el rescate.

Juro que su voz baja y bronca vibró hasta llegar a mis calzones.

Retorciéndome por dentro, intenté jugar la carta de la despreocupación.

—De nada. Jo es un encanto y no quiere hacer ningún daño... pero es una cazafortunas descarada.

Braden se limitó a asentir, como si no estuviera interesado en absoluto en nada relacionado con Jo.

Enseguida se hizo el silencio entre nosotros y ambos nos sostuvimos la mirada. Ni siquiera me di cuenta de que tenía la boca abierta hasta que él bajó su atención hacia ella.

¿Qué demonios era eso?

Me aparté de él, sintiendo que me ruborizaba al mirar alrededor para ver si alguien más había reparado en el momento entre nosotros. No había nadie prestando atención.

¿Por qué no se iba?

Al volver a mirarlo, traté de no parecer incómoda, aunque en realidad estaba fuera de mí. Intenté sin éxito no hacer caso de su examen parsimonioso y excitante de mi cuerpo. ¡Tenía que dejar de hacer eso!

Cuando sus ojos por fin subieron hacia los míos, puse mala cara. No podía creerlo. No había hecho ni caso a Jo, pero conmigo había puesto en marcha el modo sexual. ¿Sacaba algún tipo de satisfacción de atormentarme?

Braden, apartándose de la barra con una sonrisa fugaz, negó con la cabeza en un gesto en dirección a mí.

—¿Qué? —poniendo mala cara.

Me sonrió. Odiaba las sonrisitas de los hombres. Incluso una sonrisita sexy como esa.

—No sé qué me gusta más... —murmuró, frotándose la barbilla en modo contemplativo—. Verte desnuda o con ese *top*. D, ¿no?

¿Qué? Puse ceño, completamente confundida.

Entonces lo entendí.

¡Idiota!

El cabrón acababa de adivinar la copa de mi sujetador. Nunca iba a dejarme superar lo ocurrido el día anterior. Me di cuenta en ese instante.

Le lancé el trapo y él se rio al esquivarlo.

—Lo tomaré como un sí.

Y entonces se largó antes de que se me ocurriera una respuesta épica que pudiera hacerle caer de culo.

Juré por Dios que la siguiente vez que lo viera yo diría la última palabra.

4

Lena, la heroína de mi serie de fantasía y asesina despiadada del reino de Morvern, tenía que planear su ataque al lugarteniente de la reina, Arvane, un mago que estaba teniendo una aventura secreta con el sobrino de la reina y usando su influencia y su magia para manipular el control monárquico y político. En cambio, Lena había empezado a fantasear con desnudar a Ten, el jefe de la guardia de la reina. Ten, que había sido rubio en los cinco primeros capítulos, tenía ahora el cabello oscuro y ojos celestes. Tampoco tenía que ser un héroe romántico. No tenía que haber ningún héroe romántico. ¡Esto era cuestión de Lena!

Frustrada, aparté mi portátil.

¡Maldito Braden! Hasta estaba contaminando mi manuscrito con su toxicidad sexual.

Basta. Iba a renunciar por ese día. Sabiendo que Ellie traería comida china para cenar al salir de su trabajo de investigación en la universidad, decidí ir un rato al gimnasio —estaba justo a la vuelta de la esquina, en Queen Street— como ataque preventivo contra las calorías. En general, no me preocupaba por mi ingesta alimentaria, pero había hecho deporte en la escuela y me gustaba mantenerme en forma. Y estaba bien, porque también me gustaban los chips o como quiera que los llamaran en Escocia. Cualquier clase de chips, todos los chips que engordan deliciosos y crujientes. Mi estrecha relación con los chips era probablemente la más real de mi vida.

Quemé mi frustración respecto a mi libro en la cinta, la bicicleta elíptica, la estática y las pesas hasta convertirme en una masa sudorosa. El ejercicio me relajó lo suficiente para que mi cerebro empezara a funcionar otra vez. Había comenzado a formarse en mi cabeza un personaje que no me dejaba en paz. Sobre todo porque se parecía mucho a mí. Era una mujer sola en la vida, independiente y con impulso. Había crecido en casas de acogida en Escocia; después se había trasladado a Estados Unidos con un permiso de trabajo y terminó enamorándose.

El personaje era mi madre. La historia de mi madre había sido genial hasta que terminó de manera trágica. A todo el mundo le gusta una buena tragedia. A todo el mundo le gustaría mi madre. Había sido valiente y franca, pero también muy amable y compasiva. Mi padre la había adorado desde el primer minuto en que la vio, pero había tardado seis meses en derribar las defensas de mi madre. Su idilio fue épico. Nunca había pensado en escribir novela romántica antes, pero no podía sacarme de la cabeza la idea de inmortalizar a mis padres sobre el papel. Destellos de recuerdos que había sepultado bajo una fría losa empezaron a desfilar ante mis ojos hasta que el gimnasio desapareció de mi alrededor: mi madre de pie delante del fregadero de la cocina, lavando los platos a mano porque no se fiaba de las máquinas. Mi padre apretándose en silencio contra su espalda, deslizando los brazos en torno a la cintura de ella y atrayéndola hacia su cuerpo al tiempo que le susurraba al oído. Lo que le dijo hizo que ella se echara atrás para fundirse con él, con la cabeza inclinada buscando el beso. Entonces el recuerdo saltó a mi padre entrando en casa detrás de mamá por la noche, el portazo que nos asustó a mí y a la *babysitter*. Mi madre gritándole por ser un macho alfa engreído. Mi padre gritándole que no iba a quedarse quieto mirando mientras un idiota del trabajo flirteaba con ella delante de sus narices. Mamá diciéndole que no tenía que darle un puñetazo al tipo. «Te estaba tocando el trasero», le había soltado mi padre, mientras yo observaba desconcertada. ¿Alguien le había tocado el trasero a mamá delante de papá? Idiota. «Yo me estaba ocupando de eso», argumentó mamá. «¡No lo bastante deprisa! No vas a volver a trabajar con él.» Desde ese punto, la discusión había ido en aumento hasta que la *baby-sitter* salió corriendo sin esperar a que le pagaran. Pero a mí no me preocupaba la discusión. Mis padres siempre habían tenido una relación apasionada. La discusión se resolvería por sí sola. Y así fue. Papá se disculpó por haber perdido los nervios, pero no retrocedió respecto a que mamá no volviera a trabajar con ese tipo. La bola se hizo tan grande que mi madre por fin accedió, porque el imbécil del trabajo era, bueno, un imbécil, y supuse que la historia era más larga que lo que había ocurrido esa noche. Mi madre cambió a otra empresa de contabilidad. El matrimonio era una cuestión de compromiso, dijo mi madre, y papá también lo haría por ella.

Los recuerdos eran muy nítidos. Podía ver el brillo dorado en los ojos de avellana de mamá, podía oler la colonia de mi padre, sentir sus brazos en torno a mí, la mano de mi madre peinándome...

Se me cerró el pecho y tropecé en la cinta de correr, el mundo que me rodeaba volvió a ocupar su lugar, pero en una pulsación de color y ruido que no tenía sentido. Me latía la sangre en las orejas y el pulso se me había acelerado tanto que apenas era consciente de ello, como tampoco de las fuertes manos que me ayudaron a incorporarme y a tocar terreno firme.

—Concéntrate en la respiración —instruyó una voz tranquilizadora en mi oído.

Obedecí la voz y nadé a través del pánico, recuperando el control de mi respiración.

Mi visión se aclaró por fin, se alivió la compresión en mi cabeza y se me abrieron los bronquios. Temblando por el subidón de adrenalina del ataque de pánico, me volví para mirar al tipo que me estaba agarrando. Sus ojos oscuros parecían preocupados.

—¿Te encuentras mejor?

Asentí, con el bochorno inundándome al levantar la mirada para ver a la gente observándonos desde las máquinas. Me solté suavemente de su mano.

—Lo siento.

Él negó con lo cabeza.

—No lo sientas. Me alegro de haberte pillado antes de que cayeras en la cinta. Pero va a salirte un buen moretón en la rodilla —hizo un gesto hacia ella.

Yo bajé la mirada, vi un desgarrón en mis mallas y noté el dolor. Hice una mueca, doblando la pierna.

—Vaya.

—Soy Gavin —tendió la mano y yo se la estreché con educación, aunque con cierta desgana. Estaba agotada.

—Joss. Y gracias.

Gavin puso ceño y me fije en que era guapo, si te gustan de tipo musculoso y bien peinado. Y era rubio.

—¿Seguro que estás bien? Sé reconocer un ataque de pánico.

Ruborizándome por dentro, negué con la cabeza, porque no quería atraer los recuerdos que me habían provocado el ataque.

—Estoy bien, de verdad. Solo ha sido una semana muy tensa. Pero, eh, gracias. Voy a irme a casa.

—Te he visto antes —detuvo con una sonrisa—. Soy entrenador personal aquí.

¿Y?

—Qué bien.

Esbozó una sonrisita ante mi respuesta.

—Bueno, pues, quería decir que estoy aquí por si necesitas algo.

—Lo tendré en cuenta. Gracias otra vez —saludé de manera avergonzada y salí disparada hacia los vestuarios.

Supuse que el libro sobre mi madre había acabado.

Llegué a casa antes que Ellie y decidí que necesitaba seguir en movimiento, aterrorizada ante la posibilidad de sufrir otro ataque de pánico. Hacía años que no tenía uno así. Empecé a sacar platos en la cocina, tratando de hacer planes para el siguiente capítulo de mi novela de fantasía, en un intento de simular que lo ocurrido en el gimnasio no había sucedido realmente.

Mi mente estaba despegando del ataque de pánico, pero no fue a causa de mi novela.

El maldito Braden se interpuso otra vez.

Abrí el cajón de los cubiertos y encontré allí un montón de cosas que no deberían estar. Siguiente elemento en la lista: reorganizar el desastre que había hecho Ellie en la cocina. El cajón estaba repleto de tonterías: hilo, agujas, una cámara, pegamento, cinta de doble cara y fotografías. Había una de Braden apoyado contra una barandilla que daba al agua. Era un día soleado, y se había vuelto hacia la cámara justo a tiempo, entrecerrando los ojos contra la luz, con su preciosa boca curvada en una sonrisa afectuosa.

Al sacar los platos, la sonrisa de Braden me recordó su risa, y esa risa no dejaba de resonar en mis oídos como en los últimos cuatro días desde que lo había visto en el bar. No podía pensar en otra cosa que no fuera él sin camiseta y yo envolviéndolo como una tortilla. Solo porque había descartado los encuentros sexuales, no significaba que no fuera una mujer fogosa que se calentaba como cualquier otra. Tenía una caja de zapatos llena de aparatos vibradores que se ocupaban de mí cuando estaba de humor. Pero desde que había conocido a Braden estaba constantemente de humor y de cuando en cuando la idea de salir y encontrar un revolcón de una noche había destellado en mi cabeza.

Por supuesto, recordé cómo se sentía una al despertarse en una cama desconocida con dos tipos desconocidos uno a cada lado y sin saber qué demonios había ocurrido, y esa noción se evaporó al instante.

Solo... simplemente no podía comprender cómo podía sentirme tan atraída por alguien. Alguien al que apenas conocía.

Un portazo en la puerta del apartamento me sacó de esos pensamientos, y empecé a servir agua para mí y té para Ellie.

—Hola —saludó ella con alegría al entrar en la cocina, con el olor de comida china desencadenando una serie de protestas de mi estómago—. ¿Cómo te ha ido hoy? —posó la comida en la mesa e inmediatamente me puse a ayudarla a guardar todo.

—Ha ido bien —contesté, masticando un *cracker* de gambas.

Cuando por fin nos sentamos una frente a otra me dedicó una mirada de preocupación.

—¿Estás bien?

«No. No estoy bien. He ido al gimnasio y he tenido un ataque de pánico delante de un grupo de desconocidos. Oh, y el hijo de perra coqueto de tu hermano no quiere salir de mi cabeza ni de mis fantasías sexuales. Estoy caliente, estoy de mal genio y no me gusta.»

—Bloqueo de escritor.

—Oh, eso es un asco. Solo lo sé de cuando estoy escribiendo mi tesis. No puedo imaginar lo malo que tiene que ser escribiendo una novela.

—Es más que frustrante.

Comimos en silencio un momento y me fijé con curiosidad en lo tensa que estaba Ellie.

—¿Tú has tenido un buen día?

Ellie me dedicó una sonrisa tenue justo antes de probar el arroz al curry. Cuando terminó de masticar asintió.

—Estoy empezando a sentir la presión de ser una estudiante de doctorado.

—Ah, las alegrías de la vida estudiantil.

Ellie murmuró su consentimiento y luego, después de mirar a la mesa en silencio durante un minuto entero, preguntó:

—Entonces... ¿qué te pareció Adam la otra noche?

La pregunta apareció sin venir a cuento y había una timidez definitiva en ella. Ah. Sabía que había algo en marcha ahí.

—No lo sé. En realidad no tuve oportunidad de hablar con él. Es guapo. Parece simpático.

Una expresión soñadora apareció en el rostro de Ellie. No es broma. Soñadora. Solo había visto una mirada así en las películas. La chica estaba colgada.

—Adam es genial. Él y Braden son amigos desde siempre. Cuando no era Braden el que intimidaba a mis novios en el colegio era Adam. —ruborizó y negó con la cabeza—. Yo lo seguía a todas partes cuando era niño.

No sé lo que me empujó a...

—¿Están saliendo?

Ellie apartó su mirada de la mía, con los ojos muy abiertos.

—No. ¿Por qué? ¿Daba esa impresión?

Vale. Pregunta equivocada.

—Un poco.

—No —negó con la cabeza con vehemencia—. Solo somos amigos. En todo caso, Braden siempre me ha dicho lo cabeza loca que es Adam. Nunca sentará la cabeza. Y es demasiado como un hermano para mí para ser algo... bueno, algo más —voz se fue apagando de manera poco convincente.

Al menos sabía una cosa. Nunca tendría que preocuparme por que Ellie me mintiera. No sabía mentir.

—Está bien.

—¿Tú estás saliendo con alguien?

Maldita sea. Culpa mía por hacer antes la pregunta.

—No, ¿y tú?

—No —suspiró—. ¿Cuándo fue tu última relación?

«¿El sexo cuenta como relación?» Me encogí de hombros.

—¿Cuándo fue la tuya?

Ellie arrugó los labios y bajó las pestañas para cubrir el instantáneo endurecimiento en la expresión de sus ojos. Una onda feroz de instinto de protección me arrolló de forma inesperada, sorprendiéndome.

—¿Ellie?

—Hace nueve meses.

«¿Y qué te hizo ese hijo de puta?»

—¿Qué ocurrió?

—Salimos durante cinco meses. Me dijo que trabajaba en Glasgow para una empresa de reclutamiento de personal. En realidad trabajaba para un empresa inmobiliaria rival aquí en Edimburgo. Estaban pujando contra Braden por esa parcela fantástica de Commercial Quay. Resulta que solo me estaba usando para llegar a Braden, para descubrir cuál iba a ser la oferta de Braden y poder superarla. Basta con decir que la relación no acabó bien. Él terminó con la nariz rota y Braden se quedó con la parcela.

Arqueé una ceja, felicitando a Braden en silencio por darle una lección a un hijo de puta.

—¿Braden le pegó?

—No —negó con la cabeza—. Braden no pelea. Desde hace mucho tiempo —sonró ampliamente ahora—. Fue Adam el que le dio una buena.

Le devolví la sonrisa.

—No debería aprobar la violencia, pero... ¡bien, Adam!

Ellie se rio y luego se calmó.

—Me alegro de que al menos mi ingenuidad no causara problemas a Braden en el trabajo.

«Estoy segura de que eso no era lo que preocupaba a Braden.» No sabía cómo lo sabía, pero lo sabía. Cualquiera con ojos y oídos se daría cuenta de que Ellie era importante para él.

—No puedo creer que alguien se meta en tantos problemas para hacer algo vil, por un trozo de tierra.

—Commercial Quay promete de verdad. Restaurantes con estrellas Michelin, cirugía estética, coctelerías con estilo... Braden está construyendo residencias de lujo allí y sacarán entre medio millón y un millón por los apartamentos de ático. Un buen margen de beneficios.

Me repugnaba el hecho de que alguien pudiera utilizar a una persona tan dulce como Ellie por un maldito margen de beneficios.

—Los hombres dan asco.

Ellie levantó su taza de té para brindar conmigo por eso.

Después de un rato de masticar en silencio, Ellie se aclaró la garganta.

—Antes me he fijado en que tienes fotografías de tu familia en tu habitación. ¿Sabes?, puedes ponerlas en la sala de estar o en cualquier sitio del apartamento. Ahora también es tu casa.

Me tensé ante la mención de mi familia, todavía preocupada por sufrir otro ataque.

—Está bien.

Oí un suspiro por respuesta y me preparé.

—No hablas mucho de ellos.

¿Ya había llegado el momento? Con Rhian habían pasado seis meses antes de que lo descubriera. El estómago me daba vueltas, aparté el plato y me recosté en la silla para sostener la mirada ansiosa de Ellie. Éramos compañeras de piso, nos llevábamos bien, sorprendentemente bien considerando lo distintas que éramos, y ya era hora de poner las cartas sobre la mesa.

—Mi familia está muerta —dije aturdida, sin dolor, sin lágrimas, sin nada que ella viera mientras yo observaba como sus mejillas se ponían pálidas al instante—. No hablo de ellos. Nunca.

No sé lo que esperaba. Quizá porque Ellie era tan franca y amable pensé que intentaría derribar mi guardia. Pero ella me asombró otra vez.

—Está bien —respondió, y vi que se esforzaba por ocultar la pena en su mirada.

—Muy bien, pues —dediqué una suave sonrisa tranquilizadora y ella respondió relajando los hombros.

Al cabo de un minuto, ella murmuró.

—¿Sabes?, puedes ser un poco intimidante.

Mis labios se curvaron a modo de disculpa.

—Lo sé. Lo siento.

—Está bien. Estoy acostumbrada a Braden.

Como si él hubiera oído que lo mencionaban, el móvil de Ellie se encendió y su nombre destelló en la pantalla. Ella respondió de inmediato, pero sin su habitual alegría. Parecía que mi familia muerta había destrozado el estado de ánimo.

No sé cómo, pero Ellie había logrado convencerme para que saliera con ellos. Miré a los amigos de Ellie y Braden ataviada con un vestido que había tomado prestado del armario de Ellie. Estaban sentados en sofás en torno a una mesa de café en un bar de George IV Bridge. Braden había llamado dos horas antes para proponer que nos encontrásemos allí. Por supuesto, yo estaba lista con una hora de antelación. Ellie había tardado una eternidad en arreglarse, y al lanzarle una sonrisa a Adam empecé a comprender por qué.

—Bueno, chicos, esta es mi nueva compañera de piso, Jocelyn —se volvió hacia mí—. Jocelyn, ellos son Jenna y Ed.

Ellie me había hecho un resumen en el trayecto en taxi. Jenna, la guapa rubia con las gafas extravagantes y el anillo de compromiso de diamante era la mejor amiga de Ellie y compañera de doctorado. Ed, el tipo rubio bajo con pinta extraña, era el prometido de Jenna.

—Y ya conoces a Adam y Braden.

Su sonrisa se desvaneció un poco al mirar a la mujer sentada pegada a Braden. Tenía el pelo de color castaño muy claro, casi blanco, ojos azules enormes, piernas largas y cara de puchero.

—Y ella es Holly, la novia de Braden.

Recordé al instante que no le caía bien a Ellie. Y por la mirada despectiva que Holly le lanzó a Ellie, me quedó claro que el sentimiento era mutuo. Yo dije hola a todos, evitando la mirada de Braden y sin hacer caso de la forma en que mi corazón latía contra mi caja torácica solo por estar al lado de él y su novia.

De ninguna manera iba a sentirme descorazonada por el hecho de que me recordaba a Jo: opuesta a mí en todos los sentidos.

Sentada junto a Jenna mientras Ellie salía corriendo a buscar bebidas, traté de mirar hacia cualquier sitio menos a la pareja de mi derecha.

—¿Cómo te estás adaptando, Jocelyn? —preguntó Adam desde el otro lado de la mesa.

Agradecida, le dediqué una amplia sonrisa.

—Bien, gracias. Y es Joss.

—Entonces ¿tú y Ellie se llevan bien?

Algo en su voz me decía que no era una pregunta superficial. Estaba preocupado por mi compañera de piso. Empecé a preguntarme si los sentimientos de Ellie podían ser correspondidos.

—Nos llevamos de maravilla. Es una gran persona.

Mi respuesta le cayó bien.

—Vaya, me alegro. Bueno, Ellie me ha contado que estás escribiendo un libro.

—Oh, Dios mío —interrumpió Holly con su acento ronco inglés. Odié que su acento fuera tan estupendo—. ¿Te he contado que han publicado a mi amiga Cheri?

Braden negó con la cabeza, centrando su atención en mí. Aparté la mirada muy deprisa, simulando estar fascinada por la noticia de Holly sobre esa misteriosa Cheri.

—Cheri es mi mejor amiga de casa —explicó Holly a todos justo cuando Ellie volvía con las bebidas. Me aparté para hacerle sitio—. Escribe los mejores libros.

—¿Sobre qué son? —preguntó Ed con educación.

Yo miré a Jenna y vi que ella y Ellie intercambiaban una mirada. Estaba dándome cuenta de que Holly no caía bien entre las chicas.

—Oh, son asombrosos. Son sobre esa chica del asilo de los pobres que se enamora de un tipo que es hombre de negocios pero todavía tiene un viejo título inglés... como conde o algo así. Es muy romántico. Y su forma de escribir es espléndida. Ella es espléndida.

Vale. Aparentemente ella era espléndida.

—¿Así que es una novela histórica? —preguntó Ed.

—No —negó con la cabeza en gesto de desconcierto.

—Holly —estaba intentando no sonreír—, ya no hay asilos de los pobres, ¿estás segura de que no es histórico?

—Bueno, Cheri no me dijo que lo fuera.

—Entonces estoy seguro de que tienes razón —dijo Adam con simpatía.

Ellie se encogió de hombros a mi lado por el bien disimulado sarcasmo en la respuesta de Adam. Traté de mirar a cualquier sitio menos a Braden.

—Jenna, ¿cuándo tienes que probarte el vestido otra vez? —preguntó Ellie, mirando en torno a mí.

Jenna sonrió con picardía.

—Oh, faltan siglos. Me han vetado de la casa de mamá porque no dejo de abrir su armario para mirarlo.

—¿Oh? —pregunté, tratando de ser amistosa—. ¿Cuándo es la boda?

—Dentro de cinco meses —contestó Ed, sonriendo amorosamente a Jenna.

Vaya. Un tipo al que no le avergonzaba mostrar lo que de verdad sentía. Fue encantador y otra imagen de mi padre sonriendo a mi madre destelló en mi cerebro. Tomé un trago para contener el recuerdo.

Ellie casi soltó un chillido a mi lado.

—Deberías ver el vestido de Jenna. Estamos...

—Oh, nena —interrumpió otra vez Holly—. ¿Les he contado que Lisa se casa en octubre? Le dije que era una época del año horrible para casarse, pero ella insistió en que quería una boda otoñal. ¿Han oído alguna vez algo así? De todos modos, es algún castillo con corrientes de aire en algún sitio llamado Oban, así que tendremos que organizar los hoteles.

—El castillo de Barcaldine —corrigió Braden—. Es un sitio encantador.

—A lo mejor en verano, pero no en octubre.

Y así fue más o menos como avanzó la siguiente hora. Cada vez que alguien mencionaba un tema, Holly tomaba el control, imponiendo su voz fuerte por encima del sonido del bar atestado. Daba ganas de golpearla, y yo supe casi de inmediato por qué Ellie no la soportaba. Holly era ruidosa, detestable y completamente ensimismada. Peor, tenía la sensación de que Braden estaba estudiando mi reacción a ella. ¿Por qué le importaba lo que yo pensara?

Necesitaba un descanso de la voz de Holly, una voz que me había parecido encantadora al principio y ahora me desagradaba en gran medida, de modo que me presenté voluntaria para traer la siguiente ronda de bebidas. Me relajé en la barra, pidiéndole las copas al camarero, y disfruté del silencio; la barra estaba en la parte de atrás del edificio, detrás de una pared y un pasillo, lejos de la voz de Holly.

Pero entonces él tuvo que seguirme, ¿no?

Noté un calor en el costado derecho al sentirlo apretado contra mí, inclinándose sobre la barra. Percibir el olor de su colonia me provocó un cosquilleo en la nariz, y volví a notar un vuelco en el estómago.

—Entonces... ¿eres escritora? —me miró desde arriba.

Fue la primera vez que él me preguntaba algo sin tono sexual en su voz. Lo miré, desconcertada por su expresión de genuina curiosidad. Sonreí con un ápice de autodesaprobación. Todavía no era escritora.

—Intento serlo.

—¿Qué escribes?

Pensé en mi madre y respiré hondo, apartando la idea.

—Fantasía.

Braden arqueó ligeramente las cejas, como si mi respuesta lo hubiera sorprendido.

—¿Por qué fantasía?

El camarero me dijo el importe de las bebidas antes de que pudiera responder a Braden, pero Braden entregó el dinero sin darme tiempo a sacar el monedero.

—Yo pago —insistí.

Rechazó mi oferta como si estuviera loca.

—¿Y entonces? —siguió al coger el cambio.

Las copas estaban delante de nosotros en la barra, pero Braden no parecía tener mucha intención de llevarlas a la mesa.

Suspiré, sabiendo que cuanto antes respondiera antes podría apartarme de él.

—Porque la realidad no tiene autoridad allí. Mi imaginación lo controla todo.

En cuanto las palabras salieron de mi boca, lo lamenté. Una persona lista leería entre líneas. Y Braden era listo.

Nuestras miradas se encontraron y se transmitió entre nosotros una comprensión silenciosa. Por fin, Braden asintió.

—Ya veo la atracción en eso.

—Sí —desvié la mirada.

Ya era bastante malo que me hubiera visto físicamente desnuda. No necesitaba que desnudara mi alma.

—Me alegro de que tú y Ellie se lleven bien.

—Eres muy protector con ella, ¿no?

—Te quedas corta.

—¿Por qué? Parece mucho más fuerte de lo que crees.

Sus cejas se juntaron al pensar en ello.

—No se trata de su fortaleza. A lo mejor su aspecto o su forma de hablar induce a la gente a pensar que Ellie es frágil. Yo sé que no es así. Ellie puede encajar un golpe y recuperarse mejor que nadie que conozca. No se trata de eso. Se trata de asegurarse de que nada malo llegue a ocurrirle. Ella es demasiado buena, más de lo que le conviene, y la he visto herida demasiadas veces por gente que aseguraba preocuparse por ella.

No le envidiaba esa tarea.

—Sí, me doy cuenta de eso. Ellie va con el corazón en la mano.

—A diferencia de ti.

Asombrada por la observación, lo miré con cautela.

—¿Cómo es eso?

Sus ojos estaban buscando, hurgando, tratando de llegar a mi interior. Di un paso atrás y él se acercó más.

—He oído lo que Ellie me ha contado de ti. Y he visto cómo actúas conmigo. Tratas de no revelar nada.

Retirada.

—Tú tampoco. No sé nada real de ti.

—La verdad es que no soy tan difícil de conocer —lanzó una sonrisa rápida—. Pero tú... Creo que has convertido el cambiar de tema y la serenidad en un arte.

«Deja de analizarme.» Puse los ojos en blanco.

—¿Crees que lanzarte un trapo es una prueba de mi serenidad?

Rio y una profunda reverberación se abrió paso en mi columna.

—De acuerdo.

Y entonces volvió a lanzarme esa mirada, esa mirada que sentía como si estuviera deslizando esos dedos largos y masculinos en el interior de mis bragas.

—Estás preciosa esta noche.

Me ruboricé por dentro por el cumplido. Por fuera esbocé una sonrisita.

—Tu novia también.

Braden suspiró profundamente ante mi comentario mordaz y cogió algunas de las copas de la barra.

—No tenía ninguna doble intención, Jocelyn. Solo era un cumplido.

«No lo era. Estás jugando conmigo. Y si hemos de estar juntos todo el tiempo, quiero que eso pare.»

—¿En serio? ¿Hablas con todo el mundo como hablas conmigo?

—¿Cómo?

—Como si me hubieras visto desnuda.

Sonriendo, los ojos de Braden brillaron de calor.

—No, pero tampoco he visto a todo el mundo desnudo.

Frustrada, negué con la cabeza.

—Ya sabes lo que quiero decir.

Casi salté por el cálido susurro de su aliento en mi oreja cuando se inclinó para decirme muy despacio.

—Me gusta la reacción que provoco en ti.

Retrocedí. ¿Así que yo era un reto? Bien. Entendido.

—Pues para. Eres el hermano de Ellie y probablemente vamos a tener que vernos, así que preferiría que no me hicieras sentir incómoda.

Se formó un ceño entre sus ojos.

—No quiero que te sientas incómoda —su mirada me estaba escrutando otra vez, pero en esta ocasión yo no estaba delatando nada.

Con un profundo suspiro, Braden asintió y dijo:

—Oye, lo siento. Quiero que nos llevemos bien. Me caes bien. A Ellie le caes bien. Y me gustaría que fuéramos amigos. De ahora en adelante dejaré de coquetear contigo y haré todo lo posible por olvidar cómo eres desnuda.

Dejó las copas en la barra y me tendió la mano para que se la estrechara. La expresión de sus ojos era nueva, una expresión de súplica, infantil y completamente atractiva. No confiaba en absoluto en esa expresión, pero me di cuenta de que estaba negando con la cabeza, sonriendo a mi pesar al tenderle la mano. En cuanto mis dedos tocaron la palma de su mano, se me erizó el vello en los brazos.

Había pensado que esa chispa que aparentemente sientes cuando te toca una persona que te atrae era un mito reservado para los romanticismos de Hollywood.

Pero no.

Nuestras miradas colisionaron al tiempo que el calor me subía por el brazo. El cosquilleo entre mis piernas se intensificó, la necesidad en mis tripas gimió de deseo. Lo único que podía ver era a Braden, lo único que podía oler era a Braden, y su cuerpo estaba tan cerca que imaginé que podía sentir toda su fuerza presionando contra mí. En ese momento no quería nada más que meterlo en el lavabo de chicas y dejar que me cogiera con fuerza contra la pared.

La mano de Braden se tensó en torno a la mía, sus ojos pálidos se oscurecieron, y supe... que él también me deseaba.

—De acuerdo —murmuró, y un elemento peligroso apareció en su expresión al inclinarse para casi introducir sus palabras en mi boca de tan cerca que estaba—. Puedo hacer esto. Si tú puedes disimular, yo puedo disimular.

Aparté mi mano de la suya, tratando de no temblar al ir a recoger el resto de las bebidas. Braden cogió las que había dejado para darme ese maldito apretón de manos. Odiaba que tuviera razón. Nuestra atracción era nuclear. Nunca había conocido nada semejante.

Y eso hacía que Braden Carmichael fuera extremadamente peligroso para mí.

Tenía que fingir. Le lancé una sonrisa despreocupada.

—No estoy disimulando.

Me aparté antes de que él pudiera decir nada, agradecida por la pared que nos había protegido del ángulo de visión de nuestra mesa. Me habría muerto de vergüenza si alguien hubiera sido testigo de nuestro interludio.

Braden se sentó al lado de Holly y entregó a esta y a Adam sus respectivas copas. Nuestras miradas volvieron a colisionar durante un instante y él esbozo una sonrisa falsamente educada antes de inclinarse hacia atrás y deslizar su brazo en torno al respaldo de la silla de Holly. Su novia le sonrió y le apoyó íntimamente una mano —una manicura perfecta— en el muslo.

—Cielo, justo estaba hablándole a Ellie de ese vestido de Gucci que vi en Internet. Estaba pensando que podías llevarme a Glasgow para que me lo pruebe. Te gustará. Merecerá la pena el dinero que vale. —batió sus pestañas postizas en dirección a Braden.

No hacía falta que nadie me dijera que el dinero que merecería sería el de Braden.

Indignada, aparté mi copa y traté de no hacerles caso. Holly ni se dio cuenta.

—Entonces, Josh, ¿cómo puedes costearte ese apartamento espléndido con Ellie?

Todos los ojos se posaron en mí.

—En realidad es Joss.

Ella se encogió de hombros y sonrió con los ojos entrecerrados, y de repente me pregunté si quizás ella había notado las miradas entre Braden y yo.

Mierda.

—¿Y pues? —repitió, con un poco de veneno.

Sí. Lo había visto.

—Mis padres —bebi otro trago y me volví hacia Jenna para preguntar sobre su trabajo a tiempo parcial en la industria turística escocesa.

La voz de Holly cortó mi pregunta.

—¿Qué quiere decir tus padres?

«Cállate la bocaza.» La miré con enfado velado.

—Su dinero.

—Oh —respingó la nariz como si de repente hubiera olido algo muy desagradable—. ¿Vives del dinero de tus padres? ¿A tu edad?

Oh, no, por favor. Tomé otro trago y entonces sonreí a modo de advertencia como diciendo: «No juegues a este juego conmigo, cariño, porque no vas a ganar.»

Ella no consideró la advertencia.

—Entonces ¿ellos lo pagan todo? ¿No te hace sentir culpable?

Cada puto día.

—¿Fue tu dinero el que pagó esos Louboutin... o el de Braden?

Ellie se atragantó de risa, disimulando el ruido dando rápidamente un trago a su copa. Le di un golpecito en la espalda para ayudarla en su disimulo. Cuando volví a mirar a Holly, ella estaba mirándome, con la cara colorada hasta la línea del nacimiento del pelo.

Tesis demostrada. Pregunta desviada. Zorra consentida puesta en su lugar.

—Así que la gente puede casarse en el castillo de Stirling, ¿eh? —volví hacia Jenna y a nuestra conversación anterior—. Solo lo he visitado una vez, pero es un sitio precioso...

5

Dos noches más tarde estaba en remojo en la bañera después de una sesión agotadora en el gimnasio cuando oí un grito de alegría de Ellie. Levantando una ceja hacia la puerta, no me sorprendió la llamada que sonó en ella al cabo de dos segundos.

—¿Puedo pasar? —preguntó con risa en la voz.

Estaba claro que la noticia que había recibido no podía esperar. Miré para asegurarme de que estaba suficientemente cubierta por burbujas.

—Claro —respondí.

La puerta se abrió y Ellie entró con dos copas de vino en la mano y una expresión de suficiencia en la cara. Cogí la copa que me ofreció y sonreí ante su contagioso buen humor.

—¿Qué está pasando?

—Bueno —contestó Ellie—. Después de seis meses nefastos, Braden ha dejado por fin a Holly.

Resoplé en mi copa, sin hacer caso de la forma en que mi estómago se retorció con la noticia.

—¿Esa es tu noticia excitante?

Ellie me miró como si hubiera dicho alguna locura.

—Por supuesto. Es la mejor noticia en Dios sabe cuánto tiempo. Holly era la peor de todas. ¿Sabes?, creo que la otra noche en el bar fue la gota que colmó el vaso. Braden parecía mortificado con ella. Ya era hora que la dejara. Esa ensimismada, falsa y cazafortunas era un incordio.

Asentí en señal de consentimiento, pensando en el descarado flirteo de Braden conmigo.

—Sí, probablemente solo habría terminado engañándola.

La alegría de Ellie se desvaneció al instante y me miró con mala cara. Levanté una ceja ante su reacción.

—Braden nunca engañaría.

Ellie verdaderamente pensaba que su hermano caminaba sobre las aguas. Incliné la cabeza con una sonrisita cínica, una expresión que probablemente bordeaba la condescendencia y que se merecía un puñetazo.

—Por favor, Ellie, es un tipo que flirtea con todo lo que se mueve.

Considerando un momento lo que acababa de decirle, Ellie se apoyó en las paredes de baldosas, al parecer sin reparar en el vaho que se había adosado a ellas y más que probablemente humedeciéndose la espalda de la blusa. Al parecer había olvidado su celebración en vista de mi negatividad.

—Hay una cosa que tienes que saber de Braden. Nunca engañaría. No es perfecto, ya lo sé. Pero digamos que nunca sería tan cruel o deshonesto con nadie. Siempre que ha estado en una relación y su interés se ha apagado o ha saltado a otra persona, ha sido sincero con su novia y ha roto antes de empezar nada con otra. No estoy diciendo que su actitud no sea un poco penosa, pero al menos es sincero.

Llena de curiosidad por la seguridad de Ellie, tomé un trago de vino antes de responder.

—¿Alguien engañó a Braden?

Ella me dedicó una historia triste.

—No soy nadie para explicarlo.

Vaya. Si Ellie no abría la boca al respecto, Braden tuvo que sufrir con eso.

—Basta con decir que tiene una relación detrás de otra. Es completamente monógamo, pero salta de una novia a la siguiente. Holly ha durado más de lo habitual. Creo que es porque hacía viajes frecuentes al sur. —Ellie me lanzó entonces una mirada provocadora, casi conocedora—. Me pregunto qué chica ha captado su interés esta vez.

La miré con atención. ¿Lo sabía? ¿Había sido testigo de la chispa entre nosotros?

—Y me pregunto si será la que por fin lo haga asentarse. Necesita una inyección de realidad.

Murmuré una respuesta incoherente, porque no quería alentar sus pensamientos en mi dirección.

—Perdona por interrumpir tu baño.

—No, está bien —incliné la copa de vino hacia ella—. Has traído vino tinto. Está todo bien.

—¿Alguna vez has engañado a alguien?

Vaya. De dónde había venido eso.

—¿Eh?

¿Acaso estaba en una entrevista para salir con su hermano?

Mirándola a los ojos para que supiera que estaba siendo letalmente seria, contesté con más sinceridad que nunca, confiando en que Ellie no me hiciera entrar mucho en el tema.

—Nunca he estado tan cerca de nadie para que eso fuera una cuestión —mi respuesta pareció desinflarla, y eso solo reafirmó mi suposición de que había estado aferrándose a alguna clase de noción romántica respecto a Braden y a mí—. No tengo relaciones, Ellie. No me va.

Ella asintió, con la expresión un poco perdida.

—Espero que eso cambié.

«Nunca cambiará.»

—Tal vez.

—Está bien. Voy a dejarte con tu baño. Oh —se detuvo, dándome la espalda—. Mi madre prepara un gran asado los domingos para toda la familia. Estás invitada este domingo.

Sentí que la temperatura de mi baño caliente bajaba en picada y tuve un escalofrío. No había estado en una reunión familiar desde la escuela.

—Oh, no quiero molestar.

—No molestas. Y no aceptaré un no por respuesta.

Sonreí débilmente, apurando lo que quedaba de la copa de vino en cuanto Ellie cerró la puerta tras de sí. Sintiendo que el vino me revolvía la tripa, elevé una plegaria por un milagro que me librara de la reunión familiar.

El viernes por la noche llegaba tarde al trabajo en el bar. Ellie había decidido preparar ella la cena y eso se había convertido en un desastre irreparable. Habíamos terminando comiendo fuera y perdiendo la noción del tiempo al sumirnos en una profunda discusión sobre nuestros trabajos: la tesis de Ellie y mi libro.

Ellie se había ido a acostar a casa, porque tenía un dolor de cabeza terrible que le había aparecido de repente, y yo me había apresurado a ir al bar. Le lancé a Jo una sonrisa de disculpa al pasar a su lado para dirigirme a la sala de personal. Estaba metiendo mis cosas en la taquilla cuando sonó mi móvil.

Era Rhian.

—Eh, cielo, ¿puedo llamarte en mi descanso? Llego tarde a mi turno.

Rhian sollozó en la línea.

—Vale.

Mi corazón se detuvo. ¿Rhian estaba llorando? Rhian nunca lloraba. Nunca llorábamos.

—Rhian, ¿qué está pasando? —mi sangre se agolpó en mis oídos.

—He roto con James —su voz se rompió junto con mi fe.

Pensaba que Rhian y James eran sólidos. Irrompibles.

Joder.

—¿Qué ha pasado? —Dios, ¿la había engañado?

—Me propuso matrimonio.

El silencio se instaló entre nosotras mientras trataba de entender lo que me estaba diciendo.

—Vale, ¿te propuso matrimonio y lo dejaste?

—Por supuesto.

¿Qué me estaba perdiendo?

—No lo entiendo.

Rhian gruñó. Gruñó de verdad.

—¿Cómo puedes no entenderlo tú, Joss? ¡Por eso te llamo a ti! ¡Tú deberías entenderlo!

—Pues no lo entiendo, así que deja de gritarme —sentí un dolor que irradiaba de mi pecho por James. Adoraba a Rhian. Ella era todo su mundo.

—No puedo casarme con él, Joss. No puedo casarme con nadie. El matrimonio lo arruina todo.

Y de repente me di cuenta de que estábamos entrando en nuestra zona vedada. Se trataba de los padres de Rhian. Sabía que se habían divorciado, pero era lo único que sabía. Tenía que haber algo más profundo, algo peor, para que Rhian le diera la espalda a James.

—Él no es tu padre. Ustedes dos no son tus padres. James te ama.

—¿Qué diablos, Joss? ¿Quién coño es el que ha hecho eso con mi amiga?

Hice una pausa. A lo mejor estaba pasando demasiado tiempo con Ellie. Ella estaba borrando mi identidad.

—De acuerdo —contesté.

Rhian suspiró aliviada.

—Entonces crees que he hecho lo que tenía que hacer.

—No —contesté con sinceridad—. Creo que estás muerta de miedo. Pero de una persona muerta de miedo a otra, sé que nadie te hará cambiar de opinión.

Estábamos en silencio, únicamente respirando cada una junto a su teléfono, sintiendo esa conexión entre nosotras, ese alivio de que había alguien más igual de mal.

—¿Has pensado en la realidad de esto, Rhian? —pregunté por fin—. ¿Me refiero a si has pensado en James con otra persona?

Un sonido ahogado crujió en el teléfono.

Se me partió el corazón por ella.

—¿Rhian?

—Tengo que colgar.

Y de alguna manera supe que había colgado para llorar. Nosotras nunca llorábamos.

Sintiendo que me invadía una profunda melancolía, le mandé un mensaje de texto para aconsejarle que pensara bien las cosas antes de hacer algo que lamentaría. Por una vez, deseé no estar tan quebrada, para que Rhian tuviera una mejor amiga que fuera fuerte y que no temiera amar, que le sirviera de ejemplo de lo que era posible. En cambio, yo era para ella una excusa que le permitía creer que no estaba siendo irracional. Era su posibilitadora.

—¿Joss?

Levanté la cabeza y vi a Craig.

—¿Sí?

—Un poco de ayuda, por favor.

—Oh, claro.

—¿Te apetece un revolcón después de trabajar?

—No, Craig —negué con la cabeza y lo seguí, demasiado deprimida hasta para charlar con él.

· · ·

El domingo llegó antes de que me diera cuenta, y yo estuve tan preocupada con mi libro y con Rhian, que seguía evitando mis llamadas, y tan asustada por la posibilidad de hablar con James no fuera caso de que me causara otra fisura en mi corazón con su pena, que no tuve la menor oportunidad de que se me ocurriera una excusa para salvarme de la cena con la familia de Ellie.

Así que ahí estaba metida en un taxi con Ellie, vestida para festejar el día de calor con mis *shorts* de Topshop y una bonita blusita de seda verde oliva. Salimos hacia Stockbridge y paramos literalmente cinco minutos más tarde a las puertas de una casa que se parecía mucho a la nuestra.

Dentro, no me sorprendió descubrir que el hogar de los Nichols se asemejaba al nuestro. Enormes habitaciones, techos altos y una agradable colección de objetos que me recordó un montón a Ellie. Ya sabía de dónde lo había sacado.

Elodie Nichols me saludó con un beso muy francés en cada mejilla. Como Ellie, era alta y de una belleza delicada. Por alguna razón, esperaba un acento francés, pese a que Ellie me había contado que su madre se había trasladado a Escocia cuando tenía cuatro años.

—Ellie me ha hablado mucho de ti. Me ha dicho que enseguida se han hecho amigas. Me alegro mucho. Estaba un poco preocupada por ella cuando dijo que iba a buscar una compañera de apartamento, pero todo ha ido sobre ruedas.

Sentía que volvía a tener quince años. Elodie tenía esa forma maternal de hablarte.

—Sí —respondí con simpatía—, Ellie es fantástica.

Elodie sonrió, con aspecto de tener veinte años menos y de parecerse mucho a su hija mayor.

A continuación, me presentaron a Clark, un tipo un poco anodino de pelo negro, con gafas y una sonrisa dulce.

—Ellie dice que eres escritora.

Le lancé a Ellie una sonrisa irónica. Le contaba a todo el mundo que era escritora.

—Lo intento.

—¿Qué escribes? —preguntó Clark, pasándome una copa de vino.

Nos habíamos reunido en la sala de estar mientras Elodie se ocupaba de algo en la cocina.

—Fantasía. Estoy trabajando en una serie de fantasía.

Los ojos de Clark se ensancharon levemente detrás de las gafas.

—Me encantan las novelas de fantasía. ¿Sabes?, me encantaría leerla antes de que la mandes.

—¿Te refieres a una lectura de corrección?

—Sí. Si quieres.

Recordando que Clark era profesor universitario y que estaba acostumbrado a evaluar trabajos, me sentí secretamente complacida por su oferta. Le ofrecí una pequeña sonrisa de gratitud.

—Sería fantástico. Te lo agradezco. Por supuesto, me falta mucho para terminar.

—Bueno, cuando termines, me avisas.

Sonreí.

—Lo haré, gracias.

Estaba empezando a pensar que superaría la prueba de la cena con esa particular familia cuando oí risas infantiles.

—¡Papá!

La voz de un niño llegó desde el pasillo hasta nosotros y acto seguido apareció su propietario en el umbral. La cara del niño que corría hacia Clark se iluminó de excitación. Supuse que era Declan, el hermanastro de diez años de Ellie.

—Papá, mira lo que me ha traído Braden —puso una Nintendo DS y dos juegos delante de las narices de Clark.

Clark los miró, sonriendo.

—¿Era la que querías?

—Sí, la última versión.

Levantando la mirada hacia el umbral, Clark chascó la lengua en un gesto de fingida desaprobación.

—No es su cumpleaños hasta la semana que viene. Lo malcrías demasiado.

Me volví y las palmas de mis manos se pusieron sudorosas al instante al ver a Braden de pie en el umbral, con la mano en el hombro de una versión en miniatura de Ellie. La adolescente estaba acurrucada al lado de él, con el flequillo grueso y el pelo corto con un estilo sorprendente para una criatura tan pequeña. Mis ojos no se entretuvieron demasiado en la mini Ellie, que deduje que era Hannah. No, se deslizaron sobre Braden, devorándolo antes de que pudiera contenerlos.

La atracción me quemó en la sangre.

Braden llevaba jeans negros y una camiseta gris. Era la primera vez que lo veía vestido de manera informal, la primera vez que mis ojos tenían acceso a sus bíceps fuertes y sus hombros anchos.

Sentí un latido entre las piernas y aparté enseguida la mirada, odiando que hiciera eso con mi cuerpo.

—Lo sé —respondió Braden—, pero no quiero pasar otra tarde de domingo con Dec dándome lata sobre esa maldita consola.

Declan se limitó a reír, bajando su mirada triunfante a la consola al tiempo que se dejaba caer a los pies de su padre y empezaba a cargar un juego de Super Mario Bros.

—Mira lo que tengo —sonrió con timidez, sosteniendo algo que parecía una tarjeta de crédito.

Dios, esperaba que no lo fuera.

Clark entrecerró los ojos.

—¿Qué es?

Las pupilas de Hannah se iluminaron.

—Una tarjeta de regalo grande de verdad para la librería.

—Qué bien —le sonrió y le tendió los brazos—. ¿Qué te vas a comprar?

Su hermana pequeña corrió hacia ella, acurrucándose a su lado al tiempo que se dejaban caer en el sofá. La niña me lanzó una sonrisa tímida antes de mirar a Ellie.

—Hay una nueva serie de vampiros que quiero.

—Hannah devora los libros —añadió una voz masculina grave justo encima de mi cabeza.

Me volví y vi a Braden de pie junto al sofá, mirándome con una simple sonrisa amistosa. Aunque un poco desconcertada por su cambio de actitud, descubrí que yo también le sonreía.

—Ya veo.

Noté un vuelco en el estómago y me encogí interiormente, apartando la mirada de él. Nunca se me ocurrió que Braden iba a asistir a la comida, aunque debería haberlo supuesto, considerando que Ellie había dejado claro que él era una parte importante de su familia.

—¿Le han dado las gracias a Braden? —preguntó Clark de repente a sus hijos, atrayendo mi atención hacia ellos y lejos del sexo con piernas que tenía al lado.

Un par de «sí» murmurados respondieron la pregunta.

—Hannah, Dec, esta es mi compañera de apartamento, Joss —presentó Ellie.

Sonreí a los dos.

—Hola —me saludó tímidamente con la mano. Sentí que se me encogía el pecho de lo encantadora que era.

—Hola —devolví el saludo.

—¿Te gusta la Nintendo? —preguntó Declan, esperando mi respuesta con una mirada valorativa.

Sabía que la respuesta sería decisiva.

—Oh, sí, Mario y yo nos conocemos desde hace mucho.

Me regaló una sonrisa de respuesta.

—Tienes un acento muy cool.

—Tú también.

Eso pareció complacerle y enseguida regresó a su juego. Creo que aprobé.

Clark dio una palmadita en la cabeza de Declan.

—Hijo, ponlo en silencio, por favor.

Casi de inmediato los sonidos familiares de Mario desaparecieron y decidí que me gustaban esos niños. Leyendo entre líneas, supuse que Braden los malcriaba, y mirando la casa no parecía que les faltara de nada, pero eran muy educados, como Ellie.

—¡Braden! —Eloldie entró arrastrando los pies con una enorme sonrisa de amor en la cara—. No te había oído llegar.

Braden le sonrió y le dio un fuerte abrazo.

—¿Clark te ha puesto algo para beber?

—No, pero me serviré algo yo mismo.

—Oh, no, deja —se levantó—. ¿Cerveza?

—Sí, gracias.

—Siéntate. —sentó a Braden en el sillón de mi derecha al tiempo que Clark salía. Se acomodó en el brazo del sillón y apartó el pelo despeinado de Braden de su frente—. ¿Cómo estás? Me he enterado de que has roto con Holly.

Braden no me parecía de los que les gusta que los mime una madre, pero se quedó allí sentado, aparentemente disfrutando de la atención de Elodie. Él le tomó la mano y le besó los nudillos de manera afectuosa.

—Estoy bien, Elodie. Ya iba siendo hora, nada más.

—Hum —murmuró ella frunciendo el ceño. Y luego, como si recordara algo, se volvió hacia mí—. ¿Ya conoces a Joss, no?

Braden asintió, con una sonrisa delicada, casi secreta, curvándole la comisura de los labios. Aun así, era amistosa, sin carga sexual, y no sabía si estar contenta o decepcionada por eso. Estúpidas hormonas.

—Sí, Jocelyn y yo ya nos conocemos.

Sentí que se me juntaban las cejas. ¿Por qué insistía en llamarme Jocelyn?

El ceño enseguida desapareció cuando Clark regresó y la conversación ganó impulso. Me esforcé todo lo posible, respondiendo sus preguntas y preguntando a mi vez, aunque nunca había estado tan agradecida con Ellie. Ella acudió en mi auxilio cuando su madre empezó a hacer preguntas sobre mis padres, desviando las preguntas con facilidad de mí hacia Elodie, y suspiré aliviada por haber escapado de tener que ser directamente grosera. Hasta logré mantener una charla amistosa y sin carga sexual con Braden.

Entonces pasamos al comedor.

Había algo en la risa, en toda la charla y el ruido, al acomodarnos allí y servirnos patatas, verduras y puré para comer con las generosas porciones de pollo que Elodie puso en nuestros platos. Al servirme salsa sobre en el plato, su charla, su afecto, la cálida normalidad desencadenaron los recuerdos...

«—He invitado a Mitch y Arlene a comer —informó mi madre, poniendo dos cubiertos más.

»Dru se había quedado a comer porque estábamos trabajando juntas en un proyecto escolar y mi padre estaba poniendo a la pequeña Beth en su silla.

»Papá suspiró.

»—Me alegro de haber hecho un montón de chili, porque Mitch es capaz de comérselo todo.

»—Sé amable —advirtió mamá con una sonrisita en los labios—. Llegarán en un momento.

»—Solo decía que es de buen comer.

»Dru se rio a mi lado, lanzándole a papá una mirada de adoración. El padre de Dru nunca estaba en casa, así que papá era como Superman para ella.

»—Bueno, ¿cómo va el proyecto? —preguntó mamá, sirviéndonos zumo de naranja.

»Obsequié a Dru con una sonrisa secreta. No estaba yendo ni para atrás ni para delante. Habíamos pasado la última hora cotilleando sobre Kyle Ramsey y Jude Jeffrey. Más que nada no paramos de decir Juuude en lugar de Jude y con eso nos reíamos como idiotas.

»Mi madre resopló, captando la mirada.

»—Ya veo.

»—Eh, vecinos —oyó que saludaban en voz alta cuando Mitch y Arlene abrieron la puerta cristalera, entrando sin llamar.

»No pasaba nada por eso. Estábamos acostumbrados a su exceso de familiaridad, porque eran los únicos vecinos cercanos a la casa. A mi madre le encantaba su exceso de familiaridad. ¿A mi padre? No tanto.

»Después de un montón de saludos —y Arlene eran incapaces de decir hola una sola vez—, todos nos sentamos por fin en torno a la mesa de la cocina con el famoso chili con carne de papá.

»—¿Por qué no cocinas nunca para mí? —se quejó Arlene a Mitch después de gemir de manera un poco inapropiada al probar el chili de papá.

»—Nunca me lo has pedido.

»—Apuesto a que Sarah nunca ha de pedirle a Luke que cocine, ¿verdad, Sarah?

»Mamá pidió ayuda a papá poniendo los ojos como platos.

»—Hum...

»—Sí, es lo que pensaba.

»—Papá, Beth ha tirado el jugo —señalé con la cabeza al suelo.

»Como él era el que estaba más cerca, se agachó para recoger el vaso.

»—Mi padre nunca cocina —dijo Dru, tratando de conseguir que Arlene se sintiera mejor.

»—Mira —comentó Mitch con la boca llena—, no soy el único.

»Arlene torció el gesto.

»—¿Qué quiere decir "mira"? Como si el hecho de que otro hombre no cocine para su mujer de alguna manera justificara que tú no lo hagas.

»Mitch tragó saliva.

»—Muy bien. Cocinaré.

»—¿Sabes cocinar? —preguntó mamá con suavidad, y oí que mi padre se atragantaba.

»Oculté mi sonrisa dando un trago de zumo de naranja.

»—No.

»Se hizo el silencio en la mesa cuando todos nos miramos unos a otros y luego rompimos a reír. Beth chilló al oír el ruido y su manita golpeó el zumo y lo hizo salir volando otra vez, y eso hizo que nos riéramos más todavía...

Ese recuerdo fue seguido por otro recuerdo de una comida de Navidad. Acción de Gracias. Mi decimotercer cumpleaños...

Los recuerdos desencadenaron un ataque de pánico.

Primero sentí cada vez mayor confusión y enseguida dejé la salsera con mano temblorosa. Noté un cosquilleo en la piel de la cara y un sudor frío se filtró en mis poros. El corazón me latía tan deprisa detrás de la caja torácica que pensé que iba a explotar. Se me cerró el pecho y sentí que no podía respirar.

—¿Jocelyn?

Mi pecho subía y bajaba rápidamente con inspiraciones tenues; busqué la voz con ojos aterrorizados.

Braden.

Dejó el tenedor y se inclinó por encima de la mesa hacia mí con el entrecejo arrugado con expresión de preocupación.

—¿Jocelyn?

Necesitaba salir de allí.

Necesitaba aire.

—Jocelyn... por Dios —gritó Braden, echándose atrás en la mesa decidido a rodearla para llegar hasta mí.

Sin embargo, yo me levanté de la silla, haciendo un gesto con las manos para pararlo. Sin decir una palabra, me volví y salí corriendo del comedor. Eché a correr por el pasillo hasta el cuarto de baño, donde me encerré dando un portazo.

Subí la ventana con manos temblorosas y di gracias por la ráfaga de viento que me dio en la cara, aunque fuera aire caliente. Sabía que necesitaba calmarme y me concentré en respirar más despacio.

Al cabo de unos minutos, mi cuerpo y mi mente habían vuelto en sí y me derrumbé en el asiento del inodoro, con los miembros como gelatina. Me sentía agotada otra vez. Mi segundo ataque de pánico.

Genial.

—¿Jocelyn? —voz atronó a través de la puerta.

Cerré los ojos, preguntándome cómo demonios iba a explicarme. El bochorno me calentó la sangre en las mejillas.

Pensaba que lo había superado. Habían pasado ocho años. Debería haberlo superado ya.

Con el sonido de la puerta al abrirse, mis ojos también se abrieron y observé que un preocupado Braden entraba y volvía a cerrar. Me pregunté brevemente por qué él me había seguido y no Ellie. Cuando no dije nada, se acercó, poniéndose rápidamente en cuclillas para que nuestros ojos quedaran a la misma altura. Mi mirada buscó su rostro atractivo, y por una vez deseé poder romper mis estúpidas reglas. Tenía la sensación de que Braden sería capaz de hacerme olvidar de todo por un rato.

Nos miramos el uno al otro durante lo que pareció una eternidad, sin decir una palabra. Estaba esperando un montón de preguntas, porque tenía que haber quedado claro para todos, o al menos para los adultos sentados a la mesa, que había sufrido un ataque de pánico.

Desde luego, todos estarían preguntándose por qué, y la verdad es que no quería volver allí.

—¿Mejor? —preguntó finalmente Braden con suavidad.

Espera. ¿Eso era todo? ¿Sin preguntas de sondeo?

—Sí —dije, en realidad no.

Debió de leer en mi expresión la reacción a su pregunta, porque inclinó la cabeza a un lado, con mirada reflexiva.

—No hace falta que me lo expliques.

Esbocé una sonrisa carente de humor.

—Dejaré que pienses que estoy loca.

Braden sonrió.

—Eso ya lo sabía —levantó, tendiéndome una mano—. Vamos.

Miré la mano que me ofrecía con cautela.

—Creo que será mejor que me vaya.

—Y yo creo que deberías comer un poco de comida casera con unos buenos amigos.

Pensé en Ellie y en lo afable y cordial que había sido conmigo. Sería un insulto marcharme de la cena de su madre, y decidí que no quería hacer nada que hiciera sentir mal a Ellie.

Tomé la mano de Braden de manera tentativa y dejé que me pusiera en pie.

—¿Qué voy a decir?

No servía de nada simular tranquilidad y serenidad con él. Ya me había visto en mi estado más vulnerable. Dos veces.

—Nada —me tranquilizó—. No tienes que dar explicaciones a nadie.

Su sonrisa era amable, no podía decidir qué sonrisa me gustaba más, si esa o la pícara de antes.

—Bueno.

Respiré hondo y lo seguí. Él no me soltó la mano hasta que llegamos al comedor, y yo me negué a reconocer la sensación de pérdida en mi pecho cuando dejé de notar su tacto.

—¿Estás bien, cielo? —preguntó Elodie en cuanto entramos en la sala.

—Mucho sol —dijo Braden para tranquilizar a la madre de Ellie—. Ha estado demasiado rato al sol esta mañana.

—Oh —centró su preocupación maternal en mí—. Espero que al menos llevaras protección solar.

Asentí, deslizándome en mi silla.

—Solo me he olvidado de ponerme un sombrero.

Cuando se reanudó la conversación y la tensión desapareció de la mesa, no hice caso de las miradas suspicaces de Ellie y le lancé a Braden una sonrisa de agradecimiento.

6

Al final de la cena estaba un poco más relajada, aunque tenía ganas de llegar a casa y estar sola un rato. Decidida a que no me pillaran otra vez con la guardia baja, volví a levantar esa barrera entre mis recuerdos y yo, y traté de disfrutar de la compañía de los Nichols. No fue difícil. Eran una familia muy agradable.

Mis planes para quedarme sola se vieron frustrados por Braden y Ellie, que iban a reunirse a tomar unas copas con Adam. Traté de librarme de ir con ellos, pero Ellie no estaba dispuesta a ceder. Era como si sintiera que iba a quedarme en casa comiéndome la cabeza o algo así.

Después de despedirme de los Nichols y prometerle a Elodie que volvería, salimos a pillar un taxi para que nos llevara al apartamento y yo pudiera coger mi bolso. Solo tenía encima el móvil y estaba decidida a que nadie —es decir, Braden— me pagara las copas esa noche. Cuanto menos le debiera, mejor.

Cuando el taxi se acercó al apartamento, vi una figura alta y desgarbada sentada delante de la entrada de la casa. Se me encogió el pecho. Con el corazón acelerado, bajé del coche la primera y me apresuré hacia James, que se levantó, con la mochila a sus pies. Tenía grandes ojeras oscuras, la cara demacrada y pálida, las comisuras de la boca tensas por el dolor y la rabia.

—Solo dime una cosa. ¿La animaste a que me dejara?

Sorprendida por toda la rabia acumulada contra mí, negué con la cabeza, dando un paso cauteloso hacia él, aturdida.

—James, no.

Me señaló con el dedo, con la boca retorcida con amargura.

—Ambas están tan locas... Has tenido que participar en esto de alguna manera.

—Eh —Braden se puso delante de mí, calmado pero intimidatorio cuando habló con James—. Lárgate.

—Braden, no pasa nada. —miré a Ellie, que estaba observando con los ojos como platos. Hice un gesto hacia Braden, rogando a Ellie con la mirada—. Pueden ir yendo sin mí.

—Ni hablar —Braden negó con la cabeza, sin apartar en ningún momento la mirada de James.

—Por favor.

—Braden —Ellie tiró de su codo—. Vamos. Démosles un poco de intimidad.

Con el enfado ardiendo en sus pupilas, Braden me cogió el móvil y empezó a usarlo.

—¿Qué...?

Me cogió la mano y puso mis dedos en torno al móvil otra vez.

—Ahora ya tienes mi número. Llámame si me necesitas. ¿De acuerdo?

Asentí, aturdida. Mientras Ellie tiraba de su hermano, bajé la mirada al teléfono que tenía en la mano. ¿Braden me estaba cuidando? ¿Estaba preocupado? Lo miré por encima del hombro. No podía recordar la última vez que alguien había hecho algo parecido. Era solo un detalle, pero...

—¿Joss?

La voz impaciente me devolvió a mis cavilaciones. Suspiré profundamente. Estaba exhausta, pero sabía que tenía que ocuparme de eso.

—Pasa.

Una vez que estuvimos en la sala de estar con sendos cafés, fui directa al grano.

—Le dije a Rhian que pensaba que estaba cometiendo un error. Nunca la animaría a que te dejara. Eres lo mejor que le ha pasado.

James negó con la cabeza, con expresión funesta.

—Lo siento, Joss. Por lo de antes. Es que... siento que no puedo respirar. No parece real, ¿sabes?

Sintiéndome desesperanzada, me incliné para frotarle los hombros y calmarlo.

—A lo mejor Rhian cambiará de opinión.

—Pensaba que había superado esa mierda —continuó como si yo no hubiera dicho nada—. Es todo por sus padres, ya lo sabes, ¿no?

—Más o menos. En realidad, no. No hablamos de esas cosas.

Me miró con algo parecido a la incredulidad.

—Se supone que ustedes dos son las mejores amigas, pero a veces se hacen más mal que bien.

—James...

—La madre de Rhian amaba al padre de Rhian. Su padre era un idiota alcohólico emocionalmente atrofiado, pero esa perra lo quería más a él que a Rhian. Él le daba palizas a Rhian y a su madre cada dos por tres. Y la madre de Rhian siempre volvía con él. Al final, él se largó, pidió el divorcio y conoció a otra. La madre de Rhian la culpó a ella. Dijo que era una fracasada y que terminaría como su padre. Durante años le dijo a Rhian que era como su padre, un desastre en ciernes. Y Rhian lo cree.

»¿Sabes que su madre se intentó suicidar dos veces? La muy egoísta dejó que Rhian la encontrara así. Dos veces. Y ahora Rhian cree que va a hacerme a mí lo que su padre le hizo a su madre. No puedo hacerla entrar en razón. Si ni siquiera bebe, mierda. ¡Es todo mental! Y pensaba que lo habíamos superado. Por eso le propuse matrimonio —meneó la cabeza en un esfuerzo por ocultar las lágrimas que brillaban en sus ojos—. No puedo creer que esto esté ocurriendo de verdad —dio una patada a la mesita de café por la frustración y yo apenas pestañeé.

Mi mente estaba con Rhian. ¿Cómo había podido ser su mejor amiga durante cuatro años y no saber nada de eso? Su historia era mucho más defícil de lo que podría haber imaginado. Por supuesto, Rhian tampoco sabía nada de mi pasado. De repente, me pregunté si James tenía razón. ¿Cómo podíamos aconsejarnos la una a la otra cuando no sabíamos nada de los demonios de cada una?

Entonces se me ocurrió, mirando a James llorando por la mujer que amaba, que Rhian estaba mucho menos jodida que yo. Ella le había contado todo a James, porque confiaba en él para resolver sus problemas, y lo había superado con él. O casi.

Aun así, había dado un paso enorme en esa dirección.

—Joss —estaba rogando James ahora—, habla con ella, por favor. Ella te escucha. Ella cree que si tú eres feliz sola, ella también puede serlo.

¿Feliz? Yo no era feliz. Solo estaba a salvo.

Suspiré profundamente, sin estar segura de qué hacer.

—Oye, puedes quedarte aquí todo el tiempo que necesites.

James me miró un momento demasiado largo, con expresión inescrutable. Por fin se limitó a asentir.

—Te agradecería que me dejaras dormir en tu sofá esta noche. Mañana voy a casa de mamá. Hasta que me aclare.

—Está bien.

No dijimos nada más después de eso, hasta que encontré una manta en el armario y la dejé en el sofá, junto con una de mis almohadas. Sentía la decepción que James experimentaba conmigo cada vez que me acercaba a él, así que lo dejé en la sala y me encerré en mi habitación.

Llamé a Ellie.

—Eh, ¿estás bien? —preguntó, con el sonido de música y ruido de fondo desvaneciéndose a medida que ella iba saliendo del bar en el que se encontraran a una calle un poco más silenciosa.

«No. No estoy bien. Ni mucho menos.»

—Sí, estoy bien. Espero que no te importe, pero le he dicho a James que podía quedarse en el sofá esta noche. Mañana se irá a su casa.

—Claro... ¿qué? —boca de Ellie se apartó del teléfono para hablar con otra persona—. Joss está bien. Él va a dormir en el sofá.

¿Era Braden?

—No, he dicho que está bien. Braden, está bien. Vete —su suspiro se hizo más alto al volverse hacia su teléfono—. Lo siento, Joss. Sí, no hay problema. ¿Necesitas que vaya a casa?

¿Necesitas que vaya a casa?

¿Yo estaba en casa? ¿La necesitaba?

Apenas la conocía. Pero, igual que Braden, Ellie se me había metido dentro de alguna manera. Agotada por lo que se había convertido en un día excepcionalmente emotivo, negué con la cabeza.

—No, Ellie, estoy bien, en serio. Quédate. Pásenlo bien. Solo acuérdate de que hay un desconocido durmiendo en tu sofá cuando llegues a casa.

—Bien.

A regañadientes, ella colgó y yo me quedé mirando la pared. Me estaba tambaleando. ¿Por qué me sentía tan desequilibrada? ¿Tan fuera de control? ¿Tan asustada?

¿Por qué mudarme a Dublin Street había cambiado tantas cosas en tan poco tiempo?

Muchas cosas habían cambiado, pero aparentemente no lo suficiente. Todavía estaba sola. Pero estaba sola porque lo quería. Me di cuenta de repente de que Rhian era una criatura completamente distinta. Ella no sobreviviría sola.

Marqué su número.

Ella contestó cuando ya estaba a punto de colgar.

—¿Hola?

Mierda, sonaba fatal.

—¿Rhian?

—¿Qué quieres, Joss? Estaba durmiendo.

Sí, podía imaginarme que había pasado todo el tiempo en la cama desde que James se había ido. De repente, me dio rabia con ella.

—Te llamo para decirte que eres una idiota integral.

—¿Perdón?

—Ya me has oído. Ahora coge el teléfono y llama a James y dile que has cometido un error.

—Vete a la mierda, Joss. Sabes mejor que nadie que estoy mejor sola. ¿Has estado bebiendo?

—No. Estoy aquí sentada mientras tu novio está hecho mierda en mi sofá.

Su respiración se elevó.

—¿James está en Edimburgo?

—Sí. Y está destrozado. Y me ha contado todo lo de tu padre y tu madre.

Esperé una respuesta, pero Rhian se había quedado en un silencio sepulcral.

—Rhian, ¿por qué no me lo contaste?

—¿Por qué tú nunca me has hablado de tus padres? —preguntó.

Contuve el parpadeo cuando mis ojos aterrizaron en la fotografía de mi familia en la mesilla de noche.

—Porque murieron junto con mi hermana pequeña cuando yo tenía catorce años y no hay mucho más que decir.

No sabía si era cierto o no. De hecho, después de los ataques de pánico, me estaba preguntando si el problema no era el hecho de no decir nada. Respiré hondo y le dije algo que nunca había contado a nadie.

—Cuando murieron —continué—, la única persona que tenía era mi mejor amiga Dru, y cuando ella murió un año después no me quedó nadie. Estaba completamente sola. Pasé los años que más influyen cuidándome sola. Nunca hubo llamadas de teléfono de personas preocupadas. Quizá las habría habido si lo hubiera permitido, pero estoy acostumbrada a cuidar de mí y no quiero fiarme de nadie más.

Después de otro momento en que el único sonido que pude oír fue el latido de mi corazón, Rhian sollozó.

—Creo que nunca habías sido tan sincera conmigo.

—Nunca había sido tan sincera con nadie.

—Siempre has sido muy reservada. Pensaba que estabas bien. Pensaba que no necesitabas que nadie se preocupara...

Me acomodé en la cama y dejé escapar otro profundo suspiro.

—El objetivo de contarte toda mi mierda no es que te sientas culpable. Eso es lo que quiero decir. No sé si eso cambiará algún día. No lo estoy pidiendo. Pero Rhian, cuando confiaste a James todo tu bagaje, ese día decidiste que querías que alguien se preocupara. Estabas cansada de estar sola. ¿Estar con él será duro? Sí. ¿Luchar contra tus miedos cada día será difícil? Sí. Pero lo que él siente por ti... Mierda, Rhian, merece la pena. Y decirte que está bien que huyas de él y estés sola simplemente porque yo estoy sola y me va bien es una tontería. Yo estoy sola porque lo estoy. Tú estás sola porque lo has decidido. Y es una decisión equivocada.

—¿Joss?

—¿Qué?

—Siento no haber sido una buena amiga. No estás sola.

«Sí lo estoy.»

—Yo también siento no haber sido una mejor amiga.

—¿James todavía está ahí?

—Sí.

—No quiero estar sola cuando puedo tenerlo a él. Mierda, esto suena tan cursi.

Negué con la cabeza sonriendo, con la tirantez en el pecho aliviada.

—Sí, suena cursi. A veces la verdad es cursi.

—Voy a llamarlo.

Sonreí.

—Pues cuelgo.

Colgamos y me quedé tumbada en la oscuridad, escuchando. Al cabo de veinte minutos, oí que la puerta de la calle se abría y se cerraba.

Encontré el salón vacío, la manta enrollada en el sofá. Un trozo de papel en ella. Una nota de James.

«Te debo una.»

Agarré con fuerza el papel y, aturdida, volví a entrar en mi dormitorio para mirar la foto en la que aparecía con mi familia. Si algo me habían enseñado esas últimas semanas, era que obviamente yo —como Rhian— no lo había superado. Tenía que hablar con alguien. Pero a diferencia de Rhian, yo no quería hablar con alguien que pudiera usar esa mierda contra mí. Mi terapeuta de la escuela secundaria había tratado de ayudarme, pero yo me había cerrado cada vez. Era adolescente. Creía que lo sabía todo.

Pero ya no era una niña y no lo sabía todo. Y si quería que los ataques de pánico se detuvieran tenía que hacer una llamada por la mañana.

7

—¿Así que el hombre misterioso se ha ido?

La voz me asustó y di un salto, y el café saltó de mi cucharita a la encimera.

Lancé a Braden una mirada mordaz por encima del hombro.

—¿Nunca trabajas? ¿Ni llamas a la puerta?

Estaba repantigado contra el quicio de la puerta, observando cómo me preparaba el café de la mañana.

—¿Puedo tomar uno? —señaló con la cabeza a la cafetera.

—¿Cómo lo quieres?

—Leche. Dos de azúcar.

—Y yo que esperaba que dijeras «solo».

—Si alguien está sola aquí eres tú.

Puse mala cara.

—¿Quieres café o no?

Gruñó.

—Estás de buen humor por la mañana.

—¿Y cuándo no? —eché las dos cucharadas en su taza con decisión.

La risa de Braden me impactó en las entrañas.

—Claro.

Mientras hervía el agua, me volví, apoyándome contra la encimera con los brazos cruzados sobre el pecho. Era muy consciente del hecho de que no llevaba sujetador bajo la camisola. De hecho, no creo que nunca hubiera sido tan consciente de mi cuerpo como cuando estaba cerca de Braden. Para ser sincera, había dejado de preocuparme mi apariencia y toda la mierda que eso conlleva después de que mis padres y Beth murieran. Llevaba lo que me gustaba, tenía el aspecto que tenía, y me importaba un pepino lo que pensara cualquier tipo. De alguna manera, eso parecía jugar a mi favor.

Pero al estar de pie delante de Braden, me di cuenta de que ya no percibía tanta seguridad en eso. Sentía curiosidad por saber lo que pensaba de mí. Yo no era alta y delgada como todas las glamurosas amazonas que seguramente orbitaban en el mundo de Braden. No era muy baja, pero no era alta. Tenía piernas delgadas y una cintura pequeña, pero tenía tetas, caderas y un culo rotundo. Contaba con un cabello bonito los días que me preocupaba de soltármelo, pero esos días no abundaban. Era de un color indefinido, entre rubio y castaño, pero largo y grueso, con un rizo natural. No obstante, mi pelo era tan abundante que tendía a molestarme a menos que lo llevara por encima de la nuca, y por eso rara vez, casi nunca, lo llevaba suelto. Los ojos eran probablemente mi mejor rasgo, al menos era lo que me decía la gente. Tenía los ojos de mi padre. De color gris claro, con reflejos metálicos, pero no eran enormes y adorables como los de Holly y Ellie; eran estilizados y felinos, y eso sí, eran muy buenos lanzando miradas penetrantes.

No. Yo no era hermosa ni guapa ni glamurosa. Tampoco pensaba que fuera fea, pero preocuparme por ser extraordinaria era algo que no se me había pasado por la cabeza antes. Que Braden hiciera que me preocupara... me sacaba de quicio.

—En serio, ¿no trabajas?

Se enderezó en el umbral y se acercó a mí, paseando como si nada. Llevaba otro traje de tres piezas fantástico. Alguien tan alto y con los hombros tan anchos como él probablemente se habría sentido más cómodo con vaqueros y camiseta, sobre todo con el pelo alborotado y la barba de tres días, pero por Dios que le sentaba bien el traje. Al acercarse, descubrí que mi mente vagaba hacia una tierra de fantasía: Braden besándome, levantándome en la encimera, separándome las piernas, apretado contra mí, con su lengua en mi boca, una mano en mi pecho y la otra entre mis piernas...

Increíblemente caliente, me di la vuelta, deseando que el agua hirviera pronto.

—Tengo una reunión dentro de media hora —dijo, deteniéndose a mi lado y cogiendo la tetera antes de que pudiera hacerlo yo—. He pensado que podía pasarme para ver si todo iba bien. Las cosas parecían tensas anoche antes de que Ellie y yo nos marcháramos.

Observé que ponía agua en las tazas, tratando de decidir si le contaba lo de James y Rhian.

—Buenos días —Ellie, al entrar en la cocina, ya bien despierta y lavada y vestida.

Llevaba el cárdigan del revés. Me estiré y tiré de la etiqueta para que lo viera. Sonriendo con timidez, se lo quitó, le dio la vuelta y se lo volvió a poner.

—Bueno, llegué a casa y James no estaba en el sofá. ¿Ha dormido en tu habitación?

Braden se tensó a mi lado y yo levanté la mirada y lo vi poniendo ceño. Obviamente no había considerado eso. Esbocé una sonrisita, sintiéndome petulante.

—No —miré un momento a Ellie y cuando desaparecieron mis reservas sobre compartir la noticia, me di cuenta de que casi, quizá, de alguna manera, confiaba en ella—. James es el novio de Rhian.

—Rhian, ¿tu mejor amiga Rhian? —preguntó, sirviéndose un poco de zumo de naranja.

Se acomodó con el vaso en la mesa y pensé que estar a su lado en lugar de estar al lado de su hermano sería una buena idea. Me senté en la silla enfrente de ella.

—Le propuso matrimonio y ella se asustó y lo dejó.

Ellie abrió la boca, horrorizada.

—Estás de broma. Pobre chico.

Sonreí, pensando en su nota.

—Lo van a arreglar.

—¿Han hecho las paces?

Dios, parecía tan esperanzada, y ni siquiera los conocía.

—Eres un cielo —dije en voz baja, y la expresión de Ellie se ablandó.

—Los has juntado tú, ¿verdad? —afirmó con la máxima confianza en mí.

Solo Ellie podía tener esa clase de confianza en alguien como yo. Estaba condenadamente convencida de que yo no era tan distante como pretendía. Que tuviera razón en esta ocasión era un poco irritante y muy engañoso.

—Estaba furioso contigo —dijo Braden antes de que yo pudiera responder.

Yo lo miré, todavía reclinado en la encimera, sorbiendo el café como si tuviera todo el tiempo del mundo.

—Creía que la había convencido yo; de romper con él.

Braden no pareció sorprenderse por ello. De hecho, levantó una ceja y contestó:

—¿Cómo es que no me sorprende?

Ellie chascó la lengua.

—Braden, Joss no haría eso.

—Sé que no lo haría. Pero no creo que no lo hiciera por las razones que tú crees que no lo haría, Els.

Mierda. Así que pensaba que me conocía mejor que Ellie. Hice una mueca interna. A lo mejor sí. Maldito perceptivo. Irritada, aparté la mirada de él, dando un sorbo a mi propio café y tratando de no hacer caso de su mirada perforadora.

—Demasiado enigmático —guiñó Ellie antes de concentrarse otra vez en mí—. Pero los has juntado, ¿no?

«Te debo una.»

Las palabras hicieron que sonriera en mi taza.

—Sí. Sí, lo he hecho.

—¿Lo has hecho? —Braden sonó tan anonadado por esto, que fue insultante.

Vale, a lo mejor el cabrón solo creía que me conocía.

—Es mi mejor amiga. He ayudado. No soy una perra sin corazón, ¿sabes?

Braden se encogió.

—Yo nunca he dicho eso, nena.

Sentí un escalofrío cuando me inundó la expresión de cariño, tocando un nervio que ni siquiera sabía que tuviera. Mis palabras salieron de manera cáustica.

—No me llames nena. No me llames nunca nena.

Mi tono brusco y mi rabia repentina causaron una intensa tensión entre los tres, y de repente no pude recordar por qué estaba tan agradecida a Braden el día anterior cuando me había ayudado después del ataque de pánico. Eso es lo que pasaba cuando confiabas en la gente. Empezaban a pensar que te conocían cuando no sabían una mierda.

Ellie se aclaró la garganta.

—¿Así que James ha vuelto a Londres?

—Sí —me levanté y vacié el poso del café en la pila—. Voy a pasarme por el gimnasio.

—Jocelyn... —espetó Braden.

—¿No tienes una reunión? —corté, a punto de salir de allí, dejando atrás la tensión.

—Jocelyn... —repitió preocupado.

Contuve un profundo suspiro interno.

«Ya lo has dejado claro, Joss.» No tenía que continuar siendo impertinente. Suspirando externamente, levanté la mirada hacia él y le ofrecí con caridad irritada:

—Tengo una taza termo en el armario de arriba a la izquierda si quieres llevarte un poco de café.

Braden me miró un momento, con ojos escrutadores. Negó con la cabeza, con una sonrisa socarrona en los labios.

—No hace falta, gracias.

Asentí, simulando indiferencia con la atmósfera que habíamos provocado, y entonces me volví hacia Ellie.

—¿Quieres venir conmigo al gimnasio?

Ellie arrugó su nariz chata.

—¿Al gimnasio? ¿Yo?

Miré su constitución delgada.

—¿Quieres decir que eres así de estupenda de natural?

Se rio, ruborizándose un poco.

—Tengo buenos genes.

—Sí, bueno, yo he de hacer ejercicio para caber en los míos.

—Qué linda —murmuró Braden en su café, riéndose con la mirada.

Le sonreí, mi segunda disculpa no verbal por mi brusquedad con él.

—En fin, supongo que voy sola. Los veo luego.

—Gracias por el café, Jocelyn —dijo Braden con descaro cuando yo ya me alejaba por el pasillo.

Me estremecí.

—¡Es Joss! —grité refunfuñando, tratando de no hacer caso del sonido de su risa.

—Así que ahora que hemos hecho las presentaciones y hemos dejado atrás lo básico, ¿quieres contarme por qué sientes que era el momento de hablar con alguien? —preguntó con suavidad la doctora Kathryn Pritchard.

¿Por qué todos los terapeutas hablaban en voz tan suave y relajante? Se suponía que el objetivo era calmarte, pero sonaba igual de condescendiente que cuando tenía quince años. Miré a mi alrededor en el amplio consultorio de North St. Andrews Lane.

Era sorprendentemente agradable y moderno, nada parecido a la consulta llena de cosas de la terapeuta que había visto en el instituto. Además, la terapia del instituto era gratis. Esa tía me iba a costar una pequeña fortuna.

—Necesita flores o algo —comenté—. Un poco de color. Este consultorio no es muy acogedor.

Me sonrió.

—Tomo nota.

No dije nada.

—Jocelyn...

—Joss.

—Joss. ¿Por qué estás aquí?

Sentí un nudo en el estómago y empezaron los sudores fríos. Tuve que darme prisa para recordarme que cualquier cosa que le dijera era privada. Nunca la vería fuera del consultorio, y ella nunca usaría mi pasado ni mis problemas contra mí, ni para conocerme personalmente. Respiré hondo.

—He empezado a tener ataques de pánico otra vez.

—¿Otra vez?

—Tenía muchos cuando tenía catorce años.

—Bueno, los ataques de pánico son provocados por toda clase de ansiedades. ¿Por qué entonces? ¿Qué estaba pasando en tu vida?

Me tragué el ladrillo de mi garganta.

—Mis padres y mi hermana pequeña murieron en un accidente de tránsito. Yo no tenía más familia, salvo un tío al que no le importaba en absoluto, y pasé el resto de mi adolescencia en casas de acogida.

La doctora Pritchard había estado escribiendo mientras hablaba. Se detuvo y me miró a los ojos.

—Lo siento mucho, Joss.

Noté que mis hombros se relajaban por su sinceridad y asentí a modo de reconocimiento.

—Después de que murieron, empezaste a tener ataques de pánico. ¿Puedes describirme los síntomas?

Lo hice y ella fue asintiendo.

—¿Hay un desencadenante? ¿Al menos eres consciente de alguno?

—No me permito mucho pensar en ellos. En mi familia, me refiero. Recuerdos de ellos, reales, recuerdos sólidos, no solo impresiones vagas... los recuerdos desencadenan los ataques.

—¿Pero pararon?

Hice una mueca.

—Soy muy buena en no pensar en ellos.

La doctora Pritchard levantó una ceja.

—¿Durante ocho años?

Me encogí de hombros.

—Puedo mirar fotos, puedo tener una idea sobre ellos, pero evito cuidadosamente recuerdos concretos de nosotros juntos.

—¿Pero tus ataques de pánico han empezado otra vez?

—Bajé la guardia. Dejé que llegaran los recuerdos, tuve un ataque de pánico en el gimnasio y luego en una cena familiar con una amiga.

—¿En qué estabas pensando en el gimnasio?

Me moví con inquietud.

—Soy escritora. Bueno, lo intento. Empecé a pensar en la historia de mi madre. Es una buena historia. Triste. Pero creo que a la gente le gustaría. La cuestión es que tuve un recuerdo (unos pocos) de mis padres y de su relación. Tenían una buena relación. Lo siguiente que supe fue que había un tipo ayudándome a que me levantara de la cinta de correr.

—¿Y la cena familiar? ¿Fue la primera cena familiar que has tenido desde las casas de acogida?

—Nunca tuvimos cenas familiares en las casas de acogida —respondí sin humor.

—¿Así que fue tu primera cena familiar después de perder a los tuyos?

—Sí.

—¿Y eso también desencadenó un recuerdo?

—Sí.

—¿Has tenido algunos cambios importantes en tu vida recientemente, Joss?

Pensé en Ellie y Braden y en nuestro café matinal de una semana antes.

—Me he mudado. Nuevo apartamento, nueva compañera de apartamento.

—¿Algo más?

—Mi antigua compañera de apartamento, mi mejor amiga, Rhian, se trasladó a Londres y ella y su novio acaban de comprometerse. Pero eso es todo.

—¿Tú y Rhian eran muy cercanas?

Me encogí de hombros.

—Lo más cercana que puedo estar.

La doctora me sonrió con la tristeza presionando en sus labios.

—Bueno, esa frase dice mucho. ¿Y tu nueva compañera de apartamento? ¿Permites que tu nueva compañera de apartamento se te acerque?

Pensé en ello. Supongo que dejaba que Ellie se acercara más de lo que habría imaginado.

—Ellie. Nos hemos hecho amigas deprisa. No lo esperaba. Los amigos de Ellie son simpáticos y nos vemos a menudo con su hermano y su grupo. Supongo que tengo más vida social ahora.

—¿Fue en casa de la familia de Ellie y su hermano donde tuviste el ataque de pánico?

—Sí.

La doctora Pritchard asintió y garabateó algo más.

—¿Bueno? —pregunté.

Ella me sonrió.

—¿Estás buscando un diagnóstico?

Levanté una ceja.

—Siento decepcionarte, Joss, pero apenas hemos arañado la superficie.

—Pero ¿cree que estos cambios tienen que ver con eso? Quiero que los ataques de pánico paren.

—Joss, llevas quince minutos en mi oficina y ya puedo decirte que esos ataques de pánico no van a parar pronto... a menos que empieces a afrontar la muerte de tu familia.

¿Qué? Bueno, eso era simplemente estúpido.

—La he afrontado.

—Mira, has sido lo bastante lista para saber que tienes un problema y que necesitas hablar con alguien sobre tu problema, así que eres lo bastante lista para darte cuenta de que enterrar los recuerdos de tu familia no es una forma sana de afrontar su muerte. Los cambios en la vida cotidiana, gente nueva, nuevas emociones, nuevas expectativas pueden desencadenar sucesos pasados. Sobre todo si no te has enfrentado a ellos correctamente. Pasar tiempo con una familia después de años de no tener la tuya ha derribado el muro que habías levantado en torno a la muerte de tu familia. Creo que es posible que estés sufriendo de un trastorno de estrés postraumático, y eso no es algo que se pueda pasar por alto.

Gruñí.

—¿Cree que tengo TEPT? ¿Lo que tienen los veteranos de guerra?

—No solo es cosa de soldados. Cualquiera que sufra alguna clase de pérdida o trauma emocional o físico puede sufrir TEPT.

—¿Y cree que lo tengo?

—Posiblemente, sí. Sabré más cuanto más hablemos. Y con suerte cuanto más hablemos, más fácil te resultara pensar en tu familia y recordar.

—Eso no suena como una buena idea.

—No será fácil. Pero ayudará.

8

Me encantaba el olor de los libros.

—¿No crees que es un poco brutal para Hannah? —murmuró la voz suave pero preocupada de Ellie por encima de mi cabeza.

Sonreí a Hannah, que me sacaba dos dedos. Como su madre y su hermana, la chica era alta. Al retorcer el cuello para mirar a Ellie alzándose sobre mí, mi expresión era de incredulidad.

—Tiene catorce años. Es un libro de jóvenes adultos.

El libro se escurrió de entre mis dedos, porque Hannah lo cogió antes de que Ellie pudiera detenerla. Estaba disfrutando de la mañana del domingo con ellos en la librería y Hannah estaba pasando un buen rato gastando la tarjeta regalo de Braden.

Ellie parecía perturbada.

—Sí, sobre un mundo distópico donde los adolescentes se matan unos a otros.

—¿Lo has leído por lo menos?

—No...

—Entonces confía en mí —volví a Hannah—. Es increíble.

—Lo voy a comprar, Ellie —Hannah categóricamente, añadiendo el libro a la creciente pila.

Ellie, soltando un suspiro de derrota, asintió a regañadientes y volvió hacia la sección de novela romántica. Estaba a punto de enterarme de que era una defensora acérrima del final feliz. Habíamos visto al menos tres dramas románticos esa semana. No obstante, antes de sufrir una sobredosis de adaptaciones de Nicholas Sparks, estaba decidida a que esa noche viéramos a Matt Damon rompiendo algunas cabezas en el papel de Jason Bourne.

Me sonó el móvil y me apresuré a buscarlo solo para descubrir que era Rhian.

Le había enviado un mensaje de correo electrónico la noche anterior.

—¿Me dejas que responda la llamada? —pregunté a Hannah.

Ella me dijo adiós con la mano, con la nariz prácticamente pegada a la librería mientras examinaba los títulos. Con una sonrisa, me alejé de ella para responder en privado.

—Eh.

—Hola —murmuró Rhian, de forma casi tentativa.

Me preparé.

Mierda. A lo mejor no debería haber compartido la noticia. ¿Iba a empezar a tratarme como una loca a partir de entonces? ¿Iba a andarse con pies de plomo? Porque eso sería demasiado raro. Echaría de menos que me insultaran por algo.

—¿Cómo están tú y James? —pregunté antes de que pudiera decir nada.

—Mucho mejor. De hecho, me ha pedido que vea a alguien. A un terapeuta.

Me quedé de piedra en el pasillo de ciencia ficción.

—¿Estás bromeando?

—No. No le hablé de tu mensaje, lo juro. Solo me lo soltó. Una coincidencia —respiró hondo—. ¿Tú de verdad vas a ver una?

Miré a mi alrededor para asegurarme de que estaba sola.

—Necesito hablar con alguien, y una profesional sin interés personal en mi vida es la única persona en la que confiaría... bueno... para hablar sobre lo que necesito hablar... —fruncí elceño. Diez puntos por mi capacidad expresiva.

—Ya veo.

Me estremecí por su tono. Había un punto definitivamente mordaz en él.

—Rhian, no quiero hacerte daño.

—No me haces daño. Solo pienso que deberías hablar con alguien al que de verdad le importes. ¿Por qué crees que le conté todo a James? Sabes que tenías razón antes. Confié en él. Y me alegro de haberlo hecho.

—No estoy preparada para eso. Yo no tengo un James. No quiero un James. Y de todos modos, tu James todavía quiere que hables con un terapeuta.

Rhian hizo un sonido de gruñido.

—Creo que él piensa que si doy luz verde a toda la cuestión de la terapia, entonces hablo en serio cuando digo que quiero que las cosas con él funcionen.

Pensé en lo devastado que había estado James la noche en que vino a verme.

—Entonces deberías hacerlo.

—¿Cómo fue? ¿Fue raro?

Fue espantoso.

—Estuvo bien. Extraño al principio, pero voy a volver.

—¿Quieres hablar de ello?

«Sí, por eso estoy pagando cien libras por hora a una profesional, para hablar contigo.» Contuve mi sarcasmo.

—No, Rhian, no.

—Bien, no hace falta que muerdas, gruñona.

Puse los ojos en blanco.

—Sabes que echo de menos los insultos cara a cara. No es lo mismo por teléfono.

Ella resopló.

—Echo de menos a alguien que me entienda. Llamé perra a una mujer de mi equipo de investigación, de chiste, ¿sabes?, y ella me mandó al infierno. Y creo que lo dijo en serio.

—Rhian, ya hemos hablado de esto. A las personas normales no les gusta que las insulten. Por alguna razón, tienden a tomárselo como algo personal. Y tú tienes un poquito de mal genio, por cierto.

—La gente normal es demasiado sensible.

—Joss, ¿has leído este? —Hannah apareció doblando la esquina del pasillo para mostrarme otro libro de distopía.

Lo había leído. ¿Qué puedo decir? Tengo debilidad por la distopía.

—¿Quién es? —preguntó Rhian—. ¿Dónde estás?

Asentí a Hannah.

—Es buena. Y sale un tipo guapísimo. Creo que te encantará.

Hannah se quedó encantada con eso y se llevó el libro al pecho, antes de ponerlo en el cesto de artículos y volver a la sección de ficción juvenil.

—¿Joss?

—Era Hannah —levanté la cabeza ante una novela de Dan Simmons. Oh, esa no la había leído.

—¿Y Hannah es...?

—La hermana de catorce años de Ellie.

—Y estás con una adolescente... ¿por qué?

¿Qué pasaba con el tono? Su pregunta podría también haber sido «y estás fumando *crack*... ¿por qué?».

—Estamos en la librería.

—¿Estás comprando con una adolescente?

—¿Por qué sigues diciéndolo así?

—No lo sé. Tal vez porque te has mudado a un apartamento caro, estás gastando dinero cuando antes te sentías incómoda gastándolo, eres amiga de una chica que ha visto cincuenta y cinco veces *El diario de Noa* y que sonríe un montón; sales de copas con gente real entre semana, has salvado mi relación, estás viendo a una terapeuta y haces de babysitter de adolescentes. Me trasladé a Londres y a ti te han hecho una puta lobotomía.

Suspiré profundamente.

—Sabes que podrías simplemente estar agradecida de que te haya salvado la relación.

—Joss, en serio, ¿qué está pasando contigo?

Saqué una novela de Dan Simmons del estante.

—No hago todas esas cosas a propósito. Ellie y yo nos llevamos bien y por alguna razón le gusta pasearme, y tiene una vida diferente que la nuestra. A ella le gusta la gente de verdad, y eso significa que yo estoy mucho con ellos.

—¿Joss?

Me volví y me encontré a Ellie de pie a mi lado, con mala cara. Me inundó la preocupación y asomé la cabeza por encima de los estantes presa del pánico, buscando a Hannah.

—Hannah está bien —dijo Ellie, adivinando la razón de mi movimiento maníaco de cabeza—. Yo estoy atascada.

Levantó un libro de bolsillo con una mujer enfundada en un vestido victoriano espléndido en la cubierta. Un par de manos masculinas buscaban seductoramente los lazos de la parte de atrás del vestido. Había también algo de seducción en el título. En la otra mano tenía la última novela de Sparks.

—¿Cuál?

Sin vacilar señalé la del tipo que desabrochaba corpiños.

—Me gusta la seducción que expresa la cara de la chica. Un novela de Sparks sería una exageración esta semana.

Ellie hizo un gesto hacia mí con el libro del desabrochador de corpiños y una señal de asentimiento antes de dirigirse de nuevo por el pasillo.

—En serio —preguntó Rhian en la fila—, ¿dónde está Joss y qué has hecho con ella?

—Joss va a colgar si has terminado de psicoanalizarla.

—Joss está hablando en tercera persona.

Me reí.

—Rhian, déjalo, ¿bueno? Y saluda a James y dile que sí, que me debe una.

—Espera... ¿qué?

Todavía riendo, le colgué y fui a buscar a Hannah y Ellie.

Estaban esperando en la cola y me puse al lado de ellas, observando mientras Ellie permanecía en un silencio poco habitual y Hannah solo miraba con adoración todos sus libros. Deberíamos haber traído una mochila para llevarlos todos.

En la caja, observé que apilaban los libros de Hannah en bolsas de plástico endebles, y como Ellie parecía ausente, señalé detrás del empleado.

—Eh, puede ponerlas en esas bolsas de compra. Estas se van a romper.

El empleado se encogió de hombros con pereza.

—Son cincuenta peniques la bolsa.

Puse mala cara.

—La chica acaba de gastarse cien libras en libros y no puedes regalarnos las bolsas.

Él me mostró la tarjeta regalo.

—No, ella no.

—Ya, pero la persona que le dio la tarjeta regalo sí. ¿En serio nos estás pidiendo que paguemos por algo para llevarlos?

—No —repitió la palabra como si fuera estúpida—. Puedes llevarlos en las bolsas gratuitas.

Quizás habría retrocedido si no hubiera estado hablándome en ese tono condescendiente de «odio mi trabajo, a la mierda la atención al cliente». Abrí la boca para ponerlo en su sitio, pero Ellie me agarró la mano, deteniéndome. Levanté la mirada y vi que se estaba bamboleando un poco, con la cara pálida y los ojos cerrados.

—Ellie —la agarré y ella se aferró a mí.

—¿Ellie? —preguntó Hannah con preocupación, apresurándose a colocarse al otro lado de su hermana.

—Estoy bien —contestó ella—. Me he mareado. Tengo este... dolor de cabeza...

—¿Otro? —como el tercero esta semana.

Dejando que el empleado se marchitara bajo mi mirada letal, llevé a Ellie a un lado, y le solté al tipo con mal humor.

—Pon los libros en las bolsas normales.

—Dale las bolsas buenas —dijo con un suspiro la chica que trabajaba a su lado.

—Pero...

—Hazlo.

No hice caso de la mirada irritada del empleado y trasladé mi atención hacia Ellie.

—¿Cómo te sientes?

Aunque seguía pálida, me fijé en que su temblor se había detenido.

—Mejor. Hoy no he comido. Solo me siento débil.

—¿Qué pasa con los dolores de cabeza?

Ella me sonrió de manera tranquilizadora.

—Sinceramente, no he estado comiendo suficiente por mi doctorado. Estoy sintiendo la presión y me estoy estresando. Será mejor que me cuide.

—Aquí tienes —el empleado me entregó dos de las bolsas de compra resistentes.

Murmuré un gracias y le pasé una a Hannah, mientras cogía la otra.

—Déjame a mí —Ellie se estiró para coger la bolsa de Hannah.

—Oh, no, no —la cogí por el codo—. Vamos a darte de comer.

Ellie trató de argumentar que ya se alimentaría después en la cena del domingo con su madre —una cena que por fortuna yo había logrado esquivar, diciéndole a Ellie que de verdad quería pasar unas horas trabajando—, pero la convencí de que al menos comprara un *snack* en el agradable bistró de la esquina. Hannah caminaba a nuestro lado, con la mano de Ellie en su espalda, guiándola a través de las multitudes de Princes Street porque la niña había decidido empezar a leer uno de sus libros de inmediato. No sabía cómo alguna gente podía leer mientras caminaba. Yo me mareaba.

Estábamos charlando sobre el inminente festival cuando vi a Braden. Nos habíamos visto en la barra el viernes, cuando él, Ellie, Adam, Jenna, Ed y algunos de los colegas de Braden habían decidido pasarse por el Club 39 a tomar una copa. No habíamos hablado mucho y su actitud hacia mí había virado definitivamente hacia la zona amistosa.

No sabía si el sentimiento que experimenté por ese cambio me molestaba, pero sí sabía que estaba sintiendo algo cuando lo vi con ella.

Braden venía caminando hacia nosotras, fácil de localizar en la multitud por su altura... y, bueno, su atractivo. Llevaba jeans oscuros, botas negras y una camiseta térmica Henley gris oscuro de manga larga que embolsaba unos hombros anchos, esculpidos, para chuparse los dedos.

En su mano había otra mano.

Pertenecía a una mujer a la que no había visto antes.

—Braden —señaló Ellie; Hannah levantó la cabeza de su libro y toda la cara se le iluminó al verlo.

—¡Braden! —suspiró ella.

Y él, que estaba sonriendo a su acompañante, levantó la cabeza para localizar la voz. Su sonrisa se amplió al ver a Hannah.

Al acercarnos deseé estar en cualquier otro sitio menos donde estaba. La patadita que sentí en las tripas cuando lo vi con otra no fue agradable. De hecho, esa patadita fue posiblemente la peor broma que me habían gastado en mucho tiempo.

Tampoco me entusiasmó la expresión cuidadosamente educada de su rostro cuando vio que estaba con Ellie y Hannah.

Miré a Ellie al detenernos, solo para descubrir que le lanzaba una mirada asesina a la mujer que iba con Braden. Desconcertada y francamente asombrada, no pude evitar susurrar su nombre a modo de pregunta.

Ella me miró con la mandíbula apretada.

—Te lo contaré luego.

—Hannah —Braden la abrazó en su costado y señaló las bolsas—. ¿Has estado gastándote la tarjeta regalo?

—Sí. Tengo un montón de libros. Gracias otra vez —añadió con timidez.

—De nada, cielo —la soltó y se volvió hacia nosotras—. Els, pareces pálida, ¿estás bien?

Ellie todavía estaba poniéndole mala cara a su hermano y yo quería saber qué demonios me estaba perdiendo.

—Me he mareado un poco. No he comido.

—La estoy llevando a que coma algo —pensé que tenía que mencionarlo, para que él no creyera que la estábamos arrastrando cuando no se sentía bien.

—Bien —murmuró, captando mi atención—. Jocelyn, ella es Vicky.

Vicky y yo nos miramos la una a la otra, con sonrisas educadas. Me recordó un montón a Holly: alta, rubia, guapa y tan natural como una Barbie. Aun así, era imponente.

A Braden definitivamente le gustaban las mujeres de un tipo en el que yo no entraba. No era de extrañar que hubiera dejado de coquetear conmigo. Su radar sexual debía de haberse estropeado cuando nos conocimos, pero estaba claro que volvía a funcionar.

—Hola, Vicky —saludó Ellie de mala gana.

No pude evitarlo, mis cejas llegaron a línea del nacimiento del pelo antes de que pudiera pararlas. Ellie sonaba casi depredadora.

Estaba impresionada.

Y muerta de curiosidad.

Braden le lanzó una mirada aplastante a su hermana.

—Anoche tuve una reunión a la hora de cenar y Vicky estaba en la mesa de al lado. Decidimos ponernos al día. Pensaba que podríamos desayunar algo.

En otras palabras, Vicky estaba en la mesa de al lado y se habían enrollado. Me encogí de hombros ante la extraña inquietud que me inundó. Me dolía un poco el pecho y me sentía un poco mareada. Quizás a Ellie no le faltaba comida, quizá las dos habíamos comido algo en mal estado el día anterior.

—Me alegro de verte otra vez, Ellie —saludó Vicky con dulzura. Parecía bastante simpática.

—Hum —Ellie se la sacó de encima con descaro, poniendo los ojos en blanco y luego ensartándolos en Braden—. ¿Vas a venir a cenar hoy?

Observé que el músculo de su mandíbula se tensaba. Decididamente no le hacía gracia la actitud de su hermana.

—Por supuesto —sus ojos volvieron a mí—. Las veré a las dos allí.

—Joss no puede venir. Tiene cosas que hacer.

Él me puso mala cara.

—Solo son unas horas. ¿Seguro que no puedes venir?

Como respuesta, Vicky se apretó más a Braden.

—A mí me encantaría ir, Braden.

Braden le dio una palmadita condescendiente en la mano.

—Lo siento, cielo, es solo para la familia.

Tres cosas ocurrieron al mismo tiempo. Ellie se atragantó de risa, Vicky retrocedió como si la hubieran abofeteado y yo sentí un inminente ataque de pánico.

Sintiéndome envuelta en niebla, respiré a través de ella y de mi confusión.

—Vaya —retrocedí un paso de ellos—. Se me había olvidado por completo que le dije a Jo que le llevaría las propinas a su apartamento. Hoy. Ahora, de hecho. —inventé a modo de disculpa—. Tengo que irme. Os veré luego.

Y salí de allí lo más deprisa que pude.

. . .

—¿Por qué echaste a correr? —preguntó la doctora Pritchard, con la cabeza inclinada hacia un lado como un pájaro entrometido.

«No lo sé.»

—No lo sé.

—Has mencionado varias veces a Braden, el hermano de Ellie. ¿Cómo encaja en tu vida?

«Lo deseo.»

—Supongo que es una especie de amigo.

Cuando ella se limitó a mirarme, me encogí de hombros.

—Tuvimos una presentación no convencional.

Se lo conté todo.

—¿Así que te atrae?

—Me atraía.

Ella asintió.

—Vuelvo a mi anterior pregunta entonces. ¿Por qué? ¿Por qué huiste?

«Señora, ¿cree que estaría aquí si lo supiera?»

—No lo sé.

—¿Fue porque Braden estaba con otra mujer? ¿O porque dio a entender que formabas parte de la familia?

—Supongo que por las dos cosas —me froté la frente, sintiendo la inminencia de un dolor de cabeza—. Quiero que se quede en la caja donde lo he metido.

—¿La caja?

—Sí, la caja. Tiene una etiqueta y todo. Dice «más o menos amigos». Somos más o menos amigos, pero no buenos amigos. Estamos juntos, pero no nos conocemos mutuamente. Lo prefiero así. Creo que podría haber sentido pánico ante la idea de que crea que hay más. Que piense que ahora tenemos una relación más íntima. Eso no lo quiero.

—¿Por qué no?

—Porque no.

La doctora Pritchard asintió, al parecer captando mi tono, y no volvió a plantear la pregunta.

—¿Y tus sentimientos al verlo con otra mujer...?

—Los únicos sentimientos que tuve fueron de confusión y pánico. Estaba con una mujer con la que obviamente tiene una relación sexual y una historia y de alguna manera dio a entender que nuestra amistad era más profunda que lo que tenía con ella al decir lo que dijo. Como he dicho, eso no es cierto. Eso no lo quiero.

—¿Y es la única razón?

—Sí.

—¿Así que no quieres una relación con Braden? ¿Ni sexual ni de otro tipo?

«Sí.»

—No.

—Hablemos de eso. No hemos hablado de tus relaciones con los hombres. Pareces buena protegiéndote de la gente, Joss. ¿Ha pasado mucho tiempo desde tu última relación?

—Nunca he tenido una relación.

—¿Has tenido citas?

Torcí los labios al recordar los llamados «años maravilla».

—¿Quiere conocer la historia sórdida? Está bien, se la explicaré...

—¿Le has llevado el dinero a Jo? —preguntó Ellie en voz baja al derrumbarse en el sofá a mi lado.

Asentí, mintiendo, y para purgar mi culpa me estiré para alcanzar la ansiada gran bolsa de chips y le ofrecí a ella.

—¿Quieres?

—No, estoy llena —se volvió a relajar contra el cojín, con la mirada puesta en la televisión—. ¿Qué estás mirando?

—*El mito de Bourne.*

—Hum, Matt Damon.

—¿La cena ha ido bien? ¿Te encuentras mejor?

Me sentí todavía más culpable por haberme ido así. Todavía estaba tratando de hacerme a la idea de lo que me había ocurrido exactamente en ese momento.

Ellie me miró de soslayo.

—Mamá ha preguntado por ti.

Eso era bonito.

—¿Le has dicho que mandaba saludos?

—Sí. Y la cena ha sido tensa. Braden todavía estaba moleso conmigo.

Esbocé una sonrisita al volver a mirar la pantalla.

—Nunca te había visto así antes. Has sido bastante seca.

—Sí, bueno, Vicky es una perra.

Contuve el aliento, abriendo mucho los ojos. Su rostro normalmente franco era duro como la piedra.

—Ya veo que no te gusta. ¿Quién es?

—Fue novia de Braden durante un tiempo. No puedo creer que la esté viendo otra vez.

—¿Y...?

Al darse cuenta de que quería decir «¿y qué demonios te hizo a ti», Ellie se encogió de hombros, arrugando la cara.

—Un día fui a ver a Adam por algo y estaba allí. Desnuda. En su cama. Él también estaba desnudo.

No podía creerlo.

—¿Le pusieron los cuernos a Braden?

—No —respondio ella, resoplando sin humor—. A Adam le gustaba, así que Braden se la prestó.

Mierda...

—¿Se la prestó?

—Ajá.

—¿Ella no tiene respeto por sí misma?

—¿No has oído que te he dicho que era una perra?

—No puedo creer que Braden hiciera eso. Simplemente prestársela.

—A lo mejor he elegido mal las palabras. En realidad fue ella la que le dijo a Braden que deseaba a Adam. Braden no tenía problema con eso, así que dejó que tuvieran sexo.

Raro, un poco frío tal vez, pero de mutuo acuerdo. Así pues, ¿quién era yo para juzgarlo?

—Así que ella sí tiene respeto por sí misma. ¿Qué es tan grave? —traté de excavar en busca de la fuente real del desagrado de Ellie—. A la chica le gusta el sexo.

—¡Es una perra!

Oh, sí. Ahora decididamente conocía la verdadera razón.

Adam.

—De verdad te gusta Adam, ¿eh?

Ella soltó aire lentamente y cerró los ojos con fuerza.

Una ola de dolor me atravesó el pecho al ver las lágrimas que se derramaban de sus pestañas y resbalaban por su mejilla.

—Oh, cielo.

Me incorporé y la acerqué a mi costado, dejando que llorara en silencio en mi suéter. Al cabo de un rato, me estiré a por el paquete de galletas a medio comer y le pasé una.

—Toma. Come azúcar y vamos a ver cómo Jason Bourne pone a unos cuantos en su sitio.

—¿Podemos simular que está poniendo en su sitio a Adam?

—Ya estoy en ello. Ves ese tipo... es Adam, y Bourne le va a dar una buena.

Ella rio a mi lado y yo me maravillé de cómo alguien podía ser tan fuerte y tan frágil a la vez.

9

Un par de semanas, un ataque de pánico y una visita a mi terapeuta más tarde, allí estaba batallando con mi manuscrito otra vez. Normalmente, cuando estaba escribiendo alguna cosa, mi cerebro vagaba al reino de la fantasía a la menor ocasión, tanto si estaba ante el portátil como si no. Esos días, en cambio, tenía que forzar mi imaginación para que se pusiera en marcha. Y eso nunca funcionaba.

Con el libro flaqueando, una ansiedad galopante respecto a si podría dar la talla como escritora y preocupada por qué demonios iba a hacer si no lograba darla, decidí hacer lo que mejor sabía: sepulté la idea bajo esa escotilla de acero interior para no pensar en ello y centrarme en otra cosa.

Ahora que el Festival de Edimburgo estaba en marcha, hacía turnos extra en el bar y salía con Ellie siempre que ella me lo pedía. En mi última visita, mi terapeuta me alentó a intentarlo otra vez con una cena de familia, y logré superar la prueba sin ataque de pánico... ¡victoria! Fui mucho al gimnasio y evité el aluvión de sonrisas de Gavin, el entrenador personal.

Para alivio de Ellie, Vicky desapareció de la vida de Braden con la misma rapidez con la que había entrado. No es que yo lo hubiera sabido de no ser por Ellie, porque a él no lo había visto desde esa mañana en Princes Street. El trabajo lo mantenía ocupado; algo estaba ocurriendo con uno de sus proyectos inmobiliarios y también tenía un gran evento programado en su *nightclub*, Fire, al final del festival. Fue así como descubrí que Adam era el arquitecto de Braden, de manera que cuando Braden estaba ocupado, Adam también lo estaba. Las pocas veces que quedamos para encontrarnos —una vez para ver a un cómico, otra solo para tomar unas copas y en la última ocasión para una cena familiar— Braden excusó su presencia, demostrando que me equivocaba: de verdad trabajaba por su dinero.

Empezaba a ver su ausencia como algo positivo. Me sentía más relajada de lo que lo había estado en semanas y Ellie y yo nos habíamos hecho más amigas. Me había confesado todo el fiasco de Adam...

Ellie, que estaba enamorada de Adam desde niña, finalmente había reunido el valor para hacer algo al respecto después de que él le diera un puñetazo al idiota que la había engañado para sacarle información sobre Braden. Fue a su apartamento y casi se le tiró encima. Y como Adam era un hombre y Ellie era preciosa, él había aceptado la oferta. Eso fue hasta que ella estuvo casi completamente desnuda debajo de él. Adam retrocedió, explicando que no podía hacerle eso a Braden o a ella, y que Braden nunca le perdonaría ni él se perdonaría a sí mismo. Al darse cuenta de que Adam pensaba que se trataba de un asunto de una noche, Ellie se fue a cuidar en silencio su corazón roto y su ego magullado. Yo nunca habría imaginado que había ocurrido eso entre ellos. Ellie era encantadora a su alrededor. Decía que no quería que las cosas cambiaran y se esforzaba al máximo por estar bien pese a las circunstancias. Lo había visto en acción. Ellie lo intentaba con fuerza, pero en ocasiones algo más, algo tierno, aparecía en su expresión cuando lo miraba. Y al pensar en ello me di cuenta de que también había algo más en la forma en que Adam la miraba a ella. La cuestión es que no podía distinguir si simplemente se trataba de deseo o si los sentimientos de Adam eran un poco más profundos. Estaba muerta de curiosidad, pero también sabía que no era asunto mío, así que no metía las narices donde no me llamaban.

Después de sincerarse conmigo, Ellie había intentado que yo hablara otra vez de mi familia, de mi pasado.

Me cerré por completo.

La doctora Pritchard dijo que tardaría tiempo. Por el momento, no podía soltarme, y no importaba lo que dijera la buena doctora, todavía no estaba segura de si podría soltarme alguna vez.

—¿Bloqueo de escritora otra vez?

Me volví en la silla y encontré a Ellie en el umbral agitando un sobre tamaño A4.

Hice una mueca, cerrando mi portátil.

—Debería estamparme eso en una camiseta.

—Ya pasará.

Mi única respuesta fue un gruñido.

—En fin, detesto pedírtelo, pero...

—¿Qué pasa?

Agitó otra vez el sobre.

—Braden se pasó anoche cuando estabas trabajando y dejó estos documentos. Acaba de llamarme para pedirme que se los lleve a su oficina, porque los necesita para una reunión dentro de dos horas, pero tengo una clase...

Mi estómago dio un vuelco.

—Y quieres que se los lleve yo.

Ellie puso sus adorables ojos como platos.

—Por favor —rogó.

Mierda, mierda, mierda. Gruñendo, me levanté y cogí el sobre que me entregaba.

—¿Dónde está su oficina?

Ella me dio la dirección y descubrí que estaba al final del muelle, lo cual significaba que tenía que tomar un taxi para llegar hasta allí y que tardaría un buen rato porque tenía que ducharme antes de salir.

—Te lo agradezco de verdad, Joss —repitió, y empezó a retroceder—. Tengo que salir corriendo. Te veo después.

Al cabo de un instante se había ido.

Y yo iba con destino a Braden. Maldición. Tratando de no hacer caso del manojo de nervios que era mi estómago, fui murmurando entre dientes enfurruñada mientras me duchaba y me vestía. Me puse unos jeans y un suéter fino. Hacía bastante calor en la calle y llevar chaqueta en Escocia cuando el termómetro marcaba por encima de cero te identificaba como turista. No es broma. Apenas sale un poco el sol, en Escocia se quitan la camisa.

Contemplé mi reflejo en el espejo. Muy poco maquillaje, el pelo recogido en un moño. El suéter era bonito y mostraba un poco de escote, pero mis jeans eran viejos y descoloridos. Por supuesto, me pregunté qué pensaría Braden de mi aspecto, pero no iba a dejar que eso me cambiara. Nunca me vestía para impresionar a nadie que no fuera a mí misma, y desde luego no iba a hacerlo por un tío al que le gustaban las mujeres con las piernas más largas, las tetas más pequeñas y el pelo más rubio.

El viaje en taxi pareció durar eternamente y, como siempre, me estaba sintiendo un poco mareada cuando llegué allí después de Dios sabe cuántas calles adoquinadas. El taxista me dejó en Commercial Quay y caminé junto al arroyo artificial. Había un aparcamiento a mi derecha, y a mi izquierda varios establecimientos comerciales. Encontré la oficina de Braden en el mismo edificio que el estudio de un arquitecto, el despacho de un contable y la consulta de un dentista. Después de que me abrieran, y de dar vueltas penosamente en un ascensor en el que salías por el lado contrario al que entrabas, me encontré en una elegante zona de recepción.

La recepcionista rubia no era lo que había esperado en absoluto.

Tendría la edad de Elodie, pero cargaba con al menos diez kilos más, y estaba sonriéndome con expresión muy amistosa. La etiqueta con el nombre decía «Morag». Me había estado preparando para una mujer alta, delgada y hermosa que se burlaría de mis jeans y trataría de echarme del edificio. ¿Me había equivocado de oficina?

—¿Puedo ayudarle? —todavía me estaba sonriendo.

—Eh... —titubeé a mi alrededor, buscando una señal de que esa era la oficina de Braden—. Estoy buscando a Braden Carmichael.

—¿Tiene una cita?

Así que era su oficina. Me acerqué al mostrador y le enseñé el sobre.

—Ha dejado estos documentos en la casa de su hermana (mi compañera de apartamento) y, eh, le ha pedido que se los trajera. Como ella no podía, he venido yo.

Si era posible, la sonrisa de Morag se hizo todavía mayor.

—Oh, qué amable, ¿puede decirme su nombre?

—Joss Butler.

—Un segundo —tomó el teléfono de su escritorio y no tuvo que esperar mucho—. Tengo aquí a Joss Butler con unos documentos para usted, señor Carmichael —hizo un sonido gutural—. Lo haré. —Colgó y me sonrió—. La acompañaré a la oficina del señor Carmichael, Jocelyn.

Apreté los dientes.

—Es Joss.

—Ajá.

Ya era bastante irritante que Braden se negara a llamarme de otra manera que Jocelyn, ¿de verdad tenía que hacer que otra gente hiciera lo mismo? Seguí a la jovial recepcionista de mediana edad por un estrecho pasillo hasta que llegamos a una oficina en esquina. Morag llamó a la puerta y una voz profunda contestó «adelante». Temblé ante la voz y me pregunté por un segundo si se me habían pasado las últimas dos semanas.

—Jocelyn para usted, señor —anunció Morag al abrir la puerta.

Yo pasé al lado de ella y oí que la puerta se cerraba al dejarnos solos.

La oficina era más grande de lo que había esperado, con un gran ventanal que daba al muelle. Era muy masculina, con un enorme escritorio de nogal, sillón de cuero, sofá de piel negro y estantes de madera maciza con carpetas y libros de tapa dura. Había también unos pocos archivadores de metal almacenados en la esquina. Una enorme pintura de Venecia adornaba la pared de encima del sofá, y en las estanterías había más de una fotografía enmarcada de Braden con Ellie y con Adam y con la familia de Ellie. En la esquina de detrás de mí había una cinta de correr y un banco de pesas.

Braden estaba recostado en su escritorio, con las largas piernas extendidas delante de él mientras me observaba. Sentí esa patada en las entrañas otra vez al verlo y el familiar cosquilleo entre las piernas. Mierda, estaba aún más bueno de lo que recordaba.

Mierda, mierda, mierda.

—Eh —le mostré el sobre. «Brillante apertura, Joss, brillante apertura.»

Braden me sonrió y yo me quedé de piedra cuando sus ojos recorrieron todo mi cuerpo, tomándose su tiempo para asimilarme. Tragué saliva y mi corazón subió una marcha... No me había mirado así desde esa noche en el bar con Holly.

—Me alegro de verte, Jocelyn. Parece que hace siglos.

Sin hacer caso de la ola de placer que esas palabras produjeron, caminé hacia él con el sobre.

—Ellie dijo que necesitarías esto enseguida.

Asintió, todavía mirándome mientras cogía los documentos.

—Te agradezco que me los hayas traído. ¿Cuánto te debo por el taxi?

—Nada —negué con la cabeza—. No ha sido problema. Tenía que levantar la cabeza del escritorio de todos modos.

—¿Bloqueo del escritor?

—Ciénaga del escritor.

Sonrió.

—¿Tan mal?

—Tan mal.

Se levantó con una sonrisa compasiva, poniendo nuestros cuerpos a distancia de tocarse. Sentí el silbido de la respiración saliendo de mí al inclinar la cabeza hacia atrás para encontrar su mirada.

—Lamento no haber tenido tiempo para verte contigo las últimas veces.

Hizo que sonara como si hubiera cancelado una cita. Me reí, confundida.

—No pasa nada.

—Me pasé anoche, pero no estabas.

—Estaba trabajando. Turnos extra.

Di un paso atrás, con la esperanza de que cuanto menos proximidad tuviera con él, más se reduciría el calor que sentía en la sangre.

Tuve la impresión de que lo había visto sonreír al volverse y poner los documentos en su escritorio.

—La última vez que nos vimos creo que te dije algo que te hizo salir corriendo. ¿O quizá fue por alguien que estaba conmigo?

Idiota arrogante. Lancé una risotada.

—¿Vicky?

Su sonrisa era de gallito ahora al volver a mirarme.

—¿Estabas celosa?

¿De verdad estábamos teniendo esa conversación? No lo había visto en dos semanas y, y... ¡uf! Sonriendo de asombro por su egoísmo, crucé los brazos sobre el pecho.

—¿Sabes?, me cuesta creer que haya podido meterme en esta oficina con tu enorme ego ocupando todo el espacio.

Braden rio.

—Bueno, saliste corriendo por algo, Jocelyn.

—Uno: para de llamarme Jocelyn. Es Joss. Jota, o, ese, ese. Joss. Y dos: acababas de insinuar que era en cierto modo «familia» después de solo unas semanas de conocerme.

Su ceño se arrugó al procesar lo que acababa de decirle. Se apoyó otra vez en el escritorio, cruzando los brazos bajo su amplio pecho como si pensara en ello.

—¿Lo hice?

—Lo hiciste.

De repente, sus ojos estaban escrutando mi cara, cargados con toda clase de preguntas.

—Ellie me contó lo de tu familia. Lo siento.

Mis músculos se bloquearon y el calor que él había creado se evaporó como si acabara de poner el aire acondicionado a tope. ¿Qué podía decir? No quería que hiciera una montaña de eso, ni tampoco quería que me psicoanalizara.

—Fue hace mucho tiempo.

—No me di cuenta de que insinuara eso sobre la familia. Pero las cosas están empezando a tener sentido. La cena en casa de Elodie... cuando echaste a correr.

—No —interrumpí, dando tres pasos hacia él—. Braden, no... —voz se calmó al tratar de contener la urgencia de morderle como un animal herido—. No hablo de eso.

Al ver que él me estudiaba, no pude evitar preguntarme qué estaba pensando. ¿Pensaba que estaba loca? ¿Que era patética? ¿Me importaba? Y entonces él se limitó a asentir.

—Lo entiendo. No hemos de...

El alivio me inundó y di un paso atrás solo para que Braden avanzara hacia mí, de manera que estuvo casi tocándome otra vez.

—Estaba pensando en hacer un pícnic en The Meadows este sábado si hace buen tiempo, para compensar a Ellie por no estar muy disponible últimamente. Sé que también echa de menos a Adam. ¿Vendrás?

—Eso depende —ideé mi camino de vuelta al comentario mordaz en un intento de sentirme menos vulnerable—. ¿Vas a insinuar que estoy celosa del sándwich que te estés comiendo?

Se echó a reír, una risa de cuerpo completo que endulzó las cosas en mi interior.

—Me lo merezco —aventuró a acercarse y yo tuve que dar un paso atrás—. Pero ¿me perdonarás y vendrás? ¿Como amigos?

Sin embargo había algo deliberadamente sarcástico en la forma en que dijo «amigos».

Lo miré con suspicacia.

—Braden...

—Solo amigos —su mirada bajó a mi boca y se oscureció—. Te lo dije. Puedo disimular si tú también puedes hacerlo.

—Yo no estoy disimulando —¿Era mi voz la que sonaba tan caliente y jadeante?

Braden se limitó a esbozar una sonrisita como si no me creyera.

—Sabes que estás poniendo realmente presión a mis talentos teatrales.

—¿Talentos teatrales?

—Disimular, Jocelyn —dio otro paso adelante, con los ojos entrecerrados de intención—. Nunca he sido bueno con eso.

Oh, Dios mío, iba a besarme. Estaba de pie en su oficina con unos jeans penosos, con el pelo hecho un asco y él iba a besarme.

—Señor Carmichael, el señor Rosings y la señora Morrison están aquí para verle —la voz de Morag hizo eco en la oficina desde el intercomunicador, y Braden se tensó.

Me inundó una extraña mezcla de alivio y decepción y di un paso atrás, volviéndome con nerviosismo hacia la puerta.

—Dejaré que te ocupes.

—Jocelyn.

Me volví, mirando a cualquier sitio menos a sus ojos.

—¿Sí?

—¿El pícnic? ¿Vendrás?

La sangre estaba agolpándose en mis oídos y mi cuerpo todavía estaba tenso con la anticipación de su beso, pero dejé todo eso de lado, recordando quién era y lo mucho que me asustaba. Levanté la barbilla para sostener su mirada.

—Como la compañera de apartamento de tu hermana pequeña, sí. Estaré allí.

—¿No como mi amiga? —provocó.

—No somos amigos, Braden —abrí la puerta de su oficina.

—No, no lo somos.

No tuve que volverme para ver su expresión. La sentía en sus palabras. Apresurándome por el pasillo, apenas logré hacer un gesto de saludo a Morag antes de precipitarme en el ascensor que me alejaría de él. ¿Qué había ocurrido? ¿Dónde había ido a parar el platónico y «amistoso» Braden y por qué había vuelto el Braden del taxi? Pensaba que no era su tipo. Pensaba que estaba a salvo.

«No, no lo somos.» Esas palabras resonaban en mi cabeza al salir al aire fresco desde el edificio de la oficina. No eran las palabras. Era el tono en que las había envuelto. Y aquellas palabras estaban cargadas de intención sexual.

Mierda.

10

No fui al pícnic de Braden.

Bueno, fui, pero no fui.

Estupefacta por su transformación de nuevo en el Braden sexy del taxi que no podía apartar los ojos de mí, no sabía qué pensar. Estaba desconcertada. Y muerta de miedo. Así que tomé la vía del cobarde y pedí ayuda a Rhian —hacía tiempo que también le mentía sobre la razón— para salir del berenjenal sin que pareciera que quería salir del berenjenal...

Llegó el sábado y amaneció un día sorprendentemente caluroso. The Meadows —un gran parque situado al otro lado de la ciudad, junto a la universidad— estaba repleto de gente que tomaba el sol o hacía deporte. Braden había logrado hacerse con un sitio a la sombra.

Adam, Jenny, Ed y el propio Braden ya estaban allí cuando nos acercamos Ellie y yo, entre los sonidos de risas, niños gritando y perros ladrando que creaban una feliz banda sonora de la escena. Era un día perfecto, y la atmósfera en The Meadows rezumaba una satisfacción casi eléctrica. Por un minuto deseé quedarme.

—Vaya... —observé las dos cestas que había traído Braden. Eran tan elaboradas que no me habría sorprendido que las hubiera robado de un escaparate de Fortnum & Mason—. ¿Llamas pícnic a esto?

Braden, que se había levantado al ver que nos acercábamos y estaba abrazando a Ellie en su costado, hizo un gesto orgulloso hacia las cestas que descansaban sobre una preciosa manta de felpilla. Parecía desconcertado.

—Sí —frunció el ceño—. ¿Cómo lo llamarías?

—Un restaurante de tres estrellas en la hierba.

La comisura de su labio se curvó en un gesto de irónica diversión.

—Le pedí al personal del restaurante que lo cocinara.

—¿Y qué restaurante sería ese? ¿El de tres estrellas?

—Creo que se está burlando de ti y de todo tu dinero, Braden —le sonrió—. Es un poco demasiado.

Braden soltó un ruido de descontento.

—Es un maldito pícnic. Siéntate. Y come y calla.

Ellie rio y se dejó caer al lado de Adam, que le pasó un brazo por el hombro y la apretó contra su costado.

—Me alegro de verte, Els.

—Sí, yo también —Braden sonrió, pero se separó un poco, haciéndome que levantara una ceja. ¿Qué pasaba con eso?

—¿Y bien?

Levanté la mirada a Braden y lo vi tendiéndome una mano, con un deseo no disimulado en sus pupilas.

Y Rhian me salvó con una sincronización perfecta.

Mi teléfono sonó, y puse cara de disculpa al sacarlo del bolsillo.

—Rhian, hola.

Me volví y di unos pocos pasos para impedir que pudieran oírla al otro lado de la línea.

—Tengo una emergencia —anunció en tono monocorde—. Cancela el pícnic.

—Oh, no, estás bromeando —le seguí la corriente, sonando maternal y tranquilizadora—. ¿Estás bien?

—Cielo santo, Joss, pensaba que sabías mentir —refunfuñó—.

Estás hablando como un alienígena que ha oído el concepto humano de estar preocupado, pero no sabe cómo ejecutarlo.

Apreté los dientes, sin hacer caso.

—Claro, puedo hablar. Espera un segundo.

Me tomé un momento, tratando de exudar preocupación humana al volverme hacia Braden y el resto del grupo. Tuve la sensación de que estaba poniendo más cara de poco amigos que de preocupación, pero bueno.

—Lo siento, chicos, pero por desgracia tengo que irme.

Ellie se incorporó, preocupada.

—¿Todo va bien? ¿Necesitas que venga?

—No, estoy bien. Rhian solo necesita alguien con quien hablar. No puede esperar. Lo siento —lancé una mirada a Braden y descubrí que no solo me estaba mirando, sino que me estaba estudiando con suspicacia. Bajé rápidamente la vista—. Hasta luego.

Me alejé de sus frases de despedida y volví a pegar el teléfono a mi oído.

—Estaba haciéndome la preocupada —expliqué a Rhian.

—Cualquiera que te conozca, sabe que no es así como suenas cuando estás preocupada.

—Bueno, con suerte, no me conocen —tal vez... Braden me estaba mirando raro.

—Bueno, ¿entonces no te gusta este Ed?

Me estremecí al recordar mi mentira. En un intento de no explicar toda la historia de Braden a Rhian, había mentido y le había dicho que el prometido de Jenna, la amiga de Ellie, era un intolerante y no me gustaba estar a su lado. Y claro, tampoco quería herir los sentimientos de Ellie diciendo que no quería ir al pícnic. Me sentía mal por malignizar a Ed, pero no creía que importara mucho, porque no esperaba que él y Rhian se conocieran nunca.

—No.

—Sabes que no me lo trago, ¿verdad?

Casi tropecé.

—¿Tragarte qué?

—Hablas de Ellie todo el tiempo, Joss. Creo que puedo decir con seguridad que conozco lo bastante bien a esa mujer para saber que no sería amiga de un puto intolerante. Ya te he dicho que no sabes mentir.

Eh. Eso no era cierto.

—Yo sé mentir. Miento de maravilla.

—O eso está bien, grítalo mientras todavía te estás alejando de ellos.

Mierda. Me volví para asegurarme de que había puesto suficiente distancia entre nosotros. Sí. Mi corazón se enlenteció.

—Eres un grano en el culo —dije casi gruñendo, olvidando que acababa de hacerme un favor.

Resopló.

—Eres tú la que me ha mentido. En serio, ¿qué está pasando?

Suspiré.

—¿Puede esto ser una de las cosas de las que no hablamos?

—No.

—Por favor, Rhian.

—¿Has hablado de esto con tu terapeuta?

Torcí el gesto, preguntándome por qué me había preguntado eso.

—No...

—Bien —suspiró profundamente—. No preguntaré por eso si me prometes hablar de ello con tu terapeuta. Y podrías mentir, pero sé que nunca romperías una promesa.

—Rhian...

—Promételo.

Negué con la cabeza.

—No merece la pena hablarlo en terapia.

—Si merecía la pena mentirme a mí, merece la pena hablarlo en terapia. Aclárate, Joss, y promételo.

—Está bien —respondí, pero solo porque sabía que era la forma gruñona que tenía Rhian de ser una buena amiga.

La doctora Pritchard tenía flores en el escritorio. Sonreí. Había tomado nota.

—¿Mentiste para no tener que pasar un rato con Braden?

Me retorcí, lamentando que Rhian me hubiera obligado a hacer la promesa.

—Sí.

—Antes, cuando te he preguntado si te sentías atraída por Braden dijiste que lo estabas. En pasado. ¿Estabas diciendo la verdad?

No.

—Puede que no.

—Entonces ¿te sientes atraída por él?

Oh, qué demonios...

—Nunca me he sentido tan atraída por nadie como me siento atraída por él.

La buena doctora me lanzó una sonrisa irónica.

—De acuerdo. Pero lo estás evitando, aunque ha dejado perfectamente claro que está interesado en ti. ¿Le tienes miedo, Joss?

¿Sinceramente?

—Sí.

—¿No tienes intención de mantener ninguna clase de relación con él?

—¿No estaba aquí cuando le hablé de mi pasado con los hombres?

—No es lo mismo. Para empezar, conoces a Braden.

—No quiero tener nada que ver con él, estoy bien.

—Acabas de decirme que te sientes extremadamente atraída por ese hombre. Cuando hablas de él, me queda claro que te gusta. Yo no diría que estás bien; no quieres querer tener nada que ver con él.

—Es lo mismo.

—No, no lo es. ¿Por qué tienes miedo de él, Joss?

—No lo sé —contesté, molesta con el tema y con Rhian por obligarme a discutirlo—. Simplemente sé que no quiero empezar nada con él.

—¿Por qué no?

Joder, a veces era como hablar a la pared con esa mujer.

—Complicaría las cosas. Con Ellie, conmigo, con él. No.

Ella inclinó la cabeza a un lado, impávida. Era buena en eso.

—Joss, a lo mejor es hora de dejar de pensar cincuenta pasos por delante y dejar que las cosas funcionen de manera natural.

—La última vez que hice eso me desperté en una cama con dos hombres desconocidos y sin bragas.

—Te he dicho que no es lo mismo. No eres la misma persona y Braden no es un desconocido. No te estoy diciendo ni pidiendo que hagas nada que no quieras hacer, ni con Braden ni con nadie. Pero te estoy sugiriendo que dejes de predecir el futuro y aceptes cada día tal y como viene. No para siempre, ni siquiera para unos meses. Inténtalo unos días, unas semanas incluso. Sé que puede dar miedo, pero solo... inténtalo.

Como había hecho durante las últimas semanas, el sábado estaba trabajando en el Club 39. Ellie había llegado a casa antes, en torno a la hora de cenar, a rebosar del pícnic y con ganas de simplemente sentarse allí conmigo un rato mientras yo engullía algo de comida antes de que tuviera que prepararme para mi turno.

—¿Así que va todo bien con Rhian? —preguntó, con un pequeño ceño formándose entre las cejas.

La culpa se alojó en mi garganta. No me había sentido muy mal mintiendo a Braden, porque su giro radical para convertirse otra vez en un tipo bueno depredador de mirada pícara y una sonrisa que decía fóllame era la única razón que había tenido para recurrir a la mentira.

Pero mentir a Ellie era una cuestión completamente diferente, y eso hizo que me sintiera más que un poco incómoda.

Murmuré con la boca llena de pasta, asintiendo y evitando su mirada, con la esperanza de que entendiera que no quería hablar de ello.

Ante su silenciosa respuesta levanté la cabeza y la descubrí observándome con curiosidad. Tragué saliva.

—¿Qué?

Ellie se encogió de hombros.

—Solo... cuando Braden me ha acompañado a casa ha dicho que pensaba que quizá... que quizás estabas mintiendo sobre la llamada de Rhian para poder salvarte del pícnic.

Coño, ¡tenía tanto ego!

No importa que tuviera razón.

Solté una risotada.

—¿Qué? ¿Por él?

Ella se encogió de hombros otra vez.

—¿Tenía razón?

Seguí rehuyendo su mirada.

—No.

—Bueno, solo para que lo sepas, tengo la impresión de que está planeando algo.

Levanté una ceja.

—¿Como qué?

Ella suspiró recostándose en su silla.

—Con Braden nunca se sabe. Acabo de aprender a reconocer los signos. Conozco a mi hermano mejor de lo que cree que lo conozco. Lo tienes atrapado, Joss. De hecho, me impresiona que esté siendo tan paciente. Aunque eso probablemente significa que está planeando hacer lo que haga falta para conquistarte.

Estaba sorprendida, y no podía simular que no lo estaba. Me recosté en la silla, abandonando momentáneamente mi comida.

—¿Atrapado? ¿Lo que haga falta?

—Por más que me dé aprensión la vida sexual de mi hermano, a veces no puedo evitar oír hablar de eso, y lo que oigo es que Braden siempre consigue lo que quiere.

Resoplé.

—Por favor, Ellie, ¿crees que yo soy lo que quiere? No soy exactamente su tipo. Jocelyn Butler no viene de *Supermodelo*.

Ellie pareció adorablemente confundida.

—Estás de broma, ¿no?

—Eh... ¿sobre qué?

—Sobre ti —señaló con indignación—. Eres muy guapa, Joss. Está bien, no pareces una de las perchas con las que suele salir Braden, pero tienes esos ojos asombrosos, esa voz ronca de teléfono erótico, una talla de sujetador por la que mataría, y esa actitud distante y meditabunda que es completamente opuesta a la persona interesante y divertida que eres. Créeme, he oído hablar a los hombres. Eres diferente, y los hombres siendo hombres no pueden evitar verte como un reto. Eres guapísima.

Estaba estupefacta, eso es lo que estaba.

¿De verdad era así como me veía la gente? Avergonzada, cogí mi tenedor, murmurando entre dientes.

Percibí la sonrisa de mi compañera de piso sin siquiera levantar la mirada.

—Necesitas un espejo.

Me encogí de hombros.

Entonces Ellie se quedó en silencio y me encontré a mí misma levantando la mirada para asegurarme de que estaba bien. Ahora no estaba sonriendo.

—No importa lo mucho que lo niegue, Braden está interesado en ti, Joss. Me pregunta mucho por ti, lo cual nunca había hecho con nadie, y créeme, he perdido al menos tres amigas con las que ha salido y ha quitado de mi vida. No le cuento mucho...

«Le hablaste de mi familia.»

—... porque no dices mucho, así que por supuesto ha estado muy intrigado. Y ya te he dicho que Braden normalmente consigue lo que quiere.

—Por favor —dije enfurruñada—. Dame un poco más de crédito. No voy a caer en la cama de un tipo bueno solo porque está acostumbrado a conseguir lo que quiere. ¿Sabes qué? Yo también estoy acostumbrada a conseguir lo que quiero. Y lo que quiero es no caer en su cama.

Pero fue como si Ellie ni siquiera me hubiera oído.

—Si no logras resistir, solo ten cuidado con él, ¿bueno? Lo han tratado mal antes, y no quiero que ocurra eso otra vez.

Con los ojos como platos, oí que mi tenedor resonaba en mi plato después de que mis dedos lo soltaran por decisión propia. Estaban asombrados, como el resto de mí.

—Espera. ¿Estás preocupada por que yo le haga daño?

Ella sonrió a modo de disculpa.

—Eres una buena persona, lo que hace que el hecho de que no confíes en nadie resulte realmente duro para la gente a la que le importas. Y en el caso de Braden, cuando una persona le importa, tiene que saberlo todo para poder cubrir todas las posibilidades y protegerla. Ha de ser un tipo en el que la gente confíe. Es su forma de ser. Si empezara algo contigo, se sentiría herido cuando le cerraras tu alma.

Solo lo capté en parte. Sobre todo, no dejaba de oír: «Eres una buena persona, lo que hace que el hecho de que no confíes en nadie resulte realmente duro para la gente a la que le importas.»

—¿Te estoy haciendo daño, Ellie? —no quería reconocer lo mucho que me asustaba su respuesta.

Ella suspiró profundamente y pareció sopesar sus palabras.

—Al principio sí. Pero saber que no quieres hacerme daño ayuda. ¿Me gustaría que confiaras más en mí? Sí. ¿Voy a presionarte? No. —se levantó—. Solo quiero que sepas que si alguna vez decides confiar en mí, estoy aquí. Y puedes contarme lo que sea.

Sentí que se me cerraba la garganta y solo pude asentir. En un esfuerzo por conjurar el momento, Ellie sonrió desde arriba.

—Esta noche voy a salir con Braden y Adam. He estado bien con Adam hoy. Se ha molestado.

«Hum, ¿qué pretendes, jovencita?»

—¿Te andas con jueguecitos con él?

Puso cara de descontento.

—Ayer descubrí que había avisado a Nicholas que no me pidiera una cita cuando quería hacerlo. Así que sí que me ando con jueguecitos.

—Uf, espera —eché mi plato hacia atrás, totalmente confundida. Había conocido a Nicholas. Era uno de los amigos de Ellie que se pasaba a veces por el apartamento. También era profesor en su departamento—. ¿Que Adam hizo qué?

—Hice una broma ayer diciendo que no había tenido una cita en meses y Nicholas dijo que a lo mejor habría tenido una cita si Adam dejara de amenazar a posibles candidatos. Estaba completamente confundida, así que Nicholas se explicó. Nick llevaba meses pensando en proponerme una cita y fue a pedirle consejo a Adam sobre adónde llevarme —tensó la mandíbula al pensar en ello—. En lugar de responder, Adam amenazó a Nicholas con hacerle daño. Le dijo que se mantuviera lejos de mí. Sin ninguna explicación. Solo «no te acerques».

Me reí con incredulidad.

—Y por supuesto la corpulencia de Nicholas parece un chiste al lado de la de Adam, así que Nick retrocedió.

—Exactamente.

—¿A qué demonios juega Adam?

—Eso es lo que quiero saber. Me ha jodido, y por eso voy a disfrutar jodiéndolo a él.

Tenía que reconocer que me gustaba ese lado de Ellie. La gente pensaba que podía salir airosa con ella, pero se equivocaba. Le sonreí.

—Así que indiferencia, ¿eh?

Ella me sonrió con descaro y me recordó un ángel diabólico.

—A tope esta noche. Incluso podría coquetear con alguien al azar para ver si se irrita un poco. Luego puedo preguntarle a qué demonios está jugando. Era él el que no quería que fuéramos nada más que amigos.

—Bueno, normalmente no apruebo los jueguecitos, pero en este caso se lo merece. No puedo creer que esté amenazando a los tipos a tu espalda. Espero el siguiente informe, señorita Carmichael.

Ellie rio y se apresuró a prepararse para la noche, dejándome que terminara la cena para poder meterme en la ducha antes de irme a trabajar.

Craig estaba de turno conmigo junto con Alistair, otro camarero con el que había trabajado antes unas cuantas veces. Los chicos estaban de buen humor y el local estaba lleno. Los dos se esforzaban al máximo por hacerme reír, y así los minutos iban pasando deprisa. Me estaba divirtiendo. Nuestro buen humor revitalizó la atmósfera del club y la gente había empezado a reunirse en torno a la barra a tomarse sus copas y disfrutar no solo de su charla, sino también de la mía con los chicos.

—Yo me encargo de este cóctel —gritó Craig desde el fondo de la barra—. Y tú cedes de una vez y nos acostamos esta noche, Joss.

Los clientes se rieron primero con disimulo y luego abiertamente cuando yo le devolví la sonrisita a Craig, sirviendo dos Jack Daniel's con Coca-Cola a las chicas que tenía delante.

—Ni hablar, Tom Cruise.

Craig tenía grandes reflejos. Sin duda perdería la partida.

—Me estás rompiendo el corazón, cielo —imitando al actor de Hollywood.

Le hice un gesto de desdén, pasando las bebidas a mis clientes y cogiendo su dinero.

—¿Y qué me dices a mí, Joss? —Alastair me lanzó una sonrisa insinuante, pero sabía que solo estaba bromeando.

Alistair estaba felizmente comprometido con una chica irlandesa que estudiaba en la Universidad de Napier. Aun así, podía ser fiel, pero coqueteaba tanto como Craig.

—Hum, lo pensaré —respondí en tono provocativo, lo bastante alto para que Craig lo oyera.

Craig gruñó en fingido tormento e hizo pucheros ante la atractiva chica a la que estaba sirviendo.

—Me está matando.

La chica sonrió, con los ojos brillantes en él. Yo puse los ojos en blanco cuando Craig cogió la mano de la chica y la puso en su propio pecho.

—¿Notas esto? Es mi corazón que se rompe.

—Oh, por favor —puse los ojos en blanco, encogiéndome—. ¿No podías ser más cursi?

—Por supuesto que podía.

Alistair resopló.

—Créelo o no, esa es una de sus mejores frases.

Craig lo azotó en la cabeza con un trapo.

Riendo, pasé al lado de Craig para coger un ron y me puse de puntillas para darle un beso en la mejilla. Eso le valió unos cuantos vítores y un abucheo de Alistair.

Haciendo el idiota, la siguiente hora pasó volando y el bote de las propinas se llenó deprisa. El club estaba aún más lleno, así que mi atención estaba completamente centrada en el trabajo y en mis colegas. El hecho de que sintiera sus ojos en mí entonces, decía mucho...

Sentí un cosquilleo en la piel, levanté la cabeza y miré a través de la multitud hacia la entrada y mi interés pasó rozando a Adam y Ellie, que seguían a Braden hacia el interior; Braden, que iba caminando al lado de una morena alta que le enlazaba el brazo.

Nuestras miradas conectaron y él ni siquiera hizo ademán de reconocimiento. En cambio, bajó la cabeza y susurró algo al oído de la morena que la hizo reír.

Algo desagradable me revolvió el estómago y eché un vistazo a Ellie. Ella estaba mirando con cara de disgusto a Braden y luego a Adam, apartándole la mano y caminando con paso firme hacia su hermano. Este había logrado convencer a un grupo de gente sentada a una mesa para que se echaran a un lado del sofá de cuero, y así él, su chica misteriosa, Ellie y Adam pudieran sentarse.

Todos se deslizaron en el sofá excepto Ellie, que en ese momento estaba fulminando con la mirada a todos ellos. Adam le dijo algo. Ellie negó con la cabeza, con aspecto de estar extremadamente molesta, y la expresión de Adam se oscureció. Su mano salió como un látigo y envolvió el brazo de Ellie, obligándola a sentarse a su lado. Mi amiga pugnó por desembarazarse de él, pero el brazo masculino se deslizó en torno a su cintura, con la mano en su cadera; era un gesto aparentemente despreocupado, pero estaba claro que la sujetaba con fuerza, y lo que le susurró al oído hizo que ella dejara de debatirse.

Sin embargo, no eliminó su expresión pétrea.

Preocupada, mis ojos vagaron a Braden, pero él no había visto nada de eso. Estaba demasiado ocupado charlando con la morena.

Me volví con rapidez, porque no estaba en absoluto preparada para el torrente de sangre en mis oídos y la opresión en mi pecho.

Sinceramente, no sabía qué terreno pisaba con ese tipo. En un momento me miraba con ojos cargados de deseo y al siguiente ni siquiera reconocía mi presencia. Bueno, no iba a dejar que pudiera conmigo. Serví a mi cliente y miré a Alistair.

—He visto a unos amigos. ¿Podrían ocuparos de la barra mientras les llevo unas copas?

—Claro.

Sin hacer caso del cosquilleo en mi estómago, me dirigí a la pista, dando estúpidamente gracias a mi jefe por el *top* tan sexy que me hacía llevar. Si tenía que estar un poco sudorosa y en desventaja en comparación con la morena del vestido brillante, al menos sabía que el *top* me quedaba bien.

Al acercarme, la mirada glacial de Ellie se fundió y me sonrió, aliviada de verme.

—Eh, chicos —anuncié en voz alta para que se me oyera por encima de la música—. ¿Puedo traerles unas copas?

—Oh, no hay necesidad —dijo Adam con una sonrisa—. Darren nos las va a traer.

Señaló detrás de mí y yo me volví para ver a un tipo alto y de pelo corto, pelirrojo, esperando para abrirse paso entre la multitud hacia la barra.

Yo puse ceño en un gesto inquisitivo.

—¿Darren?

—Mi marido.

La respuesta vino de la morena y yo la miré con sorpresa, derramando mi atención sobre la mujer sentada al lado de Braden, con mi cerebro tratando de entender la imagen que tenía delante y de dar sentido a lo que ella acababa de decir. Capté la mirada de Braden y él me dedicó una sonrisita fría, para darme a entender que sabía que yo había dado por sentado que la joven era una de sus Barbies.

—Ella es Donna, la mujer de Darren. Darren es el gerente de Fire.

Oh.

Bueno, me sentía avergonzada.

Y entonces vi otra vez los ojos de Braden y su sonrisa se profundizó.

Recordé las sospechas anteriores de Ellie. «Bueno, solo para que lo sepas, tengo la impresión de que está planeando algo.»

Maldito fuera. Me había hecho creer que Donna era su cita. Quería ver el alivio destellando en mis ojos al darme cuenta de que no lo era. Y Dios me maldijera, porque yo se lo había concedido.

—Me alegro de conocerte —saludé con la cabeza—. Volveré a mandarte a tu marido, porque va a pasarse allí la vida. Le preguntaré lo que quieren y se los traeré.

—Gracias, Joss —sonrió lánguidamente.

Torcí el gesto, odiando verla tan incómoda. Estiré el brazo y le apreté el hombro de manera tranquilizadora, notando la mano de Adam todavía aferrada con fuerza en su cadera. Le lancé una mirada de advertencia por encima de la cabeza de mi amiga que hizo que Adam arrugara el entrecejo en un gesto de desconcierto. Sin hacer caso de Braden y del jueguecito que tramaba, caminé pavoneándome hasta Darren, me presenté y lo mandé de vuelta con los otros una vez que memoricé las bebidas.

—Ha vuelto —dijo Craig al oído, inclinándose en torno a mí al agitar un cóctel.

—¿Quién?

—El tipo con el que Jo ha estado flipando desde que estuvo aquí.

—Braden —asumí, mirándolo. No me había dado cuenta de lo cerca que estaba, nuestras caras a centímetros de distancia—. Jo quería convertirlo en su siguiente papito.

—Por cómo siento las dagas clavadas en mi espalda diría que él está interesado en ser el papito de otra.

Me separé, poniendo los ojos en blanco.

—No necesito papito, Craig.

Craig lanzó una mirada a Braden.

—Me molesta. La última vez que estuvo aquí te miró como si fueras de su propiedad y esta noche lo mismo. ¿Hay algo entre ustedes dos?

—Nada. Ya te he dicho que no necesito un papito.

Los ojos de Craig se estrecharon y volvió hacia mí con una sonrisa traviesa.

—A lo mejor yo necesito una mamita.

Y acto seguido estaba besándome, con una mano en mi nuca para mantenerme allí mientras su lengua se deslizaba en mi boca y su cuerpo se apretaba al mío. El asombro me mantuvo paralizada y luego el sorprendentemente agradable tacto de sus labios en los míos. Craig sabía besar, eso desde luego. Los silbidos y vítores interrumpieron el momento, y yo me separé de él poniéndole una mano en el pecho.

—Eh... —pestañeé, tratando de entender lo que estaba pasando—. ¿Qué acaba de pasar?

Craig me hizo un guiño.

—Solo hemos molestado al señor Dinero de ahí pasando un buen rato al hacerlo.

Negué con la cabeza en ademán de incredulidad y lo aparté, captando la sonrisa de Alistair cuando Craig pasó caminando con fanfarronería a su lado, obviamente complacido consigo mismo. Al volver a preparar las bebidas de mis amigos, me obligué a no levantar la mirada. No quería saber si Craig tenía razón respecto a Braden. No quería reconocer los sentimientos que pudiera tener por mí y viceversa. Pero maldición, me complacía saber que alguien más había reparado en su interés en mí además de una optimista y romántica recalcitrante como Ellie. Al menos sabía que no estaba imaginando cosas.

¿Y acaso yo no era solo un manojo de hormonas confundidas?

Puse las bebidas en una bandeja, me alejé de la barra sin hacer caso del «Eh, cielo» de un cliente que obviamente había presenciado el *show* de Craig, y esquivé a la gente para poder llevar las bebidas a Ellie y compañía sin derramar ni una gota.

—Aquí tienen —puse la bandeja en la mesa y empecé a repartir las bebidas.

—Eh, ¿qué ha sido eso? —preguntó Ellie con ojos como platos al coger la bebida.

No sé qué me poseyó para pensar que hacerme la tonta era la forma de actuar.

—¿Qué ha sido qué?

Adam gruñó.

—El tipo que te ha metido la lengua hasta la garganta.

Ni siquiera pude mirar a Braden, porque podía sentir que su mirada quemaba, mejor dicho, que me quemaba. Me encogí de hombros.

—Solo es Craig.

Y entonces salí corriendo antes de que pudieran preguntarme nada más.

Pero Craig no estaba satisfecho solo con meterme la lengua hasta la garganta. En los siguientes minutos incrementó el flirteo, besándome el cuello, dándome palmadas en el culo y provocándome sin clemencia con charla sexual.

Supongo que no estar más enfadada por el hecho de que me besara le hizo pensar que podía. Y la verdad es que yo no hice nada para que creyera lo contrario. Había decidido que quería enviar un mensaje a Braden.

No éramos amigos.

Y nunca íbamos a ser nada más que no amigos.

Así que... no éramos nada.

—¡Tu descanso, Joss! —Jo me dio un golpetazo con el trapo al volver de su descanso.

Suspiré.

—Voy a quitarte ese maldito trapo si no dejas de usarlo como un arma. En serio, ¿era necesario?

Me sonrió.

—¿Qué? ¿Habrías preferido un beso con lengua?

—Qué gracioso.

Me volví de puntillas y salí por la parte de atrás de la barra en dirección a la zona de personal. Había un pequeño vestuario con un sofá, una máquina de caramelos y algunas revistas. Una puerta situada a la derecha daba a la oficina de dirección, pero Su casi nunca estaba los fines de semana porque trabajaba a tiempo completo durante la semana. Cuando cerrabas la puerta de Su, el ruido del bar desaparecía. Con la cabeza zumbando y la adrenalina bombeando por Braden y Craig, entré con una lata de Coca-Cola y me apoyé en el escritorio.

Dar esperanzas a Craig era una mala idea. Siempre habíamos tonteado, pero esa noche había cruzado la línea y yo le había dejado, y todo porque Braden me estaba sacando de quicio. Odiaba el puñetazo en las tripas que había sentido al pensar que Donna era su pareja. Odiaba que supiera que sentía algo. Odiaba sospechar que él lo había orquestado todo.

Tenía que encontrar una manera de hacerle saber de una vez por todas que nunca iba a ocurrir nada entre nosotros.

Levanté los ojos del suelo cuando se abrió la puerta. Me enderecé. Los nervios se apoderaron de mi estómago en cuanto Braden entró y cerró la puerta.

Sus ojos estaban calculando al enfocarse en mi cara. Tenía las facciones duras, empañadas.

Parecía cabreado.

¿Qué estás haciendo aquí?

No respondió y mis ojos volvieron a hacer lo mismo... perdiendo el control, recorriendo su cuerpo, asimilando el elegante suéter negro de cuello cisne y los pantalones negros de sastre. El único accesorio que llevaba era un caro reloj deportivo de platino. Su estilo sencillo y el hecho de que no se había afeitado en varios días contribuían a un conjunto muy sexy.

Sentí ese apretón en lo más hondo de mi cuerpo y apreté la mandíbula. ¿Por qué tenía que calentarme tanto? No era justo.

Tomé un trago de mi refresco para cubrirme.

—¿Y pues?

—No me gusta compartir.

Mis ojos volaron a los suyos y, si era posible, él parecía más enfadado que nunca. En esa minúscula habitación, Braden era enorme e intimidante, y la comparación entre nuestros tamaños más notable. Podía aplastarme como un insecto si quería hacerlo.

—¿Qué?

Sus ojos se entornaron.

—He dicho que no me gusta compartir.

Pensé en Vicky.

—No es lo que he oído.

—Deja que lo reformule —dio un paso tranquilizador hacia mí—. Cuando se trata de ti... no me gusta compartir.

No hubo tiempo de procesar eso. Un momento estaba mirándolo con incredulidad y al siguiente la lata de refresco estaba en el suelo y mi trasero en el escritorio cuando Braden colisionó conmigo. Su calor y su fortaleza me arrollaron cuando me agarró por la nuca con una mano grande y con la otra mano arrastró mi muslo izquierdo hacia arriba para poder situarse entre mis piernas y posicionarme sobre el escritorio. Su boca se aplastó en la mía y el deseo que mi cuerpo había estado albergando por él durante semanas se apoderó de mí. Me aferré a él, con las manos clavadas en su espalda, mis piernas trepando por sus caderas al tiempo que mis labios se separaban en una exhalación de alivio que permitió que su lengua entrara para provocarme. El olor de Braden, el sabor a whisky en su lengua, la sensación de sus manos cálidas agarrándome con fuerza... todo ello me dominó y se me escapó ese sonido gutural que no podía controlar.

Su beso borró todo recuerdo del de Craig.

La mano de Braden se tensó en mi nuca y lo oí gemir. La vibración de su gemido se transmitió, pasó rozando mi cuerpo como manos incitando mis pezones, susurrando en mi estómago y deslizándose hasta aposentarse entre mis piernas. Sus besos se hicieron más intensos, más demandantes: largos besos que me drogaban y me dejaban sin respiración. Estábamos jadeando y tirando de la boca del otro como si no pudiéramos llegar lo bastante profundo, con mis uñas clavadas en su suéter para instarlo a apretarse más.

Cuando reparé en su erección clavándose en mi estómago ya estaba perdida. Mi vientre se encogió y gimoteé con mi boca pegada a la suya, con las bragas empapadas de deseo. La necesidad se acrecentó cuando Braden subió una mano por mi cintura, rozándome el pecho y deteniéndose en el tirante ancho del *top*. Interrumpió el beso, retirándose solo un centímetro para mirarme a los ojos. Los suyos eran oscuros, con las pestañas caídas sobre ellos, los labios amoratados. Sentí que dos de sus dedos se deslizaban bajo mi tirante para bajar el lado izquierdo del *top* y dejar al descubierto mi sujetador. Su mirada nunca abandonó la mía al repetir el proceso con el tirante de mi sujetador.

Noté aire frío en mi pecho desnudo y mi pezón se tensó, incitante. Braden bajó la mirada y sentí que su mano se deslizaba hacia arriba para agarrarme el pecho. Lo acarició, rozándome con el pulgar el pezón, y yo ahogué un grito cuando este se endureció y lanzó un relámpago de deseo entre mis piernas. Braden me miró a los ojos.

—¿Te gusta esto, nena? —preguntó, y sus ojos volvieron a mi boca—. ¿Te gusta sentir mis manos en ti?

Bueno... ¡sí!

—O... —levantó la cabeza y sus labios se frotaron suavemente contra los míos—. ¿Sirven las de cualquier hombre?

Esas palabras tardaron unos segundos en penetrar, pero cuando lo hicieron aplasté el dolor y recuperé la rabia, dejando de abrazarlo para volver a colocarme el sujetador y el *top*.

—Vete a la mierda —solté.

Traté de apartarlo, pero solo conseguí que se apretara más a fondo entre mis piernas, sujetándome las muñecas para parar los puñetazos que estaban a punto de volar hacia él.

—¿Qué demonios era eso de ahí fuera? —dijo echando humo, pero todavía estaba inequívocamente excitado, con su erección clavándose en mí, haciendo que mi propio cuerpo luchara con mi cabeza.

—No es asunto tuyo, es lo que era.

—¿Te estás acostando con él?

—¡No es asunto tuyo!

Soltó un ruido bajo, airado, entre dientes, y tiró de mis brazos.

—Considerando que quiero acostarme contigo, es asunto mío. Y considerando que está claro que quieres que me acueste contigo, creo que es mejor para ti que me respondas.

—Eres un idiota arrogante y egoísta, que lo sepas —enrabietada, decidida a que ese macho alfa no me controlara—. ¡No tendría sexo contigo ni aunque fueras el último hombre del mundo!

No era la respuesta más original, ya lo sé. Y desde luego no era el mejor momento para decirla.

Braden me besó otra vez, sin soltarme las manos, pellizcándome con furia la boca, frotando su verga dura contra mí, atormentándome. Mi cuerpo cedió y mis labios se separaron, dejándolo entrar. Traté de presentar una fingida batalla, pero mis hormonas estaban mucho más interesadas en el sexo que en controlar la situación.

—¿Te acuestas con él, Jocelyn? —preguntó de forma sexy, con sus labios dejando un rastro de besos ansiosos en mi mandíbula.

—No —contesté.

—¿Quieres acostarte con él?

—No.

Vagamente era consciente de que me estaba soltando las muñecas, y mis manos —con mente propia— se estiraron para tocar el estómago tenso de Braden.

—¿Quieres que te coja? —me gruñó al oído.

Me estremecí de deseo. ¡Sí!

En lugar de decir la verdad, negué con la cabeza, tratando de mantener cierta clase de control.

Y entonces su mano estaba entre mis piernas, con dos dedos frotando con fuerza la costura de mis jeans. La excitación me inundó en un torrente de temblores.

—Oh, Dios... —gemí, tratando de apretarme más a él.

Sus labios estrujaron los míos y busqué algo más profundo, más húmedo, pero Braden se estaba retirando.

—¿Quieres que te coja?

Sentí una explosión de rabia y abrí los ojos de golpe para fulminarlo.

—¿Qué coño crees?

Bajé su cabeza, con nuestros labios chocando al sacar de él lo que quería. Sus brazos me rodearon la cintura, fusionando nuestros cuerpos mientras nuestras bocas se alimentaban ansiosamente una de la otra. La impaciencia ardía entre nosotros y las manos fuertes de Braden se deslizaron por mi espalda y bajo mi trasero para levantarme con facilidad. Mi cuerpo comprendió lo que quería y mis piernas se envolvieron automáticamente en torno a su cintura al tiempo que él se volvía y daba dos pasos para apretarme contra la pared, con su erección frotándose contra mi entrepierna y empujándome con sus caderas. La satisfacción y la necesidad me atravesaron y jadeé contra su boca, rogando más en silencio.

—Oh, mierda, lo siento —la voz de Alistair penetró entre la niebla y yo me aparté de Braden, con mi pecho subiendo y bajando con rapidez mientras intentaba recuperar el aliento.

Miré a Alistair horrorizada al sentir que la realidad retornaba.

¡Qué demonios!

«Oh, mierda, mierda, mierda.» ¡Mi autocontrol daba pena!

—Mierda —grité, soltando el aire.

La mirada confundida de Alistair voló entre Braden y yo antes de volver a mí.

—Fin del descanso.

Tragué saliva pese al nudo de pánico y excitación sexual que se había formado en mi garganta.

—Ahora mismo salgo.

En cuanto se hubo ido, sentí que la sala se cerraba en torno a mí. Todavía estaba envuelta en los brazos de Braden. Desenredé mis piernas y él me bajó al suelo. En cuanto mis pies pisaron en firme, apoyé una mano en el pecho de Braden para apartarlo.

—Tengo que volver a trabajar.

Me agarró por la barbilla con dedos suaves y me obligó a levantar la mirada. Su expresión era granítica, decidida, controlada... y completamente opuesta a su boca hinchada y desordenado pelo.

—Tenemos que hablar.

¿Sobre mi absoluta falta de control y fuerza de voluntad?

—No tengo tiempo ahora mismo.

—Entonces me pasaré mañana por la noche.

—Braden...

Su agarre en mi barbilla se tensó, silenciándome.

—Pasaré mañana por la noche.

Eso no iba a ocurrir. ¿Cómo podía dejar que eso ocurriera?

—Braden, no quiero que pase nada entre nosotros.

Levantó una ceja, claramente no convencido.

—Díselo a tus calzones mojados, nena.

Entrecerré los ojos.

—Eres un idiota.

Él sonrió ampliamente y se inclinó para depositar un beso suave en mis labios.

—Te veré mañana.

Lo agarré por el suéter, impidiendo que se marchara.

CALLE DUBLIN · 147

—Braden, lo digo en serio.

Riéndose entre dientes, él pacientemente fue estirando mis dedos uno a uno hasta que solté el suéter y retrocedió.

—Tengo una propuesta. Pasaré mañana para discutirla.

Arg. ¿Estaba sordo?

—Braden...

—Buenas noches, Jocelyn.

—Braden...

—Ah —se volvió hacia mí en la puerta con expresión endurecida—. Estaré esperando al final del turno para meterte a ti y a Ellie en un taxi. Si te vuelvo a ver coqueteando otra vez con ese imbécil le partiré los dientes.

Y al instante, puf. Se había ido.

Hice balance un momento, incapaz de creer lo que acababa de permitir que ocurriera. Pero mis labios estaban pulsando por esos besos desesperados, mis mejillas ardiendo por el roce de su barba de dos días, mi corazón acelerado y mis calzones definitivamente empapados.

Peor... todavía estaba tan caliente que medio pensé en cerrar la puerta y terminar lo que él había empezado.

Al día siguiente eso tenía que terminar. Si Braden podía transportarme de esa forma, no podía dejar que la situación llegara más lejos.

A lo mejor debería mudarme.

Sentí un dolor en el pecho al pensar en dejar a Ellie y el apartamento de Dublin Street. ¡No! Podía hacerlo. Podía poner a ese idiota arrogante en su sitio.

Asentí, poniéndome en pie solo para balancearme un poco.

Puse los ojos en blanco. ¿Por qué demonios tenía que ser la versión humana de un arma nuclear con carga sexual? Gruñendo, me recompuse todo lo que pude y me dirigí a la barra, sin hacer caso de las miradas burlonas de Alistair, la mirada ardiente de Braden ni los intentos de coqueteo de Craig.

Me gustaban los dientes de Craig donde estaban, muchas gracias.

11

Mis llaves repiquetearon en el aparador de nogal del pasillo: el primer sonido para romper el silencio entre Ellie y yo. Después de una noche ajetreada en el bar, normalmente me zumbaba la cabeza y tardaba unas horas en desconectar antes de poder irme a dormir, pero esa noche era peor. Todavía podía sentir a Braden en mi boca, en mi pecho, entre mis piernas. Por el amor de Dios, todavía podía olerlo y saborearlo. Y simulé no sentir nada de eso cuando él cumplió con lo prometido y nos metió a Ellie y a mí en un taxi después de que acabara mi turno. De hecho, no le dirigí la palabra.

No dije ni una palabra a nadie.

Alistair y Braden eran los dos únicos que conocían la razón. Craig me observó perplejo durante el resto de la noche, probablemente preguntándose por qué había desaparecido mi buen humor, y yo evité la mirada de Ellie. La evité en el bar, la evité en la acera, la evité en el taxi y continuaba evitándola. Seguí dándole la espalda al quitarme los zapatos, y luego la dejé en el salón al ir a la cocina a buscar un vaso de agua.

—Entonces, ¿no vamos a hablar de eso? —preguntó Ellie en voz baja, siguiéndome a la cocina.

La miré por encima del hombro, simulando ignorancia.

—¿Hablar de qué?

Me lanzó una mirada de exasperación.

—Sobre el hecho que Braden estaba furioso por tu beso con Craig, que luego te siguió a la sala de personal y no volvió en veinte minutos, y cuando volvió tenía aspecto de que lo hubiera atacado una mujer que habían encerrado en una habitación vacía sin un vibrador ni un hombre durante diez años.

No pude evitarlo. Me eché a reír por la imagen.

A Ellie no le hacía gracia.

—¡Joss! En serio, ¿qué está pasando?

La risa se extinguió en mis labios.

—Me besó. Paramos. No va a volver a ocurrir.

—Braden no retrocede si piensa que estás interesada.

—No estoy interesada. —«Estoy tan interesada...»

—Creo que estás inte...

—Ellie —me volví de repente, con los nervios tensados al máximo—. Para, ¿de acuerdo? No quiero hablar de esto.

Parecía una niña a la que acababan de quitarle su juguete favorito.

—Pero...

—Ellie.

—Está bien —accedió.

En un esfuerzo por lograr que pensara en otra cosa, me apoyé de nuevo en la encimera arqueando la ceja derecha en un gesto de preocupación.

—Bueno, ¿qué pasaba con Adam y contigo esta noche?

—Soy como tú. No quiero hablar de eso.

Sí, claro.

—Ellie...

Sus ojos pálidos se entrecerraron con tristeza.

—Está bien, pues yo sí quiero hablar. Maldita sea, ¿cómo puedes ser tan reservada? —pucheros—. Es francamente difícil.

Sonreí y negué con la cabeza.

—Para mí no.

Ella me sacó la lengua y se derrumbó con cansancio en una silla de cocina.

—Estoy hecha nada. Esta noche ha sido agotadora.

—Por eso refunfuñas.

—No refunfuño.

—Refunfuñas un poco.

—Bueno, tú también refunfuñarías si hubieras tenido que aguantar a Adam esta noche.

Me senté en una silla a su lado, preguntándome si debería ir más al gimnasio esa semana como preparación para darle una buena patada en el culo a Adam.

—¿Qué ha pasado, cielo?

—Me está confundiendo —Ellie hizo una mueca, mirándome con tristeza—. No deja de decir que solo somos amigos, pero actúa como si no lo fuéramos. Braden estaba tan colgado contigo que ni siquiera se ha fijado en la conducta de Adam esta noche, y Adam lo ha aprovechado.

—Me he fijado en que estaba posesivo contigo, aguantándote a su lado y todo eso.

—¿Posesivo? Cuanto más fría quería ser con él, más invadía mi espacio. Y luego mientras Braden estaba contigo, se lo avisé. Le pregunté por Nicholas y por qué estaba actuando tan raro...

—¿Y qué dijo?

—Que Nicholas no era lo bastante bueno para mí y que hasta que dejara de actuar como una niña petulante él no dejaría de ser dominante.

El tipo era bueno. Me reí sin humor.

—Bonita manera de esquivar la verdadera pregunta, ¿eh?

—Bueno, tú eres experta en eso —se quejó.

Resoplé.

—Miau.

Ellie se quejó.

—Oh, Dios, Joss, lo siento. Estoy actuando como una perra.

—A mí me parece encantador, de verdad.

Ellie se rio y negó con la cabeza, bajando la mirada con cansancio.

—Estás loca —se levantó—. Pero te quiero.

Bostezó y yo me quedé petrificada con sus palabras.

—Necesito mi cama —dijo Ellie—. Hablaremos por la mañana y trataremos de dar sentido al sinsentido de Adam, ¿sí?

«Pero te quiero.»

—Ah... sí —respondí, confundida.

—Buenas noches.

—Buenas noches.

«Pero te quiero...»

«—Vamos —rogué a Dru—. Será divertido. Kyle estará allí.

»Dru me miró llena de dudas.

»—Me puse en ridículo en las últimas fiestas, Joss, y eso que no había que llevar biquini.

»Puse los ojos en blanco.

»—Todas nos pusimos en ridículo en la última fiesta. De eso se trataba. Vamos. Nate estará allí y yo quiero estar con él esta noche.

»—¿Te refieres a coquetear con él?

»Me encogí de hombros.

»—Joss, quizá tendríamos que aclarar las cosas. Hemos estado yendo a un montón de fiestas últimamente.

»Sonriendo, le pasé un brazo por el cuello y la atraje a mi lado.

»—Somos chicas. Se supone que hemos de ir de fiesta. —Fiesta. Necesito olvidar—. Y no quiero ir de fiesta sin ti. ¿Sabes qué te digo? Incluso le vomitaré encima a una animadora por ti. Así, hagas lo que hagas, yo habré cometido el acto más ruin de la noche.

»Dru se rio y me abrazó fuerte.

»—Estás loca... pero te quiero.»

Sentí que las paredes se juntaban y una opresión en el pecho. Resollé, tratando de respirar.

Me estaba muriendo.

El ataque de pánico duró más esta vez; las palabras impedían que me centrara.

Por fin me abrí paso a la realidad, apartando los recuerdos y permitiendo que mi cuerpo respirara.

Cuando el ataque terminó, tenía más ganas de llorar de las que había tenido en mucho tiempo. Pero las lágrimas solo servirían para debilitarme. En lugar de llorar me levanté con piernas temblorosas y aplasté los recuerdos en las baldosas de la cocina. Cuando me cambié y me metí en la cama simulé que todo estaba olvidado.

—¿Tuviste otro ataque de pánico? —preguntó la buena doctora con voz suave.

¿Por qué lo había mencionado? Nada bueno podía resultar de eso. Ella nunca había podido darle la vuelta a lo ocurrido.

—Sí, no importa.

—Sí que importa, Joss. ¿Qué desencadenó este?

Me miré los pies.

—Mi amiga.

—¿Cuál?

Mi mejor amiga.

—Dru.

—No has mencionado a Dru antes.

—No.

—¿Por qué Dru desencadenó un ataque de pánico, Joss?

Levanté lentamente la mirada hacia ella, con un dolor salvaje quemándome por dentro.

—Porque murió —respiré hondo—. Y fue por mi culpa.

. . .

Me desperté justo antes de mediodía y de inmediato me fulminaron los recuerdos de la noche anterior. Recuerdos de Braden y el regusto de lo que era posible entre nosotros. En un esfuerzo por olvidar, pasé la comida hablando en círculos sobre Adam con Ellie, y luchando por combatir los nervios que seguían silbándome en el estómago cada vez que pensaba en la promesa de Braden de venir a verme esa noche.

Ya me estaba preparando para dirigirme a la bañera cuando el teléfono de Ellie sonó y ella maldijo al ir leyendo un mensaje.

—¿Qué? —pregunté, cansada, al apartar los platos de la comida.

—Braden tiene que quedarse en la oficina y se va a perder otra cena familiar. Voy a tener que enfrentarme con veinte preguntas de mi madre, que querrá saber si está bien.

No hice caso de la punzada de decepción en el pecho. Si Braden iba a trabajar esa noche, al menos no iba a venir. Debería estar regodeándome.

—Tu madre lo cuida de verdad, ¿eh?

—Bueno, la madre de Braden es una bruja egoísta, vanidosa y avara que entra y sale de su vida revoloteando cada vez que le viene en gana. Él no la ha visto en años. O sea que... sí. Mi madre lo cuida, porque la suya no lo hace.

¿Cómo era posible que su madre no se preocupara por él? Era Braden Carmichael, por el amor de Dios.

—Eso es increíble. No puedo imaginar hacerle eso a mi propio hijo —dije aunque no pensaba tener ninguno.

Ellie me miró con ojos tristes.

—Braden se parece mucho a su padre. La madre de Braden, Evelyn, lo quería de verdad. Él acabó la relación con ella abruptamente y le dejó algo de dinero. Cuando ella le explicó que estaba embarazada, el padre de Braden dijo que cuidaría del niño, pero que no quería saber nada de ella. Cuando ella mira a Braden, lo único que ve es al hombre que le rompió el corazón y por eso nunca ha sido muy amorosa con él. Nunca. Braden pasó los años escolares en su casa de Edimburgo con un padre distante pero controlador, y los veranos viajando por Europa, viendo a su madre levantándose a idiotas ricos que no tenían tiempo para niños.

Mi corazón se dolió un poco por el Braden niño.

Y cometí el error de dejar que se trasluciera en mi expresión.

—Oh, Joss... —respiró—. Braden está bien, eh.

«No me importa.» Me aparté de su expresión suave.

—No me importa.

Ellie apretó los labios y no dijo nada. En cambio, se levantó y al pasar a mi lado me dio un apretón en el hombro.

Miré al fregadero, preguntándome cómo había logrado hacerme eso a mí misma. ¿Adónde había ido a parar la máscara que los mantenía a todos a raya? ¿Por qué no paraba de caérseme cada vez que Ellie o Braden andaban cerca?

Sintiéndome mal, cogí mi teléfono y me metí en el cuarto de baño para ponerme en remojo en la bañera y hundir el malestar con algunas canciones, pero el teléfono sonó cuando me estaba desnudando.

Llamada de Braden.

Miré la pantalla con la boca abierta, tratando de decidir si responder o no. Dejé que acabara de sonar.

Sonó otra vez.

Y volví a mirarlo.

Dos minutos después, al hundirme en la bañera pensando que había escapado, Ellie dio unos golpes en la puerta del cuarto de baño.

—¡Braden dice que cojas el teléfono!

Sonó mi teléfono y cerré los ojos.

—¡Está bien! —respondí en voz alta y me estiré para coger el móvil—. ¿Qué? —atendí.

Su risa profunda me inundó seductoramente.

—Eso, hola.

—¿Qué quieres, Braden? Estoy en medio de algo.

—Ellie dice que estás en la bañera —su voz era baja—. Ojalá estuviera allí, nena.

Casi podía sentirlo ahí.

—Braden. ¿Qué es lo que quieres?

Soltó un bufido de diversión.

—Solo he pensado en llamar para decirte que no puedo pasarme esta noche.

Gracias a Dios.

—Estoy teniendo un problema con unos proveedores en esta obra y eso nos ha retrasado unas semanas. No sé cuándo estaré libre esta semana, pero te garantizo que en cuanto tenga un rato iré a verte.

—Braden, no lo hagas.

—Después de anoche, no hay forma de negar la promesa de lo que hay entre nosotros. No voy a echarme atrás, así que en lugar de buscar una nueva defensa, lo cual estoy seguro que me parecería altamente entretenido, simplemente cede, nena. Sabes que al final lo harás.

—¿He mencionado lo molesto y arrogante que eres?

—Aún puedo notar tu sabor y tu olor, Jocelyn. Y todavía la tengo dura.

Mi estómago dio un vuelco y apreté las piernas.

—Dios, Braden... —espeté sin pensar.

—No puedo esperar a oírte decir eso cuando esté dentro de ti. Nos vemos, nena.

Y con esa despedida, colgó.

Gruñí y mi cabeza cayó otra vez en la bañera.

Estaba bien jodida.

12

_¿_C_onoces esos programas de naturaleza en los que el suricato tiernísimo está caminando sobre sus cuatro patitas para volver a su madriguera, donde lo esperan su familia y sus pequeños dramas y políticas de suricato, y esa águila cabrona sobrevuela su cabeza...?

El pequeño suricato corre a ponerse a salvo y espera que se aleje la hija de puta águila.

Pasa un rato y finalmente el suricato decide que el águila se ha aburrido y se ha largado a joder a otro pequeño suricato. Así que el suricato sale de su madriguera tan contento.

Y justo cuando ese pequeño suricato piensa que está a salvo, la hija de puta águila se precipita desde el cielo y le clava sus cabronas garras.

Bueno... sé exactamente cómo se sentía ese pequeño suricato...

Braden no llamó otra vez, ni envió un mensaje de texto ni de correo electrónico. Pasé los siguientes días ocupada, luchando con mi manuscrito, borrando capítulos que podría haber escrito un escolar de octavo curso, limpiando el apartamento de arriba abajo y aprovechando la distracción que suponía vivir el Festival de Edimburgo con Ellie. Llegamos al teatro Big Top en The Meadows a tiempo para la obra, *The Lady Boys of Bangkok*, y maldición, eran guapas, fuimos a la exposición de Edvard Munch en la Galería Nacional de Arte Moderno de Escocia, en el oeste de la ciudad, y compramos entradas baratas para ese cómico joven y prometedor que estaba atrapado en una habitación deprimente del antiguo edificio del centro de estudiantes, en el campus principal de la universidad. Estar en el centro de estudiantes me trajo recuerdos de Rhian y James paseando por allí. Traté de permitirme disfrutar de las multitudes del festival, los turistas por doquier, el olor a café y cerveza y comida caliente por todas partes. Mercachifles en la acera, vendiendo sus artículos: bisutería, carteles, recuerdos de cualquier cosa, octavillas por todas partes.

También hice una traumática visita a mi terapeuta y hablé de Dru por primera vez.

Sí. No quería pensar en ello.

Baste decir que cuando llegó el jueves logré convencerme de que Braden solo había estado jugando conmigo. Al fin y al cabo, si fuera en serio al menos me habría mandando algún mensaje de texto para asegurarse de que no lo había olvidado, pero no. Nada de nada.

Había cambiado mis turnos de trabajo de jueves y viernes a viernes y sábados por la noche, para tener tiempo de estar en casa. Cuando Ellie me dijo que esa noche iba a quedarse con su madre, porque tenía ganas de estar con su familia, yo estúpidamente no sospeché nada. No estaba preparada. Estaba relajada, pensando que Braden se había olvidado de mí.

Saqué mi estúpida cabeza de mi estúpida madriguera.

Fue entonces cuando Braden se precipitó como una hija de puta águila.

El apartamento se encontraba en silencio, salvo la sala, donde yo estaba acurrucada en un sillón, dando sorbitos a una copa de vino y viendo la película 300 de Zack Snyder. Me di cuenta de que había sido una idea pésima. Todos esos músculos tensos y el efecto secundario de languidez del vino... Lo culpé por lo que ocurrió a continuación.

—¿Sabes?, deberías cerrar con llave cuando estás en casa sola.

—¡Mierda!

Salté, derramando el vino sobre mis jeans. Me levanté de la silla y miré a Braden, que estaba de pie en el umbral, con aspecto poco divertido. ¿Por qué tenía que estar de mal humor? ¡No eran sus jeans favoritos los que acababa de echar a perder!

—Mierda, Braden, por última vez, llama a la puerta.

Bajó la vista a mis jeans manchados antes de volver a mi cara.

—Si me prometes que cerrarás la puerta con llave cuando estés sola en casa.

Me quedé quieta, asimilando su expresión seria. ¿Estaba... preocupado por mí? Fruncí el ceño y bajé la mirada al dejar mi copa casi vacía en la mesita de café.

—De acuerdo —contesté, sin estar segura de qué hacer con eso.

—Ellie va a pasar la noche fuera.

Mis ojos lo fulminaron y lo descubrí mirándome con intensidad. Llevaba traje, pero tenía aspecto arrugado, como si hubiera estado trabajando durante horas y hubiera venido a verme sin hacer ninguna parada antes. Me dio un vuelco el estómago al darme cuenta de lo que había ocurrido.

—¿Has orquestado eso?

El lado izquierdo de su boca se curvó hacia arriba.

—Para referencia futura, puedes comprar a Ellie con una caja de trufas de champán.

Iba a matar a la traidora.

Sobre todo porque Braden estaba más sexy que nunca. Eso y el hecho de que el departamento de vestuario de 300 había afectado mi libido eran los responsables de la ruina hormonal que se alzaba ante

Braden. Deseé poder seguir el consejo de la doctora Pritchard y dejar de pensar cincuenta pasos por delante. Me decía a mí misma todo el tiempo que vivía el presente, porque planear un futuro era aterrador. Pero mientras vivía mi vida en el presente, me preocupaba constantemente sobre lo que me esperaba al día siguiente, y creo que la buena doctora estaba sugiriendo que aprovechara mi propio consejo y viviera el hoy.

Pero ¿con Braden?

Era demasiado peligroso. Ya sabía que no quería una relación con él.

—Supongo que no me estabas esperando —dijo Braden al acomodarse en el sofá.

Sin querer dar la impresión de estar intimidada, volví a colocarme en el sillón.

—No. Había conseguido convencerme y me había hecho ilusiones de que habíamos terminado con lo que nos había ocurrido antes, fuera lo que fuese...

Él se quitó la chaqueta.

—¿Te refieres a cuando te magreé contra la pared?

Apreté la mandíbula con irritación. Si él hubiera sido un personaje de mi libro, habría odiado su boca sucia. Tal y como eran las cosas, mi cuerpo amaba su boca sucia. No hacía falta decírselo.

—¿Sabes, Braden? Te he observado en los últimos meses y eres un caballero con todo el mundo menos conmigo ¿Por qué?

—Porque te quiero en mi cama. Y los caballeros son aburridos en la cama.

Bien pensado.

—Los caballeros son caballeros en la cama. Se aseguran de que lo pasas bien.

—Me aseguraré de que lo pases bien y de que estés a gusto con todo lo que hagamos. Simplemente no seré educado con eso.

Vuelco en el estómago, tirón en las entrañas.

—Pensaba que ya habíamos discutido eso. No va a pasar nada entre tú y yo.

Me miró con mala cara, inclinándose hacia delante, con los codos en las rodillas y las manos entrelazadas entre ellas. Él se había remangado otra vez la camisa. Era como si supiera lo que me provocaba.

—No hemos discutido nada.

Suspiré profundamente.

—Braden, me gustas, de verdad. Sí, eres un imbécil dominante y dices lo que se te ocurre sin filtrar nada, pero pareces un buen tipo y eres un buen hermano para Ellie.

Nuestros miradas se encajaron, y casi me estremecí por la punzada de atracción que silbó en mi pecho.

—Ellie se ha convertido en una muy buena amiga y me encanta vivir aquí con ella. No quiero estropear eso. Y no quiero tener una relación. Con nadie.

Me miró tanto rato en silencio que no sabía si iba a terminar respondiendo. Acababa de decidir que lo mejor era abandonar la sala y dejar a Braden con sus pensamientos cuando él se relajó otra vez en el sofá. Sus ojos se oscurecieron. Conocía esa mirada. Oh, no.

—Suerte que no te estoy proponiendo una relación.

No miento si digo que estaba completamente confundida.

—Bueno, ¿qué estás proponiendo?

—Solo sexo.

¿Qué?

—¿Qué?

—Tú y yo. Solo sexo. Cuando queramos. Sin ataduras.

—Solo sexo —repetí, sintiendo que las palabras rodaban en mi boca y mi cerebro.

Solo sexo. Sexo con Braden cada vez que quisiera, sin ataduras.

—¿Qué pasa con todo lo demás? —pregunté—. ¿Ellie, el apartamento, el grupo con el que salimos?

Braden se encogió de hombros.

—Nada de eso tiene que cambiar. Seremos amigos que salen y que tienen sexo juntos.

—¿Y qué le diríamos a la gente?

—No es asunto de nadie.

Incliné la cabeza, exasperada.

—Me refiero a Ellie.

—La verdad —me miró con atención—. Yo no miento a mi hermana.

—No le gustará.

Braden chascó la lengua.

—Me importa un pito si a Ellie le gusta o no. De hecho, preferiría que mi hermanita no se metiera en mi vida sexual.

—Sería difícil porque la persona con la que quieres tener sexo vive con ella.

Eso no le molestó en lo más mínimo.

—Sus habitaciones están en lados opuestos del apartamento. Y siempre puedes visitar mi cama en mi apartamento.

Hum. El apartamento de Braden. Tenía curiosidad por verlo.

«¡No! No, páralo.»

—No puedo.

—No puedes o no lo harás —sus ojos se entrecerraron peligrosamente.

Vuelco en el estómago, tirón en las entrañas. Cerré los ojos. Podía sentir su cuerpo apretado contra el mío otra vez, notar su lengua tocando la mía y su mano suave pero firme en mi pecho. Oh, Dios. Mis ojos se abrieron y descubrí que su mirada se había suavizado en mí.

—¿Solo sexo?

Me di cuenta de que estaba tratando de contener una sonrisa, como si supiera que estaba ganando.

—Bueno... casi.

¿Qué?

—¿Casi?

—Necesito que alguien me acompañe a comidas de negocios y los estúpidos eventos sociales que Morag ha programado para que yo aparezca. Sería bonito ir con alguien que no esté esperando una propuesta de matrimonio o un collar de diamantes al final de la noche.

—Eso no es solo sexo. Eso es un compromiso. Como los acuerdos que sueles tener con todas esas Barbies con las que sales. Lo cual me lleva a la pregunta de ¿por qué yo? Braden, tienes un montón de dinero y no eres exactamente feo (aunque dudo que necesites que te dé más combustible para ser un imbécil engreído), así que ¿por qué no te vas y consigues a una de esas rubias altas y flacas que saltarán ante la posibilidad de saltarte encima?

La sorpresa destelló en la cara de Braden, y él bajó la cabeza.

—Uno: porque necesitan que las cuide. Quieren que hable de mis sentimientos y que les compre mierdas. Estamos hablando de sacar eso de escena, lo cual funciona para los dos. Y dos: ¿en serio?

Torcí el gesto, porque no sabía a qué se refería con lo de «en serio».

—Bueno —negó con la cabeza, sonriendo ahora—. Siempre me sorprendes.

—¿Cómo es eso?

—Solo suponía que sabías lo sexy que eres. Al parecer no.

Vaya. Me ruboricé por dentro y puse los ojos en blanco, como si sus palabras hubieran atravesado mi coraza.

—Lo que tú digas.

Mi respuesta displicente no lo disuadió. Estaba decidido a responder a mi pregunta.

—No, no pareces mi tipo de mujer. Y sí, me gustan las piernas largas, y las tuyas son cortas.

Ahora lo fulminé con la mirada.

Braden sonrió.

—Y aun así me provocaste una semierección en el taxi cuando

llevabas esos *shorts*. Y otra vez cuando los llevaste en la casa de Elodie y Clark.

Me quedé boquiabierta.

—Estás mintiendo.

Negó con la cabeza, disfrutando de sí mismo.

—Tienes unas piernas fantásticas, Jocelyn. Una sonrisa asombrosa que usas muy de vez en cuando. Y tetas fantásticas. Y sí, normalmente salgo con rubias. Pero tú eres rubia. Creo —rio cuando mi mirada se convirtió en dardos—. No importa el color del pelo. Nunca te lo sueltas, y no puedo dejar de pensar en ti debajo de mí, y ese pelo extendido en mi almohada mientras me muevo dentro de ti, enloquecido.

Oh. Dios.

—Pero creo que sobre todo es por tus ojos. Quiero sacar de ellos lo que nadie más saca.

—¿Y qué es eso? —pregunté, con la voz grave, casi ronca. Sus palabras me habían afectado tan profundamente como cualquier afrodisíaco.

—Dulzura —su voz propia había profundizado con la atmósfera—. La dulzura que solo una mujer puede tener después de venirse conmigo.

Tragué saliva por dentro. Por fuera, incliné la cabeza a un lado, con una sonrisa astuta.

—Eres bueno con las palabras, eso te lo concedo.

—Soy bueno con las manos. ¿Puedes concederme eso?

Reí y su sonrisa se ensanchó, perversa y hermosa. Suspiré y negué con la cabeza otra vez.

—Suena a algo más que solo sexo, Braden. Estás pidiendo compañía. Eso está complicando las cosas.

—¿Por qué? Son solo dos amigos que salen de vez en cuando y después tienen sexo —sintió mi duda inquebrantable en eso, porque se encogió de hombros—. Mira, ¿cuándo me he puesto serio con una mujer? Te deseo y tú me deseas. Está flotando sobre lo que debería ser una amistad perfectamente bonita, así que afrontémoslo.

—¿Pero añadiendo noches de citas? ¿Eso no extiende el período de esto?

Pensé que vi un destello de irritación en sus ojos, pero desapareció con un abrir y cerrar de pestañas.

—¿Quieres ponerle un plazo?

—Un mes.

Y entonces él sonrió, dándose cuenta de que yo estaba cediendo. Mierda. Estaba cediendo.

—Seis.

Resoplé.

—Dos.

—Tres.

Nos miramos el uno al otro y, como si de repente se nos ocurriera que estábamos hablando de cuánto tiempo pretendíamos explorar una relación sexual, la tensión ya caliente entre nosotros se encendió todavía más, y enrareció el aire. Era como si alguien hubiera echado un lazo en torno a nosotros dos y estuviera tirando y tirando, tratando de acercarnos. Una imagen de nosotros dos en mi cama, desnudos y retorciéndonos, destelló en mi mente. Mi cuerpo respondió al instante. Con los calzones ya suficientemente mojados, mis pezones se unieron a la fiesta y se endurecieron, visiblemente. Los ojos de Braden bajaron a mis pechos y empezaron a fundirse antes de regresar a mi cara.

—Hecho —contesté.

Su siguiente pregunta fue inesperada, pero práctica.

—¿Tomas la píldora?

Tenía períodos irregulares y abundantes, así que sí, estaba tomando la píldora para parar eso.

—Sí.

—¿Te has revisado?

Sabía a qué se refería. Y después de mi último encuentro sexual y de no recordar lo que había ocurrido, sí, me había revisado para ver si tenía enfermedades de transmisión sexual.

—Sí. ¿Y tú?

—Después de cada relación.

—Entonces supongo que podemos empezar.

Las palabras apenas habían salido de mi boca y Braden ya estaba de pie sobre mí, ofreciéndome su mano grande, con expresión seria y decidida. Sus ojos me quemaron.

—¿Qué? ¿Ahora? —pregunté, sintiéndome absolutamente no preparada.

Levantó una ceja.

—¿Quieres esperar?

—Solo... pensaba que tendría tiempo para prepararme.

—¿Prepararte?

—Ya sabes... perfume, lencería bonita...

Con un gruñido divertido, Braden me agarró de la muñeca y me levantó de la silla. Mi cuerpo pequeño chocó con el suyo y sus brazos me rodearon al instante, apretándome contra él. Una mano se deslizó a mi cadera y en torno a mi trasero. Me pellizcó con suavidad y me apretó contra él, con su erección dura en mi vientre. Contuve un gemido, echando la cabeza hacia atrás para encontrarme con sus ojos brillantes.

—Nena, la lencería bonita es para seducir a un hombre. Yo ya estoy más que seducido.

—Vale, pero...

Su boca me cortó, aplastando la mía, con su lengua buscando la entrada de inmediato. El beso fue profundo y húmedo y decía «esto no es una cita, esto es sexo». Estaba bien para mí. Gemí y deslicé los brazos en torno a su cuello y Braden lo tomó como mi consentimiento.

En un momento estaba en el suelo, al siguiente estaba en los brazos de Braden, con mis piernas en torno a su cintura, mis manos en su pelo al besarnos y mordisquearnos y provocarnos y lamernos los labios, conociendo el gusto y el tacto del otro.

—Coño —gimió Braden, y su forma de pronunciar la palabra vibró con fuerza en mis labios.

Sin tiempo para quejarme porque abandonara mi boca, sentí el aire en el pelo y estábamos moviéndonos al pasillo, por el pasillo, en mi habitación y entonces estaba cayendo. Golpeé el colchón con un sorprendido uf y levanté la mirada a Braden con indignación.

—¿Era necesario?

—Desnúdate —ordenó con brusquedad, desabotonándose la camisa con dedos rápidos y ágiles.

Mi sexo se apretó. Mi mandíbula también.

—¿Perdón?

Él paró lo que estaba haciendo y se inclinó hacia mí, apoyando las manos en el colchón, a ambos lados de mis caderas, con su rostro en el mío.

—Una segunda propuesta: cuando estamos tirando, no discutas conmigo.

—Pe...

—Jocelyn —ordenó como advertencia.

Mis ojos bajaron a su boca, la boca que quería otra vez en la mía. Si eso exigía no discutir con él durante el sexo, bien. Solo discutiría con él cuando no estuviéramos teniendo sexo.

—¿Por qué insistes en llamarme Jocelyn? —me aseguré de que mi tono fuera de curiosidad, no de confrontación. Porque tenía curiosidad.

Sus labios tocaron los míos, suaves, delicados y se echó hacia atrás, con esos ojos azul claro suyos ardiendo.

—Joss es nombre de niña. Posiblemente poco femenino explicó. Jocelyn, en cambio, es un nombre de mujer. Una mujer realmente sexy —se echó atrás—. Así que desnúdate, Jocelyn.

De acuerdo. Podía llamarme Jocelyn.

Me incorporé y me saqué la blusa por la cabeza. La lancé al aire y tardé un momento en ver cómo Braden se despojaba de su camisa. Esta cayó al suelo y yo la observé antes de permitirme levantar la mirada. Sonreí con anticipación ante la visión de la erección que se marcaba bajo sus pantalones, y al momento mi boca se secó al ver su torso desnudo.

Braden hacía ejercicio. Hacía ejercicio en serio.

Llevaba pantalones de tiro bajo que dejaban contemplar su estómago plano y el sexy relieve de sus músculos allí. Me mordí el labio. Quería tocarlo. Mi atención subió por su tableta de chocolate a un pecho fuerte y unos hombros anchos. Y todo estaba perfectamente envuelto en una piel bronceada y perfecta.

—Coño, Jocelyn —levanté la mirada y descubrí su mirada destellando aún más que antes—. Si sigues mirándome así, esto va a terminar antes de lo que me gustaría.

Hum. Eso me gustó. Me gustaba tener ese poder sobre él.

—Bueno, eso no podemos permitirlo.

Sonreí con descaro, y me estiré para soltarme el sujetador. Sentí el aire frío en mis pechos desnudos al echar el sujetador a un lado de la cama, y esta vez fui yo la sometida al escrutinio de Braden.

Sus ojos viajaron de mi pecho a mi cara y de repente parecía un poco enfadado. Me tensé, sorprendida.

—¿Sabes lo que he tenido que pasar desde ese día en el apartamento? Estar sentado enfrente de ti en bares, en comidas, sabiendo que debajo de toda esa hostilidad estaba la fantasía sexual de cualquier hombre.

Oh, era bueno.

Entrecerró los ojos al buscar los botones y la cremallera de sus pantalones. La cremallera bajó ruidosamente.

—Voy a hacerte pagar por haberme hecho esperar tanto.

El latido entre mis piernas empeoró. «Suena bien.»

Me incorporé y me solté el pelo, dejando que cayera en torno a mis hombros en todo su esplendor, temblando cuando la expresión de deseo se agudizó en los ojos de Braden.

—De acuerdo —entoné con voz ronca.

No sé quién de los dos se quitó los pantalones después de eso, pero en un momento estaba tratando de recuperar cierto control con toda mi actitud sexy y mi pelo, y al siguiente estaba sin calzones, tumbada boca arriba, con las tetas apretadas contra el pecho de Braden, los muslos abiertos para acomodarlo entre mis piernas... y estaba mirándolo a los ojos, sin aliento con la anticipación.

—¿Qué estás esperando? —pregunté.

Esbozó una sonrisa irónica.

—A que te eches atrás.

Gruñí, enfadada.

—Estoy desnuda, ¿no?

—¿Y? Ya lo has estado antes.

—¡Braden!

Le golpeé el hombro mientras él se reía con suavidad, y su risa hizo que la parte inferior de su cuerpo se moviera y que esa verga suya larga, gruesa y deliciosa se deslizara por mi vientre arriba y abajo.

Contuve un grito ante el latido de placer que me causó la provocación de la acción y Braden gimió en respuesta, bajando sus labios a los míos. Estoy seguro de que el beso pretendía ser lento, sexy, atormentador. Empezó así. Pero semanas de posponer ese momento había hecho que los dos nos impacientáramos un poco. El beso se hizo agresivo, violento, con mis manos aferradas con fuerza a su cabello y las suyas apretándome la cintura, las costillas, los pechos. Mis pechos eran particularmente sensibles, y cuando su pulgar rozó mi pezón, levanté las caderas hacia él.

—Te gusta esto, nena —preguntó, sin que en realidad lo planteara como una pregunta, porque la respuesta era obvia.

Sus labios fueron depositando un reguero de besos por mi mandíbula y mi cuello, con mis manos resbalando de su cabello a sus hombros cuando él se detuvo en mi pecho derecho. Plantó un beso suave y deliberado allí y juro que dejé de respirar. Otro beso. Otro.

—Braden... —rogué.

Sentí que sonreía contra mi pecho justo antes de sentir el calor húmedo de su lengua en mi pezón cuando sus labios se cerraron en torno a él. Sentí que me clavaban una lanza de deseo en mi sexo.

—¡Dios, Braden!

Él hizo lo mismo en el otro pecho y otra vez tuve que levantar las caderas hacia las suyas, más impaciente de lo que había estado jamás. Aunque claro, había pasado mucho tiempo para mí.

—Nena —su voz atronó sobre mí cuando su mano se deslizó a mi cadera, sujetándome—. ¿Estás mojada por mí, Jocelyn?

Sí. Dios, sí.

—Braden...

—Respóndeme —sentí su mano moviéndose hacia abajo: noté el roce de sus dedos subiendo por la cara interior de mi muslo, provocándome—. Dime que estás mojada por mí.

Cuando pensé en eso después, no podía creer que no me avergonzara su pregunta, o su exigencia. O lo mucho que me excitaba esa exigencia. Nunca había tenido un amante que me hablara de forma obscena durante el sexo, pero estaba funcionando.

—Estoy mojada por ti —choqué contra su boca.

Él me besó satisfecho, un beso profundo y explorador, y su lengua se deslizó sobre la mía al tiempo que sus dedos subían un poco más. Me sacudí al sentir el primer contacto de sus dedos rozándome. No había tenido los dedos de nadie allí abajo en mucho tiempo. En respuesta, el beso de Braden se hizo más intenso, su tacto más suave. Mis labios se separaron de los suyos en un gemido cuando me introdujo el dedo pulgar, encontrando mi clítoris y presionándolo.

—Nena, coño, estás empapada.

Su cabeza cayó al lado de la mía en la cama, con sus labios en mi cuello mientras su pulgar salía de mí y lo sustituían dos dedos gruesos que se introdujeron lentamente en mi vagina. Separé las rodillas para buscar más, con mis manos aferrándose a la espalda desnuda de Braden al levantarme por ese más.

—Más —rogué.

Y él me dio más, metiendo y sacando los dedos. Se incorporó, apoyándose en el otro brazo y me miró a la cara mientras me conducía hacia el orgasmo.

—Sí —respiré, sintiendo una espiral tensa.

Y entonces sus dedos ya no estaban.

—¿Qué...?

—No vas a venirte hasta que esté dentro de ti —me dijo, con sus rasgos tensos de deseo al tiempo que me sujetaba las manos contra la cama—. Quiero sentir cómo te vienes en torno a mí.

Bueno, no iba a protestar por eso.

Contuve mi suspiro de placer al sentir su verga pulsante en mi entrada. Se frotó contra mí de manera provocadora y estuve tentada de agarrarle el trasero y obligarlo a entrar. Pero él me sujetaba con fuerza las muñecas, sonriendo como si supiera exactamente lo que yo estaba pensando. Como tortura, describió círculos con sus caderas, provocándome más.

—Braden —gemí con impaciencia.

Eso solo lo hizo reír.

—¿Qué, nena?

—Si no te das prisa, me voy a echar atrás.

—Bueno, eso no podemos permitirlo —se impulsó con fuerza en mi interior y yo gimoteé, tensándome con el estremecimiento de incomodidad que sentí cuando mi cuerpo pugnó por aceptar su tamaño.

Todo el cuerpo de Braden se tensó, con sus ojos oscuros en mí.

—¿Estás bien?

Asentí, soltando aire mientras mi cuerpo se relajaba en torno a él.

Aflojó el apretón en mis muñecas, pero no me soltó. Empujó de manera tentativa, tensando la mandíbula, cerrando los ojos como si le doliera.

—Coño, Jocelyn —con voz quebrada—. Estás muy cerrada.

Levanté las caderas, instándolo a moverse, sintiendo que el placer volvía a enrollarse otra vez, sintiéndome llena de él y desesperada por la satisfacción.

—Ha pasado un tiempo.

Abrió los ojos de golpe.

—¿Cuánto?

—Braden...

Suspiré.

—Cuatro años.

—Nena.

Bajó la cabeza y me besó con suavidad, y cuando se retiró su sonrisa de gallito estaba en su lugar. Se introdujo más profundamente, subiendo las manos desde mis muñecas para que sus dedos pudieran entrelazarse con los míos. Me sostuvo de esa manera mientras se movía suavemente en mi interior, conduciéndome hacia el orgasmo.

—Más fuerte —dije en un grito ahogado.

Sus labios rozaron mi oreja.

—Pídemelo, Jocelyn.

—Braden, más fuerte. Cómeme más fuerte.

Levanté las caderas y Braden volvió a clavarse en mí. Yo grité, arqueando el cuello. Él gimió en mi oído al tiempo que empujaba con más fuerza, con nuestros cuerpos tan concentrados en alcanzar el orgasmo que sus manos me soltaron. Yo inmediatamente me aferré con fuerza a sus caderas y él me agarró del culo, subiéndome para que su polla pudiera deslizarse más adentro.

—Ven conmigo, nena —me ordenó con aspereza.

Asentí, notando que aumentaba la presión en mi cuerpo. Ya casi estaba llegando.

—Braden, Braden...

Su mano se deslizó entre mis piernas y su pulgar me acarició el clítoris en benditos círculos.

—¡Oh, Dios! —grité cuando él me arrancaba el orgasmo, con mi sexo tensándose y pulsando en torno a su verga.

—Coño —sus ojos se ensancharon al mirarme, observándome mientras me venía de forma prolongada e intensa.

Cerré los ojos, desesperada por romper la conexión entre nosotros en ese momento y sintiendo que la cabeza de Braden caía a mi cuello al tiempo que se estremecía, gimiendo al correrse dentro de mí y provocándome un espasmo al notar la humedad caliente de su eyaculación.

Se relajó dentro de mí, con su respiración acalorada en mi cuello mientras los dos tratábamos de respirar con normalidad. Notaba los músculos calientes y pegajosos, mis muslos descansando sobre los suyos. Olíamos a sudor fresco y sexo, y yo todavía estaba pulsando en torno a él.

Uf.

El mejor sexo de mi vida.

Braden me besó el cuello y levantó la cabeza, con los rasgos suavizados por la satisfacción poscoital.

—Jocelyn —murmuró antes de besarme con suavidad, un beso húmedo y profundo.

Cuando se retiró, salió de mí con cuidado y se puso de costado, acariciándome el vientre con ternura al hacerlo.

Lo miré, preguntándome muchas cosas.

¿Había sido tan atronador para él como para mí? Él también se había venido con fuerza, así que esperaba que sí.

¿Y qué ocurriría a partir de ese momento? ¿Por qué estaba allí tumbado, mirándome?

Yo miré al techo, incómoda por esa expresión suave en sus ojos.

—Hum... gracias.

Sintiendo que el colchón se agitaba, volví la cabeza en la almohada y me encontré a Braden riéndose de mí.

—¿Qué?

Él negó con la cabeza, claramente divertido conmigo por alguna razón. Se inclinó sobre mí y me plantó otro beso en la boca.

—De nada —respondió, frotando mi labio inferior con el pulgar—. Y gracias a ti. Ha estado de puta madre, nena.

Eché a reír. De alivio. De histeria. De incredulidad.

Acababa de tener sexo, sexo fenomenal, con Braden Carmichael. Y estaba convencida de que íbamos a hacerlo otra vez. Y quería hacerlo.

Pero en mis propios términos.

—Voy a lavarme.

Me levanté de la cama, impertérrita por mi desnudez porque él había dejado completamente claro que le gustaba lo que veía. Al caminar como si nada por el pasillo al cuarto de baño, esperaba que Braden supiera lo que quería decir que iba a lavarme: cuando volviera del cuarto de baño, más le valía estar vestido y listo para irse.

Pero cuando salí del cuarto de baño, seguía tumbado en la cama, esperándome.

Puse las manos en mis caderas y arrugué el entrecejo.

—¿Qué estás haciendo? ¿No deberías estar vestido?

Me lanzó una sonrisa provocadora.

—¿Sabes lo sexy que estás ahora mismo?

Puse los ojos en blanco.

—Braden.

Ante mi tono de advertencia, su sonrisa desapareció al sentarse.

—Todavía no me voy.

—¿Pero te vas?

No respondió verbalmente. En cambio se estiró y me cogió la mano, tirando de mí hacia la cama. Maldición, era fuerte.

—Braden —dije al encontrarlo tumbado a mi lado con los brazos en torno a mí.

Me besó en la frente.

—Hueles bien.

Eh, ¿qué?

Levanté la mirada y vi que había cerrado los ojos.

¿Iba en serio? ¿Pensaba que iba a dormir conmigo?

Me escabullí de su agarre y me di la vuelta, retorciéndome para separarme de él y darle la espalda, con la esperanza de que captara la indirecta. No tuve tanta suerte. Segundos más tarde su brazo fuerte estaba en torno a mi cintura, su mano plana en mi estómago y mi cuerpo era deslizado otra vez sobre la sábana hasta chocar con el suyo.

Tensó el brazo en torno a mí, con su frente caliente en mi espalda. Noté el tacto tembloroso de sus labios en mi hombro.

—Buenas noches, nena.

Anonadada, me quedé un momento en silencio.

Eso no era lo que esperaba. En absoluto. Eso desde luego no decía a gritos «solo somos compañeros de sexo».

Y era agradable.

Y asustaba.

—¿Estamos... haciendo cucharita? —pregunté en voz alta, tratando sin éxito de dar un toque mordaz a mi tono.

Sentí el bufido de su respiración en mi cuello.

—Duérmete, nena.

Oh... no.

Como si presintiera mi inminente huida, Braden me apretó con más fuerza contra su cuerpo, poniendo su pierna entre las mías, enlazándola en una de ellas.

—Duérmete.

Idiota mandón.

—Hacer cucharita no estaba en los términos de nuestro acuerdo.

No me hizo caso. Después de un minuto o dos de silencio oí su respiración uniforme. ¡De verdad iba a dormir! Traté de retorcerme, pero sus músculos acababan de flexionarse en advertencia y yo no era lo bastante fuerte para salir.

Así que me quedé ahí, esperando.

Estaba maravillosamente agotada por todo el sexo asombroso, y dormir parecía una opción celestial, pero estaba decidida a no dormirme en sus brazos. Eso era un poco demasiado... relación.

Obligándome a permanecer despierta, yací en sus brazos durante media hora hasta que sentí que su cuerpo se relajaba por completo. Mordiéndome el labio para contener cualquier respiración pesada que pudiera haber causado el ejercicio de tener que moverme como un ninja, le levanté el brazo lo más suavemente posible y saqué mi pierna de debajo de la suya.

Me quedé congelada.

Juro que pensaba que había percibido el cambio en el ritmo de su respiración.

Escuché con atención, relajándome con los sonidos de respiraciones continuadas.

A hurtadillas, en silencio, me aparté de él, colocándome cerca del borde de la cama, bajando las piernas al suelo. Acababa de levantar el trasero cuando me encontré tirada con tanta fuerza que reboté en el colchón con un grito ahogado.

El corazón me golpeó en las costillas cuando Braden me recolocó otra vez, expertamente, moviéndose tan deprisa que estaba debajo de él en cuestión de segundos, con mis muñecas sujetadas sobre mi cabeza y su cuerpo a horcajadas del mío.

No parecía feliz.

—¿Vas a dormirte de una puta vez?

Lo miré.

—No contigo en mi cama. Esto no formaba parte del trato.

—Uno: yo compré la cama. Dos: solo es dormir, Jocelyn.

No hice caso del comentario de la cama, porque era cierto.

—No. Eso es hacer cucharita. Has dicho solo sexo. No hacer cucharita. Tiramos, lo pasamos bien y te vas a casa. Ese es el trato.

Me estudió con intensidad durante un momento y luego bajó la cabeza hasta que sus labios casi tocaron los míos.

—Tiramos, lo pasamos bien y luego hacemos cucharita. No me voy a casa. No me voy a casa, porque a veces en plena noche me despierto y cuando me despierto quiero tirar. Y por alguna razón desconcertante la persona con la que quiero tirar eres tú. Ahora, solo voy a decirlo una vez más. Ven a dormir.

Me soltó solo para caer a mi lado y me apretó otra vez contra él.

En cucharita.

Apreté la mandíbula.

—¿Y si no quiero despertarme para que tú puedas pasarlo bien conmigo?

Apretó la cara en mi cuello y sentí que sonreía contra mi piel. Me besó y se tiró hacia atrás.

—¿Por que no te doy un adelanto de lo que quiero hacer contigo para despertarte?

Y entonces estaba otra vez tumbada boca arriba mientras Braden me besaba todo el cuerpo. Sabiendo lo sensible que era, se detuvo en mis pechos, con una mano jugando en mi pezón, su boca chupando el otro. Suspiré, encendiéndome para él, con la lucha completamente olvidada. Ya volvía a estar mojada por él, con mis caderas inquietas. Y él también lo sabía. Levantando la cabeza de mis pechos, me besó entre ellos y siguió una línea invisible por mi torso, hundiendo su lengua en mi ombligo y bajando más, con sus labios saltando en la piel suave y temblorosa de mi bajo vientre.

Separó mis muslos y un instante después su boca estaba en mí.

Gemí en cuanto su lengua chupó en mi interior, jugando con mi clítoris. Estaba jadeando cuando sus dedos se unieron a la fiesta. Deslicé las manos por su pelo, tensándome, instándole a pegarse a mí mientras él me estimulaba magistralmente hacia el orgasmo, lamiéndome y cogiéndome con los dedos con frenesí.

—Braden —gemí cuando retiró sus dedos. Estaba tan cerca. Tan putamente cerca...

Y entonces estaba empujando otra vez, dentro y fuera, dentro y fuera, con su lengua haciendo magia en mi clítoris.

—¡Braden! —grité cuando él me arrancó cada milímetro de un orgasmo. Mi cuerpo se estremeció con más espasmos al tiempo que él volvía a tumbarse a mi lado.

Vale, había sido solo tan alucinante y sobrenatural como el último que me había dado.

Estaba tumbada, jadeando, mirando al techo en confuso asombro hasta que Braden apareció otra vez encima de mí. No dijo ni una palabra, pero cuando se inclinó hacia mí y me besó, dejándome notar mi propio gusto al mover su lengua en la mía, sentí como si la profundidad de ese beso lo estuviera diciendo todo de él.

Lo había dejado claro.

Mis miembros inútiles no protestaron al encontrarme otra vez en sus brazos.

Haciendo cucharita.

—Buenas noches, nena —susurró su voz en mi oído.

—Buenas noches —susurré, cerrando los ojos.

Entonces las luces estaban apagadas.

13

Estaba tumbada, mirando al techo, sintiendo la punzada entre mis piernas y los músculos doloridos al moverme.

Había tenido el mejor sexo de mi vida la última noche.

Con Braden Carmichael.

Y luego hicimos cucharita. Fruncí el ceño al pensarlo, volviendo la cabeza en la almohada para ver el lugar vacío que había quedado a mi lado en el colchón. No me gustaba la idea de que hacer cucharita formara parte del trato, pero, puesto que venía con beneficios adicionales, iba a tragarme mi incomodidad y enfrentarme a ello. Sobre todo porque Braden había hecho lo correcto y se había marchado sin despertarme.

Eso decía a gritos «solo sexo».

Podía funcionar. Podía hacerlo.

El sonido de un armario al cerrarse en la cocina me hizo levantar de la cama, con el corazón acelerándose. ¿Ellie estaba en casa? Y entonces mi atención se posó a los pies de la cama: la camisa de Braden. La había recogido del suelo. Miré la alarma de mi reloj. Las ocho en punto.

Mierda. Todavía estaba ahí. ¿Qué estaba haciendo en casa? ¿No tenía que trabajar? La irritación se abrió paso en mi sangre y noté las mejillas calientes al saltar de la cama para sacar una camiseta y unos pantaloncitos de pijama. Sobre la marcha, me recogí el pelo en una cola de caballo alborotada y fui a ocuparme de él.

Me quedé paralizada en el umbral de la cocina y sentí el demasiado familiar tirón del deseo. De pie, sirviendo leche en dos tazas de café, Braden estaba impresionante. Se había puesto los pantalones del traje, pero, por supuesto, no llevaba camisa. Los músculos en sus amplios hombros se movían con él y no pude evitar recordar lo mucho que me había gustado sentirlos moviéndose bajo mis manos.

—Dos de azúcar, ¿verdad? —preguntó antes de mirar por encima del hombro con una pequeña sonrisa.

Esa sonrisa me golpeó en el pecho como un puñetazo. Era íntima, afectuosa.

Me dolió horrores. Mi expresión se endureció.

—¿Qué estás haciendo todavía aquí?

—Preparando café —se encogió de hombros, añadiendo azúcar y revolviendo.

—¿No tienes trabajo?

—Tengo una reunión dentro de unas horas. Me queda tiempo para el café.

Sonrió otra vez al cruzar la cocina para pasarme el café. Mi mano envolvió la taza caliente justo cuando su boca bajó hacia la mía. Adicta al gusto de Braden, le devolví el beso. No fue un beso largo. Breve pero dulce. Cuando se apartó yo tenía cara de estar molesta.

Braden suspiró y dio un sorbo a su café antes de preguntar.

—¿Y ahora qué?

—Todavía estás aquí.

Di media vuelta y me dirigí a la sala de estar, metiendo los pies debajo del trasero al arrebujarme en la esquina del sofá. Braden se hundió en el sillón y yo traté de no mirarlo. Mi ceño se hizo más profundo.

—Y vas sin camisa.

Su boca se curvó en la comisura, como si conociera a la perfección los efectos que me provocaba la visión de su cuerpo semidesnudo.

—Necesito un café para ponerme en marcha, y ya que estaba haciendo uno para mí he pensado que podía preparar otro para ti.

—Seguramente puedes funcionar lo bastante bien sin café como para pedir un taxi.

—Y hemos de hablar —añadió, como si yo no hubiera dicho nada.

Gemí y di un buen sorbo de café caliente.

—¿De qué?

—Para empezar, de tus turnos en el bar. Puede que necesite que me acompañes en noches del fin de semana. ¿Hay alguna forma de que puedas cambiar los turnos?

Respondí con una sonrisa de sacarina.

Braden levantó una ceja.

—¿Eso es un sí o un no?

—Es un no grande como una casa, puta. Braden, no voy a cambiar mis horarios por ti —me encogí de hombros—. Mira, como mucho podemos llegar a un compromiso. Si hay algún sitio al que quieres que vaya y me avisas con tiempo, pediré un cambio de turno.

Asintió con la cabeza.

—Me parece bien.

—¿Eso es todo? ¿Hemos terminado?

Él entrecerró los ojos y sentí un cambio repentino en el aire. Braden se inclinó hacia delante y yo retrocedí un poco más en el sofá, aunque había una mesita de café entre nosotros.

—Deja de tratarme como un asunto de una noche del que puedes deshacerte, Jocelyn. Me estás sacando de quicio.

Estaba seriamente confundida.

—Dijiste que era solo sexo.

—También dije que éramos amigos y estuviste de acuerdo. ¿Eres así de grosera con todos tus amigos?

—A veces.

Me lanzó una mirada de advertencia y yo solté aire pesadamente.

—Mira, sencillamente no quiero que esto se complique. No crees que hacer cucharita y luego prepararme café por la mañana es un poco...

—¿Un poco qué?

—Uf —si iba a ser obtuso con eso, iba a abandonar—. No lo sé.

Braden dejó la taza y se levantó, viniendo hacia mí lentamente. Mis ojos lo siguieron con una mezcla a partes iguales de cautela y deseo, y mi atención subió desde sus abdominales hasta su garganta. Me moría de ganas de besarle el cuello. Se sentó, cerca, y estiró el brazo por la parte de atrás del sofá de manera que quedé aprisionada.

—Nunca he hecho esto antes. Y apuesto a que tú tampoco. Así que toquemos de oído. Sin reglas. No hay ideas preconcebidas de cómo debería funcionar esto. Actuemos con naturalidad.

—Te equivocas —espeté—. He hecho esto antes.

Para mi sorpresa, observé que la expresión de Braden se endurecía al instante. El músculo de su mandíbula se tensó y me lanzó una mirada insondable. Sentía que estaba tratando de taladrarme, pero no podía apartar la mirada a pesar de lo incómoda que me sentía.

—¿Has hecho esto antes? —preguntó con voz suave.

Me encogí de hombros.

—No había nada en el trato respecto a compartir nuestras historias sexuales. Basta con decir que sé de qué estoy hablando. Y hacer cucharita o preparar el café por la mañana no entra en esta clase de tratos.

—¿Has hecho esto antes? —repitió—. Creía que habías dicho que no habías tenido sexo en cuatro años. Y eso significa que tenías dieciocho la última vez que tuviste sexo.

Oh, ya veía adónde quería llegar con eso. Entrecerré los ojos.

—¿Y?

—Cuando yo tenía dieciocho años, la mayoría de las chicas que conocía estaban enamoradas del tipo al que se tiraban.

—¿Y?

Braden se acercó, tratando de intimidarme.

—Entonces, ¿cuándo has hecho esto antes?

—No es asunto tuyo.

—Coño, Jocelyn, ¿no puedes responder una pregunta personal?

Estallé de rabia. Lo sabía. Lo sabía de verdad.

—Se acabó, hemos terminado. Esto era un completo error —me moví para levantarme, pero me encontré bloqueada en el sofá, boca arriba y con Braden encima de mí. Lo miré con los ojos como platos—. ¡Eres un cavernícola!

Un demasiado conocido Braden cabreado expulsó fuego de dragón con la cara a solo unos centímetros de la mía.

—No hemos terminado. Casi ni hemos empezado.

Me retorcí debajo de él, pero eso solo concluyó con él apretando sus caderas con más fuerza en las mías, y eso solo condujo a que tuviera una erección, y eso solo condujo a que yo me ruborizara al notar que mojaba mis calzones. Mierda.

—Braden, esto no va a funcionar. No soy tu novia. Dijiste que no te gustaba hablar de sentimientos.

Inclinó la cabeza, con los hombros temblando. Me miró desde debajo de sus largas pestañas, riendo con incredulidad.

—Tú no eres como otras mujeres.

—No —asentí con sinceridad—. No lo soy.

Él se movió otra vez, poniéndose cómodo encima de mí y yo sentí el roce de su verga dura incitándome entre las piernas; separé los muslos de manera involuntaria. Me mordí el labio para ahogar un grito y los ojos de Braden destellaron con avidez.

—Para —dije jadeando.

—¿Que pare qué?

Volvió a describir círculos con las caderas, frotándose contra mí y causándome otra inyección de calor entre las piernas.

—Braden —posé las manos contra su pecho—. En serio.

—Somos amigos —dijo pegado a mi boca—. Los amigos pueden hacer preguntas. Dime ¿a quién dejaste que te comiera?

Bien. Si era lo que quería...

—A bastantes tipos. No recuerdo la mayoría de los nombres.

Se quedó de piedra, echándose hacia atrás para estudiarme. Volví a ver el temblor en su mandíbula.

—¿Qué coño significa eso?

Uf. ¿Estaba molesto? Lo miré, subiendo las defensas.

—No tengo relaciones, Braden. Te lo dije. Pero me gusta el sexo y me gustaban las fiestas. El alcohol no es bueno para una relación de amor.

Se quedó en silencio un momento mientras lo procesaba. De hecho, estuvo tanto tiempo en silencio que supe lo que estaba pensando. Y me sentí mal e inútil. Lo empujé otra vez en el pecho.

—Ahora puedes levantarte.

Pero él no se arredró. Negó con la cabeza, con la expresión aclarándose al volver a mirarme a los ojos.

—Cuatro años —repitió en voz baja—. No habías tenido sexo en cuatro años. Desde que llegaste aquí, apuesto. ¿Qué cambió?

—Eso es otra pregunta.

La expresión de Braden se oscureció en algo que daba tanto miedo que al final me intimidó de verdad. Me tensé debajo de él, conteniendo la respiración cuando sus ojos pálidos me lanzaron chispas de fuego helado.

—¿Alguien te hizo daño, Jocelyn?

¿Qué? Oh, Dios mío... Me relajé al darme cuenta de la conclusión a la que había llegado.

—No —solté el brazo y pasé una mano por su mejilla, con la esperanza de borrar de sus ojos esa expresión—. Braden, no. No quiero hablar de eso —expliqué con suavidad—. Pero nadie me hizo daño. Yo era alocada. Y luego dejé de serlo. Pero no estaba mintiendo anoche. Me hice un control y estoy sana. Y de todos modos, estoy segura de que tú has estado con muchas más chicas que hombres yo, y no te estoy juzgando.

—Yo no te estoy juzgando, Jocelyn.

—Oh, me estabas juzgando.

—No lo estaba.

—Lo estabas.

Se incorporó, con el brazo en torno a mi cintura para levantarme hacia él, y entonces me rodeó también con el otro brazo, de manera que quedé aprisionada contra su pecho caliente y desnudo. Mis manos se movieron inquietas en sus pectorales y puse los ojos como platos cuando me miró con esa expresión intensa en sus pupilas.

—No me gusta compartir —explicó.

Lo había dicho antes. Algo se retorció en mi pecho, una mezcla de exaltación e inquietud.

—Braden, no soy tuya.

Sus brazos se tensaron.

—Durante los próximos tres meses lo eres. Lo digo en serio, Jocelyn. Nadie más te va a tocar.

Mi cuerpo se olvidó por completo de mi mente cuando esta gritó «corre, corre, corre», y sentí que mis pechos se hinchaban y mis pezones se endurecían pese a ese grito de advertencia.

—Estás siendo un imbécil —dije con voz quebrada, pero mis ojos me traicionaron al bajar a su boca.

—No te estaba juzgando —continuó él como si yo no hubiera dicho nada, depositando besos suaves y provocadores a lo largo de mi mandíbula hasta la oreja, donde su voz rugió de manera seductora—: en público eres Joss Butler. Fría, con autocontrol. En la cama eres Jocelyn Butler y eres caliente, nena. Descontrolada. Necesitada. Dulce. —explicó—. Me gusta saber eso. No me gusta el hecho de que otros hombres también lo sepan.

Quizás estaba tan caliente que olvidé quiénes éramos y lo que se suponía que tenía que ocurrir, pero me encontré en un momento de inusual sinceridad. Me incliné y le besé la garganta, encantada con la forma en que se arqueó para dejarme hacerlo. Mi mano subió por su pecho, a lo largo de su hombro y se acomodó en torno a su cuello. Mordisqueé y chupé y besé el camino hasta su boca, y entonces me retiré, tan preparada para tenerlo dentro que no tenía gracia.

—Eran chicos, no hombres. Y solo para que lo sepas... nunca obtuvieron de mí lo que tú obtuviste anoche. Nunca lo obtuvieron, porque nunca me dieron lo que tú me diste. Ni de lejos —posé mis labios en los suyos y al levantar la mirada me encontré con sus ojos sonriéndome—. Ahí tienes, un poco más de aire para hinchar tu ego —mi mano se tensó en torno a su cuello—. Pero es la verdad.

Esperé que él dijera algo, cualquier cosa. En cambio, el color de sus ojos se oscureció de deseo y me aplastó contra él. Sus labios exigieron que abriera la boca y lo hice, aceptando los besos profundos, posesivos, tratando de robarle el aliento porque me sujetaba con tanta fuerza que había perdido el mío. En menos de un minuto estaba desnuda y en menos de otro minuto más, él se estaba moviendo dentro de mí y demostrando de nuevo que a veces yo podía estar necesitada y ser dulce.

Entré en el dormitorio, vestida otra vez con la camiseta y los pantaloncitos, y observé a Braden abotonándose la camisa. Me sonrió por encima del hombro.

—¿Quieres asegurarte de que de verdad me voy?

Me encogí de hombros, sintiéndome mucho más relajada ahora que me había dado dos orgasmos espectaculares.

—Iremos viendo.

Su sonrisa se hizo más amplia.

—Va a ser fácil si lo único que hace falta para hacerte cambiar de opinión es sexo.

Le lancé una mirada exasperada.

—Braden, hablo en serio. Iremos viendo, y mientras estemos acostándonos juntos, aceptaremos no acostarnos con nadie más. Pero también aceptaremos no presionar al otro para que dé respuestas a preguntas que no quiere responder.

Al cabo de un rato de solo mirarme, Braden asintió por fin.

—Trato hecho.

—Vale, trato hecho.

—Será mejor que vaya a mi apartamento a ducharme y cambiarme —me plantó un beso rápido en los labios y su mano pasó a descansar en mi cintura—. Te veré esta noche.

Fruncí el ceño.

—No. Esta noche trabajo.

—Sí. Adam, Ellie y yo nos pasaremos.

—Ni hablar —negué con la cabeza.

No después de la última vez. Y en serio necesitaba un espacio para separarme de él.

Braden juntó las cejas.

—¿Por qué no?

—Estaré trabajando. No quiero distracciones.

—¿Vas a trabajar con Craig?

Hice una mueca.

—Sí.

Me agarró con más fuerza la cintura.

—Si te besa...

—Le arrancarás los dientes —añadí, poniendo los ojos en blanco—. Sí, sí, ya me acuerdo de todo el rollo macho escocés. No va a pasar nada. Te lo prometo. Pero no vas a pasarte esta noche.

—Bueno —se encogió de hombros en un gesto exageradamente despreocupado—. Entonces estaré aquí cuando vuelvas.

Vale, casi asentí antes de que mi cerebro dijera: «Espera. No, no, no.»

—¡No! —dije en voz un poco más alta de lo que pretendía.

Braden no parecía divertido.

—Ni siquiera llevamos veinticuatro horas y este compromiso ya me está cansando.

—Bueno, me has dado cuatro orgasmos. Eso tiene que cansar —respondí con descaro.

Mi maniobra de distracción no funcionó.

—Estaré aquí, esta noche.

—Braden, en serio, no. Todo esto es realmente nuevo. Necesito un poco de espacio.

—Nena —se inclinó y depositó un beso tierno en mi frente.

Me relajé. Mira, a veces podía ser comprensivo y dispuesto a llegar a compromisos.

—Solo tenemos tres meses —dijo—. No hay tiempo para espacios. O no.

—Estaré cansada después de mi turno.

—No, por la mañana no.

Entonces ven por la mañana.

Con un suspiro cansado, Braden asintió.

—Bien.

Me acercó a él, levantándome en volandas para poder darme un beso húmedo y desgarrador que sabía que no olvidaría enseguida. Y una vez que volvió a dejarme aposentada en mis pies desconcertados, se fue del apartamento sin siquiera decirme adiós.

y en algún lugar muy profundo, enterrado bajo todo mi acero, una voz me decía que estaba haciendo como el avestruz.

—¿Así que es verdad que te estás acostando con Braden Carmichael? —preguntó Jo en voz alta mientras yo servía a un cliente una pinta de Tennent's.

El cliente pescó mi respuesta en forma de mirada fulminante y me sonrió con simpatía al coger su bebida.

—¿Por qué no lo dices un poco más alto, Jo? Creo que hay gente al fondo que no te ha oído.

—Alistair los vio —movió las cejas de manera sugerente al pasar a mi lado para coger una botella de Bailey's—. Dijo que prácticamente estaban tirada.

Alistair era un chismoso.

Me encogí de hombros con indiferencia y pregunté al siguiente cliente qué quería tomar.

—Oh, vamos —se quejó Jo—. Yo le había echado el ojo. Quiero saber si está fuera del mercado.

Sin hacer caso del destello de rabia que sentí, le lancé una sonrisa fría.

—Te lo dejaré cuando termine con él.

Jo se quedó con la boca abierta.

—¿Entonces es cierto? ¿Te estás acostando con él?

Aparentemente sí, aunque la parte de dormir con él no había formado parte del trato originalmente. El hijo de perra había colado eso. Levanté una ceja a mi colega, rechazando meterme en detalles.

Ella bajó la mirada.

—¿No vas a hacer correr la voz?

Negué con la cabeza y me incliné sobre la barra para escuchar a otro cliente.

—*Pue poné* mojito, Jack con Cola, una botea de Miller... ah, y Stace *quie a* Cosmo. *¿Hace* Cosmo?

Por suerte, trabajar en un bar de Escocia durante cuatro años me había dado mucha práctica para comprender no solo los acentos gruesos, sino también los de los borrachos, aun más gruesos.

Traducción: Puedes ponerme un mojito, Jack Daniel's con Coca-Cola, una Miller de botella... ah, sí, y Stace quería un Cosmo. ¿Hacen Cosmos?

Asentí y me agaché para sacar las Miller de la nevera.

—¿Es bueno? —de repente tenía otra vez a Jo encima.

Yo suspiré cansinamente y pasé rozándola para empezar a preparar el Cosmopolitan.

—¿Es un rollo exclusivo? —preguntó a gritos Craig desde el fondo de la barra—. ¿O aún podemos seguir tirando?

—¿Qué quiere decir seguir? —me burlé.

—¿Es eso un no?

—Es un no como una casa.

—Oh, vamos, Joss —insistió Jo—. He oído que es un semental, pero eso es cotilleo de segunda mano. Cuéntamelo de primera mano.

—¿Sabes qué te digo? —contesté—. ¿Por qué no te vas a la mierda? —solté.

Sí, sé que no era la respuesta más elocuente o madura, pero estaba empezando a cabrearme.

Jo frunció el ceño.

—No tienes ninguna gracia.

—Supongo que no.

La atmósfera en el bar no era ni mucho menos tan cálida y eléctrica como lo había sido el fin de semana anterior. Jo estaba haciendo pucheros, Craig no parecía saber cómo actuar conmigo cuando estaba de mal humor, y yo, bueno, estaba de mal humor, porque estaba comiéndome el coco.

No podía quitarme de la cabeza los recuerdos de la noche anterior ni los de esa mañana y, para ser sincera conmigo misma, estaba irritada e inquieta por el hecho de que en realidad tenía la esperanza de ver a Braden al día siguiente. Estaba tratando de preocuparme menos por mi decisión de meterme en ese compromiso con él. Solo quería disfrutar, pero me estaba costando mucho relajarme.

Ayudaba que Ellie se tomara bien todo el asunto. Supongo que no sabía qué esperar de ella, pero había temido encontrarme con más desaprobación de la que había.

Ellie había entrado antes en el apartamento y me había encontrado delante de mi portátil. Yo había discutido la idea de escribir una novela contemporánea vagamente basada en mi madre y mi padre con la doctora Pritchard, y ella había opinado que era buena idea. Incluso terapéutica. Sin embargo, todavía tenía que empezar, porque el miedo me atenazaba cada vez que acercaba los dedos al teclado. Escribirla significaría abrirme a todos los recuerdos y no sabía si podría afrontar los inevitables ataques de pánico. La buena doctora decía que la idea era llegar a un punto en el que las ideas ya no precipitarían un ataque de pánico, y creía que la escritura podría ser una buena herramienta.

Después de que Braden se marchara, logré escribir la primera página. Estaba mirándola con incredulidad, asombrada de haber logrado teclear las palabras, cuando Ellie llegó a casa e inmediatamente se detuvo en el umbral de mi habitación.

Me sonrió con complicidad cuando me volví en la silla para saludarla.

—Bueno... ¿cómo estás?

Yo no era de las que se avergüenzan con facilidad, pero tuve que reconocer que era un poco extraño comprender que Ellie sabía que había tenido relaciones sexuales con su hermano. Puse mala cara.

—¿Va a ser demasiado raro para ti?

—¿Que tú y Braden salgan? —preguntó con la cabeza, con los ojos brillantes—. Ni hablar. Creo que es genial.

Vaya. Me aclaré la garganta, recordando que Braden no quería mentir a su hermana.

—En realidad, Ellie, no estamos saliendo. Es más una cuestión física.

Ellie pareció sorprendida.

—¿Te refieres a amigos con derecho a roce?

En realidad, yo prefería el término «tiramigo». Pero Ellie no usaría la palabra tirar.

—Más o menos.

Cruzó los brazos sobre el pecho, con expresión de curiosidad.

—¿Es eso lo que quieres?

Asentí.

—Sabes que no estoy buscando una relación.

—¿Y Braden?

—Todo el acuerdo fue idea suya.

Ellie puso los ojos en blanco.

—Braden y sus malditos acuerdos —soltó un suspiro de exasperación—. Bueno, si es lo que quieren ustedes, me parece bien. Siempre y cuando no nos afecte a ti y a mí, no hay problema. Es muy poco romántico, pero da igual.

Le sonreí.

—Prometo que nos irá bien. Entonces ¿nosotras estamos bien?

Su sonrisa de respuesta era adorablemente torcida.

—Estamos bien.

Para probar que estábamos bien, pasamos la tarde juntas, paseando por Princes Street, y chocando con pequeños grupos de turistas que se detenían repetidamente para fotografiar el majestuoso castillo de Edimburgo. Este se erguía en lo alto de su roca, creando un choque surrealista entre lo moderno y lo medieval... y algo de caos, porque a los turistas que sacaban fotos les importaba un pimiento dónde se detenían o cuánta gente chocaba con ellos por esa necesidad abrupta de capturar la maravilla paisajística. Durante unas horas, entramos y salimos de todas las tiendas de ropa del centro de la ciudad, tratando de encontrar un vestido para que Ellie se pusiera en su cita de esa noche. Es correcto. Cita. Había conocido a un tipo llamado Jason en un Starbucks. Él le había propuesto salir y ella había dicho que sí. Ellie decía que era guapo, pero me daba la sensación de que la cuestión tenía más que ver con echárselo en cara a Adam.

Aun así, me preocupé un poco por ella. Era su primera cita desde el fiasco con Adam y parecía realmente nerviosa cuando se fue. Mi ansiedad respecto a toda la situación con Braden quedó salpicada con una sana dosis de curiosidad, al preguntarme cómo iría la cita de Ellie. No era de extrañar que yo me comportara como una aguafiestas en el trabajo. Por primera vez en bastante tiempo, estaba desesperada porque terminara mi turno para poder ir a devanarme los sesos en la tranquilidad y la calma de mi propia casa.

El club cerró a la una de la mañana. Después de limpiar, llegué a casa en torno a las dos. Cuando entré en el apartamento, vi luz por debajo de la puerta de la sala. Parecía que Ellie seguía despierta. Queriendo asegurarme de que estaba bien, abrí la puerta en silencio y me quedé de piedra.

La única luz encendida era la lámpara de pie de detrás del sofá, y tumbado en la apacible penumbra, despatarrado en el sofá y con los pies colgando del borde por su propio peso, estaba Braden. Tenía los ojos cerrados. Parecía muy joven con una pestaña pegada en la mejilla y las facciones relajadas mientras dormía. Era extraño verlo de esa manera. Normalmente, sentía la diferencia de edad de ocho años entre nosotros. Él era más maduro, equilibrado, responsable y decidido. Pero allí tumbado podía tomarse por alguien de mi edad. Era mucho menos intimidante así y me gustó. Mucho.

Sobre la mesa había una carpeta negra abierta, con un par de documentos fuera de los dosieres de plástico. La chaqueta del traje de Braden estaba colocada sobre el sillón; los zapatos de piel, en el suelo, junto a la mesita de café, y había una taza vacía al lado de todo el papeleo.

¿Había venido a trabajar?

Retrocedí en silencio, bastante desconcertada, y cerré la puerta de la sala. ¿Había dado por hecho que él y Adam habrían salido un viernes por la noche?

—Hola.

Me volví y me encontré a Ellie de pie en el umbral de la cocina, todavía con el bonito vestido veraniego de color melocotón que se había comprado para su cita, aunque no llevaba los zapatos dorados de tacón que hacían que sus piernas no terminaran nunca. La seguí a la cocina y cerré la puerta para que nuestras voces no despertaran a Braden.

—¿Cómo ha ido tu cita?

Cruzando los brazos sobre el pecho, Ellie se apoyó en la encimera con expresión muy contrariada. Ajá.

—No ha ido bien.

—Oh, Dios, ¿qué ha pasado?

—Adam es lo que ha pasado.

Puse los ojos como platos.

—Bueno. Explica.

—Braden me ha llamado antes para decirme que tenía que trabajar hasta tarde esta noche otra vez, pero Adam estaba libre y quería saber si me apetecía que comprara algo para comer y tal vez pillar una peli para después. Le he dicho a Braden que le dijera a Adam que tenía una cita con Jason.

—¿Y...?

Ellie se ruborizó y sus ojos pálidos destellaron de rabia.

—Me ha llamado cinco veces durante la cita.

Traté de contener la risa, pero solo lo conseguí a medias.

—¿Adam?

—No sé lo que captó Jason de un lado de las cinco conversaciones, pero desde luego se dio cuenta de que tenía alguna historia en marcha y él estaba buscando algo sin complicaciones. Y se marchó.

—Espera —a miré con severidad—. ¿No descolgaste cada vez que llamó a Adam?

Ellie se ruborizó otra vez, esta vez avergonzada.

—Es grosero no hacer caso a alguien.

Resoplé.

—Ellie, sé sincera. Te encantó que el hecho de que tuvieras una cita esté volviendo loco a Adam.

—Merece un poco de tortura.

—Caray. Eres mucho más despiadada de lo que pensaba —sonreí—. Es brillante, Ellie, lo es. Pero ¿cuánto tiempo piensas mantener esto? Tiene que ser agotador. ¿No sería más fácil que los dos sentaran a Braden y le explicaran que tienen sentimientos el uno por el otro? Tendrá que aceptarlo.

—No es tan sencillo —Ellie se mordió el labio, mirando desconcertada al suelo—. Podría arruinar la amistad de Adam y Braden. Adam nunca correría ese riesgo por mí —negó con la cabeza con tristeza, y sentí una punzada en el pecho por ella.

Adam necesitaba un toque de atención serio.

—Y ya que sacamos el tema —me miró con ceño de curiosidad entre las cejas—. He llegado a casa hace unas horas y me he encontrado a Braden trabajando aquí. Me ha dicho que estaba esperándote. ¿No vas a despertarlo?

Bueno, considerando que le había dicho que me dejara un poco de espacio esa noche, no. Si terminaba con tortícolis era su problema.

—No. Parece agotado y yo estoy agotada. Debería haberse ido a casa.

Los ojos de Ellie eran provocadores.

—Debió de disfrutar anoche si está tan ansioso por verte tan pronto.

Resoplé.

—¿De verdad quieres tener esta conversación sobre tu hermano?

Ellie se lo pensó y arrugó la nariz.

—Tienes razón. Bu —hizo pucheros—. Tú sales con un tipo y yo ni siquiera puedo tener charla de chicas al respecto.

Reí sin hacer ruido.

—Si te hace sentir mejor, no soy exactamente la clase de persona de charla de chicas. Y Braden y yo no estamos saliendo. Solo acostándonos.

Me recompensó arrugando los labios en un gesto gazmoño.

—Joss, eso es muy poco romántico.

Abrí la puerta en silencio y le hice un guiño.

—Pero me calienta.

La dejé poniendo caras de pudor, me dirigí al cuarto de baño y me preparé para irme a la cama. Me quedé frita en cuanto apoyé la cabeza en la almohada.

14

El rostro malhumorado de la conciencia acarició el mío y, al despertarme, reparé en un gran peso atravesado en mi cintura y en el hecho de que estaba inusualmente caliente. Me di cuenta de que era el calor lo que me había despertado. Si tenía que hacer caso de la pesadez de mis párpados y su reticencia a abrirse, era demasiado temprano para levantarme y probablemente debería volver a dormirme.

Pero ese peso atravesado en mi cintura me resultaba familiar.

Me obligué a abrir los ojos y miré el pecho desnudo que tenía a unos centímetros de mi cara.

Entonces, ¿qué?

¡Despierta! Mis ojos somnolientos e irritados recorrieron ese pecho hasta la cara, y la realidad se abrió paso de forma lenta pero segura. Braden estaba en mi cama.

Otra vez.

Tardé un momento, recordando que había llegado la noche anterior y lo había encontrado dormido en el sofá. Había hablado con Ellie, me había lavado en el cuarto de baño y luego había encontrado el sobre.

Estaba claro que, en algún momento de la noche, Braden se había metido en mi cama.

Ese no era el trato.

Soltando un resoplido de enfado, lo empujé en el pecho con todas mis fuerzas. Y cuando digo con todas mis fuerzas quiero decir que lo tiré de la cama.

Su corpachón impactó en el suelo con un ruido sordo y que sonó doloroso. Me incliné para ver que abría los ojos, empañados y confundidos por el hecho de que me estaba mirando desde su posición tumbado en el suelo. ¿He mencionado que estaba completamente desnudo?

—Coño, Jocelyn —se quejó, con la voz áspera por el sueño—. ¿Qué demonios ha sido eso?

Le sonreí desde arriba.

—Era mi forma de recordarte que era solo sexo.

Se incorporó apoyándose en los codos. Tenía el pelo desordenado y expresión beligerante, y un aspecto tremendamente sexy.

—¿Así que has pensado que podías tirarme de tu cama?

—Con estilo —respondí, sonriendo con dulzura.

Braden asintió lentamente como si aceptara que tenía razón.

—Está bien... —contestó.

Y entonces estrangulé un chillido de miedo cuando se levantó y me agarró por los brazos con manos fuertes para arrastrarme al suelo con él.

—¡Braden! —grité, cuando me tumbó de espaldas.

Y entonces vino lo peor. Empezó a hacerme cosquillas.

Chillé como una niña, retorciéndome y riendo mientras intentaba eludir su ataque.

—¡Para!

Su sonrisa era perversa y decidida, y él era rápido y fuerte para esquivar mis patadas sin dejar de sujetarme en el suelo y hacerme cosquillas.

—¡Braden, para!

Apenas podía respirar de la risa tan fuerte y de utilizar tanta energía para librarme de él.

—¿Puedo confiar en que podré acostarme a tu lado en el futuro sin temer ataques arteros mientras estoy durmiendo? —preguntó en voz alta, por encima del ruido de medio ahogo medio risa que salía de mí.

—¡Sí! —respondí, porque ya empezaban a dolerme las costillas.

Paró y yo respiré hondo, relajándome en el suelo a su lado. Hice una mueca.

—Este suelo está duro.

Entrecerró los ojos.

—Sí, díselo a mi trasero.

Me mordí el labio para no reírme. No lo conseguí.

—Lo siento.

—Oh, tienes cara de sentirlo —curvó la comisura de su boca cuando colocó las manos a ambos lados de mi cabeza para situarse encima de mí, poniendo la rodilla entre mis piernas—. Creo que debería castigarte de todos modos.

Mi cuerpo respondió de inmediato ante la expresión de sus ojos, el tono de su voz. Mis pezones se me pusieron como piedras, y al doblar las piernas, separándolas para él, sentí el pulso de mi sexo diciéndome que estaba preparada. Pasé los dedos por sus abdominales antes de deslizar las manos para agarrarlo por los riñones.

—¿Te has hecho pupa en el pandero? —le pregunté.

Braden había empezado a besarme, pero se retiró.

—Esa es una palabra rara.

—Igual que «calzas». ¿Qué demonios son calzas?

Aparté un recuerdo de una conversación similar con mi madre, muchas conversaciones similares, de hecho, en las que yo me burlaba de algunas de las palabras que ella usaba. Me centré en los ojos de Braden para sacarme la imagen de la cabeza.

Me sonrió.

—Vale, reconozco que «pantis» es una palabra mucho más sexy que «calzas». Pero has de reconocer que «jeans» es una palabra horrible para hablar de los «tejanos».

Arrugué la nariz.

—¿En serio? ¿Y entretanto? Dices «entretanto» un montón.

Braden hizo una mueca.

—¿Con qué escoceses has estado hablando? —su voz se hizo más profunda y su acento melódico se volvió más esnob y sonó bastante inglés—. Mi mujer estaba argumentando de forma pedante sobre palabras inglesas «entretanto» yo estaba tratando de tirármela.

Estallé a reír, dándole un manotazo en la espalda cuando me sonrió con descaro.

—Has empezado tú, Mister Darcy...

Contuve el aliento cuando su mano se deslizó sensualmente hasta mi cintura, la rodeó y se introdujo por debajo de mis pantaloncitos y mis calzones para tocarme las nalgas.

Braden tiró de mí hacia arriba, presionando su verga dura contra mí. Yo ahogué un grito, sintiendo un cosquilleo en todas partes: en el cuero cabelludo, en los pezones, en el sexo. La atmósfera entre nosotros había cambiado al instante. No hablamos mientras Braden se ponía de rodillas, con su erección latiendo. Me senté. Todavía tenía mi mirada clavada en la suya al cerrar mi mano en torno a su sexo. El fuego de sus pupilas destelló cuando lo agarré más fuerte y deslicé la mano por su piel sedosa y caliente. Su mano envolvió la mía —pensé al principio que para guiarme, mostrarme lo que le gustaba—, pero en cambio tomó mi mano en la suya y me obligó a ponerla a mi espalda, arrastrándome a su boca. Sus labios eran suaves, delicados al principio, pero yo quería más. Moví mi lengua contra la suya, profundizando el beso en algo salvaje, húmedo, cargado de deseo. Dios, el tipo sabía besar. Todavía sentía el olor de su colonia, notaba la suave abrasión de su barba en mi mejilla y podía saborear lo que le producía estar conmigo. Nunca había sabido que el deseo de alguien por mí podía ser tan poderoso. Pero el suyo lo era. Me enloquecía y me hacía olvidar todo lo demás.

Braden separó reticentemente sus labios de los míos, y me soltó la mano, retrocediendo un poco para recorrer con los dedos la cinturilla de mis pantaloncitos. Me apoyé en los codos, facilitándole el trabajo, y observé con el estómago convertido en un manojo de nervios, mientras él lentamente me quitaba los pantaloncitos y los calzones y tiraba ambas prendas por encima del hombro. Ayudándole, me levanté la camisola y me estiré hacia atrás, desnuda para que me examinara.

El sexo era diferente de como había sido el día anterior. El contacto de Braden era más deliberado, más paciente, casi reverente al presionarme contra mi espalda usando su cuerpo, posicionándose entre mis piernas. Sostuvo mis pechos en sus manos y se los llevó a la boca para que sus labios y su lengua se turnaran para inflamar lentamente mi cuerpo.

—Braden —espeté, aferrándome a su nuca, arqueando el cuello, con respiración entrecortada cuando él me propulsó hacia el orgasmo solo con la boca envolviéndome el pezón.

Levantó la cabeza, deslizando la mano entre mis piernas. Sentí una oleada de placer cuando me introdujo dos dedos.

—¡Empapada! —vociferó con los ojos brillantes—. Mañana, después de la cena familiar, vas a volver a mi casa y te voy a coger en todas las habitaciones, de todas las formas que pueda.

Mis ojos volaron a los suyos, con mi pecho subiendo y bajando rápidamente al ritmo de sus palabras.

—Te voy a hacer gritar allí porque aquí no puedes —me prometió en voz baja, y me di cuenta de que era también un recordatorio de que me mantuviera en silencio porque Ellie estaba al fondo del pasillo—. Pero ahora mismo, voy a disfrutar viendo cómo te muerdes el labio.

Y lo hice. Se hundió en mí y yo ahogué un grito, mordiéndome el labio, apretando como si me fuera la vida cuando la anterior lentitud y

suavidad desaparecieron, sustituidas por sus gemidos y gruñidos exci-
tantes junto a mi cuello mientras iba y venía en mi interior hasta llevarme al orgasmo.

Me sentía un poco más relajada para mi turno en el club del sábado por
la noche. Braden me hizo un favor y me dio espacio: él, Ellie, Jenny, Ed,
Adam y un par más de sus amigos a los que no conocía tan bien salieron a cenar y tomar unas copas. Me invitaron a la parte de la cena, pero
todavía no estaba preparada para encontrarme en una situación social
con Braden y, lo dicho, quería un poco de espacio.

Cuando volví de trabajar, él no estaba en casa y al despertarme estaba sola.

Hasta Ellie me había dado espacio.

Eso significó que escribí un poco. De hecho, escribí un capítulo
entero de mi novela contemporánea y solo conllevó un ataque de pánico. Pero fue corto y apenas contó, y una vez que superé el pánico
inicial, pude enfrentarme al recuerdo de mi madre contándome el
miedo que había pasado al viajar sola a Estados Unidos, pero también
lo liberada que se había sentido al hacerlo. Lo mejor de todo, conocía
esa sensación. Podía describirla bien. Y lo hice.

—¿Sabes?, deberías tener una máquina de escribir.

Me volví en la silla de mi ordenador al oír la voz familiar y me
encontré a Braden repantigado en el umbral, vestido con jeans y camiseta. Estaba lloviendo en la calle. Debería haber llevado un suéter. O un
polar. Otra palabra rara sobre la que habíamos discutido mientras él se
vestía para irse el día anterior. ¿Qué demonios era un polar? Mi madre
nunca había conseguido darme una respuesta que tuviera sentido, y
Braden acababa de sonreírme como si pensara que era tierna. Yo nunca
fui tierna.

—¿Una máquina de escribir?

Asintió, mirando mi portátil.

—Parece más auténtico, ¿no?

—Bueno, mi madre me prometió comprarme una por Navidad, pero murió antes de hacerlo.

Me quedé helada.

Se me aceleró el pulso cuando mis palabras me volvieron en un eco.

¿Por qué le había dicho eso?

La mirada de Braden se agudizó ante mi reacción y a continuación se encogió de hombros.

—Solo terminarías con un puñado de papel gastado si tuvieras máquina de escribir.

Me estaba ofreciendo una salida. Mi sonrisa fue un poco débil cuando repuse:

—Eh, que yo escribo bien a máquina.

—No es la única cosa que haces bien —añadió lascivamente al entrar en la habitación.

—Oh, no tienes ni idea.

Rio y pensé que iba a acercarse para besarme. Para mi sorpresa rodeó la cama hasta mi lado de la mesilla y cogió una fotografía de mis padres.

—¿Es tu madre?

Aparté la mirada, con mis hombros tensándose.

—Sí.

—Te pareces a ella, pero tienes los ojos de tu padre. Era muy guapa, Jocelyn.

El dolor clavó sus garras en mi pecho.

—Gracias —murmuré, levantándome y dándole la espalda al dirigirme hacia la puerta.

—Bueno ¿qué estás haciendo aquí?

Oí sus pisadas acelerándose detrás de mí y sentí que me rodeaba con el brazo, con la palma de su mano plana en mi estómago al apretarme contra sí, con mi cabeza apoyada en su pecho. Estaba acostumbrándome rápidamente al tacto de Braden. Al tipo le gustaba tocarme. Constantemente. Había pensado que me costaría más acostumbrarme, porque yo no era una persona demasiado cariñosa, pero Braden nunca me preguntó si quería ser atraída a sus brazos cada cinco segundos.

Y la verdad era que no me importaba demasiado.

Otra sorpresa.

Noté su respiración en mi oído al inclinar la cabeza para murmurarme:

—He pensado en pasar a recogerlas a Ellie y a ti para la cena familiar. Asegurarme de que venías. No me gustaría que te perdieras el postre en mi casa después.

Me relajé al regresar al terreno familiar, volviendo la mejilla para rozar sus labios con los míos.

—A mí tampoco me gustaría perdérmelo.

—Está bien, puaj —la voz de Ellie nos separó. Se levantó ante nosotros en el pasillo—. ¿Podrían cerrar la puerta cuando los amigos ejercen su derecho al roce?

Me aparté de los brazos de Braden.

—¿Qué edad tienes, doce?

Ellie me sacó la lengua y yo me reí, dándole una palmada juguetona en el trasero al pasar a su lado para coger mis zapatos. Estaba empezando a ponerme mis botas favoritas cuando sonó el móvil.

—Hola.

Oí la respuesta de Braden y al volverme lo vi saliendo al pasillo con Ellie. Tenía cara seria.

—¿Qué? ¿Ahora? —preguntó, pasándose una mano por el pelo al lanzarme una mirada—. No. Está bien. Estaré allí enseguida.

Se metió el teléfono en el bolsillo de atrás con un gemido frustrado.

—Era Darren. Problemas familiares. No puede hacer su turno hoy en Fire y han de hacer una entrega. Además tenemos noche de DJ invi-

tado, y no ha conseguido a nadie que sepa cómo funciona para susti-
tuirlo. He de ocuparme de eso —sostuvo la mirada por un momento y
vi que la frustración se profundizaba.

—¿Vas a perderte otra cena familiar? —gruñó Ellie—. A mamá le
va a encantar.

—Dile que lo siento —se encogió de hombros con pesar, con sus
ojos todavía en mí—. Parece que esta noche está perdida.

Oh, sí. Sus planes para mí en su apartamento. Sentí una mezcla
extraña de alivio y decepción al sonreírle.

—Oh, bueno.

—No pareces muy decepcionada —lanzó una sonrisa sardónica—.
Solo hemos de encontrar algún momento en esta semana.

—Hum —Ellie se interpuso entre nosotros—. ¿Pueden no programar lo que hay entre ustedes delante de mí, por favor?

Sonriendo, Braden se agachó y le dio a Ellie un rápido pellizco en
la mejilla.

—Els —luego pasó a mi lado—. Jocelyn.

Me apretó la mano y subió suavemente el dedo pulgar por el dorso de
mi mano antes de soltarme y seguir caminando hasta la puerta de la calle.

Lo miré, incluso una vez que se hubo ido. ¿Qué había sido eso? ¿Lo
de la mano? Me miré la mano, con la piel todavía cosquilleándome donde
me había acariciado. Eso no sonaba mucho a amigos con derecho a roce.

—Solo sexo.

—¿Qué? —elevé la mirada a Ellie, que me estaba observando con
incredulidad—. ¿Qué? —repetí.

—Solo sexo —negó con la cabeza y agarró su chaqueta—. Si los
dos quieren creerlo, no es asunto mío.

Sin hacer caso de ella ni del ominoso tirón en las entrañas, me encogí de hombros bajo mi chaqueta y salí con ella.

· · ·

—¿Qué estás haciendo aquí?

Había chocado con la espalda de Ellie en el umbral de la sala de estar de su madre, así que no sabía a quién le estaba planteando esa pregunta acusadora.

—Tu madre me invitó.

Ah, Adam. Miré por un costado de Ellie para verlo sentado en el sofá de Elodie y Clark, con Declan a su lado. Estaban viendo el fútbol juntos. Clark leía el diario. Estaba claro que no le entusiasmaba el fútbol.

—¿Mi madre te invitó? —entró en la sala, con los brazos cruzados sobre el pecho—. ¿Cuándo?

—Ayer —la voz de Elodie trinó detrás de nosotros, y nos volvimos para ver a ella y a Hannah entrando con vasos de refresco—. ¿Qué es esa actitud?

Ellie fulminó con la mirada a Adam, que sonrió detrás de ella, impenitente.

—Nada.

—Adam, te lo estás perdiendo.

Declan tiró de la manga del jersey azul claro de Adam que hacía maravillas por su cuerpo. No era de extrañar que Braden y él consiguieran chicas con tanta facilidad. Juntos eran como un anuncio de *GQ*.

—Lo siento, socio —lanzó una mirada provocadoramente solemne a Ellie—. Lo siento, no puedo hablar. Estamos viendo el fútbol.

—Más te vale que vigiles que no te den un buen pelotazo, pendejo —murmuró Ellie entre dientes, pero tanto Adam como yo la oímos.

Él rio, negando con la cabeza al volverse hacia la pantalla.

—¿Qué es lo gracioso? —Elodie sonrió con dulzura, completamente inconsciente de la tensión entre su hija y Adam al pasar a cada uno un vaso de Coca-Cola.

—Ellie ha dicho una palabrota —acusó Declan.

Vale, así que además de Adam y yo, Declan también lo había oído.

—Ellie, él lo oye todo —se quejó Elodie.

Ellie frunció el ceño, lanzándose al sillón. Pensé que era mejor darle un poco de apoyo, porque estaba claro que el hecho de que Adam estuviera allí la había pillado claramente desprevenida, así que me senté a su lado, en el brazo del sillón.

Ellie suspiró.

—Estoy segura de que ha oído cosas peores en la escuela.

Declan sonrió a su madre.

—Sí.

Clark se rio, escondido tras su diario.

Elodie dedicó a su marido una mirada sospechosa antes de volverse hacia Ellie.

—Eso no es excusa para hablar de esa manera delante de él.

—Solo he dicho pendejo.

Declan resopló.

—¡Ellie!

Ella puso los ojos en blanco.

—Mamá, no pasa nada.

—Claro que no —añadió Declan—, he oído cosas peores.

—¿Por qué has dicho pendejo? —preguntó Hannah con serenidad desde el otro sofá.

Clark se atragantó de risa al pasar una página del periódico, todavía negándose a levantar la mirada.

—¡Hannah! —Elodie se volvió para mirarla—. Las jovencitas no usan ese lenguaje.

Hannah se encogió de hombros.

—Es solo pendejo, mamá.

—Estaba diciendo pendejo a Adam —aclaró Ellie a su hermanita—, porque es un pendejo.

Elodie parecía a punto de explotar.

—¿Van a parar todos de decir pendejo?

—Lo sé —solté un exagerado suspiro de exasperación—. Se dice imbécil, no pendejo. Imbécil.

Clark y Adam rompieron a reír y yo me encogí de hombros a modo de disculpa para Elodie, sonriéndole con dulzura. Ella puso los ojos en blanco y levantó las manos.

—Voy a ver cómo está la comida.

—¿Necesitas ayuda? —pregunté con educación.

—No, no. Es una pendejada. Puedo arreglarme sola en la cocina, muchas gracias.

Sonriendo, observé la salida de Elodie y luego bajé la mirada a Ellie con una amplia sonrisa.

—Ahora entiendo por qué no sueltas muchas groserías.

—Entonces ¿por qué Adam es pendejo? —preguntó Hannah.

Ellie se levantó, lanzando a la persona en cuestión una mirada sucia.

—Creo que la cuestión es cuándo no actúa como un pendejo —entonces salió tras su madre.

La mirada de Adam la siguió fuera de la sala, ya sin rastro de diversión en su expresión. Se volvió hacia mí.

—La he cagado.

Eufemismo del año. Se quedaba muy corto.

—Supongo que sí.

Podía sentir los ojos de Clark en nosotros cuando Adam suspiró, y cuando miré al padrastro de Ellie me di cuenta de que ya no le hacía gracia. Su mirada estaba quemando a Adam con un millón de preguntas y tuve la impresión de que estaba sumando dos y dos.

Momento de desviar la atención.

—Bueno, Hannah, ¿has leído los libros que te recomendé?

Sus ojos se iluminaron cuando asintió.

—Eran alucinantes. He estado buscando más libros de distopías desde entonces.

—¿Has puesto a Hannah a leer novelas de distopía? —preguntó Adam con sorpresa, sonriéndome.

—Sí.

—Tiene catorce años.

—Bueno, están escritos para gente de catorce. Además, me hicieron leer *1984* cuando tenía catorce.

—George Orwell —afirmó Clark.

Sonreí.

—¿No te entusiasma?

—Hannah está leyendo *Rebelión en la granja* en literatura —dijo, como si eso lo explicara.

Hannah estaba sonriendo, con un destello diabólico en las pupilas que me recordaba a Ellie.

—Lo estoy leyendo en voz alta a mamá y papá para que puedan ayudarme.

En otras palabras, estaba torturando a su madre y a su padre por diversión. Hannah y Ellie realmente eran dos cajas de sorpresas. Ángeles de cara sucia, como dicen algunos.

Al cabo de unos minutos estábamos sentados en torno a la mesa y Ellie y Elodie discutían de manera ininteligible.

—Solo acabo de decir que estás pálida —suspiró finalmente al tomar asiento con el resto de nosotros.

—Lo que se traduce en «tienes un aspecto horrible».

—Yo no he dicho eso. Te he preguntado por qué estás pálida.

—Tengo dolor de cabeza —se encogió de hombros, con los músculos tensos y los labios y las cejas apretados.

—¿Otro? —preguntó Adam, mirándola con ojos entrecerrados.

¿Qué quería decir con otro?

—¿Has tenido más de uno?

Adam parecía enfadado y su preocupación por Ellie bordeaba un gran enfado.

—Ha tenido unos cuantos. Le he dicho que vaya al médico.

Ellie lo fulminó con la mirada.

—Estuve en el médico el viernes. Cree que necesito gafas.

—Deberías haber pedido cita hace semanas.

—Bueno, ¡la he pedido esta semana!

—No te cuidas. Te están haciendo sudar tinta en la universidad.

—Sí que me cuido. De hecho, me estaba ocupando de mí misma el viernes, pero alguien me arruinó el tiempo libre.

—Era un pendejo.

Elodie se aclaró la garganta de manera significativa.

Adam levantó una mano para disculparse.

—Era un memo.

Declan y Hannah rieron. Quizá yo también lo hice.

—Ni siquiera lo conoces. Y gracias a ti, yo tampoco lo conoceré.

—Deja de cambiar de tema. Te dije que pidieras una cita en la consulta del médico hace semanas.

—No eres mi padre.

—Estás actuando como una niña.

—Estoy actuando como una niña por escucharte. ¿Era un memo? Maldita sea, Adam, estás haciendo que mi dolor de cabeza empeore.

Adam torció el gesto y bajó la voz.

—Solo estoy preocupado por ti.

Oh, estaba preocupado por ella, sí. Incliné la cabeza a un lado, observándolo. Dios, la estaba mirando como James miraba a Rhian.

¿Adam estaba enamorado de Ellie?

Sofoqué la urgencia de lanzarle el tenedor y decirle que fuera un hombre. Si se interesaba por ella, simplemente debería estar con ella. ¿Qué había tan difícil en ello?

212 · SAMANTHA YOUNG

—Diría que tú más que nadie comprenderías lo que era tan difícil al respecto, ¿no? —la doctora Pritchard me miró con mala cara.

¿Y por qué tendría que comprenderlo?

—Eh... ¿qué?

—Te interesaste por Kyle Ramsey.

Sentí el nudo en mi estómago apareciendo como siempre que pensaba en él.

—Era solo un niño.

—En el que no te querías interesar por Dru.

Mierda. Tenía razón. Bajé la cabeza, dolorida.

—Entonces Adam está haciendo lo correcto, ¿no? Braden saldría herido. Como Dru.

—Tú no mataste a Dru, Joss.

Solté el aire.

—Yo no fui la bala, no. Pero fui el gatillo —miré a la buena doctor a los ojos—. Sigue siendo culpa mía.

—Un día te vas a dar cuenta de que no fue así.

Después de la cena del domingo en casa de Elodie, donde Ellie y Adam sirvieron de entretenimiento, estaba bastante exhausta de observarlos cuando llegamos a casa. Una Ellie que todavía no se sentía bien y que seguía furiosa, desapareció en su habitación y no volvió a salir.

Yo, por mi parte, me senté delante del computador y empecé a escribir.

Sonó el teléfono y cuando lo cogí me encontré con un mensaje de texto de Braden.

«Había olvidado lo bonito y grande que es mi escritorio del club. Decididamente necesito tirar contigo aquí.»

Negué con la cabeza, con mis labios curvándose hacia arriba al devolverle el mensaje de texto. «Por suerte para ti, me gusta bonita y grande.»

Recibí una respuesta al instante.

«Lo sé ;)»

Por alguna razón, que Braden me mandara un emoticono me hizo sonreír como una idiota. Aunque era seriamente intimidante cuando quería serlo, también era increíblemente juguetón.

«Bueno, ¿cuándo quieres programar la cita para sexo de escritorio? Házmelo saber para que pueda hacerte un hueco. Mi agenda de sexo se está llenando muy deprisa.»

Cuando no respondió en cinco minutos me mordí el labio, recordando lo serio que había sido con toda la cuestión de no querer compartirme.

Le mandé otro texto. «Era una broma, Braden. Anímate.»

No creía que fuera a responder, y estaba tratando de no preocuparme por haber dicho algo equivocado —esta cuestión del tiramigo no estaba para nada tan exenta de tensión como yo había querido creer—, cuando sonó mi teléfono cinco minutos después. «A veces es duro saberlo contigo. Hablando de duro...»

Quedé atrapada entre la risa y el ceño. ¿Qué quería decir con que a veces era duro saberlo conmigo? Decidiendo que era mejor dejarlo, porque estaba de broma otra vez, le mandé un mensaje... «¿El suelo de madera?»

«No...»

«¿Un libro?»

«Piensa, más anatómico...»

«¿Intestinos?»

«Bueno, ya le has quitado la parte sexy.»

Me reí ruidosamente, respondiendo rápidamente con otro SMS. «Último mensaje. Estoy trabajando en mi novela. Te veré a ti y a tu verga dura y tu gran mesa de despacho para sexo luego.»

«Buena suerte con la escritura, nena, x»

El beso me flipó.

Mejor simular que era un emoticono. Solo un emoticono...

Mi teléfono sonó en medio de mi desconcierto por un besito. Era Rhian.

—Hola —atendí sin aliento, todavía pensando en el besito y en lo que significaba.

—¿Estás bien? —preguntó Rhian con cautela—. Suenas... rara.

—Estoy bien. ¿Qué pasa?

—Solo para ver qué tal. Hace tiempo que no hablamos.

Respiré hondo.

—Me estoy acostando con el hermano de Ellie. ¿Cómo están tú y James?

15

Braden era el maestro del mensaje de texto sucio. En ocasiones era sutil... en otras («No puedo esperar a estar dentro de ti otra vez, nena, x»), bueno, no tanto.

Sepultado por el trabajo, Braden permaneció desaparecido en combate durante los siguientes días. Si fuera una clase de chica diferente, podría haber temido su desaparición después de tener sexo, pero con toda sinceridad, disfrutaba del hecho de contar con tiempo libre de él para respirar. Solo habíamos empezado «nuestro acuerdo» y ya parecía que hubieran pasado semanas. El martes por la tarde, sus mensajes de texto estaban empezando a llegarme. Quiero decir que estaban empezando a ponerme. Era asombroso que hubiera estado perfectamente bien sin sexo durante cuatro años. Fui pasando ocupándome de mí misma. No obstante, tener sexo con Braden había despertado mi apetito. Un apetito aparentemente inagotable. Quería comida todo el tiempo. Y solo la comida de Braden me serviría. Por supuesto, no le confesé esto a Rhian, aunque ella tenía unas cuantas preguntas sobre el tipo que había logrado sacarme de cuatro años de sequía. Le dije que era muy guapo. Que el sexo era desenfrenado. El resto de la conversación consistió en ella repitiendo «No puedo creerlo».

Sí, eso no era muy halagador.

Hablarle a Rhian de sexo desenfrenado solo consiguió ponerme más ansiosa. Por eso me fui al gimnasio. Otra vez. Ya había estado allí el día anterior. Corriendo en la cinta, sudando en la bicicleta estática y dejándome el alma en la máquina de remo, esperaba quemar toda la tensión sexual que tenía dentro. La verdad es que no ayudó.

—¿Joss, verdad?

Miré al tipo que se había parado al lado de mi cinta. Ah. Gavin. El entrenador personal que había estado coqueteando en silencio conmigo durante las últimas semanas, desde el incidente en la cinta.

—¿Sí? —contesté como si nada.

Gavin me sonrió con dulzura y yo gemí por dentro. Uno: los chicos guapos acicalados no eran mi tipo. Dos: ya tenía las manos llenas con un escocés.

—Ya has vuelto, tan pronto.

Sí, me estaba vigilando, pero no era nada siniestro.

—Ajá.

Cambió el peso del cuerpo, claramente desprevenido por mi respuesta nada entusiasta a su intento de entrometerse en mi «operación de alivio de la frustración sexual causada por un Braden Carmichael desaparecido en combate».

—Mira, estaba pensando que a lo mejor te gustaría ir a cenar algún día.

Paré la máquina y salí de ella con la máxima dignidad posible, teniendo en cuenta que estaba sudorosa y pegajosa. Le dediqué una sonrisa platónica; ya la conoces: apretando los labios, sin mostrar dientes.

—Gracias, pero ya estoy saliendo con alguien.

Me fui antes de que pudiera responder, sonriendo al darme cuenta de que al menos el acuerdo con Braden tenía algunos aspectos positivos. Además de los múltiples orgasmos.

Después de ducharme y cambiarme, salí del gimnasio, esquivando a Gavin, y en cuanto encendí mi teléfono tenía un mensaje de texto de Braden.

«Hazte un hueco el jueves por la noche. Cena de negocios. Ponte vestido bonito. Te recogeré a las 19.30 x»

Puse los ojos en blanco. Ni siquiera se le había ocurrido que pudiera estar ocupada. Idiota mandón. Le devolví el mensaje: «Solo porque lo pides bien.»

Enfadada, caminé con garbo por la acera agarrando el móvil con fuerza. Tendría que hablar con él sobre esa tendencia suya a lo repelente. Sonó el teléfono y me detuve, todavía poniendo ceño. El ceño desapareció ante su mensaje de una palabra: «Nena, x»

Podía oírselo decir con una sonrisa provocadora en la voz y negué con la cabeza, sonriendo con exasperación. El idiota tenía suerte de ser tan encantador.

Pese a que no sabía gran cosa de la cena de negocios —con quién íbamos a cenar o dónde —, sabía que no tenía ningún vestido que sirviera. Así que por una vez decidí usar mi dinero para algo frívolo y me dirigí a Harvey Nichols en St. Andrews Square. Después de dos horas de probarme vestidos (algunos de los cuales costaban más que un mes de alquiler), finalmente me decidí por un vestido con clase pero sexy de Donna Karan. En la silueta de un vestido entallado hasta la pantorrilla, la lana gris plata se aferraba a cada curva. Una cinta torcida que iba del hombro derecho a la cadera izquierda añadía un toque de elegancia a lo que por lo demás era un vestido informal sexy. Después de añadir un bolso negro ridículamente caro de Alexander McQueen con el cierre en forma de calavera dorada —pensé que la calavera era apropiada— y zapatos de plataforma de piel negra de Yves Saint Laurent, estaba imponente. De hecho, era lo más sexy que había estado nunca. Y nunca había gastado tanto en un vestido. Ellie estaba alucinada cuando lo vio.

Pero Ellie podía alucinar todo lo que quisiera. Yo estaba nerviosa por la reacción de Braden.

Resultó que no necesitaba estarlo.

Bueno, depende de cómo lo mires.

El jueves por la noche, estaba en la sala tomando una copa de vino con Ellie mientras esperaba a Braden. Me había dejado el pelo suelto y los rizos naturales me caían por la espalda. Ellie lo había alabado, rogándome que llevara el pelo suelto siempre. No a eso. No es que me maquillara, pero me puse un poco de colorete y rímel y me apliqué un pintalabios color escarlata profundo que subía un punto el atractivo de la indumentaria.

Se abrió y se cerró nuestra puerta y me dio un vuelco el estómago.

—Soy yo —anunció Braden—. Tengo un taxi esperando para... —paró de hablar al entrar en la sala, con sus ojos congelados en mí.

—Coño.

Ellie se rio.

Entrecerré un ojo a él.

—¿Es eso un buen coño?

Sonrió.

—Coño contigo siempre es bueno, nena.

—Euch —Ellie hizo un sonido de ahogo—. Me dan náuseas.

Sin hacer caso, Braden caminó hacia mí con andares despreocupados. Llevaba un traje negro sencillo, pero de corte elegante, con una solapa delgada de terciopelo. Los gemelos de oro blanco y una camisa gris plata combinaban a la perfección con mi vestido. La corbata delgada era color rojo sangre como mi pintalabios. Nos habíamos coordinado sin saberlo.

Pero él estaba más rico que yo.

Sus ojos me examinaron de la cabeza a los pies, y cuando volvieron a mi rostro estaban ardiendo.

—Ven conmigo.

Me agarró de la muñeca y yo solo conseguí pasarle a Ellie la copa de vino antes de que Braden tirara de mí y me arrastrara por el pasillo a mi dormitorio con unos zapatos con los que casi no sabía caminar.

Se volvió, colocando un brazo en torno a mi cintura y atrayéndome hacia él.

—Tienes que dejar de hacer eso —me quejé.

—Nena, estás... Solo te diré que si no hubiera un taxi esperándonos para llevarnos al restaurante, ahora estarías tumbada de espaldas.

¿Exceso de confianza?

—De hecho... —añadió, apretándome la cintura, dirigiendo la mirada al escote bajo del vestido.

—Braden.

Me miró a los ojos.

—Estás preciosa, Jocelyn.

Me dio un vuelco el estómago otra vez y yo sonreí con suavidad.

—Gracias.

—Pero deberías recogerte el pelo.

—¿Qué? —me toqué el pelo, poniéndole ceño—. ¿Por qué?

Para mi desconcierto absoluto, los ojos de Braden se entrecerraron peligrosamente.

—Hazlo.

Resoplé y lo empujé en el pecho, situándome lejos de su alcance.

—No si no me dices por qué —mi cabello estaba bien. No iba a convencerme de lo contrario.

—Porque... —su voz era grave, un susurro profundo que reservaba para el dormitorio, y por eso lo sentí hasta los calzones—. Quiero ser el único hombre que sepa lo hermoso que es tu pelo. Lo guapa que estás con el pelo suelto.

Algo se alojó en mi pecho. Un casi dolor que se extendió. Por fuera, sonreí.

—Qué victoriano de tu parte.

Los ojos de Braden se entrecerraron en una mirada dura.

—Jocelyn —advirtió.

Levanté las manos.

—¿Hablas en serio?

—Completamente.

—Braden...

—Jocelyn.

Paré, poniendo los brazos en la cintura al examinar su cara. Era implacable. Dios mío, iba en serio. Con un bufido de incredulidad, crucé los brazos sobre el pecho.

—No me tomo bien las órdenes, Braden.

—No te lo estoy ordenando, te lo estoy pidiendo.

—No, me lo estás exigiendo.

—Sencillamente no me gusta que lleves el pelo suelto.

—Bien —giré la cabeza a un lado al tiempo que mis ojos lo examinaban deliberadamente de pies a cabeza—. No acepto órdenes, pero hago tratos. Me recojo el pelo, pero me debes un favor a cambio.

Destelló una sonrisa perversa.

—Suena bien, nena.

—Oh, yo no he dicho que la deuda sería de naturaleza sexual.

Su sonrisa solo se ensanchó.

—Entonces ¿de qué estamos hablando?

—Bueno, esa es la cuestión. —me desplacé hacia él, apretándome contra su cuerpo con una sonrisa—. No lo sabrás hasta que llegue el momento.

Braden bajó la cabeza y sus labios casi rozaron los míos.

—Trato.

—Un hombre valiente —dije y di un paso atrás—. Tú también estás genial esta noche, por cierto.

—Gracias —contestó, todavía devorándome con los ojos.

—Bueno, será mejor que le digas la taxista que bajaremos en diez minutos. Tengo que arreglarme el pelo.

. . .

Logré arreglarme el pelo en un moño elegante, le di las buenas noches a Ellie, cuyos ojos estaban llorosos al vernos juntos —es que todavía no había captado el concepto de tiramigos— y me metí en el vehículo antes que Braden. Cuando entramos, le dijo nuestro destino al taxista: el restaurante francés de Braden. La Cour, uno de los negocios que había heredado de su padre, estaba situado en Royal Terrace, al lado de Regent Gardens. No había estado allí antes, pero había oído hablar muy bien de él. Cuando Braden se acomodó en el asiento, lo hizo cerca de mí y buscó mi mano.

Durante todo el viaje en taxi miré su mano grande y masculina en la mía, resistiendo la urgencia de apartarme de su tacto. No era porque el hecho de que me cogiera la mano no fuera agradable. Lo era. Demasiado agradable.

Demasiado.

Se suponía que solo tenía que ser sexo. Pero allí estaba... cogiéndome la mano.

Apenas me fijé en que habíamos llegado al restaurante antes de que Braden estuviera pagando al taxista y ayudándome a bajar.

—Estás muy callada —comentó, al entrelazar otra vez sus dedos en los míos para guiarme.

No respondí a eso.

—¿Con quién nos reunimos?

Pero antes de que Braden pudiera responder, el *maître* apareció con una enorme sonrisa en la cara.

—Señor Carmichael, tenemos su mesa preparada, señor.

—Gracias, David.

Braden pronunció el nombre con la dicción francesa, y me pregunté si el tipo era realmente francés o formaba parte de la imagen del restaurante. El restaurante en sí exudaba elegancia opulenta. Era un rococó francés moderno, con sillas de moldura dorada y motivos negro y plata, manteles granates, candelabros de cristal negro y arañas de luces de cristal claro. El restaurante estaba repleto.

David nos condujo a través de las mesas hasta una íntima y agradable del rincón este, lejos de la barra y del acceso a la cocina. Como un caballero, Braden apartó la silla para mí, y yo no pude recordar que alguien hubiera hecho eso conmigo antes. Estaba tan concentrada en el gesto y en el roce sensual de sus dedos en mi cuello al sentarme, que hasta que él tomo asiento y pidió el vino no me fijé en que estábamos en una mesa para dos.

—¿Dónde están los otros?

Braden me lanzó una mirada despreocupada al dar un sorbo del vaso de agua fría que el camarero acababa de servir.

—¿Qué otros?

¿Qué otros? Rechiné los dientes.

—Habías dicho que era una reunión de negocios.

—Sí, pero no te dije de qué negocios.

Oh, Dios mío. ¡Era una cita! Ni hablar. Primero el mandoneo, luego cogerme de la mano... no. No, no y no. Aparté la silla y, a los dos segundos de levantarme, las siguientes palabras de Braden me dejaron congelada.

—Si intentas levantarte, te placaré —aunque no me estaba mirando cuando lo dijo, sabía que lo decía completamente en serio.

No podía creer que me hubiera engañado de esa manera. Con una expresión hosca, volví a acercar la silla a la mesa.

—Idiota.

—Solo por eso, espero que esta noche me envuelvas la verga con esa boca sucia tuya —me entornó los ojos.

Sentí el impacto de esas palabras que endurecieron mis pezones y me mojaron los calzones. A pesar de que mi cuerpo estaba completamente excitado, estaba anonadada. No podía creer que acabara de decirme eso en un restaurante elegante donde cualquiera podía oírnos.

—¿Estás de broma?

—Nena —dijo, y me lanzó una mirada que sugería que me estaba perdiendo algo obvio—, nunca hago broma con las chupadas.

El sonido de alguien atragantándose hizo que levantara la cabeza. Nuestro camarero acababa de acercarse justo a tiempo para oír esas palabras románticas y sus mejillas rosadas delataron su vergüenza.

—¿Ya saben lo que quieren? —preguntó con voz ronca.

—Sí —contestó Braden, sin que obviamente le importara que lo hubieran oído—. Yo tomaré el filete poco hecho. —sonrió con suavidad—. ¿Qué vas a tomar? —bebió un trago de agua.

¿Se creía guay y divertido?

—Al parecer salchicha.

Braden se atragantó con el agua, con espasmos de tos, pero tenía los ojos brillantes de alborozo al volver a dejar el vaso en la mesa.

—¿Está bien, señor? —preguntó el camarero con preocupación.

—Estoy bien, estoy bien —hizo una seña al camarero para que se alejara, con su voz un poco enronquecida cuando sus ojos me clavaron a la silla. Negó con la cabeza, con su sonrisa ensanchándose a cada segundo.

—¿Qué? —me encogí de hombros, inocentemente.

—Me excitas mucho.

El camarero ahora nos estaba mirando abiertamente, moviendo la cabeza de uno al otro, preguntándose qué frase escandalosa se diría a continuación. Le sonreí a él y cerré el menú.

—Yo también tomaré el filete. Poco hecho.

El camarero se llevó los menús y se apresuró a alejarse, probablemente para contar a los otros camareros lo que había oído que el dueño del restaurante le decía a su pareja. Haciendo una mueca, mantuve la misma expresión cuando volví a deslizar la mirada hacia Braden.

—Mira, la clave de este acuerdo es que no tienes que invitarme a una cena elegante para acostarte conmigo.

El sumiller se acercó con el vino tinto que había pedido Braden y los dos nos quedamos en silencio mientras le servía un poco para que lo probara. Satisfecho con el vino, Braden hizo un gesto para que el sumiller procediera. En cuanto este se fue, levanté la copa y tomé un trago fortificante.

Podía sentir los ojos de Braden quemándome.

—Quizás esta es la parte de amigos —con suavidad—. Quiero pasar tiempo con mi amiga Jocelyn.

Mientras fuera amable...

—Así es como las cosas se complican.

—No, si no lo permitimos.

Tuvo que ver la duda en mi rostro, porque a continuación sus dedos estaban en mi barbilla, levantando suavemente mi rostro hacia el suyo.

—Solo inténtalo esta noche.

Podía sentir su tacto como un escalofrío en mi piel. Lo había tenido en mi interior. Me había dado un buen número de orgasmos. Conocía su olor, sabor y tacto. Pensaba que había tenido bastante. Que terminaría. Pero al mirarlo me di cuenta de que distaba mucho de haber terminado. La atracción, la necesidad, lo que demonios fuera, solo acababa de prender fuego, y ninguno de nosotros estaba preparado para llamar a los bomberos todavía.

—De acuerdo.

En respuesta, pasó su dedo pulgar por mi boca y me sonrió con los ojos antes de soltarme.

Y a partir de ese momento fuimos dos amigos pasando un rato juntos. Hablamos de todo lo habitual. Música. Películas. Libros. Aficiones. Amigos. Nos hicimos reír el uno al otro. Lo pasamos bien. Pero eran todo nimiedades. Braden tenía cuidado de no preguntarme nada que sabía que no iba a responderle. Hasta que tropecé con una pregunta, porque estaba relacionada con el pasado, pero él hizo una broma y cambió de tema. Era un hombre listo.

Estábamos acabando el postre cuando una voz sensual con un acento tan melódico como el de Ellie se acercó a nuestra mesa.

—Braden, cielo, pensaba que eras tú.

Levanté los ojos a la mujer que estaba de pie al lado de nuestra mesa, y que se estaba inclinando para besar a Braden en la mejilla, dándole la oportunidad de atisbar sus pechos pequeños pero bien formados. Su vestido era rojo, incitador y tan hosco como su voz. Me lanzó una sonrisa brillante al examinarme.

—Aileen, ¿cómo estás?

Ella sonrió y le frotó la mejilla a Braden cariñosamente.

—Mejor por verte.

Oh, Dios. Traté de no removerme en la silla con incomodidad cuando una rigidez inexplicable se alojó en mi garganta. Era una ex novia. Un momento incómodo.

—¿Cómo está Alan?

¿Quién demonios era Alan? «Por favor, que sea su marido.»

—Oh —desdeñó la pregunta con una mueca—. Nos hemos separado. Estoy aquí en una cita encantadora.

«Bueno, vuelve a tu cita, señora, para que podamos seguir con la nuestra. Mierda. No es una cita. No es una cita.»

Braden sonrió y se volvió para señalarme a mí con la cabeza.

—Aileen, ella es Jocelyn.

—Hola.

Sonreí con educación, sin estar realmente segura de cómo conversar con quien obviamente era una ex. Al mirar a la alta amazona rubia, me convencí más que nunca de que era lo opuesto al tipo usual de Braden.

Sus ojos estaban valorando al escrutarme. Después de un segundo, su sonrisa se ensanchó al volver a mirar a Braden.

—Por fin una chica que no se parece a Analise —murmuró a tocarle el hombro afectuosamente—. Me alegro por ti.

—Aileen... —se echó atrás, apretando la mandíbula.

¿Analise? Mis cejas estaban levantadas en pregunta. ¿Quién era Analise?

—Veo que todavía duele —chascó la lengua y yo di un paso atrás—. Supongo que con el matrimonio nos pasa a todos. Hace falta tiempo.

Ella esperó para ver si alguien decía algo y entonces, como si de repente se hubiera dado cuenta de que estaba interfiriendo en nuestra cena, se rio un poco avergonzada.

—En todo caso, es mejor que vuelva con Roberto. Cuídate, Braden. Me he alegrado de verte. Y un placer conocerte, Jocelyn.

—Lo mismo digo —contesté, tratando de ocultar el hecho de que sentía que me habían clavado la mesa en las tripas.

¿Matrimonio? Tomé aire y sentí que me habían clavado una inyección de adrenalina en el corazón mientras Aileen se alejaba pavoneándose, sin tener ni idea de la tensión que había causado entre Braden y yo.

Sentí los labios entumecidos.

—¿Esposa?

—Ex esposa.

¿Por qué me sentía traicionada? Era estúpido. ¿O no? Había dicho que éramos amigos. Y Ellie... Ellie era mi amiga, y no me había dicho que Braden tenía una ex mujer. ¿Importaba?

«Tú no le has contado nada, Joss.»

No, no lo había hecho. Pero yo no me había casado.

—Jocelyn... —dijo Braden con un suspiro, y levanté los ojos para ver su expresión como el granito—. Te habría hablado de Analise finalmente.

Hice un gesto de desdén.

—No es asunto mío.

—Entonces, ¿por qué pareces tan afectada?

—Porque me ha sorprendido. Me metí en esto contigo porque eras un tipo de citas en serie, no de los de una mujer.

Me llevé una mano al pecho. ¿Qué demonios era ese dolor ahí?

Él se pasó una mano por el pelo y luego volvió a suspirar profundamente. Lo siguiente que supe era que había metido una pierna en la pata de mi silla y estaba atrayéndome hacia sí, hasta que nuestros hombros casi se estaban tocando.

Levanté la mirada hacia él inquisitivamente, pero me perdí por un momento en sus preciosos ojos.

—Me casé cuando tenía veintidós años —susurró en voz baja, delicada, estudiándome con la mirada al explicarse—. Se llamaba Analise. Era una estudiante australiana de posgrado. Solo estuvimos juntos un año antes de que le propusiera matrimonio, y solo estuvimos casados dos años. Los primeros nueve meses fueron geniales. Los tres siguientes, complicados. El último año, un infierno. Luchamos mucho. Sobre todo de mi incapacidad de abrirme —dio vueltas a su copa de vino, bajando la mirada ahora—. Y cuando pienso en ello, eso era verdad. Gracias a Dios —sus ojos volvieron a mí—. La idea de que le pasara a ella (alguien tan vengativo como ella) toda mi mierda personal...

—Como munición en sus manos —terminé, comprendiendo completamente.

—Exactamente. Creo que uno trabaja con tesón para hacer funcionar un matrimonio. No quería rendirme. Pero un día, no mucho antes de que mi padre muriera, me llamó y me pidió que fuera a ver una propiedad que estábamos tratando de vender en Dublin Street. No la de Ellie y tú —añadió con rapidez—. Me dijo que había recibido una queja sobre unas goteras en el piso de abajo, así que fui a mirar —tensó la mandíbula—. No encontré las goteras, pero encontré a Analise en la cama con un amigo mío de la escuela. Mi padre lo sabía. Llevaban seis meses engañándome.

Cerré los ojos, sintiendo que el dolor por Braden hacía eco en mi pecho. ¿Cómo alguien podía hacerle eso a él? ¿A él? Cuando volví a abrirlos, me miraba con expresión suave y me estiré hacia su brazo, apretándolo de manera consoladora. Para mi sorpresa su boca se curvó en una sonrisa.

—Ya no me duele, Jocelyn. Años de retrospectiva acabaron con eso. Lo que tenía con Analise era superficial. Las hormonas de un hombre joven llevándolo por el mal camino.

—¿Lo crees de verdad?

—Lo sé.

Torcí el gesto, negando con la cabeza.

—¿Por qué volviste a comprar un apartamento en Dublin Street?

Él se encogió de hombros.

—Puede que Analise se largara otra vez a Australia cuando se divorció de mí, y me aseguré de que se iba sin nada, pero aun así había manchado la ciudad que amaba. He pasado los últimos seis años creando nuevos recuerdos en toda la ciudad, reconstruyendo el desastre que ella había dejado. Lo mismo se aplica a Dublin Street. El apartamento en el que estás era un desastre. Una carcasa en un calle envenenada por la traición. Yo quería crear algo hermoso en lugar de toda la fealdad.

Sus palabras se hundieron dentro de mí tan profundamente que no podía respirar. ¿Quién era ese tipo? ¿Era real?

Levantó una mano a mi cara y deslizó los dedos suavemente por el contorno de mi mandíbula para luego empezar a descender por mi cuello. Temblé. Sí, era real.

Y durante los tres meses siguientes era mío.

Me levanté abruptamente, agarrando mi bolso.

—Llévame a tu casa.

Braden no discutió. Sus ojos destellaron con comprensión y pidió la cuenta. Antes de darme cuenta ya estábamos en un taxi.

16

No tenía ni idea de dónde vivía Braden y me sorprendió bajar del taxi en la universidad, en la pasarela que conducía a The Meadows. El edificio moderno, que se alzaba sobre un café y un pequeño supermercado, albergaba apartamentos de lujo. Subimos en ascensor hasta arriba y Braden me dejó entrar en su ático dúplex.

Debería haberlo imaginado.

El lugar era como mínimo asombroso, pero decididamente daba la impresión de que allí vivía un hombre. Suelo de madera noble en todas partes, un enorme sofá rinconero de ante color chocolate, una chimenea de cristal negro instalada en la pared, una enorme pantalla de televisión en la esquina. Una pared divisoria separaba la sala de la cocina y su isla. La cocina en sí era claramente de alta gama, pero estaba terminada en acero frío y daba la impresión de que no la hubieran usado nunca. En la parte de atrás del apartamento había unas escaleras que conducían a lo que supuse que serían los dormitorios.

Era todo el cristal lo que hacía el piso tan espectacular. Ventanales de suelo a techo en tres lados ofrecían vistas de la ciudad, con puertas cristaleras que comunicaban la sala con una enorme terraza privada. Descubriría después que, en el piso de arriba, del otro lado del edificio, el dormitorio principal tenía ventanas de suelo a techo y otra terraza, lo cual proporcionaba al ático una vista de trescientos sesenta grados de la ciudad.

La vista nocturna era espectacular. Mi madre nunca había hecho justicia a la ciudad cuando trataba de describírmela. Sentí un dolor que me desgarraba el pecho al encontrarme en medio de la sala de Braden, mirando al mundo dolorida y preguntándome con qué frecuencia Braden habría hecho lo mismo.

—No has dicho ni una palabra. ¿Estás bien?

Me volví hacia él, sabiendo que en él encontraría una cura temporal.

—¿Quieres coger?

Braden sonrió despacio, desconcertado, causando otro tirón de atracción en mis tripas.

—¿Coger?

—Coger y olvidar toda esa mierda. Lo que hizo ella. Lo que hizo él. Todas las perras sin alma que querían algo de ti.

Su expresión cambió de inmediato, tornándose dura, insondable, al dar un paso hacia mí.

—¿Estás diciendo que no quieres nada de mí?

—Quiero esto. Quiero nuestro acuerdo. Quiero... —respiré hondo, sintiendo que se me escapaba el control— que me cojas.

—¿Para olvidar qué, Jocelyn?

¿No lo veía? ¿De verdad era tan buena mi máscara? Me encogí de hombros.

—Todo, la nada.

Se quedó en silencio un momento, con ojos escrutadores.

Y entonces me arrastró a sus brazos, con una mano firme en mi nuca cuando su boca buscó la mía. Era un beso desesperado. No sabía si se trataba de su desesperación o de la mía. Solo sabía que nunca había besado tan profundamente, con tanta avidez. No era cuestión de delicadeza. Era cuestión de hundirnos uno dentro del otro.

Braden interrumpió el beso y su pecho subió y bajó con fuerza al tratar de recuperar el aliento. Levanté la cabeza hacia él, envuelta ya en una profunda niebla sexual, cuando él cogió mi cara entre sus manos y me plantó un beso delicado en la boca, con su lengua entrando y saliendo de la mía, incitándome. Cuando se apartó, sus manos bajaron susurrando por mis brazos y me dio la vuelta lentamente con sus manos en mi cintura. Me quedé de pie dándole la espalda, con mi respiración entrecortada mientras sus dedos buscaban la cremallera lateral del vestido. Su tacto era tan ardiente que podía sentir el calor a través de la tela. El único sonido en la sala era el de nuestras respiraciones excitadas y el agudo rumor de la cremallera, que Braden me bajó con exasperante lentitud, rozándome la piel con los dedos en su descenso. En cuanto terminó con la cremallera, volvió a deslizar sus manos por mis brazos hasta los tirantes del vestido, e igual de lentamente, los despegó de mis hombros. Ya solo tenía que sujetar el vestido a la altura de mis caderas y tirar hacia abajo hasta dejarlo a mis pies.

—Sal —ordenó con voz quebrada en mi oído.

Con el pulso acelerado, levanté los talones y salí del círculo que había formado el vestido, y el movimiento me hizo darme cuenta de lo embarazosamente mojada que ya estaba. Braden recogió el vestido del suelo y lo tendió en el sofá. Cuando volvió, sentí su mano en la piel suave de mis nalgas. ¿Había mencionado que también llevaba lencería nueva? Me había puesto un conjunto de encaje negro de Victoria's Secret. Los pantis eran de corte alto por detrás, así que la mayor parte de la carne de mis nalgas quedaba al descubierto, y el sujetador era de corte bajo, así que mi escote quedaba muy sexy con el vestido.

Temblé cuando Braden continuó acariciándome, con sus dedos deslizándose por la raja de mi trasero y luego entrando desde atrás. Gemí y me arqueé hacia él al tiempo que él sacaba los dedos y volvía a introducirlos.

—Braden.

Solo se retiró para agarrarme por las caderas y presionarme otra vez contra él, con su erección clavándose en mis nalgas porque todavía llevaba los tacones.

—Es lo único que hace falta para ponérmela dura —dijo con suavidad, rozándome la oreja con los labios—. Que tú digas mi nombre.

Mi pecho se cerró y no supe cómo responder. No quería hablar. Solo quería sentir.

Como si él lo percibiera, me dio la vuelta y dio un paso atrás examinándome con la mirada en mi nueva ropa interior sexy.

—Magnífico. Pero te prefiero desnuda —sus ojos bajaron a mis zapatos y brillaron—. Los zapatos te los puedes dejar.

Llevé las manos a mi espalda para desabrocharme el sujetador, pero Braden estaba de nuevo ocupando mi espacio y sus manos me detuvieron. Negó con la cabeza y yo bajé los brazos.

—Espera.

Se apartó de mí. Me quedé solo con mi ropa interior y mis tacones, y observé que Braden se desnudaba lenta y tortuosamente. Me sonrió, sin nada más que los pantalones del traje, con el pecho y los pies desnudos, con las pupilas ardiendo con intención. No me importaba cuál era la intención. Solo quería tenerlo otra vez dentro de mí.

Pero Braden no había terminado. Con un brazo en torno a mi cintura, me atrajo hacia su cuerpo: la piel desnuda de mi vientre tocando su torso, mis piernas desnudas rozando sus pantalones y mis pechos presionados en su piel desnuda. Sentí un tirón en el pelo cuando con la otra mano trabajaba con rapidez para sacarme todos los prendedores que sostenían mi cabello recogido y segundos después este cayó a mi espalda en un desmadre de rizos enredados. Observé que sus ojos destellaban y por una vez di gracias a Dios por todo mi cabello si era esa la reacción que provocaba en Braden. Su mano se tensó en él y usó mi pelo para echarme la cabeza hacia atrás con sus labios amenazando mi garganta expuesta. Contuve la respiración, con la piel recalentada, las piernas temblando, mis manos sujetando sus hombros, esperando. Sentí su boca haciéndome cosquillas en la piel, y otra vez, apenas un roce que hizo que se me escapara un ruido de frustración.

Noté la respiración jadeante de Braden en el cuello y luego su boca estaba presionando allí, con su lengua jugando con mi piel, dejando un provocativo reguero de besos cálidos, bajando, bajando, hasta que llegó a la curva de mis pechos. Sentí una bocanada de aire frío cuando tiró de mi sujetador y dejó al descubierto mi pezón duro y suplicando por su boca. Sus labios se cerraron en torno a mí y yo avancé mis caderas hacia las suyas, con su verga dura clavándose en mí y la necesidad dando paso al desenfreno.

—Braden, por favor —rogué, arqueando la espalda.

Mi mano rozó su pecho y bajó por su piel caliente y firme para sujetarlo a través de sus pantalones.

Su respiración se entrecortó e inclinó las caderas hacia mí al frotarse contra mi mano.

—Mierda —gimió, cerrando fugazmente los ojos antes de abrirlos de golpe con fuego en ellos—. No puedo esperar.

Asentí, con un apretón de anticipación en el vientre y mis calzones ya absolutamente empapados. Braden soltó mi sujetador en segundos, con una destreza en la que no quise pensar, y sus manos grandes se tomaron un momento para sostenerme las tetas. Sentí que se le ponía aun más dura contra mí.

Fue entonces cuando su control lento y tortuoso se interrumpió bruscamente. Tiró de mí hacia él al tiempo que retrocedía hacia la puerta donde había un aparador apoyado contra la pared, y entonces me dio la vuelta y me empujó sin muchas contemplaciones contra el mueble, poniéndome de espaldas a él. Mi respiración estaba saliendo en ráfagas frenéticas al aferrarme al aparador. Las manos de Braden me rodearon para apretarme los pechos, obligando a mi cuerpo a juntarse con el suyo mientras su lengua atormentaba mi oreja.

—Voy a dar por hecho que te gusta así. Va a ser duro, Jocelyn, duro y fuerte. ¿Estás preparada?

Asentí, con el corazón chisporroteando un poco.

Ya tenía los pantis bajados. Agité las piernas y salí de ellas, apartándolas de una patada. El calor de él en mi espalda, el sonido de la cremallera de sus pantalones bajándose... Noté un relámpago de pura lujuria a través de mi sexo y mis uñas se clavaron en el armario con anticipación.

Separó los dedos de la mano en mi abdomen, tirando de mí hacia atrás y hacia arriba de manera que quedé doblada hacia delante, con los antebrazos planos en el aparador. Deslizó un dedo en mi interior.

—Nena... —gimió con aire de suficiencia—, estás empapada.

Gemí para que no parara y rio entre dientes en respuesta un instante antes de clavarme la verga. Grité ante la profunda invasión, arqueando la espalda, pero Braden no me concedió ningún aplazamiento. Se echó atrás cinco centímetros para volver a hundirse a fondo, con el mueble sólido bajo mi pecho cuando me relajé en torno a él. El apartamento se llenó del ruido de la respiración pesada, de nuestros gruñidos y gemidos, del abofeteo húmedo de la carne cuando él me hacía olvidarme de todo, cogiéndome. Sus dedos se clavaron en mis caderas mientras me martilleaba desde atrás, gimiendo mientras yo me echaba hacia él, en un ritmo perfecto pero duro. Mi jadeo se hizo más alto, estimulándolo, y él levantó las manos para pellizcarme los pezones mientras sus caderas seguían martilleándome. Ese fue el desencadenante.

—¡Braden! —grité.

Un orgasmo que superó a todos los demás explotó en mí, con mi sexo apretándose y pulsando en torno a su polla mientras él continuaba cabalgándome hacia su propio clímax.

Se vino con un gemido profundo, con la boca en mi hombro, las manos sujetándome las caderas aun más fuerte a las suyas al levantarse hacia mí, temblando al eyacular.

Mis miembros ya no funcionaban. Lo único que me sostenía era Braden.

Al cabo de un rato, salió de mi interior con cuidado, pero aun así me estremecí. No había sido suave conmigo. Como si lo percibiera, me sostuvo con más fuerza.

—¿Estás bien?

No. Estaba alucinada.

—Ha sido increíble —suspiré, cayendo contra él.

Su risa era baja, casi un susurro.

—Dímelo a mí.

Me encontré dándome la vuelta hacia él y levantada suavemente en el aparador, con Braden levantando mis piernas en torno a sus caderas y mis manos apoyadas en su pecho mientras me sostenía la mirada. Sentí que algo cambiaba en su expresión al mirarme, algo que hizo que mi respiración se entrecortara. Él captó el sonido con su boca al bajar la cabeza para besarme lenta y lánguidamente. Con ternura.

En ocasiones no hacen falta palabras para saber que se ha producido un cambio en ti. Puedes compartir una mirada con un amigo que cimienta una comprensión más profunda entre los dos y crea un vínculo más fuerte. Un contacto con una hermana o hermano o padre que dice «estoy aquí, pase lo que pase», y de repente alguien que era solo un pariente, una persona a la que amas, se convierte también en uno de tus mejores amigos.

Algo ocurrió allí con Braden cuando me miró, cuando nos besamos.

No era solo sexo.

Necesitaba salir de allí.

Se echó atrás, con el labio levantado en la comisura al apartarme el pelo de la cara.

—Todavía no he terminado contigo.

Y entonces me besó otra vez.

Me quedé allí, envuelta en torno a él, besándonos. Y estuvimos besándonos como adolescentes durante al menos diez minutos. Mi cuerpo combatía con mis emociones. No quería renunciar a lo que había entre nosotros. Era adictivo, seductor. Pero no quería nada más que lo que podíamos regalarnos mutuamente en el plano físico. Debería irme.

No podía irme.

Comprendí entonces lo que quería decir la gente que se refería a alguien como una droga.

Eso significaba que tendría que redefinir la noche. Sexo.

Decisión tomada, me eché atrás y me lamí los labios hinchados antes de bajar del aparador y sacarme los zapatos de tacón.

—Tengo que pedirte una disculpa —recordé, poniéndome de rodillas.

Braden bajó la cabeza con los ojos pesados.

—¿Por qué? —preguntó cuando su polla semidura se endurecía otra vez.

Sonreí.

—Por llamarte idiota.

Rio, una risa gruesa que se atragantó en un gemido cuando yo lo envolví con mi boca.

Aunque, con un mando a distancia, Braden había corrido unas persianas por encima de las ventanas que ocupaban la mayor parte de la pared del dormitorio, el sol de la mañana iluminó con fuerza la habitación. Me desperté. Volví la cabeza en su almohada y vi en el reloj que eran las siete y media. Sabía que Braden no estaba detrás de mí porque normalmente su calor me despertaba, además oía el grifo de la ducha en el cuarto de baño en suite.

Recordé la noche anterior. El restaurante. Descubrir la existencia de su mujer. Dolor por él. Venir aquí. El sexo salvaje contra el aparador. Yo bajando hacia el miembro de Braden. Él devolviéndome el favor.

Una visita desnuda por su dúplex que terminó en su dormitorio. Todavía sintiéndome extraña, lo había tendido boca arriba en la cama y me había abierto camino a besos y lametones por su cuerpo asombroso antes de aceptarlo en mi interior. El plan era cabalgarlo y llevarlo hasta donde habíamos estado unas horas antes.

Braden tenía otros planes.

Al venirme, él nos había hecho girar y se había clavado en mí una y otra vez, mirándome a los ojos. Yo quise cerrarle los suyos como la última vez. Pero no pude.

Ahora los cerré con un gemido suave.

La situación se estaba complicando, y tal vez era cobarde, pero simplemente no podía afrontar a Braden a la luz del día después de la intensidad de la noche anterior. Salí de la enorme cama de estilo japonés y me escabullí en silencio de la habitación, bajando al trote a buscar mi ropa. Me apresuré a ponerme la ropa interior y el vestido, me calcé los zapatos, aunque me hacían daño, y cogí el bolso. Salí, con el corazón latiendo con fuerza contra mi pecho al notar culpablemente el aire fresco. Como no estaba de humor para emprender el camino de la vergüenza, pillé un taxi en lo alto de Quartermile y no me relajé hasta que paró en Dublin Street.

Estaba metiendo la llave en la puerta cuando recibí el mensaje de texto.

«Qué coño ha sido eso. No vuelvas a hacerlo. Ya hablaremos.»

Solté aire pesadamente, agotada por la perspectiva.

Judy Garland me estaba cantando, diciéndome que el sol estaba brillando y que fuera feliz. No había nada malo en un poco de Judy Garland, pero justo entonces quería que Gene Kelly volviera a la pantalla y bailara para mí. Me había duchado para quitarme el sudor y el sexo de la noche anterior, me había puesto los jeans y una sudadera con capucha y me había acurrucado en el sofá a ver películas viejas. Si hubiera tratado de sentarme ante mi portátil a escribir, solo me habría perdido en mis pensamientos muy confundidos y enredados. Así que estaba entumeciendo la mente con musicales y mi viejo amor de Hollywood, Gene Kelly.

Acababa de prepararme un sándwich cuando oí que se abría la puerta del apartamento. Mi corazón se detuvo un segundo hasta que oí pisadas ligeras. Ellie. Respiré aliviada.

—Hola —sonrió al entrar con aire despreocupado en la habitación—. He vuelto de la óptica.

Puse a Judy en silencio.

—¿Cómo ha ido?

—Aparentemente necesito gafas para leer y para ver la televisión —arrugó la nariz—. No me quedan bien las gafas.

Lo dudaba. Ellie podría llevar una bolsa de basura y seguiría teniendo buen aspecto.

—¿Cuándo tienes que de recogerlas?

—La semana que viene —contestó de repente—. ¿Y? ¿Cómo fue la cena?

—Tu hermano me engañó. Solo estábamos los dos.

Ellie resopló.

—Típico de Braden. ¿Pero lo pasaron bien?

—Aparte de encontrarnos con una mujer que obviamente era ex novia de Braden que me pareció muy agradable aunque un poco negada cuando inadvertidamente me habló de la ex mujer de Braden, sí. —me encogí de hombros con tranquilidad—. Lo pasamos bien.

Ellie ahogó un grito, atrayendo mi mirada a ella. La ansiedad nubló sus ojos pálidos cuando se levantó y caminó con cautela para sentarse a mi lado.

—Tendría que habértelo dicho, Jocelyn, pero Braden quería decírtelo él mismo. Y es personal para él. Ojalá pudiera explicarlo, pero la verdad es que es asunto suyo.

Hice un gesto de desdén.

—Está bien. Me habló de Analise. De cómo le engañó.

Ellie juntó las cejas.

—¿Te lo contó?

«¿Se suponía que no tenía que hacerlo?»

—Sí.

Ella se sentó un momento, pareciendo congelada y luego algo en sus ojos se suavizó y me sonrió.

—Te lo contó.

Oh, Dios, se estaba metiendo ideas románticas en la cabeza otra vez.

—Para.

—¿Qué?

Sus ojos se abrieron con fingida inocencia.

Puse cara de enfado.

—Ya lo sabes.

Antes de que Ellie pudiera responder, la puerta del apartamento se abrió y se cerró. Pisadas pesadas en el pasillo hacia nosotras.

—Oh, mierda —murmuré, sin hacer caso de la mirada inquisitiva de Ellie.

La puerta de la sala se abrió y allí estaba él de traje, apoyado en la jamba de la puerta con expresión inescrutable.

—Hola, Braden —saludó débilmente, sintiendo el peligro repentino en el aire.

—Buenas tardes, Els —saludó con la cabeza y entonces me clavó al sofá con su mirada azul letal—. Al dormitorio. Ahora —dio media vuelta y salió para que yo lo siguiera.

Me quedé boquiabierta.

—¿Qué le has hecho? —preguntó Ellie con preocupación.

Le lancé una mirada.

—Me he escapado de su casa esta mañana.

Ensanchó los ojos.

—¿Por qué?

Ya sentía una culpa inexplicable, mi culpa se transformó rápidamente en rabia.

—Porque eso es lo que hacen los tiramigos —contesté, saltando del sofá—. Y tiene que dejar de darme órdenes.

Entré pisando fuerte, sí, pisando fuerte, en mi dormitorio y cerré la puerta detrás de mí, con mi pecho hinchándose de indignación.

—Tienes que dejar de darme órdenes —señalé con el dedo.

La expresión inescrutable que él tenía a los pies de mi cama se transformó enseguida en otra de desagrado. Eso por decirlo suavemente. Estaba cabreado.

—Tú tienes que dejar de actuar como si estuvieras como una cabra.

Respiré profundamente.

—¿Qué demonios he hecho?

Parecía no dar crédito y levantó las manos con incredulidad.

—Te escapaste de mi apartamento como si yo fuera algún borracho con el que te avergüenzas de haberte acostado.

No podría estar más equivocado. Crucé los brazos sobre el pecho como medida de protección al negar con la cabeza y me negué a sostener su mirada.

—Quieres convencerme de lo contrario y decirme exactamente por qué he salido de la ducha esta mañana y he descubierto que te habías largado.

—Tenía cosas que hacer.

Braden habló con una calma intimidante.

—¿Tenías cosas que hacer?

—Sí.

—¿Sabes?, hasta este momento nunca habías actuado de acuerdo con la edad que tienes. Pensaba que eras más madura, Jocelyn. Supongo que me equivocaba.

—Oh, no saques esa mierda —dije con irritación—. No soy yo la que se molesta porque mi tiramigo no se queda para hacer carantoñas por la mañana.

Al ver el destello de algo en sus ojos, sentí que me mareaba. La expresión había desaparecido tan deprisa como había aparecido y sus rasgos se endurecieron en mí.

—Bien. Lo hecho, hecho está. Olvídate de eso. Te necesito el sábado, dentro de dos semanas. DJ Intrepid, un famoso DJ de Londres, va a actuar en Fire en la primera semana de curso —su voz parecía desprendida, vacía, y toda esa distancia estaba dirigida a mí. No me gustó—. Quiero que vengas.

Asentí, entumecida.

—Está bien.

—Muy bien. Luego te mandaré un mensaje.

Caminó hacia mí y esperé con tensión su siguiente movimiento. Ni siquiera me miró. Solo pasó a mi lado para dirigirse a la puerta.

No me dio un beso de despedida.

Me sentía mareada. ¿Quién estaba complicando las cosas ahora?

La doctora Pritchard tomó un trago de agua y luego inclinó la cabeza hacia mí cuando dejé de hablar.

—¿Se te ha ocurrido que podrías estar albergando sentimientos más profundos por Braden?

Suspiré profundamente.

—Por supuesto. No soy estúpida.

—¿Y aun así estás decidida a mantener este acuerdo con él pese a que él lo sabe y quiere ir más allá?

Mi sonrisa desde luego carecía de humor.

—De acuerdo... quizá soy un poco estúpida.

· · ·

Sé que soy terca. Eso lo llevo conmigo. Sé que tengo problemas que vienen de lejos, y sé que esos problemas no van a terminar pronto. Pero después de vivir los últimos meses en Dublin Street y con un poco de ayuda de la buena doctora, podía verme bajo una luz diferente. Me había convencido de que no tenía ataduras reales en esta vida porque era así como lo quería. De forma lenta pero segura estaba aceptando el hecho de que Rhian y James eran un vínculo, y Ellie era sin duda un vínculo. Puede que no quisiera interesarme por ellos, pero lo hacía. Y con el interés y el afecto llegan toda clase de malos rollos... como el remordimiento.

Me disculpé con Ellie por ser brusca. Ella, por supuesto, lo aceptó con gracia.

Pero todo el día estuve acosada por la culpa y no dejaba de ver la cara de Braden ante mis ojos. Esa culpa me recordó momentos malos, y me encontré encerrada en el cuarto de baño, tratando de superar un ataque de pánico bastante espantoso.

Me había dado cuenta de algo. Algo aterrador.

Podría ser solo sexo con Braden, pero eso no significaba que no tuviera un lazo con él.

Podría no querer interesarme por él, pero lo hacía.

Por eso, al salir hacia el trabajo, le envié un mensaje de texto que decía algo que no le había dicho nunca a un tío.

«Lo siento x»

No tienes ni idea de lo rápido que latía mi pulso después de añadir el beso. Un pequeño beso y me temblaban las manos. Craig y Jo no estaban contentos conmigo esa noche. La cagué con un par de clientes, derramé media botella de Jack Daniel's y volqué el tarro de propinas en el whisky, con lo cual se mojaron un par de billetes. Cuando miré mi teléfono en un descanso y todavía no había recibido un mensaje de texto de Braden, me di una buena reprimenda.

No podía convertirme en una idiota inepta porque un tipo no hubiera aceptado una disculpa mía. Había mostrado un crecimiento real al enviar ese mensaje, me dije enfadada conmigo misma, y si él no se daba cuenta era problema suyo. Al infierno con él. Yo era Joss Butler. No me tragaba la mierda de ningún hombre.

Volví a trabajar, sintiéndome desafiante y decidida, y logré acabar el turno sin ningún incidente más. Disculpé mi torpeza diciéndole a los chicos que había tenido una migraña, pero que ya me encontraba mucho mejor. Se lo tragaron porque empecé a bromear con ellos como de costumbre, haciendo aquello en lo que siempre había sido buena y guardando mis sentimientos bajo la trampilla de mi interior.

Aferrarme a eso era clave, porque un patinazo, una rendija podían provocar que esa trampilla se abriera y... bueno, simplemente no podía afrontar eso.

Al irse los clientes, Jo y Craig me ofrecieron amablemente que me marchara porque no me había sentido bien. No iba a discutir. Cogí mis cosas, le dije adiós a Brian en la puerta y me dirigí a los escalones de George Street.

—Jocelyn.

Me volví y me encontré a Braden de pie en la acera, al lado del club. Me dio vueltas el estómago otra vez. Nos miramos uno a otro en silencio durante un minuto antes de que yo encontrara la voz.

—¿Estabas esperándome?

Sonrió un poco al acercarse.

—Pensaba que podría acompañarte a casa.

Me inundó un alivio que no estaba dispuesta a reconocer durante mucho tiempo, y le sonreí.

—¿El paseo va a terminar con nosotros dos desnudos en mi cama?

Su risa era baja, dura y siempre me dejaba anonadada.

—Eso es lo que tenía en mente, sí.

Respiré hondo.

—Entonces ¿estoy perdonada por ser una perra?

—Nena —se estiró para acariciarme la mejilla, perdonándome claramente.

Yo tiré de su chaqueta, acercándolo.

—Creo que de todos modos deberías enseñarme quién es el jefe.

Sus brazos me envolvieron la cintura y me encontré acurrucada contra él.

—Pensaba que me habías dicho que tenía que dejar de darte órdenes.

—Bueno, en determinadas circunstancias te lo permito.

—¿Oh? ¿Y cuáles serían?

—Cualquiera que resulte en que me venga.

Sonrió, apretándome más cerca.

—¿Por qué tienes que hacer que todo suene tan sucio?

Reí, recordando que esas eran las palabras que había usado el día que me había encontrado desnuda. Dios, parecía que habían pasado siglos.

17

Con un montón de sexo y risas, ese fin de semana Braden y yo cerramos la brecha que se había abierto entre nosotros. Yo trabajé, Braden trabajó y luego el domingo, Elodie y Clark se llevaron a los niños a pasar el día en St. Andrews, con lo cual Ellie, Braden y yo salimos con Adam, Jenna y Ed. Era la primera vez que estábamos juntos en una situación social con otra gente desde que había empezado lo nuestro. Supe en cuanto entramos a comer en el pub favorito de Ed en la Royal Mile que ya todos estaban al tanto de nuestro acuerdo. Jenna nos miró como si fuéramos un experimento científico y Ed tenía esa sonrisa bobalicona, de niño pequeño. Adam llegó a guiñarme un ojo. Juro por Dios que habría salido corriendo si Braden no lo hubiera previsto y no me hubiera agarrado del brazo para tirar de mí hacia delante. Una vez que se dieron cuenta de que nada había cambiado —éramos una pareja, no nos cogimos de la mano ni hicimos carantoñas y, de hecho, nuestras sillas estaban bastante separadas—, los chicos actuaron con normalidad. Disfrutamos de una gran comida y unas pocas cervezas y luego fuimos juntos al cine. Braden ocupó un asiento al lado del mío y, vale... puede que hubiera caricias en la oscuridad.

No nos vimos el lunes, con lo cual conseguí escribir otro capítulo de mi libro y hacerme un hueco para otra visita con la doctora Pritchard. Eso fue divertido. El martes, Braden hizo su pausa de mediodía en mi cama. El miércoles estuvo desbordado de trabajo y no lo vi en ningún momento. Pasé la noche con Ellie, soportando una peli romántica juvenil que me puso los dientes largos de tan empalagosa que era. Insistí en que la siguiente noche de cine veríamos algo o a alguien mutilado por una estrella de acción o pondríamos una peli de Gene Kelly.

—Eres un chico —arrugó la nariz mientras comía grageas de chocolate.

Aparté la mirada de la empalagosa peli romántica para mirarla a ella a través de la sala. Estaba tumbada en el sofá, cubierta de envoltorios de chocolate. ¿Cómo es que no engordaba?

—¿Porque no me gustan las pelis románticas cursis?

—No, porque prefieres ver que aporrean a alguien en lugar de una declaración de amor.

—Cierto.

—Chico.

Puse mala cara.

—Creo que Braden no estaría de acuerdo.

—Uf. Eso ha sido feo.

Sonreí perversamente.

—Has dicho que era un hombre.

Ellie volvió la cabeza en un cojín para mirarme.

—Hablando de... No es que quisiera fijarme (no puedo evitar mis capacidades excepcionales de observación), pero parece que están haciendo lo que estén haciendo según la agenda de Braden. ¿Te parece bien?

No es que yo misma no me hubiera fijado. Pero en serio, ¿cómo podía discutir eso? Yo «trabajaba» en casa, y Braden trabajaba todo el tiempo. Cuando yo trabajaba, era en dos de las únicas noches en que Braden estaba libre.

—Es un hombre ocupado. Eso lo entiendo.

Ellie asintió.

—A un montón de sus novias les molestaba.

—A mí me molesta que me digan que soy su novia —anadí de manera provocadora.

—Yo nunca he dicho que fueras su novia. Solo quería decir... mira, en realidad no sé lo que quería decir porque ustedes dos me dejan perdida.

Me di cuenta de que se estaba preparando para poner a trabajar su yo exageradamente romántico en una rabieta contra Braden y contra mí, así que cambié rápidamente de tema.

—No has mencionado mucho a Adam últimamente.

La cara de mi compañera de piso se oscureció y lamenté no haber elegido otro tema.

—Apenas hemos hablado desde ese domingo en casa de mamá. Creo que se dio cuenta de que estaba mandándome señales contradictorias, así que se retiró por completo.

—No me fijé en nada extraño entre ustedes cuando salimos el domingo.

—Eso es porque estabas en Braden Land.

Solté una risotada.

—Sí, es verdad.

Ellie negó con la cabeza.

—Pasmada delirante.

Esa era nueva. No recordaba que Rhian o James me hubieran llamado nunca eso.

—¿Acabas de llamarme pasmada?

—Sí. Delirante.

—¿Puedo preguntar qué significa eso?

—Una persona que demuestra una falta de conocimiento de una situación; una persona estúpida; idiota; un cateto. Una pasmada delirante: el estúpido, idiota y ciego error de Joss Butler sobre la verdadera naturaleza de su relación con mi hermano, Braden Carmichael.

Me lanzó una mirada fulminante, pero era una mirada fulminante de Ellie, así que en realidad no contaba.

Asentí con la cabeza.

—Pasmada. Buena palabra.

Me lanzó un cojín.

Cuando pasó el jueves y recibí un mensaje de texto de Braden para decirme que no podía venir esa noche, tuve que reconocer cierta decepción un poco adolescente. No podía reconocer estar enormemente decepcionada, porque había sepultado esa emoción bajo mi trampilla de acero. Él estaba en las últimas fases de cerrar un contrato para el proyecto inmobiliario en el que había estado trabajando ese verano, de modo que lo comprendía. Eso no quería decir que no me jodiera.

Me atrincheré y escribí todo el día, asombrada y gratificada por haber logrado redactar unos cuantos capítulos más sin tener que abrir los recuerdos que sin duda volverían a condenarme al cuarto de baño con un ataque de pánico. Aunque tenía que reconocer que no había sufrido ninguno desde el ataque épico del viernes pasado.

El jueves por la noche, sin ningún Braden que me mantuviera ocupada, me dejé aliviar el dolor con un maratón de Denzel Washington. Ellie renunció después de dos películas y se fue a acostar. Unas horas después yo estaba KO.

Me desperté al sentir que caía al vacío.

—¿Qué? —pregunté, tratando de adaptar la vista a la escasa luz.

—Hola, nena —la voz suave de Braden atronó encima de mí y me di cuenta de que estaba en sus brazos—. Te voy a llevar a la cama.

Le eché unos brazos somnolientos al cuello mientras él me llevaba a mi dormitorio.

—¿Qué estás haciendo aquí?

—Te echaba de menos.

—Hum —murmuré, hundiéndome más profundamente en él—. Yo también te he echado de menos.

Al cabo de un segundo estaba dormida.

Estaba soñando que el mundo se inundaba y el agua subía dentro de nuestro apartamento sin dejar salida, con un pánico cada vez más intenso a medida que el nivel ascendía hacia el techo y me dejaba esperando una muerte inminente, cuando una descarga de deseo me impactó entre las piernas y bajé la mirada para ver una alucinante cabeza de tritón allí abajo. El agua desapareció en un instante y yo estaba tumbada de espaldas con el tritón sin rostro, que ahora ya era solo un hombre y me estaba derritiendo de gusto.

—Oh, Dios —grité, con la sensación atravesándome y devolviéndome a la consciencia.

Abrí los ojos. Estaba en la cama. Era la mañana.

Y tenía la cabeza de Braden entre mis piernas.

—Braden —susurré, relajándome contra el colchón, deslizando las manos en su cabello suave. Tenía la lengua más mágica.

Mis caderas se propulsaron en un espasmo cuando Braden lamió mi clítoris, trazando círculos con la lengua en torno a él, deslizando los dedos en mi interior. Perdí el control de la respiración, sintiendo que el corazón me latía en los oídos, y en cuestión de segundos me estaba viniendo en su boca.

Menuda forma de despertarse.

Mis músculos se hundieron en la cama cuando Braden reptó por mi cuerpo, sonriéndome con la mirada al tumbarse encima de mí. Noté su erección frotándose en mi centro húmedo.

—Buenas días, nena.

Acaricié su cintura, clavándole ligeramente las uñas en la piel de una forma que sabía que le gustaba.

—Buenos días. Y qué feliz mañana es esta.

Él se rio de mi sonrisa tonta y se tumbó a mi lado. Me volví para ver el reloj, pero me fijé en un objeto en mi escritorio. Me erguí de repente, mirándolo, preguntándome si de verdad lo estaba viendo bien. Sentí a Braden en mi espalda, con la barbilla clavada en mi hombro.

—¿Te gusta?

Una máquina de escribir. Había una máquina de escribir brillante, negra y pasada de moda en mi escritorio, al lado de mi portátil. Era preciosa, como la que le había contado a Braden que había prometido comprarme mi madre. La que no me compró porque murió antes de poder hacerlo.

Era un regalo fantástico. Un regalo hermoso y bien pensado. Y era más que sexo.

Sentí la presión en el pecho antes de que pudiera hacer nada por detenerla y mi cerebro se nubló como si estuviera demasiado lleno. Noté que explotaba un cosquilleo en toda mi piel y mi corazón se desbocó.

—Jocelyn.

La voz de Braden penetró entre la niebla y yo me estiré hacia su mano para tranquilizarlo.

—Respira —susurró en mi oído, apretándome la mano con la suya, con la otra en mi cadera, sosteniéndome contra él.

Inspiré y espiré de forma rítmica, recuperando el control, dejando que mis pulmones se abrieran. El corazón empezó a latirme más despacio y mi mente comenzó a despejarse. Agotada, me apoyé en el pecho de Braden.

Al cabo de un minuto o dos, Braden dijo:

—Sé que no quieres hablar de por qué te dan estos ataques de pánico, pero... ¿te pasa a menudo?

—A veces. Últimamente más.

Suspiró y mi cuerpo se movió con la agitación de su pecho.

—Quizá deberías hablar con alguien de ellos.

Me aparté de él, incapaz de mirarlo.

—Ya lo estoy haciendo.

—¿Sí?

Asentí con la cabeza, escondiéndome detrás de mi cabello.

—Con una terapeuta.

Su voz era callada.

—¿Estás viendo a una terapeuta?

—Sí.

Llevaba el pelo recogido por detrás de la oreja y Braden deslizó sus dedos por mi mandíbula para girar mi cara hacia la suya. Sus ojos eran amables, preocupados. Comprensivos.

—Bien. Me alegro de que al menos estés hablando con alguien.

«Eres hermoso.»

—Gracias por la máquina de escribir. Es preciosa.

Braden esbozó una sonrisa de inquietud.

—No quería causar un ataque de pánico.

Lo besé rápidamente para tranquilizarlo.

—Son mis rollos, no te preocupes por eso. Me encanta. Has sido muy amable —había algo más. Para olvidarme de ese algo más, sonreí demoníacamente y deslicé una mano por su estómago para cogerle la verga. Se puso dura al instante—. Pero no puedo aceptarla, sin darte un regalo a cambio.

Justo cuando bajé la cabeza, Braden me detuvo, sujetándome por los brazos para volver a subirme. Torcí el gesto. Sabía que lo deseaba. Estaba pulsando en mi mano.

—¿Qué?

Su expresión había cambiado de repente: ojos oscuros, rasgos graníticos.

—Si lo haces es porque quieres, no por la máquina de escribir. Era solo un regalo, Jocelyn. No te hagas películas y no lo vuelvas algo que no es.

Me tomé un momento para asimilarlo y por fin asentí.

—Está bien —apreté un poco más fuerte y sus narinas se dilataron—. Entonces voy a devolverte el favor que me has hecho antes.

Lentamente, me soltó y se apoyó en los codos.

—Eso puedo aceptarlo.

—¿Así pues, el libro está en marcha? —preguntó la doctora Pritchard, pareciendo complacida.

Asentí.

—Voy avanzando.

—¿Y los ataques de pánico?

—He tenido unos cuantos.

—¿Cuándo ocurrieron?

Se lo conté y cuando terminé ella levantó la mirada y vi en ella algo que no comprendí.

—¿Le dijiste a Braden que me estabas viendo?

Oh, cielos, ¿qué había de malo en eso? Solo se me escapó. No sabía por qué...

—Sí, lo hice —pensé que no me importaba.

—Creo que está bien.

Espera. ¿Qué?

—¿Sí?

—Sí.

—¿Por qué?

—¿Tú qué crees?

Puse mala cara.

—Siguiente pregunta.

. . .

Vi a Braden casi cada día después de esa mañana. Pasamos la siguiente semana saliendo. Ellie, Braden, Jenna, Adam y una chica que Adam había traído como pareja pasaron por el bar el sábado por la noche antes de arrastrar a Braden a un club nocturno. Él detestaba ir a los clubes nocturnos, lo cual me había llevado a plantearle la pregunta de por qué poseía uno. Su respuesta fue que era un buen negocio. Cuando lo estaban sacando a rastras del bar hacia el club nocturno, le ofrecí una sonrisa simpática. No me sorprendió del todo descubrir que había escapado del club para pasar a recogerme. El domingo hubo cena con Elodie y Clark, que se resumió en Declan y Hannah discutiendo, con Clark pasando por alto la discusión y Elodie empeorándola. Ellie, en un intento de olvidar la cita de Adam de la noche anterior, no dejó de quejarse de que la graduación de sus gafas no era correcta, y nadie se fijó en nada diferente sobre Braden y yo. Gracias a Dios. La cabeza de Elodie explotaría si supiera lo que estaba ocurriendo entre nosotros.

El lunes por la noche, Braden se pasó por casa después de que hubiera ido al gimnasio; éramos socios de gimnasios diferentes, y daba gracias por eso, porque necesitaba concentrarme cuando estaba haciendo ejercicio. Salimos con Ellie, y Braden se quedó a pasar la noche. El martes por la noche fui a mi primera cena de negocios oficial. Una de verdad esta vez. Lo que no sabía era que Braden iba a vender su restaurante francés para mantener un caro restaurante escocés contemporáneo de marisco que poseía en el Shore. Era una venta privada a un amigo de negocios. Una venta privada, pero los medios locales se enteraron y escribieron un artículo sobre el cambio de manos de La Cour y especularon sobre la razón de que Braden lo vendiera.

—Es demasiado —venía explicado Braden después de pedirme que lo acompañara a la cena, que era en realidad solo una celebración entre él y el tipo que había hecho la compra—. El club nocturno se ha convertido en un éxito mucho más grande de lo que esperaba, la agencia inmobiliaria siempre me mete en un problema u otro y me aleja de la construcción de propiedades, que es lo que disfruto, y estoy en demasiadas cosas a la vez. La Cour era de mi padre. No hay nada en él que tenga mi sello. Así que lo he vendido.

Nos reunimos con Thomas Prendergast y su mujer Julie en Tigerlily. Yo llevaba un vestido nuevo y traté de ser lo más encantadora posible. Bueno, encantadora de la única forma en que sabía serlo. Thomas era mayor que Braden y mucho más serio, pero era amable y claramente respetaba a Braden. Julie era como su marido, reposada, tranquila pero amable. Lo bastante amable para hacer preguntas personales. Preguntas personales que Braden me ayudó a desviar.

Después lo recompensé bien por eso.

En general, la cena fue agradable. Braden parecía más relajado ahora que no tenía el peso de La Cour sobre los hombros, y por alguna razón descubrí que el hecho de que él estuviera relajado me relajaba. Pasamos el miércoles por la noche en su apartamento, sobre todo porque en el mío teníamos que estar en silencio, y eso eliminaba parte de la diversión del sexo. Así que tuvimos sexo ruidoso en el sofá, en el suelo y en su cama.

Saciada, me tumbé sobre las sábanas enredadas, mirando al techo. Su dormitorio era tan contemporáneo como el resto del dúplex. Cama baja, japonesa; armarios empotrados para que no ocuparan espacio; un sillón en el rincón de la ventana; dos mesillas de noche. Nada más. Necesitaba al menos algunos cuadros.

—¿Por qué no hablas de tu familia?

Todo mi cuerpo se tensó. La respiración salió a chorro ante una pregunta para la que no estaba en absoluto preparada. Volví la cabeza en la almohada para mirarlo con incredulidad. Él no me estaba mirando con cautela, como si estuviera esperando que me desquiciara. Solo parecía decidido. Respiré hondo y aparté la mirada.

—Porque no.

—Eso no es una respuesta, nena.

Levanté las manos.

—Están muertos. No hay nada de qué hablar.

—No es cierto. Podrías hablar de quiénes eran como personas. Lo que eran como familia. Cómo murieron...

Batallé un momento con mi rabia, tratando de contenerla. Sabía que él no pretendía ser cruel. Tenía curiosidad, quería saberlo. Era razonable. Pero yo creía que nos comprendíamos el uno al otro. Pensaba que él me entendía.

Y entonces me di cuenta de que era imposible que me comprendiera.

—Braden, sé que tu vida no ha sido fácil, pero no puedes entender lo jodido que es mi pasado. Es una mierda. Y ese no es un lugar al que quiera llevarte.

Se sentó, levantando la almohada contra el cabezal de la cama, y yo me puse de costado para mirarlo cuando él me miró, con un dolor en sus ojos que no había visto antes.

—Entiendo lo que es un pasado jodido, Jocelyn. Créeme.

Esperé, sintiendo que había más en el horizonte.

Y él suspiró, paseando la vista por encima de mí para mirar por la ventana.

—Mi madre es la mujer más egoísta que he conocido. Y ni siquiera la conozco tan bien. Estaba obligado a quedarme con ella durante las vacaciones de verano, viajando por Europa, viviendo de algún amante al que había conseguido manipular para que estuviera con ella. El año escolar lo pasaba con mi padre en Edimburgo. Douglas Carmichael podía ser un cabrón duro y distante, pero era un cabrón que me quería, y eso es mucho más de lo que mi madre hizo nunca. Y papá me dio a Ellie y a Elodie. Elodie era la única cosa por la que discutía con mi padre. Ella es una persona dulce, una mujer buena, y él nunca debería haberla cortejado para tratarla como a todas las demás. Pero lo hizo. Al menos, Elodie terminó con Clark, y Ellie terminó con un hermano que haría cualquier cosa por ella. Con Ellie mi padre simplemente no era afectuoso, nada más. Conmigo ponía la presión. Y yo era un idiota al que le sublevaba seguir los pasos de papá —explicó, negando con la cabeza—. Si pudiéramos dar marcha atrás y poner algo de sentido en esos chicos que fuimos.

«Si pudiéramos.»

—Empecé a salir con malas compañías, a fumar marihuana, emborracharme y meterme en un montón de peleas. Estaba furioso. Furiosos con todo. Y me gustaba usar los puños para desembarazarme de esa rabia. Tenía diecinueve años y salía con una chica de una zona conflictiva. Su madre estaba en prisión, su padre había muerto y su hermano era yonqui. Una chica bonita, una mala vida familiar. Una noche se presentó en mi casa y estaba histérica, hecha un guiñapo. —se le empañaron los ojos al recordarlo, y supe de manera instintiva que lo que iba a contarme a continuación iba a ser peor que terrible—. Estaba llorando, temblando y tenía vómito en el pelo. Había llegado a casa esa noche y su hermano iba tan drogado que la violó.

—Oh, Dios mío —sollocé, sintiendo dolor físico por la chica que no había conocido, y por Braden, por el hecho de que le hubiera pasado algo así a alguien que le importaba.

—Perdí el juicio. No me di tiempo a pensar. Salí disparado, corriendo hasta su casa solo por el efecto de la adrenalina —se detuvo, con la mandíbula apretada—. Jocelyn, le di una paliza que casi lo mato. —miró desde arriba, con remordimiento en su expresión—. Soy un hombre grande —siguió—. Ya lo era de adolescente. No me daba cuenta de mi propia fuerza.

No podía creer que me estuviera contando eso. No podía creer que eso le hubiera ocurrido a él. A Braden, del que pensaba que vivía en un mundo de cenas elegantes y apartamentos de lujo. Aparentemente, él también había estado un tiempo en otro mundo.

—¿Qué ocurrió?

—Me fui, hice una llamada anónima para pedir una ambulancia y se lo conté a ella. Ella no me culpó. De hecho, cuando la policía lo encontró, nos encubrimos mutuamente. Su hermano era un conocido yonqui, no había testigos, pensaron que la paliza estaba relacionada con las drogas. Estuvo en coma unos días. Los peores días de mi vida. Cuando se despertó, le dijo a la policía que no recordaba quién le había atacado, pero cuando entré con su hermana, ella le contó lo que había hecho.

La voz de Braden flaqueó un poco.

—Él empezó a llorar. Probablemente fue la imagen más penosa que he visto nunca: él llorando y ella mirándolo con odio en los ojos. Ella se fue. Él me prometió que no contaría la verdad sobre lo que había ocurrido. Dijo que se lo merecía, que tendría que haberlo matado. Yo no pude hacer nada por ninguno de ellos. A él nunca lo volví a ver. Mi relación con ella se derrumbó cuando ella se volvió hacia las drogas para afrontar lo que le había ocurrido, rechazando mi ayuda. Lo último que supe hace unos años fue que había muerto por sobredosis.

Me incorporé al lado de Braden, con todo mi cuerpo dolorido por él.

—Braden... lo siento.

Asintió y volvió la cabeza para mirarme.

—Nunca me he metido en una pelea desde entonces. No le he levantado la mano a nadie. Mi padre y yo enterramos mucha mierda después de eso. Era la única otra persona que conocía la verdad, y me ayudó a darle la vuelta a todo. Se lo debo.

—Creo que todos se lo debemos —añadí con tristeza, pasando los dedos por su mandíbula al darme cuenta de que había confiado en mí.

En mí.

Oh, Dios.

¿Estaba en deuda con él de alguna manera? ¿O no era así? Había confiado en mí, porque sabía que no se lo contaría a nadie, porque sabía que no lo juzgaría.

Se me ocurrió, sentada a su lado —sintiendo dolor por él—, que podía estar segura de que él nunca contaría a nadie nada de lo que compartiera con él. Nunca me juzgaría. Solté un suspiro y bajé la mano, con mi estómago retorciéndose al pugnar conmigo misma.

—Dru —su nombre salió de mis labios antes de que pudiera pensar en ello.

El cuerpo de Braden se tensó en alerta.

Asentí, con la mirada en mi estómago en lugar de en su cara. La sangre se agolpó en mis oídos y me aferré a las sábanas para que dejaran de temblarme los dedos.

—Era mi mejor amiga. Crecimos juntas y, cuando mi familia murió, ella era lo único que me quedaba. No había nadie más —temblé con fuerza ante el aluvión de recuerdos—. Yo estaba hecha un asco... y era rebelde. Arrastré a Dru a fiestas para las que éramos demasiado jóvenes, hicimos cosas para las que éramos demasiado jóvenes. Fue poco más de un año después... y había una fiesta al lado del río. Yo estaba en esa época de andar con chicos, algunos solo para besuquearme o, si estaba suficientemente borracha, entonces otras cosas, y Dru estaba tratando de acumular confianza para pedirle a Kyle Ramsey que saliera con ella —expliqué sin humor—. Kyle me volvía loca. Siempre me estaba dando la lata, pero después... bueno, aparte de Dru era la única persona con la que me sentaba y hablaba de todo. Era realmente un buen chico. Y me gustaba —confesé con suavidad—. Me gustaba mucho. Pero Dru estaba colgada de él desde siempre, y yo ya no era la chica de la que él se había enamorado. Dru no quería salir esa noche. Pero yo la convencí de que estaría Kyle y la obligué a venir conmigo.

»La fiesta estaba en su apogeo y yo pensé que Dru estaba hablando con Kyle mientras yo estaba coqueteando con el capitán del equipo de fútbol americano, pero de repente tenía a Kyle a mi lado, diciéndome que quería hablar conmigo. Nos alejamos para tener un poco de intimidad y él empezó a decir toda clase de cosas. Que yo era mejor que lo que estaba haciendo con todos esos tipos. Que mis padres estarían fatal si pudieran verme así —solté una respiración entrecortada tras esa confesión—. Y me dijo que yo le importaba. Que pensaba que me quería de verdad. Yo no pensé. Solo dejé que me besara y antes de darme cuenta estábamos muy calientes. Paró antes de que la cosa fuera demasiado lejos y me dijo que no tenía que acostarse conmigo para mantener su interés. Que quería que fuera su novia. Y le dije que no podía ser, porque Dru estaba loca por él, y yo no podía hacerle eso. Estuvimos dándole vueltas a lo mismo durante un rato hasta que decidí que necesitaba emborracharme o algo para alejarme de todo el drama adolescente. Pero cuando entré en la fiesta principal una de las amigas de Dru me dijo que era una perra traidora. Y me di cuenta de que Dru se había enterado de que había estado besándome con Kyle.

Cerré los ojos, viendo la imagen de ella de pie junto al columpio de cuerda, con el odio tan intenso en sus ojos.

—La encontré río abajo, completamente borracha. Estaba tratando de agarrarse a ese viejo columpio que te balanceaba sobre el agua, pero la cuerda estaba deshilachada y en desuso y esa noche la corriente era traicionera. Le rogué que volviera a la fiesta y hablara conmigo, pero no dejaba de gritar que era una traidora y una puta —levanté la mirada y descubrí que Braden tenía sus ojos tristes fijos en mí—. Se columpió antes de que yo pudiera detenerla y la cuerda se rompió. Dru gritó para pedirme ayuda cuando la corriente la arrastró, y yo no me lo pensé y me lancé al agua a por ella. Pero Kyle estaba detrás de nosotras y se tiró por mí, y era un nadador mucho más fuerte. En lugar de dejarme ir a por ella, tiró de mí hacia las rocas. El cuerpo de Dru apareció río abajo. Había muerto. Y nunca más volví a hablar con Kyle.

—Nena —susurró Braden, acercándose a mí, pero levanté la mano para advertirle que no lo hiciera, negando con la cabeza, con furia en los ojos.

—Yo la maté, Braden. No merezco compasión.

Ahora parecía horrorizado.

—Jocelyn, tú no la mataste. Fue un trágico accidente.

—Hubo una serie de sucesos causados por mis acciones. Soy la culpable.

Braden abrió la boca para hablar y yo puse una mano suave sobre sus labios.

—Sé que no es racional dije. Eso lo sé. Pero no sé si alguna vez llegaré a un punto en el que no me culpe. De todos modos, intento convivir con ello. Contártelo ha sido algo enorme. Créeme.

Braden me arrastró por la cama hasta sus brazos, con la mano en mi nuca.

—Gracias por confiar en mí.

Sostuve su mejilla con la mano y suspiré pesadamente.

—Creo que ahora necesitamos sexo.

Juntó las cejas.

—¿Por qué?

—Para recordarnos qué estamos haciendo aquí —dije con tono amenazador.

Los ojos de Braden se entornaron.

—No —dijo con brusquedad, apretándome el cogote—. Tendría sexo contigo por cualquier cosa menos por eso.

Sorprendida, descubrí que por una vez no tenía respuesta, y Braden no la esperó. Me plantó un beso en la boca y luego se deslizó en la cama, atrayéndome hacia él. Me puso en su lado y se inclinó para apagar la luz.

—Duerme, nena.

Anonadada por los sucesos de la noche, me quedé allí tumbada escuchándolo respirar antes de que el agotamiento me reclamara.

. . .

—¿Cómo te sientes ahora que le has hablado a Braden de Dru?

Mi mirada se deslizó del título de doctorado enmarcado en la pared de la doctora Pritchard a su cara.

—Asustada, pero aliviada al mismo tiempo.

—Asustada porque se lo has contado a alguien además de a mí.

—Sí.

—¿Y aliviada...?

Me moví en el asiento.

—Soy perfectamente consciente de que soy reservada con la gente, y sé que eso no es valiente, pero es así como manejo las cosas. Cuando se lo conté a Braden, no se acabó el mundo. Me sentí valiente por una vez. Y eso fue una especie de alivio.

18

Estaría negando lo evidente si no dijera que las cosas cambiaron entre Braden y yo después de esa noche. Nos unimos. De la forma en que la gente se une cuando se comparten miradas y se comprende lo que el otro quiere decir. Y pasamos mucho más tiempo juntos. Decidí no pensar en el futuro. Justo entonces estaba teniendo un sexo asombroso con un gran tipo que además resultaba que era un amigo. No quería el mañana. Sabía lo que me esperaba en el mañana y lo que me esperaba era un caos inevitable. Todo era mucho más bonito en el presente.

El sábado llegó sin que me diera cuenta, y era la noche del DJ invitado en el Fire de Braden, como punto de partida de la primera semana de curso en la universidad. No me moría de ganas de ver a un montón de jóvenes de primer año, pero tampoco Braden, y él tenía que estar allí en muestra de respeto por ese famoso DJ del que yo nunca había oído hablar, así que Ellie, Adam y yo estábamos haciéndole un favor. Cometí el error de ir esa tarde con Ellie y Hannah a comprar un vestido, y me dejé convencer para quedarme un mini vestido. Nunca había tenido un mini vestido. Era sencillo, azul turquesa. Tenía cuello alto, pero dejaba la espalda al descubierto hasta justo por debajo de la cintura y la falda me quedaba unos centímetros por encima de las rodillas: decididamente más corto que nada de lo que me había puesto en público antes.

Vale, estaban esos *shorts* a rayas verdes y blancas, pero un vestido corto era claramente más arriesgado.

Me recogí el pelo encima de la cabeza, me maquillé un poco más (porque dejé que se ocupara Ellie) y me puse un par de sandalias de piel ligadas al tobillo y del mismo color que el vestido. Ellie, como siempre, estaba impresionante con un vestido dorado y sandalias de cordón.

Íbamos a reunirnos con Braden en el club, lo cual probablemente fue una buena idea, porque torció el gesto en cuanto me vio llegar. Los cuatro estábamos en su oficina, con la música del club resonando alrededor. Puse los brazos en jarras al ver su expresión.

—¿Qué? —pregunté.

Su mirada viajó por todo mi cuerpo y volvió con un brillo de peligro.

—¿Qué demonios te has puesto?

Entrecerré los ojos.

—¿Qué problema tienes?

Ellie se aclaró la garganta.

—Creo que está preciosa.

Braden le lanzó una mirada de advertencia a su hermana.

Dolida por su respuesta de lo que pensaba que era un vestido sexy, me encogí de hombros como si no me importara.

—Vamos a tomar una copa.

Di media vuelta y me satisfizo oír a Braden inspirando con fuerza. Acababa de echar un vistazo a la espalda de mi vestido.

Oí pisadas que me seguían al abrirme paso por el club bastante tranquilo. Era pronto y la gente estaba empezando a aparecer. El espacio de la planta principal de Fire era enorme y estaba dividido en dos niveles. Cuatro escalones largos en curva separaban la barra y una pequeña pista de baile, con sofás y mesas en torno a ella, de un enorme espacio de planta. Paredes negras con luces intermitentes rodeaban el nivel superior, mientras que una serie de lámparas de papel en forma de llamas iluminadas desde atrás salpicaban los bordes de la sala en el espacio principal. Del techo colgaba una enorme araña de luces moderna modelada en forma de llamas temblorosas que añadía dramatismo a lo que por lo demás era un club sencillo. La gente llegaba al club desde el nivel inferior por medio de una escalera que los conducía allí y una segunda escalera conducía a otros dos niveles inferiores. El primer nivel albergaba un pequeño salón y una pista de baile y la planta de sótano, una barra de cócteles.

Ni siquiera había llegado a las escaleras cuando volví a encontrarme atraída hacia el pecho de Braden. Su mano se deslizó por mi cintura y me agarró la cadera con fuerza al tiempo que se doblaba para murmurarme al oído.

—El problema es que estás para comerte. Ese es mi problema.

Incliné la cabeza hacia atrás para mirarlo, sintiéndome estúpida por no haberme dado cuenta de que Braden estaba experimentando un momento cavernícola.

—Oh —añadí, con un poco de petulancia—. Bueno, suerte que eres el único que va a meterse debajo del vestido, je.

Sonrió de manera depredadora, claramente aplacado solo en cierto modo, pero asintió concediéndome el punto.

—Está bien. Ve con Ellie y Adam a la mesa que les he reservado. Les enviaré las bebidas.

—¿Adónde vas?

—Van a llegar invitados, incluidos los medios locales. Tengo que dejarme ver un rato. Terminaré pronto.

Asentí y me volví para dirigirme hacia Ellie y Adam, que tenían aspecto de estar manteniendo una conversación bastante acalorada. Estaba a punto de volver a darme la vuelta cuando Adam levantó la mirada y se separó resueltamente de Ellie, ordenándome con los ojos que me sentara ya. Le lancé una mirada de «eres un idiota» y me senté al otro lado de Ellie.

—Braden va a mandar bebidas. No me había dado cuenta de que había invitado a más gente. Pensaba que éramos solo nosotros.

—No —apretó los labios, ahora claramente de mal humor—. A algunas de sus ex y de sus anteriores amigas con derecho a roce les encanta ir a los clubes. Las ha invitado a ellas y a algunos de sus amigos.

Fue como si me diera un puñetazo. Me tensé, anonadada por el hecho de que Braden hubiera invitado a sus ex novias esa noche. ¿Y había tenido antes amigas con derecho a roce? Me había dicho que no lo había hecho nunca antes.

—Ellie —le lanzó una mirada cargada de reproche—. ¿A qué estás jugando?

Confundida, ella negó con la cabeza y Adam hizo un gesto hacia mí. Ellie se volvió para mirarme y lo que vio en mi expresión la hizo palidecer.

—Oh, mierda, Joss, no quería decir nada. Quiero decir que esas chicas no significan nada...

—Vamos a emborracharnos —ordené.

Adam me miró detenidamente.

—No creo que sea una buena idea. Mejor esperemos a Braden.

Pero esperar a Braden se convirtió en un plan más largo de lo que podía soportar. Durante un rato observé a través de la luz tenue del club que iba llenándose hasta los topes, y fui testigo de cómo chica tras chica flirteaban con él y de cómo él les devolvía la sonrisa como un idiota.

Desacostumbrada al agudo pinchazo de celos que estaba sintiendo, me puse en la piel de la Jocelyn supercool pre-Dublin Street y salí a la pista de baile. Ellie estuvo un rato conmigo y Braden paró a nuestro lado para ver cómo estábamos. Me lo saqué de encima con una sonrisa quebradiza y, antes de que él pudiera cuestionarlo, fue apartado por otra «invitada». Ellie había desaparecido y la busqué en la multitud hasta que la localicé en la barra, mirando de pies a cabeza a Adam, que estaba coqueteando con una chica a la que no reconocí. Hombres. Negué con la cabeza, enfadada. Idiotas.

A lo mejor estaba un poco borracha.

Estaba a punto de ir a la barra y pedir agua cuando sentí una mano fría en la espalda desnuda. Me volví, sorprendida de encontrar a Gavin, el entrenador personal, sonriéndome.

—Joss —dijo, todavía tocándome—. Me alegro de verte otra vez.

Reconoceré que la enorme sonrisa que le ofrecí estaba muy relacionada con estar furiosa con Braden por haberme pedido que me tomara la noche libre en el trabajo para luego no hacerme caso durante la mayor parte de ella.

—Gavin, hola.

Silbó al bajar la mirada a mi cuerpo y me fijé en un ligero balanceo en el suyo. Estaba claramente borracho.

—Estás increíble.

Sonreí otra vez.

—Gracias.

—¿Qué estás haciendo aquí esta noche?

—Eh... conozco al propietario.

Sus ojos se entornaron en mí.

—Ya veo.

—¿Y tú?

—Bueno, he venido a bailar. Contigo.

Reí descaradamente.

—Oh, claro.

—Lo intento. ¿Por qué...?

Bum.

La mano de Gavin fue apartada de mi cuerpo y observé horrorizada como caía al suelo, con sangre goteando de su nariz. Levanté la mirada y vi a Braden que estaba sacudiendo un puño que ya tenía hinchado, con el pecho subiendo y bajando con furia al mirar a Gavin. La multitud se había separado en torno a nosotros para observarnos, y sentí que Adam y Ellie se acercaban.

—¿Qué coño ha sido eso? —grité atragantándome, lo bastante fuerte para que se oyera por encima de la música, que, por cierto, había bajado un punto cuando la multitud vitoreó el puñetazo de Braden.

Braden me lanzó una mirada sucia.

—Es Gavin. El amigo que se acostó con Analise. ¿Por qué demonios estabas hablando con él como si lo conocieras?

Me quedé boquiabierta al volverme a mirar al entrenador personal, observando cómo volvía a ponerse en pie. El asombro y el asco pugnaban en mi interior.

—Es entrenador en mi gimnasio. Me ayudó una vez —levanté la mirada a Braden—. Juro que no lo sabía.

Gavin resopló y lo miramos. Estaba sorbiéndose la sangre de la nariz y sonriendo a Braden.

—Parece que has pasado a cosas mejores, Bray —esta vez me examinó con una mirada sórdida y libidinosa—. Vaya, la historia se repite, porque hace semanas que quiero estar entre sus piernas. ¿Qué te parece, Joss? ¿Quieres acostarte con un hombre de verdad?

Braden fue como un relámpago. En un momento estaba a mi lado y al siguiente tenía a Gavin en el suelo, asestándole un puñetazo tras otro. Adam pasó corriendo a mi lado y empezó a separarlo. Los vigilantes de seguridad aparecieron entre la multitud, recogieron a un ensangrentado Gavin y lo sujetaron.

Adam sujetó con fuerza a Braden cuando los dos se confrontaron. Braden señaló amenazadoramente a Gavin.

—No te acerques a ella —gruñó.

Gavin se limpió la cara otra vez, haciendo una mueca.

—Coño, nunca me pegaste cuando me tiré a tu antigua señora, Bray. Provoco un poco a tu última conquista y me tiras al suelo en cuestión de segundos. ¿Qué pasa, tiene el coño de oro?

Braden gruñó y se abalanzó otra vez hacia él, y uno de los camareros ayudó a Adam a retenerlo.

—Sáquenlo de aquí —ordenó Adam a los vigilantes de seguridad, y luego sus ojos se fijaron en Gavin—. Si te veo en la calle, te sacaré los dientes por la parte de atrás del cráneo.

Ante la amenaza de Adam, Gavin hizo una mueca y dejó que los vigilantes lo sacaran del club.

Miré a Braden con los ojos como platos, sin registrar siquiera las palabras horribles de Gavin. Braden había pegado a alguien. ¿Por mí? Después de que acabara de contarme que nunca había pegado a nadie desde que tenía diecinueve años había vuelto a pegar a alguien. Por mí. ¿O era por su ex mujer?

Luché por procesarlo, con la sangre todavía silbando en mis oídos.

Braden se sacó de encima las manos de Adam.

—¿Estás bien? —preguntó Adam.

En lugar de responder, Braden me miró con los ojos entornados. Su brazo salió propulsado y me agarró por la muñeca, tirando de mí al volverse y empezar a abrirse paso hacia su oficina. Yo eché una mirada por encima del hombro a una preocupada Ellie, pero no detuve el impulso por miedo a tropezar.

Me metió en la oficina con un violento tirón y me tambaleé contra la «bonita y grande» mesa de oficina de Braden cuando la puerta se cerró detrás de nosotros. Muy deliberadamente, Braden pasó el cerrojo.

Esperé, desconcertada por esa respiración de fuego, la versión aterradora del Braden cavernícola que caminaba amenazadoramente hacia mí.

—Primero, llevas este vestido, así que todos los hombres de este club quieren comerte. Después empiezas a coquetear con el hijo de puta que me traicionó —soltó, pegado a mi cara.

Lo empujé en el pecho sin ningún efecto.

—Eh dije. Primero: basta con el vestido. Me gusta, así que te jodes. Y segundo: ¡ni siquiera sabía quién era!

Si era posible su cara se puso aún más anublada. Me estremecí, tratando de dar un paso atrás, pero el escritorio estaba en mi camino.

—¡Y aun así estabas coqueteando con él!

No me había gritado nunca antes, y me asusté, sintiéndome intimidada y furiosa en igual medida. Le empujé con más fuerza en el pecho, pero él me presionó en las manos como si fuera un maldito bloque de cemento.

—¿Yo? —grité con incredulidad—. Me pides que me tome la noche libre por esto, y luego descubro que has invitado a todas tus tiramigas y novias, y te pasas todo la noche flirteando con ellas. ¿Qué es esto, Braden? —sentí que la rabia se disolvía en dolor y con él mi voz se hizo más calmada—. ¿Esto es una despedida anticipada?

Observé que parte de la furia se fundía de su expresión, levantando las manos para acercar mis caderas a las suyas. Mi respiración tembló al notar su erección frotándose contra mí, pero no estaba sorprendida. Había algo eléctrico entre nosotros, y era realmente desconcertante estar tan enfadada y tan excitada al mismo tiempo.

—Nena, no pasa nada —su voz era grave, su cabeza estaba inclinada hacia la mía—. Quería una buena entrada hoy, y a muchas de esas chicas les gustan las fiestas y tienen muchas amigas y amigos a los que les gustan las fiestas. No había nada más que eso.

—¿Y el coqueteo?

Se encogió de hombros.

—Ni siquiera me he dado cuenta. No quería hacerte daño.

Tosí, necesitando aferrarme a un poco más de dignidad.

—No me has hecho daño. No puedes hacerme daño.

Ante mi tono mordaz, la boca de Braden se endureció: había recuperado la rabia. Me vi empujada sin contemplaciones contra el escritorio mientras Braden agarraba la parte posterior de mis muslos y me levantaba las piernas, presionando entre ellas al tiempo que me subía el vestido a la cintura. Yo me agarré a él para mantener el equilibrio, notando el frío del escritorio en mi trasero.

—No me mientas, Jocelyn, coño.

Traté de empujarlo, pero él se limitó a apretar con más fuerza, soltando la mano derecha para desabotonarse el pantalón.

Yo ya estaba jadeando.

—No estoy mintiendo.

Sentí que su verga empujaba suavemente mi sexo al tiempo que se inclinaba para susurrar en mi oído.

—Estás mintiendo —me besó el cuello.

Entonces me sorprendió con una respiración temblorosa.

—Siento hacerte daño.

Solo pude asentir con inseguridad, sintiendo que perdía todo el control de la situación.

—Nena —se echó atrás, y esta vez destelló en su mirada algo que no comprendía—. Le he pegado —dijo con voz quebrada, y de repente me di cuenta de su expresión de incredulidad—. Le he pegado. Al verlo contigo... le he pegado.

Por mí. Sostuve su cara entre mis manos, y de repente no estaba asustada de él.

—No —lo besé en los labios—. No te hagas eso.

Me aplastó los labios con los suyos justo en el momento exacto en que me desgarraba los pantis, introduciendo la lengua en mi boca con la misma avidez con que su pene se introducía en mi interior. Boqueé ante la invasión repentina, arqueando la espalda cuando él me levantó por la parte posterior de los muslos y se clavó en mí una y otra vez, con mis gritos de placer llenando la oficina y sus gruñidos ahogados en mi cuello.

—Jocelyn —jadeó, tratando de hundirse más—. Échate atrás —gimió.

Lo hice al instante, recostándome hacia atrás, con la espalda desnuda que el vestido dejaba al descubierto presionada contra la madera fría. En ese ángulo, Braden me levantó aún más las piernas, y eso le permitió deslizarse con más dureza, más a fondo. Me contorsioné en el escritorio, con la parte inferior de mi cuerpo completamente bajo control de Braden. La tortura era exquisita, y el orgasmo me desgarró en un tiempo récord.

Braden no había terminado. Al bajar de mi orgasmo, vi que me observaba y se hundía en mí en busca de su propio clímax. Sentí que se cimentaba otro orgasmo. Cuando Braden se vino, echó la cabeza atrás, con los dientes apretados y tensando los músculos del cuello mientras me presionaba con las caderas. La sensación de él viniéndose en mi interior, la imagen de su rostro al descargar, era lo más sexy que había visto nunca, y grité, con mi sexo pulsando en torno a su verga al venirme otra vez.

—Coño —me observó, con hambre en los ojos.

Finalmente, mis músculos se relajaron y cerré los ojos, tratando de recuperar el aliento.

Él todavía estaba dentro de mí cuando se disculpó con suavidad.

—He sido un imbécil esta noche.

—Sí —contesté.

Me apretó el muslo.

—¿Estoy perdonado?

Abrí los ojos y sonreí, divertida.

—Ya había aceptado los dos orgasmos como disculpa.

Braden no rio como normalmente lo hacía. En cambio, hundió su verga semidura un poco más en mi interior hasta que casi sentí que me besaba el útero.

—Mía —susurró.

Parpadeé porque no estaba segura de haber oído bien.

—¿Qué?

—Vamos —suspiró, saliendo de mí con cuidado y volviendo a meterse en sus pantalones. Me levantó con suavidad de la mesa e hizo una mueca al recoger mis bragas rotas.

—Ahora voy a salir con este vestido y sin ropa interior, cavernícola. —añadí con descaro.

Braden cerró los ojos al pensarlo.

—Coño.

19

Los siguientes meses fueron un destello de Braden. Después de la noche en Fire seguía bastante consternado respecto a toda la cuestión de Gavin. Hice lo posible para convencerlo de que el tipo merecía el puñetazo, y lo que es más importante, para que comprendiera que perder los nervios en ese momento no lo convertía en un mal tipo. Descubrí más cosas de Gavin a través de Adam. Aparentemente, todos habían sido amigos desde la escuela primaria, pero al hacerse mayores Gavin se había vuelto un poco idiota. Era taimado, en ocasiones cáustico, horrible con las mujeres, un buscapleitos lo llamó Adam, y un mentiroso. Braden había tenido esa sensación terca de lealtad con él porque habían sido amigos mucho tiempo. Eso fue hasta que el tipo se tiró a su mujer. A fuerza de reiterar todas estas cosas a Braden, creo que al final lo convencí, y unas pocas semanas después observé que ese estado de ensimismamiento desaparecía gradualmente.

Por supuesto, me salí del gimnasio y Braden me convenció para que me apuntara al suyo, donde descubrí que parte de la razón de esos hombros anchos y sexys y caderas estrechas era que nadaba después de cada sesión de entrenamiento. De alguna manera, las más de las veces, terminaba entrenando con él y también nadando. De hecho, en cierto modo cada uno invadió la vida del otro casi por completo. Nos turnamos quedándonos en el apartamento del otro en días laborables siempre que podíamos; ambos nos contentábamos con ver la televisión o escuchar música, pero también lo pasamos bien yendo a restaurantes o al cine o tomando unas copas con amigos. Al menos dos veces al mes tuvimos alguna clase de evento relacionado con el trabajo de Braden. Yo terminé citada en un artículo del periódico local como la acompañante habitual de Braden y última «mujer». Traté de que no me influyera.

Braden intentaba pasarse por el Club 39 los viernes y sábados, y eso significaba que Ellie y Adam y quien más estuviera con ellos esa noche, también aparecían. Braden me contó que le gustaba verme trabajar, que le parecía sexy, pero Ellie dictaminó que estaba marcando su territorio delante de mis colegas y clientes.

Lo único que sabía era que estaba conmigo todo lo que podía y eso significaba pasarse mucho por mi trabajo. Y no me molestaba.

De hecho, lo echaba de menos cuando no estaba. Nuestro acuerdo no había resultado en modo alguno como yo había esperado, el acuerdo en realidad más o menos se derrumbó. Y en algún momento del proceso, dejé de preocuparme siempre y cuando significara que podía estar con él sin preguntas atemorizantes sobre el futuro.

Estábamos en mi habitación, Braden estaba con los planos de Adam sobre un nuevo proyecto y estos se hallaban extendidos sobre mi cama. Yo estaba trabajando con mi máquina de escribir en el capítulo quince de la novela y satisfecha hasta el momento. Con toda sinceridad, estaba realmente excitada con lo que estaba ocurriendo. Los personajes se sentían más reales que nada que hubiera escrito antes, y sabía que era porque estaban basados en mis padres. Estaba mirando mis notas, tratando de entender si el diálogo que había escrito en esa escena era apropiado para mi protagonista. Cuanto más lo pensaba, menos fiel a ella me parecía, y quería cambiarlo sin cambiar lo que ella estaba intentando hacer. Estaba tan sumida en mis pensamientos que ni siquiera me di cuenta de que Braden me estaba observando, así que me sobresalté cuando habló, con el corazón alojado en mi garganta al oír sus palabras.

—La semana que viene es la boda de Jenna y Ed y el final de los términos de nuestro acuerdo.

Me quedé de piedra.

Ya lo sabía. Había estado temiendo que lo sacara a relucir.

—¿Por qué no has sacado tú el tema? —la doctora Pritchard tomó un sorbo de agua—. Los tres meses casi han terminado. ¿No crees que deberías discutirlo?

Incliné la cabeza a un lado.

—¿No cree que he recorrido un camino muy largo en cinco meses?

—Sin duda te has abierto, Jocelyn. Pero creo que todavía no te has enfrentado plenamente con el pasado de tu familia. Todavía no quieres hablar de ellos.

—Sé que opina eso. Pero lo que estoy diciendo es que hace cinco meses tenía una mejor amiga de la que no sabía nada y ella no sabía nada de mí. No me gustaba involucrarme muy a fondo en las vidas de otras personas, y estaba decidida a rodearme de conocidos ocasionales. —resumí con aliviada incredulidad—. Ellie y Braden cambiaron todo eso. Sobre todo Braden. Es... —negué con la cabeza, todavía incapaz de creer que era verdad—. Es mi mejor amigo. Hace tres meses estaba decidida a no tener nada más que sexo con él y terminar con esto. Pero ahora forma parte de mí. Lo llevo más dentro de mí que nadie, y no tengo ni idea de qué esperar de eso o del futuro. En realidad no quiero pensar en ello. Sin embargo, sé que no estoy preparada para perder a mi mejor amigo otra vez.

—Tendrías que discutirlo con él, Joss. Necesita saberlo.

Puse ceño, con la ansiedad atenazándome al pensarlo.

—No. No voy a hacerlo. Si quiere que esto termine, entonces bien, pero si termina, será más fácil si al menos conozco la verdad.

La doctora Pritchard suspiró.

—¿Por qué? ¿Para poder enterrar esa verdad junto con todas las demás?

«Es un taladro.»

—Es como un taladro.

Ella rio.

—Solo porque yo no entierro la verdad.

—¿Siempre tiene que tener la última palabra?

Me volví lentamente hacia él.

—Sí, lo es.

Braden apartó el periódico de su regazo y me prestó toda su atención.

—¿Cómo te sientes con eso?

—¿Cómo te sientes tú con eso?

Entornó los ojos.

—Yo te he preguntado primero.

Suspiré, con hormiguitas de incertidumbre congregándose en mis tripas.

—¿Acaso tenemos cinco años?

—¿Tú crees?

Miré sus ojos tercos.

—Braden —ni siquiera quería que sonara como un ruego, pero sonó así.

Su expresión obstinada pareció reforzarse.

—Podría responder con facilidad, Jocelyn. Sabemos quién de los dos es más franco aquí. Pero no voy a hacerlo. Por una vez quiero saber cómo te sientes tú.

—¿Qué quiere decir por una vez? —pregunté—. Has sacado más de mí que la mayoría.

Me lanzó una sonrisa rápida, linda y demasiado atractiva.

—Lo sé, nena. Esta noche quiero más.

No creo que se diera cuenta, pero justo entonces había hecho su primer movimiento. Quería más. Así que, con cierta seguridad, me encogí de hombros como si nada y me volví a mi máquina de escribir.

—No me importa si rompemos el acuerdo.

Se quedó en silencio detrás de mí y yo esperé. Finalmente:

—¿Y si yo también propusiera que dejáramos de simular que somos tiramigos?

Una sonrisa lenta se extendió en mis labios y me alegré de que no pudiera verla.

—Sí —respondí con una buena dosis de aburrimiento—. Puedo trabajar con eso.

¿He mencionado que Braden sabía moverse deprisa?

Los papeles salieron volando cuando él se abalanzó sobre la cama para cogerme por la cintura y arrancarme de la silla hasta el colchón. Asombrada, reí cuando él presionó su cuerpo contra el mío.

—¿Cuándo dejarás de manejarme como una muñeca de trapo?

Su sonrisa era impenitente.

—Nunca. Eres tan pequeña que la mitad de las veces lo hago sin darme cuenta.

—No soy pequeña —contesté con indignación—. Mido uno sesenta y cinco. Hay gente más pequeña, créeme.

—Nena, te saco casi un palmo. Eres pequeña. —meneó la cabeza para frotar mis labios con los suyos—. Pero me gusta.

—¿Qué ha pasado con tu amor por las muñecas de piernas largas?

—Lo he cambiado por mi amor por tetas grandes, sexo genial y una boca sabia.

Me besó profundamente, con su lengua cosquilleando deliciosamente en la mía. Le eché los brazos al cuello y me hundí en el beso como siempre, pero por una vez mi mente no estaba solo en el beso...

De una manera indirecta... ¿había sido eso una declaración de amor?

Jadeé al pensarlo, pero por fortuna sincronicé ese jadeo con el instante en que Braden metió su mano por debajo de mis pantis, de manera que no se dio cuenta de que estaba perdiendo el control.

Me dije a mí misma que eso no era en modo alguno lo que él quería decir, y lo dejé estar, limitándome a disfrutar el día a día con él. Unos días más tarde estaba en la cocina, tomándome un descanso de la novela, cuando entró Ellie. Ese día estaba en casa, corrigiendo exámenes.

Me sonrió con picardía al deslizarse en la silla de enfrente de la mía.

Levanté una ceja con sospecha.

—¿Qué?

—Acabo de hablar por teléfono con mi hermano mayor.

—¿Y?

Ellie hizo una mueca.

—Me ha dicho que van a ir a la boda juntos.

—¿Y?

—Joss —lanzó una galletita de té y yo la esquivé—. ¿Cuándo pensabas decírmelo?

Bajé la mirada al proyectil que ya yacía en el suelo.

—¿Decirte qué exactamente?

—¿Que el acuerdo entre Braden y tú ha terminado? ¿Es verdad? ¿Ahora están saliendo?

¿Saliendo? Esa palabra era una etiqueta. Me negaba a que me etiquetaran.

—Nos estamos viendo.

Ellie chilló y se echó atrás.

—Oh, ¡es fantástico! ¡Lo sabía! ¡Lo sabía!

—Ojalá supiera lo que tú sabías —contesté desconcertada y con los ojos muy abiertos.

—Oh, vamos. Sabía desde el principio que Braden estaba actuando de forma diferente contigo —siguió con absoluta satisfacción—. La vida es buena. Sería mejor todavía con una taza de té.

—Has de rellenar la tetera.

Ella asintió y se acercó a hacerlo y al mirarla pensé en Adam.

—Adam tiene acompañante. ¿Tú vas a llevar a alguien?

Sus hombros se tensaron un poco cuando llevó la tetera al fregadero.

—Llevaré a Nicholas.

—Oh, eso será divertido —contesté, pensando en el posible drama cuando Adam lo descubriera.

Un estruendo hizo que levantara la cabeza al tiempo que Ellie maldecía, con la cara tensa. Corrí y vi que se le había caído la tetera en el fregadero y se estaba agarrando el brazo derecho.

—¿Estás bien? —pregunté, confundida por lo que había ocurrido, pero ella tenía la cara pálida.

Ellie asintió con los labios apretados.

—Es solo un calambre en la mano de corregir todos esos trabajos.

—¿Se te ha caído la tetera? —era la primera vez que trabajaba tanto que tenía un calambre en la mano— Has de tomártelo con más calma y hacer más descansos. Trabajas demasiado —parecía tan preocupada que sentí que el corazón me daba un vuelco—. Els, ¿estás bien?

Ella me ofreció una sonrisa temblorosa.

—Estresada.

—Échate una siesta —le froté el hombro de manera tranquilizadora—. Te sentirás mejor.

· · ·

—Eh, bombón.

Di media vuelta y sonreí a Braden, que estaba allí plantado con un esmoquin negro contemporáneo, muy sexy. Él y Adam habían decidido olvidarse del *kilt* tradicional porque noviembre en Escocia era báltico, como ellos decían.

—Hola, guapo.

—¿Te he dicho lo mucho que me gusta este vestido? —añadió como si nada, estirando las manos a mis caderas para acercarme—. Es un buen vestido.

Era de satén color amatista, resaltaba la figura y mostraba un poco de escote y un poco de pierna. Era un vestido que seducía y a Braden le encantaba que lo sedujeran. Le planté un beso familiar justo debajo del mentón, mi lugar favorito para besar.

—Será mejor que salgamos, no vayamos a llegar tarde. ¿Ellie todavía no está preparada?

—No. Y no puedo sentarme fuera solo con Nicholas —hizo una mueca.

Arrugué la nariz.

—El pobre es aburridísimo.

Braden gruñó y enterró la cabeza en mi cuello.

—Mi hermana necesita que le miren la cabeza —ó en mi piel y yo reí en silencio, acariciándole el pelo.

—Ellie estará bien.

Braden se retiró, de repente nervioso y gruñón.

—No es lo bastante bueno para ella.

Me encogí de hombros, recogiendo mi bolso y abrigo.

—Yo no soy lo bastante buena para ti, pero eso no te ha parado.

Me agarró la mano con fuerza, torciendo el gesto.

—¿Qué?

—¡Estoy lista!

Ellie entró en mi habitación con un vestido de diseño blanco estilo años cincuenta con un estampado amarillo claro, chocolate y cerceta. Llevaba una combinación de seda debajo y un abrigo de lana blanca que costaba más que toda mi indumentaria. Sonreí. Estaba preciosa.

—Joss, estás guapísima. El taxi está esperando.

Ella me cogió de la mano y nos arrastró a Braden y a mí al pasillo, donde el desafortunadamente monótono Nicholas nos estaba esperando.

Estaba contenta de no tener que responder por ese desliz locamente estúpido en la habitación.

La ceremonia de la boda y la recepción se celebraron en el Edinburgh Corn Exchange, una sede de eventos que albergaba cualquier cosa desde bodas a conciertos de rock. Era un edificio con columnas griegas, bastante antiguo, pero no era espectacularmente hermoso, ni tampoco sus alrededores. No obstante, la sala de ceremonias era bonita, y la recepción fue alucinante. Todo era blanco y plata con luces azul hielo. Era un mundo invernal maravilloso para una boda invernal.

Braden se había alejado para hablar con Adam, quien había pasado la mayor parte de la boda hasta el momento sin hacer caso de su guapa pareja y fulminando a Nicholas con la mirada. ¿Por qué estaba fulminando a Nicholas cuando Ellie había dejado al pobre chico librado a su suerte para mariposear en torno a todos como la mariposa social que era? No tenía ni idea. Pero si las miradas mataran...

Negué con la cabeza. Adam necesitaba una pista ya.

—Joss.

Levanté la cabeza del champán y me encontré a Elodie a mi lado. Ella y Clark estaban en la mesa contigua y yo miré más allá de la madre de Ellie para ver a Clark sumido en una profunda conversación con un tipo mayor al que no conocía. ¿A quién estaba engañando? Apenas conocía a nadie allí. Sonreí a Elodie, que estaba preciosa en color azul zafiro.

—Hola, ¿cómo estás?

Ella me ofreció una sonrisa de circunstancias y se sentó en una silla libre al lado de la mía. Para entonces, por supuesto, se había dado cuenta de que Braden y yo estábamos viéndonos, sobre todo porque él no era sutil al respecto y Declan lo había pillado besándome en la cocina una cena de domingo semanas atrás. El niño había dicho ¡puaj!, y había procedido a iluminar a toda la familia.

—Braden parece realmente feliz —le sonrió a través de la sala.

Me fijé en una rubia guapa y muy alta que se había unido a él y a Adam, y traté de no entornar los ojos como un tigresa celosa.

—Creo que nunca lo había visto tan feliz —continuó Elodie.

Sentí un dolor caliente extendiéndose por mi pecho, pero no supe qué decir.

Ella me miró, con los ojos amables pero serios.

—Creo que eres una chica encantadora, Joss. De verdad. Pero también creo que eres increíblemente difícil de conocer. No sé por qué, pero siempre tienes la guardia alta, cariño. Es una muralla alta y casi impenetrable.

Sentí que me ponía lívida.

—Pienso en Braden como un hijo. Un hijo al que quiero mucho. Lo que le hizo Analise le rompió el corazón. No tendría que volver a pasar por eso. O algo peor —añadió a mirarlo a él y luego otra vez a mí—. Contigo creo que sería peor.

—Elodie... —me fallaron las palabras.

—Si no te sientes con él como él se siente contigo, termínalo ahora, Joss. Por su bien —dicho esto, se levantó, me dio unos golpecitos en el hombro de forma maternal y volvió a dirigirse al marido al que adoraba.

—Nena, ¿estás bien?

Levanté la mirada, con el corazón todavía martilleando en mi pecho, y descubrí a Braden de pie a mi lado. Sus cejas se juntaron en un gesto de preocupación. Asentí, todavía sin habla.

No parecía convencido.

—Vamos —me tomó de la mano y me levantó—. Ven a bailar conmigo.

Estaba sonando *Non Believer* de La Rocca. Era una de mis favoritas.

—¿Tú bailas?

—Esta noche sí —dejé que me condujera a la pista de baile y me sepulté en él cuando él me acercó a su cuerpo—. El corazón te va acelerado. ¿Elodie te ha dicho algo?

Solo la verdad. Ella tenía razón. Debería marcharme. Lo respiré a fondo, incapaz de imaginar un momento sin él en mi vida.

Y entonces fui egoísta. Me acurruqué más cerca de él. No podía alejarme. Pero ¿y si le hacía daño? Oh, Dios, la idea de hacerle daño me desgarró. Me desgarró de manera tan total que supe que me preocupaba más por él que por mí.

Estaba profundamente enamorada.

Sentí que se me aceleraba la respiración. Braden, captando el cambio en mí, me apretó más contra su cuerpo y murmuró.

—Respira, nena —susurró en mi oído.

No iba a tener un ataque de pánico, pero no dije nada, disfrutando de la calma mientras él me acariciaba la espalda de forma tranquilizadora.

—¿Qué te ha dicho? —su tono era duro. Estaba enfadado con Elodie.

Negué con la cabeza para tranquilizarlo.

—Solo ha mencionado lo importante que es la familia. No era culpa suya.

—Nena —susurró, acariciándome la mejilla.

—¿Quieres que me emborrache? —pregunté, tratando de mejorar el humor.

Braden resopló, deslizando las manos sensualmente por mi espalda hasta la curva de mis caderas.

—No necesito emborracharte para tenerte.

—Oh, tienes suerte de que me guste el rollo cavernícola, Braden Carmichael.

20

No sé por qué, pero no le hablé a la buena doctora de nada de ello. Codiciaba esa parte de mí, tenerla cerca, mientras trataba de averiguar qué iba a hacer exactamente con eso. Todavía no tenía ningún plan, pero no dejaría que se interpusiera en la forma en que disfrutaba de mi tiempo con Braden. Estoy agradecida por eso, porque poco sospechaba que solo unas semanas después de la boda, la primera semana de diciembre, todo cambiaría.

Mientras Ellie trabajaba en la mesa de la cocina, Braden y yo nos acomodamos en la sala de estar, con la iluminación atenuada y las luces del árbol de Navidad brillando en la ventana. Ellie había insistido en que pusiéramos el árbol el día uno. Una chica navideña. Era una noche fría de diciembre, un miércoles, y estábamos viendo una película coreana titulada *Venganza agridulce*. Yo estaba metida en la peli, pero al parecer la mente de Braden había viajado a otro sitio.

—¿Te gustaría ir al mercado alemán este sábado?

Ya había ido el sábado anterior con Ellie, pero me encantaba el mercado alemán, y estar con Braden, o sea que sí, me apetecía. Edimburgo en época navideña era mágico, incluso para una no creyente como yo. Todos los árboles de los jardines de Princes Street estaban envueltos en luces y junto a la Royal Art Academy habían montado un mercado alemán lleno de esos olores asombrosos y regalos bonitos y salchichas raras. En el lado este, al lado del monumento a Scott, había una feria con una noria enorme que iluminaba el cielo nocturno. No había nada como caminar por esa calle en un día fresco de invierno al anochecer.

—Claro —sonreí.

Estaba tumbada en el sofá y Braden continuaba apoyado en el brazo.

Asintió.

—Estaba pensando que en febrero podríamos tomarnos un tiempo libre. Un fin de semana largo, quizá. Tengo una cabaña en Hunters Quay con vistas al Holy Loch. Es muy bonito. Apacible. Por no mencionar que hay un restaurante indio asombroso en Dunoon, que está justo al otro lado del lago.

Sonaba asombroso, sobre todo considerando que llevaba más de cuatro años en Escocia y no me había aventurado más allá de St. Andrews.

—Suena genial. ¿Dónde está exactamente?

—En Argyll.

—Oh —no estaba en las tierras altas, ¿no?—. ¿Argyll no está en el oeste?

Como si me leyera la mente, Braden sonrió.

—Está en las tierras altas del oeste. Es hermoso, hazme caso.

—Me has convencido con el lago. Solo dime cuándo y allí estaré.

Al oír eso, Braden pareció cariñosamente jovial.

—Sexo y vacaciones.

—¿Eh, qué?

—Estoy haciendo una lista de cosas que te hacen ser simpática.

Me burlé, apretando mi pie en su pierna.

—¿Y lo único que tienes es sexo y vacaciones?

—La extensión de la lista no es culpa mía.

—¿Estás diciendo que soy una ingrata?

Levantó una ceja.

—Mujer, ¿tan estúpido crees que soy? ¿De verdad crees que voy a responder eso? Quiero acostarme esta noche.

Lo empujé más fuerte.

—Ten cuidado o solo vas a dormir.

Braden echó la cabeza atrás y rio.

Poniendo mala cara, pero de broma, me volví hacia la película.

—Tienes suerte de ser bueno en la cama.

—Oh —me agarró un pie—. Creo que me tienes cerca por otras razones.

Le lancé una mirada con el rabillo del ojo.

—Ahora mismo, te juro que no se me ocurre qué razones podrían ser esas.

Braden tiró con más fuerza de mi pie, levantando los dedos hacia él.

—Retíralo o el pie lo pagará.

Oh, cielos, no. Di una patada para soltarme.

—Braden, no.

Sordo a mi advertencia, empezó a hacerme cosquillas, sujetándome más fuerte mientras yo reía sin poder respirar y daba patadas, tratando de liberarme.

No iba a parar.

¡Despiadado!

—Braden —grité histéricamente, intentando empujarlo con los brazos y debatiéndome mientras él continuaba su guerra con mis pies. Reí con más fuerza, con dolor en las costillas y luego... horror.

Me tiré un pedo.

De los ruidosos.

Braden me soltó inmediatamente el pie, y su risa contagiosa y atronadora inundó la sala, una risa que no hizo más que profundizarse cuando perdí el equilibrio, porque seguí pataleando y él me soltó abruptamente. Caí del sofá con un ruido sordo e indigno.

Mortificada cuando él se derrumbó contra el sofá desternillándose de risa por mi ventosidad y mi posterior caída, cogí un almohadón y se lo lancé desde el suelo.

Por supuesto, solo conseguí que la risa sonara más fuerte.

Me debatí entre sentir la humillación por haberme tirado un pedo delante de él, algo que no se hace en compañía, y reírme, porque la de Braden era una risa contagiosa.

—¡Braden! —insistí—. Calla. No tiene gracia —aseguré con los labios dibujando medio una sonrisa, medio una mueca.

—Oh, nena —trató de recuperar el aliento, secándose una lágrima de la comisura del ojo al sonreírme desde arriba—. Eso ha sido definitivamente gracioso —me tendió la mano para ayudarme a levantar.

Le di un manotazo.

—Eres un idiota inmaduro.

—Eh, yo no soy el que se ha tirado un pedo.

Oh, Dios, era espantoso. Gemí, cayendo de espaldas y tapándome los ojos con las manos.

—Jocelyn —sentí su mano en mi rodilla y percibí la diversión en su voz—. Nena, ¿por qué estás tan avergonzada? Es solo un pedo. Perfectamente sincronizado, añadiría.

Me tragué la vergüenza.

—Oh, Dios mío, calla.

Rio otra vez y yo puse los ojos como platos.

—¡Estás disfrutando esto!

—Bueno, sí —dijo resoplando, con los ojos brillantes—. Nunca te había visto avergonzada antes. Hasta cuando entré y te encontré desnuda te pusiste chula y actuaste como si no te importara. Que estés avergonzada por un pedo es francamente adorable.

—¡Yo no soy adorable!

—Oh, creo que lo eres.

—Soy fría y serena —contesté—. La gente fría y serena no se tira pedos. Tú en particular no tienes que saber que me tiro pedos.

Le temblaban los labios.

—Detesto contarte esto, nena, pero ya sabía que te tiras pedos. Parte de la naturaleza humana y todo eso.

Negué con la cabeza, desafiante.

—Tendríamos que cortar ya. Todo el misterio ha desaparecido.

Braden estaba riendo con fuerza otra vez al acercarse para levantarme por la cintura. Estaba a punto de dejar que me ayudara cuando oímos un estruendo y un ruido sordo en la cocina. Nuestras miradas volaron del uno al otro y las risas se congelaron.

—¿Ellie? —preguntó Braden.

Silencio.

—¡Ellie!

Cuando ella no respondió, miré a Braden con ojos desorbitados y me levanté, porque él ya me había soltado para echar a correr por el apartamento.

—¡Ellie! —oí que gritaba, y el miedo en su voz me hizo ganar velocidad.

La visión que me recibió en la cocina me dejó helada. Me quedé paralizada, viendo a Braden arrodillado en el suelo, con las manos sobre el cuerpo retorcido y en convulsiones de Ellie. Sus ojos pestañeaban con rapidez y tenía la boca flácida.

—¿Ellie? —de repente Braden levantó su cara pálida hacia mí—. Llama a Emergencias. Creo que está teniendo un ataque.

Salí corriendo de la cocina. La adrenalina me provocó temblores en las manos y entorpeció mi coordinación al coger el teléfono de la mesilla de noche. Se me cayó. Maldije mientras lo buscaba a tientas y me atraganté de puro miedo al apresurarme hacia el pasillo cuando la operadora respondió.

—Emergencias, ¿qué servicio necesita? ¿Bomberos, policía, ambulancia?

—Acaba de desmayarse —Braden estaba sentado al lado de su hermana, impotente cuando el cuerpo de Ellie se puso flácido—. No sé qué hacer. Puta, no sé qué hacer.

—Ambulancia —conseguí que transfirieran la llamada y dos segundos después contestaron en el control de ambulancias—. Mi compañera de apartamento —dije sin aliento al teléfono, presa del pánico porque nada menos que Braden estaba dominado por el pánico—. Hemos oído un ruido y hemos ido corriendo a la cocina. Estaba en convulsiones, y ahora está inconsciente.

—¿Desde qué teléfono está llamando?

Lo canté con impaciencia.

—¿Cuál es la localización exacta?

Tratando de no molestarme con la mujer que hablaba como un robot al otro lado de la línea, también canté la dirección.

—¿Es el primer ataque de tu compañera de apartamento?

—¡Sí! —grité.

—¿Qué edad tiene tu compañera de apartamento?

—Veintitrés.

—¿Está respirando?

—Está respirando, ¿verdad, Braden?

Él asintió con la mandíbula rígida al mirarme.

—Bueno, ¿puedes poner a tu compañera de piso en posición lateral como precaución?

—Posición lateral —repetí a Braden, y observé que la reacomodaba de inmediato con delicadeza.

—La ambulancia está en camino. Por favor, aparta cualquier animal doméstico del camino del personal de la ambulancia cuando llegue.

—No tenemos animales domésticos.

—Bien. Por favor, quédate al teléfono hasta que llegue la ambulancia.

—Braden —espeté, todavía temblando—. ¿Qué está pasando?

Negó con la cabeza al apartarle el pelo de la cara a Ellie.

—No lo sé.

Un sonido nos puso tensos.

Un sonido de Ellie.

Corrí hacia ellos, hincándome de rodillas a su lado. Otro gruñido escapó de la boca de Ellie al tiempo que movía lentamente la cabeza.

—¿Qué...? —viró los ojos, desconcertada. Y esos ojos se ensancharon aún más al vernos sobre ella—. ¿Qué ha pasado?

A pesar de que recuperó la conciencia, el personal médico se llevó a Ellie en la ambulancia y Braden y yo nos metimos en un taxi para seguirlos al Royal Infirmary. Braden llamó a Elodie y Clark, y llamó a Adam. Después de que llegáramos hubo mucha espera y nadie que nos contara nada, y cuando Elodie, Clark y Adam llegaron todavía no habían dicho ni una palabra.

—Hemos dejado a los niños con el vecino —explicó Elodie, con los ojos cargados de miedo—. ¿Qué ha pasado?

Braden lo explicó mientras yo permanecía de pie a su lado en silencio, con mi mente acelerando a través de todas los peores resultados. Estar en el hospital me estaba desquiciando y solo quería que Ellie saliera y nos dijera que todo estaba bien. No creía que pudiera afrontar ninguna otra posibilidad.

—¿Familia de Ellie Carmichael? —llamó una enfermera, y todos salimos en estampida. Ella nos miró con los ojos como platos—. ¿Y son todos familia inmediata?

—Sí —respondió Braden antes de que Adam o yo pudiéramos responder.

—Vengan conmigo.

Ellie nos estaba esperando, sentada con las piernas colgando del lateral de una cama de urgencias. Nos recibió con un saludo de niña pequeña muy típico de Ellie y el corazón se me subió al pecho.

—¿Qué está pasando? —Elodie corrió a su lado y Ellie se aferró a la mano tranquilizadora de su madre.

—¿Familia de Ellie?

Al volvernos vimos a un médico de cuarenta y tantos años de aspecto libresco cerniéndose sobre nosotros.

—Sí —respondimos todos al unísono, y Ellie esbozó una sonrisa de agotamiento.

—Soy el doctor Ferguson. Vamos a subir a Ellie para hacerle una resonancia en cuanto la máquina esté disponible.

—¿Una resonancia? —los rasgos de Braden se estaban tensando al mirar a su hermana—. ¿Qué está pasando, Els?

Sus ojos se ensancharon al vernos a todos y sentir el estallido de nuestra preocupación.

—Hace tiempo que no me siento bien.

—¿Qué quiere decir que no te sientes bien? —preguntó Adam con impaciencia, acechándola, con su intimidación erizándose y haciendo que Ellie se encogiera de miedo.

—Adam —tiré de su hombro para que se calmara, pero él se sacudió.

—Creo que el médico se equivocaba cuando dijo que necesitaba gafas —respondió Ellie en voz baja.

El doctor Ferguson se aclaró la garganta, obviamente sintiendo que tenía que acudir al rescate de su paciente.

—Ellie nos ha contado que ha tenido dolores de cabeza, entumecimiento y sensación de hormigueo en el brazo derecho, falta de energía, algo de falta de coordinación y hoy ha tenido su primer ataque. Solo vamos a mandarla arriba a que le hagan una resonancia para ver si todo está bien.

—¿Entumecimiento? —pregunté, mirándole el brazo, y sintiendo que me inundaban imágenes de ella apretándoselo, agitándolo. La cantidad de veces que me había dicho que le dolía la cabeza. Mierda.

—Lo siento, Joss. No quería reconocer que me sentía tan mal.

—No puedo creerlo —Elodie se dejó caer hacia Clark—. Tendrías que habérnoslo dicho.

—Lo sé —el labio de Ellie tembló.

—¿Cuándo estará lista la resonancia? —preguntó Braden con voz grave y exigente.

El doctor Ferguson no parecía intimidado.

—Subiré a Ellie en cuanto esté libre la máquina, pero hay varios pacientes programados antes que ella.

Y así empezó la espera.

———————————

21

Tras horas y horas de espera, mandaron a Ellie a casa después de hacerle la resonancia. Nos dijeron que debido al error que había cometido su médico al no enviarla a hacerse una resonancia, nos comunicarían los resultados lo antes posible. Eso todavía significaba hasta dos semanas de espera. Al final esperamos diez días, y los diez días fueron espantosos. Nos inundaba una especie de entumecimiento cuando los peores resultados corrían por nuestras cabezas. Fui a ver a la doctora Pritchard, pero ni siquiera fui capaz de hablar de lo que estaba pasando conmigo. Fue una sesión silenciosa.

Los diez días enteros fueron una sesión silenciosa, con los tres sentados en el apartamento, recibiendo llamadas de Adam y Elodie, pero sin decir realmente nada. Hubo mucha preparación de té y café, comida para llevar y televisión. Pero ninguna discusión. Era como si el miedo hubiera echado un cerrojo en algunas conversaciones significativas. Y por primera vez desde que empezamos a vernos, Braden y yo compartimos la cama sin tener sexo. No sabía qué hacer por él, así que dejé que él tomara la iniciativa, y cuando tuvimos sexo fue lento y suave. Cuando no había sexo, Braden se ponía de costado y me envolvía con un brazo, atrayéndome hacia él, con su cabeza apoyada en la mía. Yo envolvía su brazo con el mío, enlazaba su pierna con mi pie y dejaba que se quedara dormido así contra mí.

El doctor Ferguson llamó y pidió que Ellie fuera a hablar con él.

Era malo. Sonaba mal. Miré a Ellie después de que colgara el teléfono, y todo lo que había estado manteniendo bajo control reventó por las costuras. Vi el temor en los ojos de Ellie, pero yo estaba tan consumida por mi propio miedo que no pude decirle nada para ayudarla, así que no dije nada en absoluto. Braden la acompañó a la consulta y yo me quedé esperando en el apartamento —apartamento grande, frío y silencioso—, mirando al árbol decorado, sin poder creer que solo faltaban diez días para Navidad.

Las dos horas que estuvieron fuera tuve que sentarme con todo mi peso sobre esa trampilla interior para mantenerla cerrada. De lo contrario no habría podido respirar.

Cuando oí que se abría la puerta del apartamento, todo se sentía letárgico, como si nos estuviéramos moviendo debajo del agua, aplastados por la presión. Se abrió la puerta de la sala de estar y entró Braden, con la cara tan pálida y los ojos tan vidriosos que lo supe antes incluso de mirar a una Ellie con el rostro manchado de lágrimas. Sabía cómo se sentía el miedo cuando palpitaba de una persona, sabía que el dolor podía hacer el aire más denso, que podía golpearte en el pecho y causarte dolor en todo el cuerpo. En los ojos, en la cabeza, en los brazos, en las piernas, incluso en las encías.

—Han encontrado algo. Un tumor.

Mis ojos volaron a Ellie y ella se encogió de hombros, con la boca temblando.

—Me han referido a un neurólogo, el doctor Dunham, en el Western General. He de ir a hablar con él de todo mañana. Sobre el siguiente paso. Si habrá cirugía. Si puede ser maligno o no —terminó.

Eso no estaba ocurriendo.

¿Cómo había dejado que ocurriera?

Di un paso atrás, confundida, enrabietada, sin poder creer que eso me estuviera pasando otra vez.

Era todo culpa mía.

Los había dejado acercarse, había roto mis reglas y volvía a estar en la puta casilla número uno.

Mierda.

Mierda.

Mierda.

Pero los gritos aterrorizados solo hicieron eco en mi cabeza. A Ellie le mostré una señal de asentimiento estoica.

—Estarás bien. Todavía no sabemos nada.

Pero lo sabía. Lo sabía. Era una maldición. Sabía que no podía ser tan feliz. Sabía que algo malo ocurriría. ¿Qué le había hecho a Ellie?

¿Ellie? Sentía dolor por ella. Quería quitarle el miedo. Quería que estuviera bien.

Pero no hice nada de eso.

En cambio, la sepulté bajo mi trampilla interior.

—Tengo turno en el bar esta noche. Voy a ir antes un rato al gimnasio —saludé robóticamente y pasé a su lado.

—¿Jocelyn? —Braden me agarró del brazo, con los ojos llenos de aprensión y miedo. E incredulidad ante mi actitud. Me necesitaba.

Yo no quería necesitarlo.

Retiré el brazo con suavidad y esbocé una sonrisa quebradiza.

—Os veré más tarde.

Y entonces salí, dejándolos solos con sus temores.

No fui al gimnasio. Fui al castillo de Edimburgo antes de que cerrara. El paseo ascendente por la Royal Mile a Castlehill fue enérgico y congelado; con el frío mordiéndome las mejillas, daba la impresión de que los pulmones tenían trabajo extra frente el aire invernal. Una vez que crucé el puente levadizo, pagué mi entrada y pasé bajo el arco de piedra para enfilar el sendero adoquinado que ascendía por la derecha. Continué por la vía principal y bordeé por la derecha los muros del castillo. Allí me detuve, junto al *Mons Meg*, uno de los cañones más antiguos del mundo, y juntos contemplamos la ciudad. Incluso con el frío y una leve neblina, la ciudad se veía impresionante desde allí. Pagué la entrada no demasiado barata al castillo solo para disfrutar de esa vista. Y supongo que por la majestuosidad de todo ello. Era allí donde creía que podría encontrar un poco de paz, y allí me dirigía siempre que sentía pánico por el temor de no encontrar nunca la paz duradera que buscaba. Ese día lo necesitaba.

Los últimos meses de vértigo, esconder la cabeza como el avestruz, simular que no había consecuencias en amar a las personas me había llevado a donde estaba. Tras solo seis meses de hacer el cambio en mi nuevo yo, el suelo se había abierto otra vez bajo mis pies.

Eso era egoísta.

Lo sabía.

La que estaba sufriendo era Ellie, no yo.

Pero eso tampoco era verdad.

Ellie Carmichael era una persona única. Era dulce, amable, un poco tontita, divertida, de gran corazón... y mi familia. La primera familia que había tenido desde que perdí la mía. Me sentía protectora con ella, me dolía cuando a ella le dolía, pensaba en su felicidad y en lo que podía hacer yo para ayudarla a conseguir lo que la haría feliz. Ni siquiera mi relación con Rhian había sido tan estrecha.

Tenía casi tanta intimidad con Ellie como la había tenido con Dru.

Y ahora también iba a perder a Ellie.

Me agaché en el suelo de piedra helada al lado del cañón y me envolví el cuerpo con los brazos en un intento de ahogar el dolor. Se me ocurrió que si lo reescribía todo en mi cabeza, quizá no me sentiría así. Quizás Ellie y yo no teníamos tanta amistad. Quizá nunca la habíamos tenido. Si eso fuera cierto, perderla no sería un drama.

Salté de repente al oír el timbrazo de mi teléfono. Mi estómago se cargó de miedo, lo saqué y exhalé aliviada cuando vi que la llamada era de Rhian.

—Hola —atendí con severidad.

—Hola, perra —soltó Rhian desde el otro lado de la línea, sonando sorprendentemente alegre—. ¿Cómo va? Solo te llamo para decirte que James y yo vamos a pasar por Edimburgo dentro de tres días antes ir a Falkirk para quedarnos a pasar la Navidad con su madre. Vamos a hacer un hueco para verte antes de coger el tren, así que necesito tu dirección, cielo.

Mal momento.

—Las cosas están un poco extrañas en el apartamento ahora mismo. ¿Podemos encontrarnos a tomar un café mejor?

—Mierda, Joss, suenas fatal. ¿Va todo bien?

No quiero hablar de eso por teléfono.

—Te lo explicaré cuando te vea. ¿Café?

—Sí, bueno —todavía sonaba preocupada—. En el café de la librería de Princes Street. El lunes a las tres en punto.

—Te veré entonces —contesté, examinando la vista y luego dejando vagar la mirada hacia las nubes blancas con sus vientres pálidos y rostros malhumorados.

Era solo una amplia formación de algodón sin peso que flotaba. Sus panzas no eran oscuras ni pesadas. Sin el peso no habría lluvia.

Jo me agarró antes de que pudiera oír lo que quería el siguiente cliente y me arrastró hasta la sala de personal. Puso los brazos en la cintura, con las cejas juntas.

—Estás actuando de una forma muy rara.

Me encogí de hombros, disfrutando del manto de aturdimiento que había encontrado y con el que no había dudado en envolverme.

—Solo estoy cansada.

—No —dio un paso adelante con la preocupación grabada en el rostro—. Te pasa algo, Joss. Mira, sé que no somos muy amigas, pero siempre has estado a mi lado cuando tenía problemas, así que si necesitas hablar conmigo aquí estoy.

«No quiero que estés.»

—Estoy bien.

Negó con la cabeza.

—Tienes esa expresión de pescado en la mirada, Joss. Nos estás asustando a Craig y a mí. ¿Ha ocurrido algo? ¿Ha pasado algo con Braden?

«No. Y no va a pasar.»

—No.

—¿Joss?

—Jo, hay mucho trabajo aquí, podemos dejar esto.

Ella se estremeció y se mordió el labio con inquietud.

—De acuerdo.

Asentí y di media vuelta, dirigiéndome otra vez a la barra para seguir. Vi que Jo se acercaba a Craig y le susurraba algo. Él dio un latigazo con el cuello para mirarme.

—Joss, ¿qué mierda pasa contigo, cielo?

Le mostré el dedo corazón como respuesta.

Craig le lanzó una mirada a Jo.

—No creo que quiera hablar de ello.

Para mi completo asombro, Braden me estaba esperando a la puerta del Club 39. Mi turno había pasado en un abrir y cerrar de ojos. Ni siquiera recordaba que hubiera hecho nada, así que tardé un momento en salir de la neblina y reconocerlo. Estaba apoyado en la barandilla de hierro forjado, sin afeitar, mirando al suelo en adusta contemplación, con las manos metidas en los bolsillos de su elegante abrigo cruzado de lana. Se volvió cuando salí a la acera y yo casi me estremecí al verlo. Iba más despeinado de lo habitual y tenía los ojos oscuros e inyectados en sangre.

Por un momento, casi olvidé que todo lo que habíamos tenido en los últimos meses ya no existía. Estaba enterrado bajo la trampilla interior. Crucé los brazos sobre el pecho, torciendo el gesto.

—¿No deberías estar con Ellie?

La mirada de Braden me estaba explorando. Sentí un dolor en el corazón. Parecía muy joven y vulnerable. No me gustaba verlo así.

—Le he dado un poco de whisky. Pedía a gritos dormir. Pensé en venir a buscarte.

—Deberías haberte quedado con ella.

Pasé a su lado y él me agarró del brazo con fuerza, de manera casi dolorosa, obligándome a parar.

Cuando levanté la mirada, Braden parecía menos vulnerable y más molesto. Era un Braden que reconocí y, por extraño que parezca, me resultaba más fácil tratar con eso.

—¿Como tú tendrías que haberte quedado esta tarde?

—Tenía cosas que hacer —respondí, inexpresiva.

Entornó los ojos al atraer mi cuerpo hacia el suyo. Como siempre, tuve que inclinar la cabeza para sostener su mirada.

—¿Tenías cosas que hacer? —preguntó con furiosa incredulidad—. Tenías un amigo que te necesitaba. ¿Qué demonios era eso, Jocelyn?

—No sé de qué estás hablando.

Negó lentamente con la cabeza.

—No —respondió con voz áspera, bajando la cabeza de manera que nuestras narices casi se tocaran—. No hagas esto. Ahora no. Sea lo que sea que tienes dándote vueltas en la cabeza, para. Te necesita, nena. —tragó saliva con fuerza, con los ojos brillando a la luz de las farolas—. Yo te necesito.

Sentí ese nudo familiar en el fondo de la garganta.

—Yo no te pedí que me necesitaras —contesté.

Lo vi. El dolor destelló en su rostro antes de que lo contuviera con rapidez. Me soltó de golpe.

—Bien. No tengo tiempo para tu montón de problemas emocionales. Tengo una hermanita que podría o no tener cáncer de cerebro, y ella me necesita, aunque tú no me necesites. Pero te diré algo, Jocelyn —dio un paso adelante, señalándome la cara con un dedo, con la suya endurecida de rabia—. Si no la ves ahora, te odiarás durante el resto de tu vida. Puedes simular que yo te importo una mierda, pero no puedes simular que Ellie no te importa. Te he visto. ¿Me oyes? —dijo entre dientes, y sentí su aliento caliente en la cara y sus palabras atravesándome el alma—. Tú la quieres. No puedes barrer eso debajo de la alfombra, porque es más fácil simular que ella no significa nada para ti que soportar la idea de perderla. Ella merece algo mejor.

Cerré los ojos con dolor, odiando que él pudiera ver en mi interior más profundo. Y tenía razón. Ellie merecía algo mejor que mi cobardía. No podía ocultar lo que sentía por ella, porque todo el mundo lo había visto y lo entendía. Ella lo había visto y lo había entendido. ¿Cómo podía abandonarla cuando era yo la que había dejado que nuestra amistad se desarrollara? Por ella tenía que ser valiente, aunque me exigiera todo lo que me quedaba.

—Estaré allí por ella —me encontré prometiendo. Abrí los ojos, esperando que él pudiera ver mi sinceridad—. Tienes razón. Estaré allí por ella.

Braden cerró los ojos, soltando aire pesadamente. Cuando los abrió, había en ellos una ternura que me dijo que no me había perdido los últimos cinco minutos.

—Mierda. Te perdimos durante unas horas. ¿Qué vamos a hacer contigo, Jocelyn Butler? —extendió un brazo como para abrazarme, y yo lo esquivé, dando un paso atrás.

CALLE DUBLIN · 301

—Deberías ir a casa y descansar un poco. Yo cuidaré de Ellie esta noche.

Braden se tensó, con los ojos buscando otra vez y la mandíbula apretada.

—¿Jocelyn?

—Solo vete a casa, Braden —me volví para irme, pero él me agarró la mano.

—Jocelyn, mírame.

Traté de liberar la mano, pero él no me soltó, y me hizo falta esforzarme al máximo para endurecer mis rasgos al mirarlo.

—Vamos, Braden.

—¿Qué estás haciendo? —preguntó, sonando como si estuviera tragando papel de lija.

—Hablaremos de esto después. Ahora no es el momento. Es el de Ellie.

Braden me fulminó con la mirada, esta vez con aspecto peligroso, peligroso y decidido.

—Ni se te ocurra pensar en romper conmigo.

—¿Podemos hablar de eso después?

En lugar de responder, Braden tiró con fuerza de mí y aplastó mi boca con la suya. Noté el gusto a whisky y desesperación en su lengua mientras su mano apretaba mi cabeza a la suya, en un beso profundo, húmedo y doloroso. No podía respirar. Le empujé el pecho, haciendo un ruido de angustia, y me soltó. Bueno, su boca lo hizo. Sus brazos todavía me sujetaban con fuerza.

—Suéltame —dije gimoteando, con los labios hinchados y doloridos.

—No —respondió con fuerza—. No voy a dejar que nos hagas esto. No creo ni por un segundo que no signifique nada para ti.

«No tienes elección.»

—No puedo hacer esto contigo.

—¿Por qué?

—Simplemente no puedo.

—Entonces no lo acepto.

Me debatí en sus brazos, mirándolo.

—¡Si rompo contigo tienes que aceptarlo!

—Eh, ¿están bien ahí?

Un borracho captó nuestra atención y nos volvimos hacia él. Me estaba mirando a mí y a Braden enganchados, y de repente se me ocurrió que estábamos discutiendo un viernes por la noche en George Street, donde todavía había gente a nuestro alrededor escuchándonos.

—Estamos bien —dijo Braden con calma, todavía sin soltarme.

El borracho me miró.

—¿Estás segura?

No quería que la situación se convirtiera en una pelea —lo último que Braden necesitaba en ese momento—. Asentí.

—No pasa nada.

El borracho nos miró otra vez y, decidiendo que podíamos resolverlo nosotros, se volvió y empezó a llamar un taxi.

Miré a Braden.

—Suéltame.

—No.

—No puedes salir de esto haciendo el cavernícola —no pude sostener su mirada al notar que el dolor y las mentiras burbujeaban en mí—. Me importas, Braden. Eres mi amigo. Pero esto ha durado demasiado.

—Estás asustada. Lo entiendo —se inclinó para murmurar tranquilizadoramente en mi oído—. Sé por qué has salido corriendo hoy y sé por qué corres ahora. Hay que joderse, nena, no hay forma de protegerse contra eso. Tampoco puedes dejar que se apodere de tu vida y gobierne tus relaciones con la gente. Hemos de disfrutar del tiempo que tenemos, dure lo que dure. Para de correr.

Debería haber sido terapeuta.

Traté de relajar el cuerpo y no hice caso del horrendo movimiento en mi estómago.

—Por eso termino esto. La vida es corta. Deberíamos estar con gente a la que amamos.

Braden se quedó helado contra mí y yo esperé sin respiración, rogando tener fuerzas para continuar con la mentira. Lentamente, se apartó de mí, con los ojos duros al mirar los míos.

—Estás mintiendo.

«Sí, estoy mintiendo, chico. Pero no te sobreviviré. Y peor, tú no me sobrevivirás.»

—No. No te quiero, y después de todo lo que has pasado te mereces a alguien que te quiera.

Dejó caer los brazos, pero no como si quisiera soltarme. Parecía anonadado. Creo que estaba en estado de *shock*. Aproveché la oportunidad para dar un paso atrás, temiendo que si me quedaba cerca finalmente perdería mi acerada determinación y le diría que era una maldita mentirosa y que no quería que me soltara nunca.

Pero ya había sido bastante egoísta por un día.

—Tú me quieres —afirmó, con voz suave, grave—. Lo he visto.

Tragué saliva y me obligué a sostener su mirada.

—Me preocupo por ti, pero es muy diferente.

Por un momento, no estuve suficientemente segura de que no iba a decir nada, y entonces sus ojos se apagaron y asintió con la cabeza en un gesto brusco.

—Muy bien.

—¿Vas a dejarme ir?

Curvó el labio superior, con una expresión dolorosamente amarga al dar un paso hacia mí.

—Aparentemente... nunca te he tenido —se volvió con brusquedad y sin decir una palabra más empezó a alejarse por la calle en la oscuridad.

Braden nunca miró por encima del hombro, por suerte.

Si lo hubiera hecho, habría visto a Jocelyn Butler derramando lágrimas reales por primera vez en mucho tiempo y habría sabido que le había mentido. Y a lo grande. Cualquiera que me viera, sabría que estaba observando un corazón en el proceso de romperse.

—No creo que sea la cosa más sana que hayas hecho, Joss, ¿no te parece? —preguntó la doctora Pritchard en voz baja, juntando las cejas.

—Fue lo mejor que he hecho nunca.

—¿Por qué piensas eso?

—Si le contaba la verdad a Braden, que lo amaba, nunca retrocedería. Es así de tenaz. Y entonces podría haber pasado toda su vida conmigo.

—¿Y eso sería malo?

—Bueno, sí —respondí con irritabilidad—. ¿No ha oído lo que le hice a Ellie y a él? Estoy tan aterrorizada de perder otra vez que miento de esa manera.

—Sí, pero ahora eres consciente de lo que estás haciendo. Es un paso en la dirección correcta.

—No, no lo es. Tengo problemas que vienen de muy lejos y no puedo prometer que no le haría eso a él, una y otra vez. Eso no es justo para él. Una mujer a la que amaba ya rompió la confianza de Braden una vez. Si me quedo con él y sigo siendo injusta, estaría rompiendo su confianza una y otra vez. Y él no se lo merece.

La doctora Pritchard inclinó la cabeza a un lado.

—Eso no te corresponde a ti decidirlo. Seguramente tiene que decidirlo Braden. Y no estás segura de que seguirás siendo injusta como dices. Estar con Braden podría ayudarte en eso. Él podría ayudarte.

—No ayudó. Estar con él no ayudó.

—Te convenció de que estuvieras allí por Ellie, y has estado. Yo diría que ayudó.

Me bloqueó una terca determinación.

—No voy a decirle la verdad. Lo que estoy haciendo es lo mejor para él.

—Lo que estoy intentando decir, Joss, es que quizá deberías dejar de ser mártir. Quizá Braden piensa que lo mejor para él es tenerte en su vida. Y quizás está dispuesto a superar tu ansiedad y afrontar tus defensas altas.

—Quizá tiene razón —respondí, con los ojos encendidos al tratar de bloquear la dolorosa idea de Braden conmigo en un futuro juntos—. Quizá soy una mártir. Y quizás él lo sería. Pero él merece algo mejor que esa lucha. Merece ser feliz en su relación, como mi padre lo era con mi madre. Y si el amor de mis padres me ha mostrado algo es que Braden tiene razón. La vida es demasiado corta.

Una vez que la lluvia empieza a caer es difícil decirle que pare. Supongo que para a su debido tiempo. Mis lágrimas, como la lluvia, seguían cayendo cuando volvía a casa con la visión nublada. En realidad es difícil describir un corazón roto. Lo único que sé es que un dolor inimaginable se centra en tu pecho e irradia desde allí, un dolor punzante y agudo que causa más incapacitación. Pero no es solo el dolor. La negación se aloja en tu garganta, y ese bulto posee su propia clase de dolor. La aflicción del sufrimiento también puede encontrarse en un nudo en tu estómago. El nudo se contrae y se expande, se contrae y se expande, hasta que estás convencida de que no vas a poder contener el vómito.

De alguna manera logré aferrarme al menos a esa parte de mi dignidad.

En cuanto volví al apartamento, a través del dolor de abandonar a Braden llegó el temor. Miré por el pasillo a la puerta del dormitorio de Ellie, y tuve que contenerme para no incumplir mi promesa de no huir de ella.

Así que hice lo contrario.

Me quité las botas y la chaqueta y me metí en silencio en su habitación a oscuras. A la luz de la luna que brillaba a través de la ventana, vi a Ellie tumbada de costado, hecha un ovillo. Hice un movimiento hacia ella y el suelo crujió bajo mis pies. Ellie abrió los ojos de inmediato.

Levantó la mirada con los ojos como platos pero cautelosa.

Eso dolió.

Empecé a llorar más y al ver mis lágrimas, una lágrima se deslizó por la mejilla de Ellie. Sin decir una palabra, subí a su cama y me puse detrás de ella cuando ella se dio la vuelta. Nos quedamos tumbadas de costado, con mi cabeza en su hombro y le agarré la mano entre las mías.

—Lo siento —murmuré.

—Está bien —la voz de Ellie era ronca por la emoción—. Has vuelto.

Y como la vida era demasiado corta...

—Te quiero, Ellie Carmichael. Vas a superar esto.

Oí que su respiración se convertía en un sollozo.

—Yo también te quiero, Joss.

———————

22

Así fue como Braden nos encontró al día siguiente, tumbadas con las cabezas juntas, sosteniéndonos las manos, durmiendo con las mejillas sucias con regueros de lágrimas, como dos niñas pequeñas.

No me despertó. De hecho ni siquiera me miró.

Me desperté porque estaba sacudiendo a Ellie para despertarla.

—¿Qué hora es? —oí que preguntaba ella somnolienta.

—Es más de mediodía. He preparado algo de comer.

El sonido de su voz fue como un puñetazo en el pecho. Mis ojos se abrieron con dificultad, pegajosos con la sal de las lágrimas secas e hinchados por el peor ataque de llanto que había tenido desde que perdí a Dru. Braden se estaba inclinando sobre Ellie, peinándola hacia atrás, con un brillo de amor en la mirada. Todavía tenía los ojos inyectados en sangre y grandes ojeras.

Tenía un aspecto horrible.

Apostaría que yo estaba peor.

—No tengo hambre —contestó Ellie.

Braden negó con la cabeza con expresión decidida.

—Necesitas comer. Vamos, cielo, es hora de levantarse.

Observé que Ellie tomaba la mano grande de Braden y él delicada-

mente la ayudaba a bajar de la cama y ponerse en pie. Todavía soste-
niéndola la condujo fuera de la habitación. Ellie tenía los pantalones de
lino arrugados al máximo, la camisa retorcida en torno al cuerpo y el
pelo hecho un desastre. Parecía alguien cuya vida habían puesto patas
arriba. Sufría por ella. Y ni siquiera podía mirar a Braden, porque el
dolor que sentía por él era indescifrable.

—Joss, ¿vienes? —me miró por encima del hombro.

Y por ella, asentí. Aunque no quería estar cerca de Braden.

¿Sabes que era peor? Él ni siquiera podía ser directamente mez-
quino respecto a la ruptura. Claro, no podía mirarme y no podía hablarme, pero... también había preparado mi comida.

Ellie y yo nos sentamos en torno a la mesa de la cocina a comer los
sabrosos huevos revueltos y tostada, mientras Braden estaba apoyado
contra la encimera tomando café. Ellie al principio no reparó en el silencio entre nosotros porque estaba metida en su propia cabeza y porque el silencio en ese punto no parecía inusual.

Te contaré lo poco egoísta que es la chica: con todo lo que estaba
pasando, se fijó en lo que estaba ocurriendo entre su hermano y yo. Y
mucho antes de lo que yo esperaba. Era culpa nuestra, no éramos exactamente sutiles al respecto. Me levanté para poner el plato y la taza en
el fregadero y Braden pasó al otro lado de la cocina. Después yo crucé
para sacar un poco de jugo de naranja de la nevera y Braden volvió al
fregadero. Me acerqué al fregadero para sacar un vaso del armario y
Braden volvió a la nevera. Fui a la nevera para volver a dejar el jugo y él
volvió al fregadero.

—¿Qué está pasando? —preguntó Ellie con suavidad, juntando las
cejas al observarnos.

Murmuramos un par de nadas.

—¿Chicos? —parecía paralizada—. ¿Ha llamado el médico?

Nuestras cabezas se inclinaron sobre ella y de inmediato se asentó
el remordimiento entre nosotros.

—No —Braden negó con la cabeza—. No, Els. Tenemos cita con el doctor Dunham esta tarde, como quedamos.

—¿Entonces por qué están actuando de forma tan extraña?

La miramos sin inmutarnos, pero uno de nosotros delató algo, algo grande, porque después de un minuto de escrutar nuestras caras, Ellie cayó.

—Han roto.

Braden no le hizo caso.

—Els, deberías meterte en la ducha y arreglarte un poco. Te sentirás mejor.

—¿Por mí? —se levantó, con los ojos redondos—. Han roto por mí.

Intenté mirar a Braden, pero él estaba mirando solemnemente a Ellie. Como yo, él no había querido añadir más peso a sus hombros. Me volví hacia ella.

—No, Ellie. No es por ti. No tiene nada que ver contigo y ya está hecho. Estamos bien. No te preocupes por nosotros.

Su expresión se endureció, echando la barbilla hacia delante de forma testaruda.

—Pero está claro que no se hablan. ¿Qué ha pasado?

Braden suspiró.

—Ella no me quiere y yo creo que ella es una perra fría que no es de fiar. Ahora vete a la ducha.

Como no me estaba mirando a mí, no me molesté en enmascarar el dolor que sentí por sus palabras. Perra fría que no es de fiar. No es de fiar. Fría. Perra. Fría. Perra. Perra. PERRA.

También olvidé que Ellie podía verme y sus ojos se oscurecieron de compasión.

—Braden —musitó, con un suave reproche en la palabra.

—A la ducha. Ahora.

Ellie centró su atención en mí, preocupada. No podía creer que ella estuviera preocupada por mí en un momento como ese.

—A la ducha. Ellie.

—Eres peor que mis padres —respondió sin humor, pero decidiendo que prefería no tener que enfrentarse con dos de las personas más tenaces que conocía, salió de la cocina dejándonos solos en un silencio grueso y espantoso.

Finalmente habló Braden.

—Has dejado parte de tu mierda en mi casa. La tiraré esta semana.

Él también tenía cosas en mi habitación.

—Recogeré tus cosas.

Debe señalarse que en este punto estábamos apoyados en puntos opuestos de la encimera de la cocina, hablando a la pared de delante de nosotros, sin mirarnos.

Braden se aclaró la garganta.

—¿Has vuelto por ella?

¿Había esperanza en su voz?

—Bueno, a veces las perras frías indignas de confianza mantienen su palabra —respondí con rigidez, dando un sorbo a mi jugo.

Braden gruñó y dejó su taza con fuerza en la encimera.

—Ella no necesita tu caridad ni tu puta culpa.

Mierda.

Mierda, mierda, mierda.

Claramente Braden había aprovechado la noche para dejar que su rabia hirviera y se derramara. Me abracé a mí misma, tratando de comprender y de no hacerle más daño del que ya le había hecho.

—Ella no tiene mi caridad ni mi culpa.

—Oh, entonces tenía razón anoche —asintió—. A mí no me quieres, pero a ella sí.

—Braden... —me atraganté.

Esperaba que él fuera como siempre. Braden era estoico, intimidante, inamovible y sereno. No era vulnerable ni amargo, y nunca se enfadaba. Básicamente, se estaba comportando como un idiota en un momento muy inapropiado. Aunque yo lo había dejado horas después de que se enterara de que su hermana pequeña podría tener cáncer, así que, ¿quién era más idiota?

—Tú tampoco me quieres, Braden.

Sus ojos destellaron al oírlo antes de posarse en mi cuerpo y volver a subir en un frío examen que me causó temblores horribles. Su mirada volvió a la mía y era pálida como el hielo.

—Tienes razón. No te quiero. Solo estoy molesto por tener que buscar un nuevo acuerdo, sobre todo cuando el último no era nada malo en la cama.

Diría que era bastante buena actriz, pero si seguía con su asalto verbal iba a derrumbarme por el dolor. Me volví con rapidez para que no viera el efecto de sus palabras en mí.

—Esperaba que todavía seríamos amigos, pero claramente tú no quieres eso. Así que ¿podemos estar de acuerdo en no hablarnos a menos que tengamos que hacerlo por el bien de Ellie?

—Si fuera por mí, por el bien de Ellie, te echaría de una patada en el culo y te diría que no volvieras a oscurecer nuestro umbral. Pero Ellie no necesita eso ahora mismo.

El asombro me obligó a levantar la cabeza y lo miré con incredulidad.

—¿Estás bromeando?

Cruzó sus brazos poderosos sobre el pecho y negó con la cabeza.

—No. No puedo confiar en ti. Estás jodida. No creo que Ellie necesite eso.

—Anoche me querías aquí por Ellie.

—He tenido tiempo para pensarlo. Si pudiera, me desembarazaría de ti. Pero eso solo causaría más dolor a Ellie. Ella no necesita eso ahora mismo.

—¿Podrías hacer eso? —dije casi sin aliento—. Echarme sin más de tu vida.

—¿Por qué no? Tú me hiciste eso anoche.

—No. Yo rompí contigo. Yo no te eché de mi vida —fulminé con la mirada—. Pero si hubiera sabido lo poco que significaba en realidad para ti, probablemente debería haberlo hecho.

—Oh —asintió—. Es verdad. Tú no me quieres, pero te preocupas por mí —se encogió de hombros—. Bueno, pues tú me importas una mierda.

Apreté la mandíbula esforzándome por contener las lágrimas.

—De hecho, anoche me cogí a otra.

¿Alguna vez te han pegado un tiro de escopeta en el estómago? ¿No? A mí tampoco. Pero tengo la impresión de que lo que sentí cuando Braden dijo eso sería similar a un tiro de escopeta. Y la verdad, ni siquiera la mejor actriz del mundo podía ocultar esa clase de dolor.

Me encogí físicamente con sus palabras, mi cuerpo se echó atrás y casi cedieron mis rodillas. Tenía los ojos como platos y la boca abierta por el horror. Y entonces ocurrió lo peor. Empecé a llorar.

A través de mis lágrimas vi que los labios de Braden se apretaban y dio dos pasos hacia mí, con todo su cuerpo crispándose.

—Coño, lo sabía —dijo entre dientes, todavía viniendo hacia mí.

—¡No me toques! —grité, incapaz de soportar la idea de tenerlo cerca ahora.

—¿Que no te toque? —respondió con los ojos destellando con violencia—. ¡Voy a matarte!

—¿A mí?

Me volví, cogí un plato del escurridor y se lo lancé a la cabeza. Él se agachó y el plato se estrelló contra la pared.

—Yo no soy la que se coge a otro dos segundos después de romper.

Busqué un vaso para lanzar, pero ya tenía a Braden encima, con las manos fuertes sujetándome las muñecas en el costado, con su cuerpo sobre el mío contra la encimera. Me debatí con ferocidad, pero él era demasiado fuerte.

—¡Suéltame! —grité—. Suéltame. Te odio. Te odio.

—Ya, ya, Jocelyn —me aplacó, inclinando la cabeza a mi cuello—. Ya, no digas eso —chocó contra mi piel—. No digas eso. No quería decirlo. Es mentira. Estaba furioso. Soy un idiota. Mentí. Estuve toda la noche con Elodie. Puedes llamarla y preguntarle, pero ella te dirá la verdad. Sabe que nunca te haría lo que me hicieron a mí.

Sus palabras penetraron mi histeria y dejé de luchar. Y empecé a temblar.

—¿Qué?

Braden se echó atrás para mirarme con un par de ojos azul claro y muy sinceros.

—Mentí. No estuve con nadie. No ha habido nadie más desde que empezamos a estar juntos.

Tenía la nariz tapada de tanto llorar, así que soné como una niña de cinco años cuando murmuré.

—No lo entiendo.

—Nena —resopló su voz, con la ternura recuperada, aunque todavía podía ver el enfado en sus ojos—. Estaba furioso anoche cuando rompiste conmigo, así que solo me fui caminando. Fui a casa de Elodie porque sabía que estaría despierta preocupada por Ellie y quería ver si estaba bien. Supo lo que me pasaba algo en cuanto me vio entrar. Le conté lo que había ocurrido y me contó lo que te dijo en la boda, y también me contó que, al decírtelo, pusiste cara de que te hubieran abofeteado. Y después de eso, cuando estábamos bailando, se dio cuenta de que se equivocaba contigo —me soltó las muñecas para deslizar sus manos en mi pelo, inclinándome la cabeza hacia atrás para que no pudiera apartar la mirada—. Pasé la última noche repasando una y otra vez los seis meses en mi cabeza y sé que me estás mintiendo. Sé que me quieres, Jocelyn, porque no es posible que esté tan enamorado de ti y que tú no te sientas de la misma manera. Eso no es posible.

Con el corazón latiendo, el miedo aferrado a mi garganta, traté de tragarlo.

—Entonces ¿qué demonios ha pasado esta mañana?

Me apretó la nuca e inclinó la cabeza cerca de la mía, con sus ojos definitivamente oscuros de rabia.

—No eres poco de fiar, no eres fría y no eres una perra. Tienes... problemas. Eso lo entiendo. Todos tenemos nuestras cosas. Pero en cuanto me di cuenta de que me estabas mintiendo empecé a comprender por qué. Crees que nunca te delataste conmigo. Crees que tienes tiempo de dar marcha atrás y simular que no ocurrió nada entre nosotros, porque de esa forma si alguna vez me pasa algo a mí, podrás decir que no te importa y no sentir el dolor.

Oh, Dios mío, ahora era un puto vidente.

—También eres bastante buena simulando que no sientes nada. Pensaba que si lograba hacerte daño esta mañana, podría tener la prueba que necesitaba de que estabas mintiendo.

Lo paralicé con una expresión que decía que quería arrancarle las pelotas.

—¿Por eso me contaste que te habías acostado con otra?

Él asintió con suavidad y plantó un beso de disculpa en mis labios.

—Lo siento, nena. Lo hice para conseguir la verdad... pero si soy sincero lo hice para hacerte daño como tú me lo hiciste anoche —sus ojos se llenaron de remordimiento—. Lo siento de verdad. No quiero volver a poner esa expresión en tu cara otra vez, ni hacerte llorar otra vez, lo juro. Pero la verdad es que lloraste. Lloraste porque la idea de que hiciera eso te destrozaba. Tú me amas.

Traté de ordenar mis ideas, pese a que el pánico iba esparciéndolas. Había mucho que afrontar, demasiado que discutir y todo tendría que ocurrir después, porque Ellie nos necesitaba.

—Uno: ha sido la cosa más cerda que se puede hacer en el mundo. Dos: no podemos ocuparnos de esto ahora mismo.

—No vamos a salir de esta cocina hasta que reconozcas que me quieres.

—Braden, lo digo en serio —lo empujé con severidad y él me soltó, aunque no retrocedió—. No voy a volver contigo. No voy a cambiar de idea.

Levantó la mirada como si quisiera mirar al cielo y yo observé que luchaba con su paciencia. Finalmente volvió a mirarme y vi que el músculo de su mandíbula se tensaba.

—¿Por qué no? —preguntó.

No iba a explicárselo. Braden encontraría una manera de darle la vuelta y yo solo... no.

—Porque no. Ahora, tenemos un día muy largo por delante y posiblemente unos meses aún más largos, así que dejémoslo estar.

—Está bien —levantó las manos y retrocedió.

Estaba a punto de suspirar con una pequeña dosis de alivio cuando él habló otra vez.

—Por ahora.

Oh, demonios.

—¿Qué?

Me sonrió, y era una sonrisa infantil que pretendía ser perversa, pero estaba demasiado cansado para conseguirlo.

—Te quiero. Eres mía. Mataré a cualquier cabrón que intente arrebatarte. Así que esto es lo que vamos a hacer. Primero va Ellie, pero mientras estemos cuidándola tú puedes ser todo lo terca que quieras y simular que hemos roto. Incluso te dejaré. Pero también voy a estar aquí, cada día, mostrándote lo que te estás perdiendo.

Todavía tenía las mejillas húmedas, los ojos hinchados, y sabía que tendría un aspecto horrible, pero justo en ese momento no me importaba. Parte de mí estaba sobrecogida de asombro. La otra mitad de mí estaba muerta de miedo. Y aferrándose a ambas correas estaba mi persistencia terca.

—¿Estás loco? No voy a cambiar de opinión.

—Sí, lo harás —suspiró—. Vamos a necesitarnos el uno al otro en esto. Todos nosotros. Pero si no puedes hacer eso, entonces voy a jugar duro. Haré lo que haga falta. Algunas cosas te frustrarán, otras cosas te excitarán y con un poco de suerte algunas te enfurecerán.

—Estás loco.

—No —volvimos al ver a Ellie en el umbral de la cocina, con su bata, luciendo una sonrisa pequeña, exhausta pero decidida—. Está luchando por lo que quiere.

—No es el único —oí la voz de Adam cuando la puerta de la calle se abrió y se cerró y Ellie se volvió en el umbral para mirar al pasillo.

Esperamos a que las pisadas se acercaran y entonces estaba justo al lado de ella.

Coño, tenía un aspecto horrible. Nunca había visto a Adam sin afeitar antes, y llevaba una camiseta vieja y gastada, una parka y vaqueros que habían conocido días mejores. Tenía unas ojeras que rivalizaban con las de Braden y la desesperación grabada en cada molécula de su expresión.

Adam tomó la mano de Ellie y se la llevó a sus labios, cerrando los ojos al apretar su boca en la piel de mi amiga. Cuando los abrió vi lágrimas brillando allí y sentí que se me cerraba la garganta. Observé que Ellie se quedaba sin respiración cuando Adam tiró de su mano para atraerla a la cocina con él para afrontar a Braden. De repente, Adam parecía un poco mareado.

—Tengo que decirte algo.

Braden cruzó los brazos sobre el pecho, torciendo el gesto al ver a los dos juntos.

—Adelante.

Adam cerró los ojos un instante y cuando los abrió vi la determinación que admiraba en la cara de su amigo apisonadora.

—Eres como un hermano y nunca haría nada para hacerte daño. Y sé que no he sido lo que un hermano consideraría buen material para su hermanita, pero quiero a Ellie, Braden. Desde hace tiempo y no puedo estar sin ella. Ya he desperdiciado demasiado tiempo.

Ellie y yo contuvimos la respiración cuando los dos mejores amigos se encaraban.

Los ojos de Braden viajaron a los de Ellie, sin que su expresión delatara nada. Dios, podía ser un cabrón intimidante cuando quería.

—¿Tú lo quieres?

Adam miró a Ellie y ella le apretó el brazo. Con una pequeña sonrisa se volvió hacia su hermano.

—Sí.

Braden se encogió de hombros y se acercó a la tetera para encenderla.

—Ya era hora. Me estaban dando dolor de cabeza.

Me quedé tan boquiabierta como Adam y Ellie. Ni una sola vez en todo el tiempo que llevábamos saliendo Braden había dado a entender que sabía lo que estaba pasando entre Adam y Ellie. Idiota taimado.

—Eres un incordio sabelotodo —espeté con sarcasmo, pasando a su lado con brusquedad. Me paré un momento ante Ellie y Adam para decir—: Me alegro por ustedes.

Y enseguida me precipité por el pasillo al cuarto de baño para alejarme de Braden, ese gruñón perceptivo e inflexible.

Oí la risa suave y rasposa de Braden, su voz deliciosa haciendo eco en mi cabeza cuando replicó.

—La verdad es que me quiere.

Ellie no quiso montar un número con la cita en el hospital: había decidido que solo Elodie y Clark la acompañaran a ver al neurólogo. Yo estaba un poco sorprendida por el hecho de que la consulta fuera en domingo, pero Braden había intervenido y había usado su encanto —más bien había gruñido y tirado de algunos hilos, porque conocía a alguien en el consejo de dirección del hospital— para conseguir que el neurólogo viera a Ellie lo antes posible.

Elodie y Clark habían pasado a recogerla una hora antes y nos habían dejado a Hannah y Declan. Braden y Adam se quedaron. Estábamos los cinco sentados mirando el reloj, mirando nuestros teléfonos. Me levanté a hacer pipí. Braden preparó un poco más de café. Adam no se movió en ningún momento.

Dos horas después, Hannah estaba encajada en mi costado, Braden miraba a Declan —se había dormido en el otro sillón— y Adam tenía los ojos cerrados tan fuerte en expresión de preocupación que Hannah se dio cuenta y le apretó la mano. Adam le lanzó una sonrisa de gratitud y yo le besé el pelo suave, con el corazón dolorido, porque era tan encantadora como la que nos preocupaba a todos.

Se abrió la puerta de la calle.

Todos nos levantamos de un salto. Bueno, Declan no. Se levantó atontado y casi se cayó.

Elodie entró en la sala primero, pero no logré calibrar su expresión. Miré detrás de ella para ver a Clark con su brazo en torno al hombro de Ellie, y juré por Dios que tenía que contener las lágrimas.

—¿Qué ha pasado? —Adam avanzó hacia ella y Clark soltó inmediatamente a Ellie.

Ellie se hundió en el costado de Adam y sonrió temblorosamente.

—Vamos a sentarnos. Me explicaré.

—Prepararé un poco de té —Elodie asintió con la cabeza y salió de la sala en la que estábamos todos sentados con el trasero en el borde del asiento.

Ellie suspiró profundamente.

—La buena noticia es que mi tumor es en realidad un pequeño quiste con dos pequeños tumores dentro. Está en la superficie del lado superior derecho de mi cerebro, así que pueden extirparlo todo. El doctor Dunham cree que lo más probable es que los tumores sean benignos. Cree que llevan mucho tiempo allí y que lentamente se han hecho más grandes y hay que extirparlos por razones obvias. Tengo programada cirugía para dentro de dos semanas, y harán una biopsia del tumor —sonrió, con los labios temblando un poco—. Estoy un poco asustada por la cirugía, pero el doctor Dunham estaba muy seguro y ha dicho que el riesgo en esta clase de cirugía es de alrededor de un dos por ciento y que la posibilidad de que el tumor sea canceroso es realmente muy pequeña.

Todos soltamos aire al mismo tiempo y el alivio nos arrolló como una enorme ola que casi nos tiró de las sillas. Braden corrió hacia Ellie antes de que nadie más pudiera hacerlo y la abrazó hasta que su hermana le dijo que no podía respirar, y mientras tanto Clark tranquilizó a Declan, que todavía estaba un poco somnoliento, diciéndole que Ellie, casi con toda probabilidad, iba a ponerse bien. Braden finalmente dejó a Ellie en el suelo con un sonoro beso en la frente, y antes de que pudiera recuperar el aliento tenía a Adam encima besándola en la boca delante de todos. Un beso de verdad. Valiente.

—Bueno, ya era hora —dijo Clark con un suspiro.

Ellie se rio en la boca de Adam al oírlo. Obviamente, se estaba dando cuenta de que yo había tenido razón desde el principio. Ella y Adam habían sido cualquier cosa menos sutiles durante los últimos meses.

—¿Cuál es la gracia? —preguntó Elodie, volviendo a entrar en la sala.

Aproveché la oportunidad para atraer a Ellie a mis brazos.

—Las peores veinticuatro horas en mucho tiempo, amiga.

Se echó atrás para mirarme.

—Siento haberte hecho pasar por esto.

Suspiré profundamente y a continuación miré al té y el café que Elodie había traído a la sala. Le lancé una mirada de disculpa al tiempo que decía:

—Creo que no es lo bastante fuerte.

Elodie levantó un ceja.

—¿Tienes algo más fuerte en la casa?

—La verdad es que no —miré a Ellie—. Pero aquí al lado hay un pub y todavía no hemos ido. A lo mejor es un buen momento. Creo que cabe la posibilidad de que haya algo más fuerte.

—A mí me parece bien.

—Y a mí —Clark.

—Tenemos a los niños —se quejó Elodie.

Cogí mi bolso que estaba en la mesa de café.

—Les dejan estar en un pub si van acompañados de un adulto. Pueden tomarse una Coca-Cola.

Elodie no parecía demasiado convencida.

Sonreí de manera tranquilizadora.

—Es solo una copa. Una copa de celebración.

—Clark puede tomar una copa. Yo conduciré —cedió y cogimos nuestras cosas para marcharnos.

Elodie y Clark sacaron primero a los niños. Adam le había pasado el brazo por la cintura a Ellie, que se había pegado a él con aspecto asombrosamente feliz para ser alguien que tenía que someterse a cirugía mayor en unas pocas semanas. Aunque claro, durante veinticuatro horas habíamos estado convencidos de que tenía cáncer solo para descubrir que probablemente no lo tenía... y por supuesto finalmente tenía a Adam justo donde lo quería.

Eso nos dejó a mí y a Braden en último lugar, y tuve el primer anticipo de lo que había querido decir antes. Sus dedos rozaron la parte baja de mi espalda para sacarme de la casa y lo hizo de forma tan deliberada que no tenía gracia.

Él sabía lo sensible que era yo en esa parte.

Traté de contener el temblor al volverme para cerrar el apartamento, pero Braden se interpuso en mi camino y colisioné con él.

—Lo siento —rio, moviéndose lentamente de manera que mis tetas rozaron su pecho.

Sentí que se me endurecían los pezones y me estremecí por el calor que pulsaba entre mis piernas. Mi mirada fue mordaz.

—Por supuesto.

Braden se rio con delicadeza cuando yo me agaché para cerrar la puerta y entonces sentí que su sombra caía sobre mí. Levanté la mirada por la derecha y vi su mano apoyada en la puerta junto a mi cabeza. Me retorcí para mirarlo solo para descubrir que se había ovillado en torno a mí.

—¿Te echo una mano?

Entrecerré los ojos hasta convertirlos en ranuras.

—Atrás antes de que convierta tus pelotas en un llavero.

Me di cuenta de que se esforzó mucho por no reír. Por desgracia, no lo suficiente.

—Nena, tienes que saber que cuando dices esas cosas haces que te quiera más todavía.

—Pareces un villano acechador malísimo ahora mismo.

—No me importa lo que parezca mientras funcione.

—No está funcionando.

—Unos días más y lo hará —plantó un beso rápido en la mejilla y se alejó abruptamente antes de que pudiera matarlo.

—Vamos, chicos —llamó Ellie desde más adelante, ya en la acera. Elodie, Clark y los chicos ya debían estar dentro—. ¿Por qué tardan tanto?

—Jocelyn me estaba suplicando sexo, pero le he dicho que era un momento muy inapropiado —respondió Braden en voz alta, causando que los transeúntes se rieran.

Furiosa con él por infinidad de razones, me apresuré a unirme a ellos desde la entrada de casa.

—No te preocupes, cariño —añadí en voz igual de alta—. Tengo un juguete que lo hace mejor —con eso, entré en el pub, donde no podía acosarme delante de los niños.

Y aunque era una actitud inmadura —sí, altamente inapropiada considerando la razón por la que íbamos a tomar una copa—, no pude evitar sentir la satisfacción de haber dicho la última palabra por una vez.

Lo reconozco. Era una arpía cobarde.

No me reuní con Rhian y James el lunes como había prometido. Le envié un mensaje de correo electrónico a Rhian explicando la situación de Ellie y argumentando que no quería dejarla sola en ese momento. Si Rhian pensó que era raro que no pudiera tomarme dos horas libres para verla, no lo dijo. Si pensaba que era raro que le mandara un mensaje en lugar de llamarla, tampoco lo dijo.

Lo cierto es que apenas vi a Ellie en los días siguientes, porque Adam prácticamente se había mudado a su habitación y los dos solo salían a comer algo y hacer pausas en el cuarto de baño.

No quería ver a Rhian y James. Esa era la verdad.

¿Y por qué?

Porque no hacía tanto tiempo que le había soltado a Rhian una diatriba para que no huyera de James por miedo a lo que el futuro podía depararles, y yo no estaba de humor para un sermón de Rhian por haber roto con Braden y por ser una hipócrita total.

Mi historia con Braden era completamente diferente. Lo era.

De verdad.

Está bien.

Solo estaba asustada. No. Aterrorizada. Y tenía todo el derecho a estarlo. Bastaba con ver la forma en que había reaccionado a la situación de Ellie para saber que Braden estaba listo para una vida dura y neurótica conmigo. Además, mi vida había sido mucho más calmada sin su presencia. Yo rara vez me preocupaba por nada, mis emociones eran muy estables. Tenía, si no paz, al menos tranquilidad. Estar con Braden era tumultuoso y, la verdad es que si pensaba en ello, agotador. Si quitabas el sexo asombroso, lo único que quedaba era un puñado de emociones desagradables. Preocupación de que se hartara de mí y dejara de gustarle. Celos. Nunca había sido una novia celosa antes de conocer a Braden, pero ahora afilaba las uñas cada vez que veía a una mujer coqueteando con él. Miedo por él. Como si no tuviera suficiente con preocuparme por mí misma, ahora me importaba si él era feliz o estaba sano. Y me importaba mucho. Eso simplemente no estaba bien.

Me gustaba la Joss pre-Braden.

Tenía agallas y era fría e independiente.

La Joss post-Braden era una estúpida sentimentaloide.

No ayudaba que Braden se mantuviera fiel a su palabra. Aparecía en el apartamento a la menor oportunidad, y aunque le decía que Ellie estaba en otra cosa seguía viniendo.

—Estaba lavando los platos y el idiota taimado me vino por detrás y me abrazó por la cintura. Y me besó. Justo aquí —señalé el cuello, enfadada—. ¿No podría hacer que lo internaran o algo?

La doctora Pritchard resopló.

—¿Por quererte?

Me eché atrás, negando con la cabeza en expresión de asco.

—Doctora Pritchard —amonesté con suavidad—. ¿De qué lado está?

—Del de Braden.

El miércoles por la noche, dos días después de Navidad, yo estaba supliendo a un colega en el bar. Faltaban dos días para la cirugía de Ellie.

Había pasado una semana agotadora esquivando a Braden y, cada vez que Ellie salía de su habitación, trataba de calmarla respecto a la cirugía. Esquivar a Braden no era tan fácil. Aunque Darren, su gerente en Fire, había tenido que dejarlo porque su mujer estaba embarazada y le había pedido que tuviera un horario normal de nueve a cinco (Braden le consiguió un trabajo de gerente en un hotel de la ciudad propiedad de un amigo y eso significaba formar a otra persona), Braden todavía encontraba tiempo para pasarse a incordiarme. Estuvo el incidente del fregadero (al cual podría haber reaccionado en exceso porque me evocó un recuerdo que tenía de mis padres), el incidente de entrar cuando me estaba duchando para preguntarme dónde estaba el mando a distancia de la tele, el incidente de ponerse a comer en la cocina sin camisa (dijo que accidentalmente le había salpicado café y la había puesto en la lavadora-secadora) y los numerosos, muy numerosos incidentes de mirarme sin ninguna razón. Juro por Dios que me estaba desquiciando. Había estado a punto de ceder cuando empezó a retroceder un poco.

Por supuesto, no habría cedido de todos modos.

Porque veía la imagen más amplia.

Braden había empezado el proceso de enfriamiento unos días antes de Navidad, y mostró una conducta todavía mejor cuando tuvimos la cena de Navidad con la familia de Ellie. El único momento incómodo llegó cuando intercambiamos regalos. Los dos habíamos comprado los regalos tiempo atrás y estos eran más significativos que lo que dos simples amigos se regalarían. Braden me había conseguido un ejemplar firmado de mi libro favorito de mi autor favorito. Cómo lo consiguió, no lo sé. Oh y ¿he mencionado la alucinante pulsera de diamantes? Ajá. Yo le conseguí una primera edición de su libro favorito de Hemingway, *Fiesta*. Era el regalo más elaborado que había comprado nunca, pero mereció la pena ver la forma en que sonrió al abrirlo.

Mierda.

Mierda, mierda, mierda.

A lo mejor esperaba que él subiera la apuesta después de eso, pero Braden hizo justo lo contrario y simplemente... desapareció.

Me pregunté si no sería una nueva táctica.

Así que me puse alerta al ver que no aparecía con Ellie y Adam el miércoles cuando yo estaba en mi turno de suplencia. Braden los había arrastrado al bar la semana anterior cuando yo había hecho turnos ex tras después de que Ellie me pidiera que saliera del apartamento —en el que yo estaba como un león enjaulado— y él se había sentado en el sofá de enfrente de la barra, en mi línea de visión directa, dividiendo su tiempo entre observarme y coquetear con chicas guapas. Supongo que esa era la parte de enfurecerme de su promesa.

Así que me sorprendió que no estuviera allí el miércoles.

Ellie todavía estaba despierta cuando volví del trabajo. Salió de su habitación y cerró la puerta suavemente tras de sí.

—Adam está durmiendo —explicó, siguiéndome a la sala de estar.

Le sonreí por encima del hombro.

—No me extraña. Debes de tenerlo agotadito.

Ellie puso los ojos en blanco y se derrumbó en el sofá a mi lado.

—No hay para tanto. Bueno... más o menos —se ruborizó con los ojos brillantes de felicidad—. Sobre todo hablamos mucho. Solucionamos cosas. Todos esos malentendidos. Aparentemente, lleva tiempo enamorado de mí.

—Oh, no me digas.

—Qué graciosa.

—Hablando de graciosos, Braden no ha aparecido esta noche en el bar.

Su hermana me miró con cautela.

—Su nueva gerente necesitaba ayuda esta noche. ¿Te decepcionó que no estuviera ahí?

—No —respondí con rapidez. Probablemente demasiado deprisa. Maldición, echaba de menos a la Joss pre-Braden—. Solo noté una falta de ego en la sala y pensé: «Eh, ¿dónde está Braden?»

Ellie no rio. Me lanzó una mirada maternal de desaprobación.

—Braden tiene razón. Estás enamorada de él. Entonces ¿por qué lo haces sufrir? ¿Disfrutas viendo que te va detrás? ¿Es eso?

Levanté la ceja.

—¿El tumor te ha matado el sarcasmo?

Puso mala cara.

—¿Demasiado pronto para bromas sobre el tumor?

Entornó los ojos.

—¿Nunca será momento para bromas sobre el tumor?

—Nunca, Joss. Nunca.

Me estremecí.

—Lo siento. Ha sido cruel.

—No. Cruel es usar mi tumor como herramienta para cambiar de tema. Te quiero mucho, Joss, pero también quiero a mi hermano. ¿Por qué le estás haciendo esto?

—No le estoy haciendo esto a él. Estoy haciendo esto por él —me volví hacia ella, con mis ojos sinceros mientras trataba de hacérselo comprender—. No manejo muy bien las malas noticias. No estoy orgullosa de ello, pero es verdad. Mira cómo reaccioné contigo cuando me necesitaste.

—Pero volviste —respondió—. Estabas en estado de *shock*, pero has estado aquí cada segundo desde entonces.

—Braden me convenció —expliqué—. Tuvo que hacerme recobrar un poco de sensatez. Y cuando lo hizo me di cuenta de que no podía protegerme de que ocurrieran desgracias a la gente que me rodeaba. Y aparentemente, las desgracias me persiguen, así que es probable que vuelva a ocurrir alguna otra vez. Cuando ocurra, no puedo garantizar que no saldré corriendo, y simplemente no puedo hacerle eso a Braden. Su vida sería inestable conmigo y después de que esa esposa perra suya le hiciera vivir un infierno, se merece alguien que pueda darle paz.

—Joss, estás hablando como si fueras un caso de psiquiátrico. No lo eres. Tu único problema es que no quieres a afrontar lo que le ocurrió a tu familia ni empezar a enfrentarte a eso.

Eché la cabeza atrás contra el sofá.

—Suenas como la doctora Pritchard.

—¿Quién?

—Mi terapeuta.

—¿Estás viendo a una terapeuta? ¿Cómo es que no lo sabía? —me puso una mano en el brazo.

—Eh... —hice un gesto de dolor y me aparté de ella.

—De esto estoy hablando —estaba enfadada; sus ojos destellaban igual que los de Braden cuando estaba cabreado—. Soy tu mejor amiga y no me dices que estás viendo a una terapeuta. ¿Lo sabe Braden?

—Sí —respondí como una adolescente enfurruñada.

—Bueno, algo es algo —negó con la cabeza en señal de incredulidad—. Deberías empezar a afrontar lo de tu familia, Joss. Creo que si lo haces, todo lo demás empezara a parecerte menos abrumador. Y te darás cuenta de que puedes ir paso a paso con Braden. No tienes que protegerlo de estar contigo. Es un gran chico, y claramente sabe mucho más de ti que yo, y milagro de milagros todavía quiere estar contigo.

—Muy graciosa. De verdad, suenas como la doctora Pritchard.

—Con toda la seriedad, Joss. Creo que necesitas dejar de jugar.

—No estoy jugando —la estudié cuidadosamente, captando algo en su expresión—. ¿Qué? ¿Qué es eso? ¿Qué sabes?

Ella tardó un minuto, casi como si no estuviera segura de decir lo que tenía en la cabeza. De repente, tuve una espantosa sensación en la boca del estómago.

—Adam y yo hemos ido a comer hoy.

—Lo sé. Estaba aquí, mirando un manuscrito que no he tocado en días.

—Bueno —rehuía mi mirada—. Nos hemos encontrado a Braden en la comida y él estaba con la nueva gerente de Fire.

—¿Y?

Sus ojos destellaron en mí y yo tensé la preocupación en ellos.

—La nueva gerente es Isla. Isla es una rubia impresionante de casi metro ochenta que además es lista y divertida.

Creo que mi corazón se desplomó en mi estómago.

—Joss, parecía que estaban bien juntos —negó con la cabeza—. No quería creerlo, pero estaban coqueteando y Braden era... muy atento. Parecían... a gusto.

Los celos son una cosa horrible. El dolor que producen consume casi tanto como un desengaño, y lo sabía porque estaba sintiendo las dos cosas al mismo tiempo. Me sentía como si alguien me hubiera desgarrado el pecho con las manos desnudas, hubiera arrancado mi corazón y mis pulmones y los hubiera sustituido por un puñado de rocas y piedras. Miré el árbol de Navidad, con mi mente zumbando. Esa era la razón por la que no lo había visto últimamente.

—¿Joss? —me tocó el brazo.

La miré, decidida a no llorar. Le dediqué una sonrisa triste.

—Supongo que entonces siempre he tenido razón.

Ellie empezó a negar con la cabeza.

—No. Está bien —me levanté, necesitando estar sola—. Rompí con él porque merece encontrar a alguien decente y normal. Y ahora no tengo que sentirme culpable por eso, porque siempre había tenido razón. No me quería. No te vas con alguien apenas rompes con el amor de tu vida, ¿no? Esto es bueno —me fui hacia la puerta de la sala y oí a Ellie levantándose de su silla.

—¡No! —dijo Ellie—. No es eso y no te lo he contado por eso —siguió al pasillo pero yo no estaba escuchando, porque tenía mucha sangre agolpándose en mis oídos—. Joss, te lo he dicho para que dejes de hacer tonterías y vuelvas a estar con él. Escucha, podría...

Le cerré la puerta en las narices.

—Joss —golpeó la puerta.

—Buenas noches, Els.

—Mierda —oí que murmuraba, y luego sus pisadas perdiéndose.

Lo intenté. Lo intenté de verdad. Pero cuando me acurruqué en la cama, no pude contener las lágrimas.

24

—La operación de Ellie es mañana.

La doctora Pritchard asintió.

—¿Estás nerviosa?

Dije que sí con la cabeza y sentí el estómago revuelto.

—Su cirujano tiene grandes credenciales y está realmente convencido de que es sencillo para tratarse de cirugía cerebral, pero todavía estoy preocupada.

—Es natural.

Solté aire lentamente, y la espiración se convirtió en una pequeña sonrisa.

—Tengo reserva para un vuelo a Virginia a final de enero. Voy a viajar allí después de las dos semanas de recuperación de Ellie en casa.

Las cejas de la doctora Pritchard llegaron a la línea de nacimiento del pelo.

—Oh. ¿Qué ha desencadenado eso?

La valentía de Ellie y que Braden haya pasado página.

—Braden ha conocido a alguien, como yo quería. Pero Ellie es realmente la que me infundió valor. Ha sido valiente con todo y estábamos sentadas hablando anoche, y allí estaba con esta enorme cirugía por delante y preocupándose por mí, diciéndome que si no empezaba a afrontar mi pasado nunca mejoraría.

La doctora Pritchard me dedicó una sonrisa triste.

—Ellie te convenció en una conversación de lo que yo he estado intentando convencerte durante casi seis meses.

—Supongo que hace falta que te diagnostiquen algo que da miedo y ser realmente valiente al respecto para que me sienta como la peor clase de cobarde.

—Necesitaré añadir eso a mi repertorio.

Reí, y la risa se fue desvaneciendo en un silencio tenso.

—Estoy asustada —confesé finalmente—. Tengo las cosas de mi familia en una bodega. Iré a visitar sus tumbas y quizá por fin haga algo con todo eso.

—No me habías dicho que guardabas todas sus cosas.

—Sí. Las puse en una bodega y simulé que no existían.

—Es un paso muy bueno el que vas a dar, Joss.

—Sí, eso espero.

La doctora torció el gesto.

—¿Braden ha conocido a alguien?

No hice caso del dolor.

—Es lo que yo quería.

—Joss, sé que te has contado eso a ti misma, pero aun así no ha de ser fácil verlo con otra persona tan pronto. Sobre todo después de que te fuera detrás y te prometiera que no se rendiría.

—Solo prueba que tengo razón. No me quiere.

—¿Y estás segura de que está viendo a esta mujer nueva? ¿No hay un malentendido?

—Según Ellie, no.

—Entonces un viaje a Virginia podría ser justo lo que necesitas ahora mismo.

—Oh, no es un viaje —negué con la cabeza—. Bueno, lo es y no

332 · SAMANTHA YOUNG

lo es. Estoy pensando en volver a instalarme allí de forma permanente cuando sepa que Ellie está bien. Voy a buscar una casa cuando esté allí y luego volveré a Edimburgo a ordenar mis cosas...

La doctora Pritchard negó con la cabeza.

—No lo entiendo. Pensaba que Edimburgo era tu hogar. Pensaba que Ellie era tu familia.

—Ellie es mi familia y siempre lo será —asentí con tristeza—. No puedo ver que él está con otra —seguí—. Él me estaba advirtiendo, está bien. Usted, Ellie, él. Los tres me estaban advirtiendo. ¿Cree que no sé que ahuyentarlo es irracional? —me di cuenta de que estaba levantando la voz—. Sé que es irracional. No pude contenerme, fue como si hubiera alguien más dentro de mí, sacándomelo de encima porque estaba aterrorizada de perderlo.

—Joss —a voz de la buena doctora sonó suave y tranquilizadora—. Irracional, sí, pero comprensible. Sufriste muchas pérdidas cuando eras una niña. Braden sabe exactamente lo que estabas haciendo. Por eso no estaba renunciando.

—Renunció ante la visión del primer par de piernas largas que llegaron.

—¿Esa es la verdadera razón de que te vayas?

—Sé que sueno como una loca. Un minuto soy firme y no quiero estar con él y en cuanto descubro que está viendo a otra persona, se me va el mundo. La cuestión es que no ha cambiado nada. Salvo que ahora no quiero estar con él, porque claramente él no me ama como yo lo amo. Siempre ha sido la emoción de la caza con él.

—Bueno, tendría que poder hablar con Braden para tener una opinión sobre eso, pero lo que sí creo es que tienes que comunicarte con él. Necesitas contarle esto antes de irte a Virginia o siempre te lo preguntarás, Joss. ¿Sabes qué da más miedo que arriesgarse y perder?

Negué con la cabeza.

—El arrepentimiento, Joss. El arrepentimiento hace cosas espantosas a una persona.

Todos fuimos al hospital por Ellie. Incluso Hannah y Dec. Cuando vinieron a bajarla al quirófano todos nos turnamos para tranquilizarla. Al final, Adam le dio un beso largo y dulce que habría fundido hasta el menos romántico de los corazones. Daba asco que algo tan importante como la cirugía cerebral finalmente le hubiera hecho afrontar la situación, pero la vida era así en ocasiones. Algunos de nosotros necesitábamos una buena patada en el culo.

Nos sentamos en una sala de espera, pese a que los médicos nos dijeron que probablemente deberíamos ir a casa y regresar en unas horas. Ninguno de nosotros quería irse. Me senté al lado de Elodie, con Hannah al otro lado. Clark se sentó al otro lado de la sala, observando a Dec jugando con su Nintendo en silencio. Braden se sentó al lado de Clark con Adam a su derecha. Apenas hablamos. Fui a buscar café para todos y refrescos para los niños. Me llevé a Hannah a buscar unos sándwiches y traté de preguntarle por el último libro que estaba leyendo, pero ninguna de las dos estaba de humor para eso. Dec fue el único que se comió todo su sándwich mientras el resto de nosotros solo dimos un mordisquito, porque teníamos los estómagos demasiado llenos de nervios para hacer sitio para cualquier otra cosa.

¿Sabías que el tiempo se detiene en la sala de espera de un hospital? No es broma. Simplemente se para. Miras al reloj y ves que son las doce y uno, y cuando vuelves a mirar después de lo que te parece que ha sido una hora solo son las doce y dos.

Ellie me había pintado las uñas la noche anterior, porque necesitaba algo que hacer para evadir la mente de la cirugía. Cuando llegó el cirujano horas después, me había comido hasta el final del brillo.

Todos nos levantamos de golpe cuando el doctor Dunham entró por fin en la sala de espera. Nos sonrió, con aspecto cansado, pero perfectamente calmado.

—Todo ha ido francamente bien. Hemos extirpado toda la masa y hemos enviado los tumores para que hagan una biopsia. Han trasladado a Ellie al ala de posoperatorio, pero tardará un poco antes de recuperarse de la anestesia. Sé que han estado allí todo el día, así que les sugiero que vayan a casa y vuelvan esta noche en horas de visita.

Elodie negó con la cabeza, con los ojos brillando de preocupación.

—Queremos verla.

—Solo denle un poco de tiempo —insistió con amabilidad el doctor Dunham—. Les prometo que está bien. Pueden volver esta noche. Ya les advierto ahora que probablemente todavía estará muy aturdida y tiene el lado derecho de la cara muy hinchado por la cirugía. Es completamente normal.

Apreté el brazo de Elodie.

—Vamos. Daremos algo de cenar a los niños y volveremos después.

—Sí, mamá, tengo hambre —se quejó Declan en voz baja.

—Está bien —respondió, sonando todavía poco convencida.

—Gracias, doctor Dunham.

Clark tendió la mano al cirujano y este la estrechó con una sonrisa amable. Después de que Adam y Braden le dieran la mano y Elodie y yo le ofreciéramos una sonrisa de agradecimiento, el doctor Dunham nos dejó para que nos recompusiéramos. Todos sentíamos alivio al saber que Ellie había superado la cirugía, pero todavía estábamos ansiosos por verla.

Hasta que estuvimos saliendo del hospital y Braden se me acercó para abrazarme a su costado, no me di cuenta del tiempo que llevaba sin pensar en mi drama con él. Había estado pensando solo en Ellie.

Aun así, en cuanto Braden me tocó, recordé a Isla y me tensé.

Él lo notó y su cuerpo se endureció contra el mío.

—¿Jocelyn? —preguntó inquisitivamente.

No podía mirarlo. Me deshice de su agarre aprovechándome de su sorpresa y me apresuré a alcanzar a Hannah.

Esa noche la enfermera nos condujo al ala de posoperatorio y nos permitieron ver a Ellie. Habían corrido las cortinas en torno a ella, y Elodie y Clark estaban delante de mí, de modo que al principio no la vi. Cuando ellos la saludaron en silencio y dieron un paso atrás me estremecí.

No había esperado sentirme tan asustada.

El doctor Dunham tenía razón: Ellie tenía la cabeza muy hinchada y bastante deformada en el lado derecho, con los ojos todavía vidriosos por la anestesia. Unos vendajes blancos le envolvían la cabeza y sentí un tirón en el estómago al pensar en el hecho de que ese día le habían hecho un corte en el cerebro.

Ellie me ofreció una sonrisa de soslayo.

—Joss —su voz era ronca, apenas audible.

Quise correr. Lo sé. Es horrible. Pero quería huir de esa parte. Las historias con gente en un hospital nunca habían terminado bien en mi vida, y verla allí, tan vulnerable, tan exhausta, solo me recordó lo cerca que podríamos haber estado de perderla.

Sentí una mano que me apretaba y volví la cabeza para ver a Hannah observándome. Parecía tan pálida como yo me sentía, y sus dedos estaban temblando entre los míos. Ella también estaba asustada. Sonreí para tranquilizarla, con la esperanza de que estuviera exteriorizando la sonrisa.

—Ellie está bien. Ven —la tomé de su mano y la acerqué conmigo al lado de la cama de su hermana.

Estiré el brazo para coger la mano que Ellie había tendido a su madre y deslicé la mía en ella, sintiendo alivio y amor cuando ella me dio un apretón suave.

—¿Estoy guapa? —preguntó con una pequeña dificultad al hablar, y yo reí con suavidad.

—Siempre, cielo.

Sus ojos bajaron a Hannah.

—Estoy bien —suspiró.

—¿Estás segura? —se acercó a la cama, con los ojos asustados pegados a la cabeza vendada de Ellie.

—Mmm.

Ellie estaba todavía cansada y no convenía que nos quedáramos mucho. Saqué suavemente a Hannah de allí para que Braden y Adam pudieran acercarse con Declan. Declan pensó que tenía un aspecto cool, por supuesto. Una vez que Braden dijo hola, Adam no se separaría del costado de Ellie.

Los ojos de Ellie empezaron a cerrarse.

—Deberíamos dejarla descansar —afirmó Clark en voz susurrada—. Volveremos mañana.

—Els —susurró Braden, y ella volvió a abrir los ojos—. Nos vamos. Volveremos mañana.

—Está bien.

Adam cogió una silla del lado de la habitación y la puso al lado de su cama.

—Yo me quedo.

Asentimos, sin querer discutir con él al ver la forma en que apretaba la mandíbula.

Con adioses susurrados los dejamos. Braden y yo nos quedamos atrás caminando en un silencio solemne por el hospital.

—Parecía tan pequeña —murmuró Braden con voz ronca—. No esperaba que tuviera tan mal aspecto.

—La hinchazón se reducirá.

Me lanzó una mirada de preocupación.

—¿Estás bien?

—Estoy bien.

—No lo parece.

—Ha sido un día agotador.

Nos paramos en... en realidad no sé dónde. El hospital era bastante desconcertante con montones de pequeños aparcamientos y entradas diferentes y barreras amarillas. No sabía dónde demonios me encontraba. Estábamos de pie en una entrada, eso sí, y Elodie suspiró.

—¿Van a tomar un taxi?

El auto de Clark no era lo bastante grande para llevarnos a todos. Yo había venido con él, pero Adam y Braden habían tomado un taxi. Suponía que era grosero proponer que Braden cogiera un taxi y aprovechar yo el viaje.

—Yo tomaré un taxi. Braden, deberías ir con ellos.

Él sonrió de manera cómplice.

—Tomaremos un taxi juntos.

Mierda.

A regañadientes, dejé que la familia de Ellie se marchara y esperé a que Braden pidiera un taxi. Entonces me quedé junto a las puertas de entrada, manteniendo un ojo en el taxi.

Olí su colonia cuando se apretó a mi espalda. Me moví de manera incómoda, tratando de ocultar el hecho de que, pese a que había arrancado las sábanas de mi cama, aún no las había lavado porque todavía olían a Braden. En el fondo era esa clase de chica.

—¿Quieres decirme por qué me sometes al castigo del silencio? —preguntó con voz brusca, con el aliento caliente en mi oído.

Encorvé los hombros, apartándome. Su voz había tenido un efecto en mi cuerpo y yo no quería que él lo supiera.

—Estoy hablando contigo.

—Apenas.

—Tengo muchas cosas en la cabeza.

—¿Quieres hablar de ello?

—¿Cuándo he querido hablar de ello?

Sentí que el calor se hacía más intenso cuando él se acercó, deslizando la mano por mi cadera.

338 · SAMANTHA YOUNG

—Antes me hablabas, Jocelyn. No simules que no lo hiciste.

Viendo el familiar taxi negro de la ciudad doblando la esquina en nuestra parte del edificio, salí rápidamente.

—Taxi, aquí —empecé a caminar hacia él.

Cuando nos acomodamos en el coche sentí que estaba molesto. También sabía suficientemente bien que iba a tratar de hablar conmigo aunque eso significara seguirme a casa. Le di al taxista la dirección de Jo en Leith.

Braden me lanzó una mirada.

Me encogí de hombros.

—Jo me pidió que pasara.

Después de unas cuantas preguntas estúpidas más y unas pocas respuestas mías casi monosilábicas, Braden se rindió, pero no antes de lanzarme una mirada letal que decía que la cuestión no había terminado.

Bajé en casa de Jo sin un adiós y observé que el taxi se alejaba. Llamé a Jo para asegurarme de que estaba en casa y subí a su apartamento. Pasé casi toda la noche allí.

Evitar a Braden requería talento. Bueno, no, solo implicaba no estar en mi apartamento. También significaba tomar un taxi sola para visitar a Ellie. Cada día sin falta recibía un mensaje de texto de Braden en el que me preguntaba si quería que pasara a recogerme en taxi por mi casa antes de las horas de visita en el hospital. Cada vez le mandé un educado «No, gracias» de contestación. Las horas de visita estaban centradas en Ellie, así que estaba a salvo allí. Tenía una habitación privada, estaba aburridísima y desesperada por irse a casa, pero tenía que pasar una semana entera allí. La hinchazón iba disminuyendo día a día, pero me daba cuenta de que estaba agotada. Dejó que todos, y por todos me refiero a Elodie, charláramos a su alrededor, sonriendo y asimilándolo.

Por fortuna, no veía la parte triste, cuando sus ojos inevitablemente se ponían llorosos al dejarla allí. Yo no presenciaba esa parte, porque siempre me iba antes que todos los demás. No solo veía las preguntas en los ojos de Ellie cuando hacía eso, sino también en los de todos los demás. Traté de compensarlo dándole un regalo tonto cada vez que la visitaba, por más que sabía que ella se moría de ganas de preguntarme qué iba mal.

No me sorprendió en absoluto que Braden no me persiguiera al salir de allí.

Había pasado página, así que en realidad no necesitaba saber por qué lo estaba evitando.

O eso pensaba.

Pasé la Nochevieja con Jo. Recibí una llamada de Rhian. Mensajes de texto de Craig, Alistair, Adam, Elodie, Clark y los niños. Recibí un mensaje de texto de Braden.

«Feliz año nuevo, Jocelyn. Espero que sea bueno para ti. x»

¿Quién sabe por qué un mensaje puede ser tan desgarrador? Le mandé un mensaje... espera...

«Lo mismo para ti.»

Sí, lo hice. Hice eso. Soy una idiota.

Al empezar a mantenerme alejada del apartamento, a nadar en una piscina diferente y a evitar el gimnasio que compartíamos, pensé que Braden habría comprendido que estaba al corriente de lo de Isla.

A los cuatro días de la recuperación de Ellie en el hospital, y solo unos días antes de que volviera a casa, recibí otro mensaje de Braden.

«De verdad tenemos que hablar. He pasado por el apartamento varias veces pero nunca estás. ¿Podemos vernos? x»

No le contesté. Obviamente, quería hablarme de su nueva gerente.

No importaba que no respondiera. El destino ya tenía planes para que nos reuniéramos. Dos días después del mensaje estaba esquivando el apartamento y comiendo en ese gran pub del Grassmarket. Iba a dirigirme por el puente George IV a Forrest Road, donde estaba esa tienda *kitsch* que le encantaba a Ellie. Vendían unos paraguas que eran como parasoles pasados de moda y ella había estado insistiendo en comprarse uno, pero nunca lo había hecho. Así que iba a comprarle un pequeño regalo para su regreso al apartamento al día siguiente.

Acababa de terminar de comer y había salido al Grassmarket. Estaba tratando de volver a meter el monedero en el bolso cuando oí:

—¿Jocelyn?

Levanté la cabeza y mi corazón hizo eso de latir tan fuerte que se descolgaba de mi pecho y se precipitaba a la boca de mi estómago. Braden estaba delante de mí, y a su lado, esa rubia alta y sensacional. Ella llevaba un traje chaqueta entallado, de estilo victoriano y seductores zapatos de aguja. Lucía una larga melena rubia perfectamente alborotada y el maquillaje era tan impecable como sus facciones.

¿Era real?

La odié al instante.

—Braden —contesté, con mis ojos volando a cualquier parte para evitar su mirada.

Debería mencionar que iba con mis jeans rotos en la rodilla y una camiseta vieja que anunciaba una famosa cerveza. Llevaba el pelo recogido en su habitual moño encima de la cabeza y nada de maquillaje.

Tenía un aspecto horrible.

La verdad es que facilitaba al máximo su elección.

—Te mandé un mensaje de texto —dijo con voz irritantemente severa.

Al oírlo mis ojos buscaron los suyos.

—Ya lo sé.

Apretó la mandíbula.

Isla se aclaró la garganta de manera educada y trató de relajarse, aunque su mirada penetrante no abandonó la mía cuando Braden dijo:

—Isla, ella es Jocelyn. Jocelyn, ella es Isla, la nueva gerente de Fire.

Recurrí a mis mejores aptitudes interpretativas para sonreír educadamente y le tendí la mano a Isla para que me la estrechara. Ella me sonrió con curiosidad.

—He oído todo de ti —dije de manera significativa.

Todo el cuerpo de Braden se paralizó entonces y le envié una sonrisa amarga, transmitiendo mi propio mensaje con la mirada: «Sí, lo sé todo de ella, idiota.»

Isla se volvió hacia Braden torciendo la boca de una manera excepcionalmente atractiva y seductora.

—¿Has estado hablando de mí a la gente?

Él no respondió. Estaba demasiado ocupado matándome con los ojos.

—Isla, puedes darnos un momento, por favor.

Ajá.

Y entonces ocurrió un milagro. Bon Jovi acudió en mi auxilio. Había cambiado mi tono de móvil.

«Un disparo en el corazón y tú eres el culpable, le das un mal nombre al amor.»

Sí, no me sentía muy sutil el día que cambié el tono.

Braden levantó una ceja al oírlo y una sonrisa estúpidamente divertida curvó sus labios cuando saqué el móvil. Rhian. Gracias a Dios.

—Tengo que contestar. Ya hablaremos.

La sonrisa de Braden se convirtió rápidamente en una mirada asesina.

—Joc...

—Rhian —respondí con afectada alegría, haciendo un pequeño gesto de adiós a Isla que ella devolvió de manera ausente.

Rhian resopló.

—Suenas tensa.

Caminé con paso ligero más allá de los pubs dirigiéndome a Candlemaker Row, un atajo al puente y a Forrest Road.

—No te hice un regalo de Navidad lo bastante bueno, que lo sepas.

—Eh, ¿por qué?

—Porque acabas de salvarme el cuello. Te mandaré algo como agradecimiento.

—Oh, chocolate, por favor.

—Hecho.

Dejé que me hablara de algo y nada durante diez minutos en un intento desesperado de apagar el insoportable dolor en el pecho que me había producido ver a Braden. No duró mucho. Fui a casa, me acurruqué en las sábanas sin lavar que olían a él y lloré durante tres horas, antes de reunir por fin el valor de ponerlas en la lavadora.

25

Quizá todavía me sentía culpable por haberle fallado a Ellie aquella primera noche, así que me pasé un poco preparando el apartamento para su regreso. Estaba limpio de suelo a techo, pero había contenido mi propia inclinación al orden y había dejado las cosas de Ellie, porque sabía que eso la haría sentirse en casa. Encargué en Internet un espléndido juego de cama color verde pálido, porque sabía que le encantaba el verde, compré unos cuantos cojines decorativos y convertí su cama en la cama de una princesa. Compré también una bandeja para desayunar en la cama que rodaba por el lateral y se doblaba hacia dentro. Compré flores. Chocolate. Llené la nevera con su helado favorito de Ben & Jerry's. Había una pila de todos los últimos números de todas las revistas que ella leía en el armarito de al lado de la cama. Un par de libros de sudokus y crucigramas. Y lo más extravagante... una pequeña televisión de pantalla plana con DVD incorporado. Probablemente era demasiado para un paciente que en principio solo tenía que estar en cama dos semanas, pero no quería que Ellie se aburriera.

—Oh, Dios mío —los ojos de Ellie se ensancharon en cuanto entró en la habitación.

Estaba de pie con el brazo enlazado en la cintura de Adam, y Elodie, Clark y Braden ya estaban en el dormitorio, sonriendo ante todo ello. Los niños habían vuelto a la escuela, así que se perdieron el «Joss se ha pasado». Los ojos de Ellie se clavaron en mí.

—¿Tú has hecho todo esto?

Me encogí de hombros sintiéndome muy incómoda de repente.

—No es nada.

Ellie rio y se acercó a mí, despacio.

—Eres asombrosa.

Resoplé.

—Si tú lo dices...

—Ven —me envolvió con sus brazos y yo la abracé, como siempre sintiéndome como una niña pequeña abrazada a su madre porque era muy alta—. Me encanta, gracias.

—Me alegro —me aparté con suavidad y puse ceño—. Túmbate.

Ellie gruñó.

—Esto va a ser divertido.

Cuando Adam estaba ayudando a Ellie a sacarse los zapatos y meterla en la cama, Elodie se me acercó.

—El médico dice que has de asegurarte de que no se le humedezca el vendaje cuando se duche.

—Puede bañarse por ahora.

—Bien. Y tiene que descansar. Puede caminar un poco, pero no constantemente.

—Entendido.

—Tiene que volver dentro de dos semanas para que le quiten el vendaje.

—Vale.

—Y luego tiene un control dentro de tres meses. Si todo está bien, el siguiente será dentro de un año.

Puse ceño.

—Espera —espeté una sonrisa de esperanza en dirección a Ellie—. ¿Tenéis los resultados de la biopsia?

—¿Nadie se lo ha dicho? —arrugó el entrecejo al mirar de manera acusadora por la habitación.

Braden suspiró.

—A lo mejor si dejara de evitar a todo el mundo...

—Hola —moví la mano—. ¿Resultados, por favor?

Ellie sonrió.

—Benigno.

Suspiré aliviada al oír la confirmación de lo que el doctor Dunham había predicho.

—Tendrías que haber empezado por ahí.

—Perdón.

—Ajá —arqueé una ceja a Elodie—. Posdata: voy a cuidar bien de ella—fijé mi atención en Adam, que se había aupado a la parte superior de las mantas en el otro lado de la cama—. Eso si el osito amoroso me deja.

Adam hizo una mueca.

—Soy demasiado mayor para que me llamen osito amoroso.

—A mí me gusta —Ellie sonrió con malicia.

—Entonces, osito amoroso.

—Bueno, creo que iré a preparar algo de café antes de vomitar en la colcha nueva de Ellie —respondí y me dirigí hacia la puerta.

Braden se interpuso, con rostro inexpresivo.

—Tenemos que hablar —con esto, dio media vuelta y salió de la habitación, sin dejarme otra opción que seguirle.

Lo encontré en mi dormitorio, y en cuanto entré, él pasó a mi lado para cerrar la puerta.

—Podemos hablar en la sala —dije con irritación, odiando tenerlo allí, donde conservaba tantos recuerdos.

Además, su presencia en mi habitación siempre había sido abrumadora.

En respuesta, él se acercó a mí y solo se detuvo cuando estuvimos a dos dedos de distancia. Quería retroceder, pero no pensaba darle esa satisfacción. Lo miré desafiante y él inclinó un poco la cabeza para mirarme directamente a los ojos.

—He estado tratando de darte espacio, pero esto es ridículo.

Di un cabezazo al oírlo.

—Eh, ¿qué?

Observé sus ojos excepcionales y furiosos entornándose.

—Nunca estás aquí. ¿Estás viendo a otra persona? Porque juro por Dios...

Decir que me enfureció se quedaba muy corto.

—¿Me estás tomando el pelo? —grité, olvidando que había público al otro lado del pasillo.

—Bueno, ¿qué demonios está pasando?

Tomé una inspiración temblorosa, tratando de calmarme.

—Eres un imbécil. Cómo se te ocurre entrar aquí y acusarme de hacer cosas a tu espalda cuando eres tú el que se está cogiendo a la nueva gerente de tu club.

Ahora Braden echó la cabeza atrás, desconcertado. ¿Y la mirada que me dedicó? Bueno, digamos solo que no era una forma educada de expresar que pensaba que me faltaba un tornillo.

—¿Isla? ¿Crees que me estoy cogiendo a Isla? No puedo creerlo.

Vale. Estaba completamente confundida. Crucé los brazos sobre el pecho en un intento de mostrar que controlaba esa conversación.

—Ellie me lo contó todo.

Se quedó con la boca abierta. Habría sido divertido si la situación no hubiera sido como un cuchillo en la tripa.

—¿Ellie? ¿Qué te dijo exactamente Ellie?

—Los vio en la comida. Ustedes se encontraron con Adam y ella para comer y dijo que estaban coqueteando y que se veían muy a gusto.

Ahora Braden cruzó los brazos sobre el pecho y la seda suave de su camisa se tensó contra los músculos de su bíceps. Tuve un *flash* de él encima de mí, con sus manos presionándome las muñecas al colchón, moviendo los músculos de sus brazos al empujar con fuerza en mi interior una y otra vez.

Me ruboricé, apartando la imagen de la cabeza.

Mierda.

—¿Ellie te contó que comió conmigo y con Isla y que yo estaba coqueteando con ella? —preguntó lentamente, como si fuera una paciente psiquiátrica.

Respondí con los dientes apretados.

—Sí.

—Si no acabaran de operarle el cerebro juro por Dios que la mataría.

Pestañeé.

—¿Qué?

Braden dio un paso adelante, lo cual me obligó a dar un paso atrás, porque no quería que mis tetas chocaran con él.

—Nunca he comido con Isla y Ellie. Se conocieron cuando ella y Adam se pasaron por el club a traerme un USB que dejé en el apartamento. Se vieron dos segundos.

Me rasqué detrás de la oreja, porque no me gustaba en absoluto dónde me dejaba eso en esta conversación.

—¿Por qué iba a contarme eso?

Braden suspiró profundamente y se volvió, pasándose una mano por el pelo en señal de frustración.

—No lo sé. Probablemente porque le dije que iba a darte espacio como parte de la siguiente fase del plan para recuperarte, y a Ellie no le pareció buena idea. Aparentemente, pensó que el siguiente paso eran los celos —negó con la cabeza al lanzarme una mirada insondable—. Y aparentemente se equivocaba.

Lo observé paseando por mi habitación, claramente ordenando sus ideas tanto como yo trataba de afrontar la idea de que Braden no había pasado página en absoluto. Pero todavía no podía entender que Ellie me hubiera hecho daño de esa manera. También me preguntaba cuándo demonios había aprendido a mentir tan bien. No tenía ni idea de mentir cuando la conocí.

Oh.

¿Culpa mía?

—Todavía no lo entiendo. Conocí a esa Isla y es exactamente tu tipo, y está claro que coqueteaba contigo.

—¿Por qué te importa? —preguntó, pasando las manos por mi estantería—. Dijiste que no querías... —detuvo, con el cuerpo tenso con una alerta repentina.

—¿Qué?

Tiró de algo en mi estantería, inclinando la cabeza, y luego se volvió hacia mí, con ojos acusadores.

—¿Vas a alguna parte? —tenía mi billete electrónico impreso para mi viaje a Virginia.

Mi cerebro y mis emociones todavía estaban decidiendo si esta nueva información afectaba a mis planes, de modo que mi cerebro solo dijo la primera parte, que era técnicamente cierta.

—Me voy a casa.

Supe que me equivoqué. Supe que me equivoqué porque Braden no dijo nada. Me clavó en la pared con una expresión que nunca quería ver otra vez en sus ojos y a continuación se volvió y salió de mi habitación dando un portazo.

Sin argumento. Sin discusión.

Quería volver a llorar. Una vez que había iniciado el camino de ceder a las lágrimas después de años de contenerlas, parecía que ya no había forma de pararlas. Mi boca tembló y me abracé a mí misma para contener los temblores que me sacudían.

Diez minutos después estaba lo bastante calmada para preparar café para todos y llevarlo al dormitorio de Ellie. Braden estaba sentado en un rincón y ni siquiera me miró.

Basté decir que creamos una tensión horrible en la habitación de Ellie. Todos nos habían oído discutir y todos habían oído a Braden casi astillando la madera en la puerta de mi dormitorio al dar un portazo. Era incómodo.

Al darse cuenta por fin de que su humor estaba envenenando el regreso triunfal de Ellie a casa, Braden se levantó, besó a su hermana en la frente y le dijo que llamaría más tarde. Ellie asintió, mordiéndose el labio con preocupación al verlo salir. Me lanzó una mirada de colegiala culpable y yo aparté la cara.

Elodie y Clark salieron poco después, y yo ya me estaba levantando para dejar solos a Ellie y a Adam cuando ella me detuvo.

—¿Qué está pasando contigo y con Braden?

—Ellie, no voy a arrastrarte a nuestro drama cuando aún estás en recuperación.

—¿Es por esa mentirita piadosa que te conté sobre él e Isla?

Me volví, levantando una ceja ante la expresión abochornada de Ellie.

—Sí, acabo de descubrirlo.

Ellie miró a Adam, que estaba torciendo el gesto, claramente confundido.

—Hice una cosa mal.

Asintió.

—Me estoy dando cuenta. ¿Qué pasó?

—Le dije a Joss que tú y yo habíamos comido con Isla y Braden y que estaban coqueteando el uno con el otro.

Su novio retrocedió igual que había hecho Braden. De hecho me di cuenta de que los dos tenían muchos gestos similares. Pasaban demasiado tiempo juntos.

—Nunca comimos con ellos. Pasamos dos segundos por el club.

—Vale, este juego ya no tiene gracia —espeté, olvidando que se lo estaba soltando a una convaleciente—. ¿Por qué me mentiste?

Los ojos de Ellie estaban llenos de pena. Podía salvarse del asesinato de bonita que era.

—Braden me contó que como ponerse delante no estaba funcionando, se le había ocurrido el estúpido plan de retirarse y hacer que lo echaras tanto de menos que volvieras con él. Le dije que eras demasiado terca para caer por eso.

De hecho, había estado echándolo de menos. El cabrón me conocía demasiado bien.

—Mmm —respondí sin comprometerme.

—Estabas siendo muy terca, Joss. Pensé que si provocaba tus celos te asustarías y saldrías corriendo detrás de él —tenía la cara pálida al mirar a los ojos de Adam—. Me salió el tiro por la culata.

—Ya lo veo —añadió él, tratando de no sonreír.

¡No tenía gracia!

—Tienes suerte de que acabas de salir del quirófano.

Ellie hizo un gesto de dolor.

—Lo siento, Joss —la esperanza asomó en su mirada—. Quería decírtelo antes de la cirugía, pero estaba tan asustada ese día que me olvidé. Pero ahora sabes la verdad. Puedes dejar de resistirte e ir a recuperarlo.

Era mi turno de suspirar.

—Ahora está furioso conmigo.

—¿Por no confiar en él?

—Algo así —contesté, preguntándome qué demonios iba a hacer a continuación.

—¿Me has perdonado? —preguntó Ellie con calma.

Puse los ojos en blanco ante la pregunta.

—Por supuesto. Pero... deja el negocio de celestina. Eres penosa. —dediqué un tímido y triste saludo con la mano y salí de la habitación, cerrando la puerta en silencio tras ellos.

Me senté ante mi máquina de escribir, mirando la última página, tratando de entender qué significaba eso para mí ahora. La doctora Pritchard dijo que lamentaría no ser sincera con Braden. Y la verdad era que todas las cosas que me preocupaban al respecto —ser lo bastante buena, que Braden fuera tan intenso, qué podía ocurrirnos en el futuro— parecían poca cosa después de tener un pequeño anticipo de lo que sería sentir que pensaba que ya no me quería.

Debería hablar con él.

De todos modos, iba a ir a Virginia para afrontar la muerte de mi familia.

Pero debería hablar con él.

Espera un minuto. Me volví en mi silla para mirar el estante donde había estado mi billete de avión. No estaba allí. Y ahora que lo pensaba, no había visto a Braden dejándolo otra vez.

Oh, Dios mío, ¡me había robado el billete!

Mi ira alimentó mi hiperenergía. ¡Intenso! ¿Braden intenso? ¡Era un puto idiota mandón! Me calcé las botas, me puse el abrigo, abotonándomelo mal y luego gritando entre dientes de exasperación. Cogí las llaves y el monedero e intenté armarme con un poco de calma cuando le dije a Adam y Ellie que iba a salir. Ellos me saludaron y yo salí dando un portazo, con la mano ya estirada para pedir un taxi.

No podía pensar. No podía respirar. O sea, era el colmo. Robarme el billete de avión.

Era un cavernícola.

Prácticamente le eché el importe de la carrera al taxista y bajé de un salto, corriendo por Quartermile hasta la entrada de su apartamento. Sabía que me enfocaba la cámara, así que levanté la mirada, medio esperando que no me dejara entrar.

Me dejó entrar.

Fue el trayecto en ascensor más largo de mi vida.

Al bajar me encontré a Braden de pie en su puerta, con aspecto

352 · SAMANTHA YOUNG

despreocupado y natural, con suéter, vaqueros y pies descalzos. Se echó rápidamente atrás para sostener la puerta abierta para mí cuando yo pasé echa una furia a su lado.

Me volví, casi perdiendo el equilibrio por la inercia de mi ira.

El idiota me estaba sonriendo al cerrar la puerta y caminó hacia mí en la sala de estar.

—No tiene gracia —grité, probablemente reaccionando en exceso... pero estaba tratando con un conjunto de emociones que él me había hecho pasar en las últimas semanas.

Vale, quizá la mitad me las había ganado sola, pero también estaba enfadada conmigo misma. De todos modos, no podía discutir conmigo, así que lo iba a pagar él.

La sonrisa desapareció del rostro de Braden y apareció el ceño.

—Ya sé que no tiene ninguna gracia. Créeme.

Estiré la mano.

—Devuélveme el billete, Braden. No estoy de broma.

Asintió y sacó el billete del bolsillo de atrás.

—¿Este billete?

—Sí. Dámelo.

Entonces encendió mi furia volcánica.

Braden rompió mi billete y dejó que los trocitos cayeran al suelo.

—¿Qué billete?

A pesar de la idea que estaba alojada en la parte de atrás de mi cerebro de que podía volver a imprimirlo... perdí los estribos.

Con un gruñido animal del que ni siquiera me creía capaz, lancé mi cuerpo contra el suyo, arremetiendo con las manos por delante y empujándolo con fuerza suficiente para hacerlo trastabillar. De repente, estaba todo en mis tripas: los últimos seis meses de agitación emocional, los cambios drásticos que había traído a mi vida, la incertidumbre, los celos, el sufrimiento.

—Te odio —grité. Las palabras salieron de mi boca con voluntad propia. Me aparté de él—. Estaba bien hasta que llegaste.

Empezaron a picarme los ojos cuando miré su rostro pétreo.

—¿Por qué? —se me quebró la voz y empezaron a resbalar lágrimas por mis mejillas—. Estaba bien. Estaba bien y a salvo. Estoy rota, Braden. Deja de tratar de arreglarme y déjame estar rota.

Él negó con la cabeza lentamente, también con los ojos brillantes, y yo me quedé petrificada cuando vino hacia mí. Cerré los ojos al notar su contacto, sus manos envolviéndome, los brazos atrayéndome hacia él.

—Tú no estás rota.

Abrí los párpados y miré su bello rostro, su bello y angustiado rostro.

—Sí lo estoy.

Esta vez me dio un furioso zarandeo.

—No, no lo estás.

Inclinó su cara hacia la mía y me encontré atrapada en sus ojos celestes, hipnotizada por el brillo de vetas plateadas en ellos.

—Jocelyn, no estás rota, nena —repitió con voz ronca, con un ruego en la mirada—. Tienes unas pocas grietas, pero todos las tenemos.

Vertí más lágrimas y mi boca tembló cuando susurré:

—No te odio.

Nuestras miradas se encontraron: tanta emoción, tanta incertidumbre, tanto de todo se había construido a nuestro alrededor en esa tensión gruesa. El aire se notaba cargado, desesperado. La expresión de Braden había cambiado, sus ojos quemaban al bajar a mi boca.

No sé quién de los dos hizo el primer movimiento, pero segundos después mis labios estaban aplastados bajo los suyos y su mano estaba tirando casi dolorosamente de mi pelo al sacarme un clip para dejar que mi melena cayera en torno a mis hombros. Y al instante sentí su lengua deslizándose en la mía, y pude saborearlo, olerlo, percibir su fuerza a mi alrededor.

Lo echaba de menos.

Echaba de menos la asombrosa sensación de hacerle reír.

Pero todavía estaba enfadada, y en el beso doloroso del que no iba a apartarme, sentí lo enfadado que estaba Braden también. Eso no nos detuvo. Interrumpimos el beso durante dos segundos para que Braden pudiera soltar los botones de mi abrigo y quitármelo. Yo tiré del borde de su suéter y se lo quité frenéticamente antes de que mis manos volvieran a perderse en su pecho duro y caliente y en sus abdominales. Me abalancé para darle otro beso, pero Braden no había terminado de quitarme la ropa. Con impaciencia me eché atrás para ayudarle a que me quitara el suéter, pero no iba a esperar mucho más después de eso.

Mis manos en su nuca le obligaron a bajar la cabeza y lo besé por todos los días que no lo había besado. Era un nudo desesperado y sensual de lenguas y aliento caliente, con mi sexo pulsando inmediatamente después de la fuerza húmeda de ese único beso.

Así que en medio del beso, apenas reparé en que Braden me arrastraba sin demasiada delicadeza contra una pared, separando su boca de la mía al trazar un reguero de besos por mi cuello, cogiéndome con sus brazos fuertes por debajo de mis muslos para envolverse la cadera con mis piernas. Mi cuerpo subió por la pared, con su verga dura en mi entrepierna, vaquero contra vaquero.

—Coño —suspiró Braden con voz caliente, hundiendo su boca en la curva de mis pechos.

Me sostuvo con una mano en mi trasero mientras me bajaba el sujetador con la otra, dejando que el aire frío susurrara en mi pezón. Este se endureció con el beso de Braden y yo jadeé por el relámpago de placer que estalló entre mis piernas cuando él lo introdujo en su boca. Arqueé las caderas, frotándome contra la erección de Braden.

—No puedo esperar —jadeé, agarrándome a sus hombros.

Como para comprobarlo, Braden desabotonó mis jeans y deslizó una mano por debajo de mis bragas. Gimoteé, presionando contra sus dedos, que se hundían en mi interior.

—Coño —su cabeza cayó contra mi pecho al deslizarse dentro y fuera—. Tan mojada y tan cerrada, nena. Siempre.

—Ahora —gruñí, clavando mis uñas en su piel—, Braden.

Y entonces nos estábamos moviendo, yo sujetándome en él cuando él se volvió conmigo en brazos y nos tumbó en el sofá; sus manos rápidas al echarse atrás y bajarme los pantalones. Me desabroché el sujetador mientras él volvía a mis pantis, al tiempo que yo hacía un pequeño movimiento con el pie para desembarazarme de ellas. Jadeando con anticipación, con la piel ardiendo, caí de espaldas, separando las piernas para él.

—Braden, ahora.

Se había detenido, paralizado, mientras me miraba desnuda debajo de él, con mi pecho subiendo y bajando con respiraciones cortas y excitadas, mi pelo extendido alrededor de todo mi cuerpo. Observé que su expresión cambiaba, no menos excitada, pero más suave de algún modo. Presionó una mano en mi vientre, temblando, y subió suavemente por mi estómago, entre mis pechos, a mi mandíbula. Empezó a moverse encima de mí, erosionando mis piernas desnudas con el tejido de sus jeans.

—Pídelo —se abalanzó con brusquedad contra mis labios.

Deslicé una mano entre nuestros cuerpos para bajarle la cremallera de los jeans. Mis dedos se colaron bajo sus calzoncillos bóxer y se curvaron en torno a su pena. Lo saqué de sus jeans y observé que cerraba los ojos, con su respiración entrecortada.

—Quiero que me cojas —di un pequeño lametón a sus labios que volvió a abrirle los ojos. Me miró desde arriba—. Por favor.

Con el gemido que tanto había echado de menos, Braden se bajó un poco los jeans y envolvió su mano en torno a la mía para que ambos guiáramos su miembro entre mis piernas. Al sentir el más ligero roce de él me puse aun más mojada. Lo solté, liberando las manos para agarrar su trasero al tiempo que él se introducía lentamente dentro de mí. Le apreté las nalgas, instándolo a ir más deprisa.

Y él lo hizo encantado.

—Más fuerte —gemí—. Más fuerte, Braden, más fuerte.

Pedirle que me cogiera más fuerte nunca fallaba para espolear a Braden. Me besó y se hundió en mí. El placer se enrolló con tanta fuerza en mi cuerpo cuando su pene me besó tan adentro que eché la cabeza atrás para gritar, y mis gritos fueron subiendo de volumen a medida que él empujaba deliciosamente en mi interior. Lo que me estaba haciendo por dentro, la visión de él tensándose encima de mí, los sonidos de nuestros jadeos y gemidos de excitación y el húmedo sonido primigenio del sexo, todo ello me propulsó hacia la satisfacción, y deprisa. Estallé, gritando su nombre al venirme. Me corrí con tanta fuerza, con mi sexo pulsando en torno a Braden, que le provoqué su propio orgasmo. Su cuerpo se tensó, recorrido por el placer, y siguió moviendo las caderas adelante y atrás, prolongando nuestros dos orgasmos.

El mejor sexo de mi vida.

Braden gruñó y se derrumbó encima de mí. Yo froté las manos en sus nalgas con dulzura antes de deslizarlas en su espalda para acercarlo.

Él giró la cabeza para plantarme un beso familiar en el cuello.

—¿Todavía estás molesta conmigo? —preguntó.

Suspiré.

—Iba a ir a casa para hacer lo que debería haber hecho ocho años antes. Iba a ir a casa para despedirme de mi familia.

Braden se quedó quieto y luego se echó atrás para mirarme a la cara, con los ojos cargados de remordimiento.

—Dios, lo siento, nena. Por el billete.

Me mordí el labio.

—Puedo volver a imprimirlo. Y... estaba pensando en quedarme en Virginia permanentemente después de que Ellie se recupere.

El remordimiento se volatilizó en un abrir y cerrar de ojos.

—Por encima de mi cadáver.

—Sí, pensaba que dirías eso.

Puso ceño.

—Todavía estoy dentro de ti.

—Ya lo noto —asentí, desconcertada.

—Bueno, al menos déjame salir antes de que me digas que estás intentando dejarme.

Me incliné sobre él y le besé los labios.

—Todavía no sé si es eso lo que estoy haciendo.

Acostumbrado a que nada fuera sencillo conmigo, Braden soltó aire lentamente y se retiró de mí. Volvió a meterse la verga en los jeans y se incorporó ofreciéndome la mano. Decidiendo confiar en él, dejé que me pusiera de pie, y subí por la escalera detrás de él hasta su habitación. Él señaló con la cabeza a la cama.

—Métete dentro.

Como estaba desnuda y saciada y sin ganas de discutir, me metí en la cama y me tumbé de costado. Observé con placer cómo Braden se desnudaba por completo y se metía bajo las sábanas a mi lado. Inmediatamente me acomodé en su costado, con la cabeza en su pecho caliente.

—Entonces ¿qué estás haciendo?

Menuda pregunta. ¿Y por dónde empezar?

—Tenía una familia muy buena, Braden —dije en voz baja, con un dolor que había ocultado demasiado tiempo enrollado en cada palabra.

Braden lo oyó y me agarró el brazo.

—Mi madre era huérfana. Creció en casas de acogida y luego se trasladó a Estados Unidos con un visado de trabajo. Estaba trabajando en la biblioteca del campus cuando conoció a mi padre. Se enamoraron,

358 · SAMANTHA YOUNG

se casaron y durante un tiempo vivieron felices. Mis padres no eran como los padres de mis amigas. Yo tenía catorce años y ellos todavía estaban escapándose, besuqueándose cuando creían que no podía verlos. Estaban locos el uno por el otro —sentí que se me cerraba la garganta, pero traté de continuar—. Estaban locos por mí y por Beth. Mi madre era sobreprotectora y un poco autoritaria, porque no quería que nos sintiéramos tan solas como se había sentido ella al crecer —seguí—. Yo pensaba que era más cool que todas las demás madres porque, bueno, tenía un acento cool, y era bastante seca, pero de una manera divertida que asombraba a algunas de las amas de casa elegantes que vivían en nuestro pueblo.

—Suena como alguien que conozco —comentó Braden, con diversión en la voz.

Sonreí al pensar que podría ser un poco como mi madre.

—¿Sí? Bueno, era asombrosa. Y mi padre era igual de genial. Era el padre que te preguntaba cada día para ver qué pasaba. Incluso al hacerme mayor y convertirme por completo en esa nueva criatura llamada chica adolescente, seguía siempre allí —sentí que me caía una lágrima—. Éramos felices —terminé, logrando apenas pronunciar las palabras.

Sentí el beso de Braden en mi pelo, con su agarre en mi brazo tan fuerte que casi dolía.

—Nena, lo siento mucho.

—Hay que joderse, ¿verdad? —limpié rápidamente las lágrimas—. Un día estaba sentada en clase y la policía vino a decirme que mi padre había chocado de frente con un camión para esquivar a un motorista que había caído de su moto. Muertos. Mamá. Papá. Beth. Perdí a mis padres y perdí a una niña pequeña a la que no había tenido oportunidad de conocer. Aunque la conocía lo suficiente para saber que la adoraba. Sabía que lloraría si no podía ver a su osito de peluche favorito, su pequeño oso raído con una cinta azul en torno al cuello que era mío y todavía olía como yo. Se llamaba *Ted*. Original, ya sé. Sé que tenía un gusto sofisticado en música porque lo único que tenías que hacer para que dejara de llorar era poner MMMBop de Hanson —sonreí con tristeza al recordarlo—. Sabía que cuando estaba pasando un mal día, lo único que tenía que hacer era cogerla en brazos, apretarla cerca, oler su piel y sentir su pequeño calor contra mí para saber que todo estaba bien.

»Descarrilé cuando los perdí. Mi primera casa de acogida estaba llena de otros niños, así que mis padres de acogida apenas se fijaron en que estaba viva, y eso ya me iba bien, porque significaba que podía hacer lo que quería. La única cosa que entumecía todo era hacer cosas estúpidas que me hacían sentirme como una mierda conmigo misma. Perdí la virginidad demasiado joven, bebía demasiado. Luego, después de que muriera Dru, paré. Me cambiaron a otra casa de acogida en el otro lado del pueblo. No tenían mucho, pero había menos niños allí y una niña en particular que era muy simpática. Pero quería una hermana mayor... —respiré hondo, sintiendo que la culpa me inundaba otra vez—. Yo no quería ser nada para nadie. Ella necesitaba a alguien, y yo no se lo concedí. Ni siquiera sé lo que le ocurrió después de que me fui —negué con la cabeza y suspiré, apesadumbrada—. Cuando estuve allí, fui a alguna fiesta a lo largo de los años, no muchas. Siempre terminaba con algún tipo al que no conocía ni me importaba —solté un suspiro pesado—. La verdad es que salía el mismo día todos los años. A una fiesta, a un bar. No importaba siempre que me ayudara a olvidar. He pasado ocho años enterrando a mi familia, simulando que nunca había existido, porque sí, como dijiste, era más fácil simular que nunca había tenido que afrontar lo mucho que me dolía haberlos perdido. Me doy cuenta ahora de lo injusta que fui con ellos. Con su recuerdo — apreté la mandíbula para contener las lágrimas, pero se derramaron de todos modos, goteando en el pecho de Braden—. La noche que salía era la del aniversario de su muerte. Pero dejé de hacerlo a los dieciocho. Salí esa noche y fui a una fiesta, pero no puedo recordar nada de lo que ocurrió después de que llegué. Me desperté al día siguiente y estaba desnuda en la cama con dos tipos a los que no conocía.

Braden maldijo entre dientes.

—Jocelyn.

Ahora estaba cabreado con retraso y lo sabía.

—Créeme, he estado allí. Estaba furiosa conmigo, me sentía violada, asustada. Podría haberme ocurrido cualquier cosa. Y sexualmente...

—No.

Me detuve porque su tono daba miedo.

—Me revisé y esos chicos no me habían pasado nada, gracias a Dios. Pero nunca volví a acostarme con nadie. Hasta que lo hice contigo.

Otro apretón fuerte por eso.

—Puede que no pare nunca de tener miedo al mañana, Braden —seguí con calma—. Me asusta el futuro y lo que podría sacar de mí. Y en ocasiones me vuelvo loca, y en ocasiones mis locuras hacen daño a la gente que tengo más cerca.

—Eso lo entiendo. Puedo afrontarlo. Tienes que confiar en mí.

—Pensaba que eras tú el que tenía problemas con la confianza — gruñí.

—Confío en ti, nena. No te ves de la forma en que yo te veo.

Tracé una pequeña jota en su pecho.

—Yo confío en ti. No esperaba que Ellie me mintiera, y por eso la creí sin poner en duda. Lo siento.

Braden dejó escapar el aire.

—Te quiero, Jocelyn. Estas últimas semanas han sido una pesadilla por más de una razón.

Pensé en la rubia de piernas largas que me había hecho pasar un infierno.

—¿Y qué pasa con Isla?

—Juro que nunca me acosté con ella.

—¿Ocurrió algo?

Su pecho se puso frío debajo de mí.

—¿Braden?

Suspiró pesadamente.

—Ayer ella me besó. Yo no le devolví el beso. La aparté y le hablé de ti.

Me quedé un momento en silencio y entonces repliqué con determinación.

—Tienes que despedirla.

Braden resopló.

—¿Vas a reconocer finalmente que me quieres?

—No puedo prometer que será fácil, Braden. Probablemente siempre seré un poco irracional respecto al futuro. Me preocuparé mucho.

—Te he dicho que puedo manejarlo, nena.

—¿Por qué?

—Porque... —contestó—. Me haces reír, me retas, me excitas como nadie más puede hacerlo. Siento que me estoy perdiendo algo realmente importante cuando te vas. Tan importante que no me siento yo mismo. Nunca había sentido que alguien era mío antes. Pero eres mía, Jocelyn. Lo he sabido desde el momento en que nos conocimos. Y yo soy tuyo. No quiero ser de nadie más, nena.

Me incliné sobre un codo para poder mirarlo a los ojos antes de plantarle un beso suave en los labios y caer sobre él en el momento en que sus brazos me rodearon para aguantarme cerca y profundizar el beso. Cuando finalmente salí a buscar aire estaba jadeando un poco. Toqué sus labios con un dedo, decidida a que un día disfrutaría de esa satisfacción sin preocuparme porque me la quitaran.

—¿Crees que podrías venir a Virginia conmigo? ¿A revisar las cosas de mis padres?

Sus ojos sonrieron, y no puedo explicarte lo que significó para mí poder hacerlo feliz.

—Por supuesto. Iremos cuando quieras. Pero volveremos.

Asentí.

—Solo iba a mudarme a Virginia porque pensaba que tú te habías mudado con Isla.

Braden gruñó.

—Muy bonito.

—Vas a despedirla, ¿verdad?

Entornó los ojos.

—¿Quieres que la despida sin más?

—Si te dijera que Craig me besó anoche me harías renunciar al trabajo.

—Entendido. Le encontraré empleo en otro sitio.

—En otro sitio en el que tú no trabajes.

—Coño, qué mandona.

—Eh, ¿no recuerdas cómo te echaste encima de mí en un escritorio después de que Craig me besara?

—Otra vez, entendido.

Enterré la cabeza en su pecho.

—Pensaba que la había cagado de verdad.

Me apretó la nuca.

—Los dos lo hicimos. Pero ya es pasado. De ahora en adelante estoy completamente a cargo. Creo que tendremos mucho menos drama y desde luego ninguna ruptura más, si yo controlo esto.

Le di un golpecito en el estómago.

—Lo que necesites decirte a ti mismo para pasar el día, nene.

—Todavía no lo has dicho, ¿sabes?

Volví la cabeza y le sonreí. Respiré hondo.

—Te quiero, Braden Carmichael.

Su sonrisa hizo que se me hinchara el pecho.

—Dilo otra vez.

Reí.

—Te quiero.

Se sentó rápidamente y luego bajó de la cama, atrayéndome hacia él. Me empujó hacia el baño en suite.

—¿Vas a decirlo otra vez mientras te cojo en la ducha?

—Todo este rollo de tomar el control me pone caliente.

—Te va a poner más, nena.

Me dio un tortazo en la nalga y di un gritito, con su risa y la mía llenando el cuarto de baño al meternos juntos en la ducha.

26

—Bueno, ¿estás segura de que vas a estar bien?

Ellie cruzó los brazos sobre el pecho y soltó aire entre los labios.

—Si me preguntas eso otra vez, no te molestes en volver.

Le lancé a Braden una mirada y él negó ligeramente con la cabeza.

—A mí no me mires. Ellie no tenía esa actitud hasta que te mudaste con ella.

Eso era justo.

Ellie sonrió ante mi falsa expresión de herida y levantó las manos.

—Chicos, vamos. Ha pasado un mes. Estoy bien. Adam prácticamente está viviendo aquí y tienen que coger un avión.

Braden besó a su hermana en la mejilla antes de volverse para abrir la puerta con nuestra maleta en la mano. Al final, había sido buena idea que Braden rompiera mi billete, porque invitarlo a venir a Virginia conmigo significó reordenar su agenda y cambiar las fechas de vuelo. Y bueno, para ser sincera, queríamos asegurarnos de que Ellie volvía a estar en pie antes de marcharnos.

Después de un mes de que la cuidaran como una madre Adam, Braden y su madre real, probablemente Ellie estaba contenta de librarse de nosotros. Todavía estaba tratando de recuperar sus niveles de energía, y continuaba exhausta y muy agitada por la experiencia. Yo le había aconsejado que fuera a ver a la doctora Pritchard y Ellie tenía su primera visita al cabo unos días. Con un poco de suerte, la buena doctora la ayudaría. Me preguntaba si la buena doctora me ayudaría a mí. Estaba sintiendo un poco de angustia de separación.

—Joss, el taxi está esperando —Ellile empezó a empujarme hacia la puerta.

—Bien —contesté—. Pero si te pasa algo mientras no estoy, te mataré.

—Entendido.

—Dile a Adam que lo mismo va por él.

—Le avisaré. Ahora vete y ocúpate de esto, que es muy importante —me abrazó con fuerza—. Ojalá pudiera ir contigo.

Le di un apretón en el brazo y me aparté.

—Estaré bien. Tengo un hombre de negocios mandón cubriéndome las espaldas.

—Lo he oído —dijo Braden desde el otro lado de la puerta.

Maldición. Pensaba que ya estaba en el taxi.

—Será mejor que vaya antes de que termine tomando ese vuelo sola.

—Llámame cuando aterrices.

—Lo haré.

Nos dijimos adiós y dejé que Braden me metiera en el taxi. Había sido un mes largo, nos habíamos preocupado por Ellie y seguíamos preocupándonos, pero un montón de sexo improvisado con Braden desde luego nos había quitado un peso de encima.

Todavía estábamos recolocándonos después de todo el lío de la ruptura, pero ese nuevo «nosotros» era caliente. Ah, y en ese nuevo nosotros no entraba Isla. Braden la «despidió» y le consiguió un trabajo en un club que no era de su propiedad. Creo que podría haber conseguido otro trabajo sola, porque era irritantemente hermosa, pero Braden se sentía culpable. Técnicamente, su gerente se le había echado encima, con lo cual no tenía nada por lo que sentirse culpable, pero Braden no estaba a gusto con la idea de que su gerente hubiera intentado de alguna forma aprovecharse de él. Eso no encajaba en su «mundo cavernícola».

Yo por mi parte todavía me sentía culpable por el lío emocional en el que me había metido. En un esfuerzo para compensarlo, despejé una de las mesitas de noche y dos cajones de la cómoda para que los usara Braden. Todavía no podía sacarme de la cabeza la imagen de su sonrisa estúpida cuando le dije eso. Había saltado de la cama —en medio de una sesión de besos, podría añadir— para vaciar su bolsa y meter su ropa en los cajones.

Era como un niño nervioso en una mañana de Navidad.

Braden tenía que estar por encima de mí y me dio una llave de su apartamento al día siguiente. Yo le habría dado una llave del nuestro, pero ya tenía una.

Estuve bastante callada de camino al aeropuerto y bastante callada cuando llegamos allí. Ya tenía la cabeza en Virginia, con mi familia. Íbamos a volar a Richmond y a hospedarnos en el Hilton. La bodega donde los abogados habían puesto todas las pertenencias de la familia hasta que yo las heredara estaba en la ciudad. En lugar de vaciarlo, yo continué pagando el alquiler para dejar las cosas allí. Una vez que lo ordenara todo y decidiera qué hacer con ello, Braden y yo nos dirigiríamos al pueblo donde había crecido, en el condado de Surry. Estaba a poco más de una hora de Richmond y el viaje en coche sería una experiencia para ambos, porque ninguno de los dos había conducido en mucho tiempo. Y Braden nunca había conducido por la derecha.

Medité sobre esto mientras Braden se ocupaba de la facturación y pasaba delante de mí el control de seguridad.

—Sé que tienes muchas cosas en la cabeza —dijo al tomar asiento junto a la puerta de embarque—, pero si empiezas a asustarte, avísame.

—De acuerdo —asentí.

—¿Prometido?

Me senté a su lado, plantando un beso suave en sus labios al hacerlo.

—Prometido.

Permanecimos un momento callados, en un silencio agradable.

Y entonces...

—¿Te apetece hacerlo en el avión?

Lo miré entornando los ojos, y él me ofreció esa sonrisa lenta y sexy que me había conquistado.

—Sería divertido —añadió.

Negué con la cabeza, sonriendo a mi pesar.

—Braden... contigo siempre es divertido.

—Hum —giró su cabeza hacia la mía y susurró en mis labios antes de darme un beso desgarrador—: Buena respuesta.

Richmond, Virginia
Tres días después

—Oh, Braden, no pares —jadeé, aferrándome a las sábanas.

Braden me acarició suavemente un pecho antes de pellizcarme el pezón entre el índice y el pulgar. Lo hizo al mismo tiempo que describía círculos con las caderas y empujaba hacia mí. Jadeé más todavía.

Me había despertado esa mañana tumbada de costado y sintiendo su cabeza en mi espalda, su brazo en mi cintura y su verga ya hundida dentro de mí.

—Ven conmigo, nena —exigió sin aliento, con movimientos más rápidos—. Ven conmigo —pasó la mano por mi camisón, entre mis piernas, recorriendo mi sexo con un dedo para describir círculos en mi clítoris.

Oh... Dios.

Eché la cabeza atrás, gritando su nombre al venirme en torno a él.

Braden se hundió en mí una última vez, enterrando su grito en mi cuello cuando su cuerpo se estremeció contra mí al alcanzar el orgasmo.

—Buenos días.

Su boca sonrió contra mi piel.

—Buenos días.

—Si me despiertas así al menos una vez por semana, seré una chica muy feliz.

—Es bueno saberlo.

Salió de mí con suavidad y yo me volví hacia él, levantando la mano para cogerle la mejilla y darle un beso delicioso.

Cuando Braden se echó atrás, estaba torciendo el gesto.

—No hay más retrasos. Hoy hacemos esto.

Tragué saliva, pero asentí. Habíamos llegado a Richmond dos días y medio antes y no habíamos podido salir de la habitación de hotel porque yo insistía en tener sexo constantemente con mi novio. La situación le resultaba difícil a Braden, porque realmente no le importaba el sexo constante, pero le preocupaba que no dejara de posponer lo que habíamos venido a hacer.

Obviamente, había llegado mi hora.

La bodega estaba a solo veinte minutos del hotel, en una calle no muy alejada de Three Lakes Park. Vi a Braden examinando la ciudad cuando cogimos un taxi —alquilaríamos un auto para el viaje a mi pueblo después— hacia el almacén, pero la verdad era que no estaba de humor para recordar el estado en el que había crecido. Ya iba a tener suficiente de eso, y estaba bastante asustada para ser sincera conmigo misma.

El tipo del almacén era amable. Le di mi documento de identidad y le dije el número de la bodega, y él nos condujo por lo que parecían garajes de coche normales con puertas de color rojo brillante. Paró delante de una de ellas abruptamente.

—Aquí lo tienes —anunció y nos dejó.

Braden me frotó el hombro, percibiendo mi vacilación.

—Puedes hacer esto.

Puedo hacer esto. Marqué el código en el teclado contiguo a la puerta de metal y esta empezó a levantarse. Cuando la puerta finalmente desapareció en el techo, dejé que mis ojos asimilaran la visión que tenía delante. Había cajas y cajas de cosas. Maletas. Un joyero. Temblando, di un paso al interior y traté de calmar mi corazón antes de que este me propulsara a un ataque de pánico.

Sentí la mano fría y grande de Braden deslizándose en la mía y apretando.

—Respira, nena. Solo respira.

Le sonreí; una sonrisa un poco temblorosa.

Decididamente podía hacerlo.

Epílogo

_____

Edimburgo, Dublin Street
Dos años después

Al oír que alguien se aclaraba la garganta levanté la mirada al espejo y vi a Braden apoyado en la jamba de nuestra habitación. Me volví y puse los brazos en jarras.

—¿Qué estás haciendo? Se supone que no deberías estar aquí.

Braden sonrió con delicadeza, devorándome con los ojos, y la expresión en ellos me puso sentimentaloide. Maldito fuera.

—Estás preciosa, nena.

Bajé la mirada al vestido y suspiré.

—No puedo creer que me convencieras de esto.

—Puedo ser muy persuasivo cuando me lo propongo —estaba sonriendo con petulancia.

—Persuasivo es una cosa. Esto... Esto es un milagro —lo miré con atención—. Espera, ¿has venido por eso? ¿Para asegurarte de que salgo de casa? —la idea me molestó. Mucho. De hecho sentí que se me paraba el corazón.

Braden hizo una mueca.

—No. Estoy convencido de que vas a salir por esa puerta.

—Entonces, ¿por qué estás aquí?

—Porque hace días que no te veo y te echaba de menos.

—Vas a verme dentro de media hora. ¿No podías esperar?

—Pero allí habrá más gente —dio un paso hacia mí, dedicándome esa mirada.

Oh, no. ¡No!

—Eso puede esperar —alargué una mano para mantenerlo alejado—. Mira, tú me has metido en esto. No estaba segura de quererlo, pero tú has sido muy convincente, y me has hecho entrar de cabeza. Y quería que fuera perfecto, como en... bien hecho. Así que saca el culo de aquí, señor.

Estaba sonriendo de oreja a oreja al retroceder.

—Vale, tú mandas.

Resoplé al oír eso.

—Te veré dentro de media hora —susurró.

—¡Braden! —Ellie se precipitó en la habitación con un vestido de seda color champán largo hasta los pies—. Da mala suerte ver a la novia antes de la boda. ¡Sal! —lo empujó por el pasillo hasta apartarlo de mi vista.

—Te veo pronto, nena —repitió Braden, riendo.

Negué con la cabeza, tratando de calmar los nervios y el vértigo que pugnaba con ellos al mirarme en el espejo de caballete. Estaba casi irreconocible en mi vestido de boda color marfil.

—¿Preparada, Joss? —preguntó Ellie, sin aliento después de haber sacado a su hermano del apartamento.

Rhian apareció a su lado con una sonrisa provocadora, el mismo vestido color champán que llevaba Ellie y un anillo de boda de oro al lado del anillo de diamante de compromiso que le había regalado James. Llevaban ocho meses casados.

—Sí, ¿estás lista, Joss?

Estábamos de pie en el dormitorio principal que había sido la habitación de Ellie, pero que ahora era mía y de Braden. En Virginia había encontrado algunas cosas: joyas de mi madre, *Ted* (el oso de peluche favorito de Beth), unos cuantos álbumes de fotos y una pintura que quería conservar. Todo lo demás lo regalamos o lo tiramos. Nos costó un par de días y un montón de pañuelos de papel, pero lo hicimos y después salimos para visitar sus tumbas. Eso fue duro y no pude contener el ataque de pánico, y durante un rato Braden simplemente se sentó en la hierba conmigo conteniéndome mientras yo trataba de disculparme con mi madre, con mi padre y con Beth por haber pasado ocho años tratando de no recordarlos.

Pasar por todo eso con Braden consiguió unirnos aun más. Cuando volvimos a Escocia, éramos prácticamente inseparables, y como Ellie y Adam eran inseparables del todo, resultaba incómodo que los cuatro viviéramos juntos teniendo en cuenta que Ellie y Braden eran hermanos. Ninguno de ellos quería oír hablar de sexo. Al final, Ellie se había mudado a la casa de Adam unos meses después de la cirugía, y Braden había puesto su apartamento en alquiler y se había instalado en Dublin Street. Un año después se había puesto de acuerdo con un taxista y me había propuesto matrimonio en un taxi, a las puertas de la iglesia evangélica de Bruntsfield, en reminiscencia de cómo y dónde nos conocimos. Y luego todo había ido muy deprisa hasta el presente. Después de la boda viajaríamos a Hawái para la luna de miel y al volver lo haríamos a Dublin Street como el señor y la señora Carmichael. Sentí un tirón en el pecho y respiré hondo.

Braden había estado hablando de tener hijos últimamente. Niños. Oh, Dios. Miré mi manuscrito completo en el escritorio. Después de veinte cartas de rechazo había recibido una llamada de una agente literaria que quería leer el resto. Le había mandado por correo electrónico el manuscrito completo solo dos días antes. Durante dos años ese manuscrito había sido como un niño para mí y había tenido muchos miedos respecto a publicar la historia de mis padres. ¿Hijos nuestros? Me dio unos nervios cuando Braden lo mencionó por primera vez, pero él se había quedado allí sentado bebiendo su cerveza mientras yo perdía el control. Diez minutos después había vuelto a mirarme y me había dicho:

—¿Has terminado?

Ya estaba acostumbrado a mis yuyus.

Lancé una mirada a la fotografía de mis padres que tenía en mi escritorio. Como Braden y yo, mamá y papá habían sido apasionados. Discutían mucho, tenían sus problemas, pero siempre los superaban por la profundidad de sus sentimientos. Eran todo lo que no podían ser sin el otro. Claro que podía haber momentos difíciles, pero la vida no era una película de Hollywood. Había que joderse. Luchabas, gritabas y de alguna manera trabajabas a brazo partido para llegar a salvo al otro lado.

Como Braden y yo.

Asentí con la cabeza ante la pregunta de Ellie y Rhian.

En ocasiones las nubes no eran ligeras. En ocasiones sus panzas se ponían oscuras y cargadas. Era la vida. Ocurría. No quería decir que no diera miedo ni que ya no estuviera asustada, pero al menos sabía que mientras tuviera a Braden a mi lado cuando esas nubes descargaran, estaría bien. Nos mojaríamos juntos. Sabía que Braden tenía un buen paraguas para protegernos de lo peor.

El futuro era incierto, pero podía afrontarlo.

—Sí, estoy preparada.

AGRADECIMIENTOS

No puedo ni empezar a dar las gracias lo suficiente a mis lectores. *Calle Dublín* fue una aventura completamente nueva para mí en la novela romántica contemporánea para adultos, y no estaba preparada para la maravillosa acogida que recibió. Estoy verdaderamente abrumada y alucinada por la positividad y el amor que ha recibido *Calle Dublín*. El éxito de su publicación ha abierto muchas puertas nuevas para series y me ha permitido conocer a algunas personas maravillosas.

Primero quiero agradecer a Lauren E. Abramo, mi fenomenal agente en Dystel & Goderich Literary Management. Has sido tremenda, Lauren. No puedo agradecerte lo suficiente por defender *Calle Dublín*, y por aportar asombrosas nuevas experiencias a mi vida.

Esto me lleva a mi editora Kerry Donovan de New American Library. Kerry, gracias por creer en *Calle Dublín* y en mí. Tu entusiasmo con el mundo y los personajes que he creado me da un sinfín de felicidad y no puedo esperar para ver lo que podremos hacer juntas en el futuro.

También quiero dar las gracias a Ashley McConnell y Alicia Cannon, mis editoras originales en la edición autopublicada de *Calle Dublín*. ¡Sois asombrosas, señoras! Gracias por todo el trabajo intenso (y

376 · SAMANTHA YOUNG

por comentarios que me hicieron reír). También un masivo agradecimiento a Claudia McKinney (alias Phatpuppy Art) por tu talento, por crear cubiertas que me hablan y sobre todo por ser una persona encantadora con la que trabajar.

También quiero dar las gracias a unos cuantos blogueros de libros de fantasía que no solo han apoyado de manera increíble *Calle Dublín* desde el momento en que anuncié mis planes de publicar novela romántica contemporánea para adultos, sino que me han apoyado casi desde el principio de mi carrera de escritora: Shelley Bunnell, Kathryn Grimes, Rachel y el blog *Fiktshun*, Alba Solorzano, Damaris Cardinali, Ana del blog *Once Upon a Twilight*, Janet Wallace, Cait Peterson y Jena Freeth. Siempre me asombran con su apoyo increíble, entusiasmo y palabras amables. Me hacen sonreír a diario.

No puedo olvidar mostrar un enorme agradecimiento a mis compañeras autoras Shelly Crane, Tammy Blackwell, Michelle Leighton, Quinn Loftis, Amy Bartol, Georgia Cates, Rachel Higginson y Angeline Kace. No puedo decirles lo mucho que su amistad en estos últimos meses ha significado para mí y lo maravilloso que es tener a mujeres tan asombrosas y amables a las que acudir en busca de ayuda, consejo y risas. No hay palabras para describir lo brillantes que son todas.

Un enorme gracias a mis lectoras por darme una oportunidad, por alentarme y por llenar mis días con grandes sonrisas de oreja a oreja al leer vuestros mensajes de correo, comentarios de Facebook, Twitter y Goodreads. No tienen ni idea de lo mucho que los aprecio :)

Y por último, un agradecimiento especial a mi madre, mi padre, mi hermano David, Carol, mis mejores amigas, Ashleen (¡felicidades señora Walker!), Kate y Shanine, y a toda mi familia y amigos por estar ahí y por ser como son. Algunos elementos de *Calle Dublín* son personales para mí y personales para vosotros. A veces hace falta toda una vida para aprender lecciones importantes, parece que a todos nosotros nos han llegado muy deprisa.

Pena y pérdida son probablemente las criaturas más temibles que existen. Pueden enseñarnos a preocuparnos por el futuro, a cuestionar la longevidad de la satisfacción y demostrar la incapacidad de disfrutar de la felicidad cuando la tenemos. Pero la pérdida no debería ser una criatura a la que temer. Debería ser una criatura de prudencia. Debería enseñarnos a no temer ese mañana que podría no llegar y a vivir de manera plena como si las horas se estuvieran fundiendo como segundos. La pérdida debería enseñarnos a apreciar a los que queremos, a no hacer nunca algo de lo que luego arrepentirnos y a vitorear el mañana con todas sus promesas de grandeza.

En ocasiones la fuerza y el valor no son lo más importante. En ocasiones lo más valiente que podemos hacer es disfrutar de lo que tenemos y ser positivos sobre lo que nos hace afortunados. Estar asustados de la vida es fácil, no es nada extraordinario. Es mucho más difícil armarte con lo bueno a pesar de todo lo malo y poner un pie en el mañana como un guerrero de cada día.

Para mis familias y amigos: son los guerreros más fuertes que conozco.

ACERCA DE LA AUTORA

Samantha Young es una escritora escosesa de veintisiete años que se graduó de la Universidad de Edimburgo en 2009. Estudió historia antigua y medieval lo que en realidad solo significa que le gusta lo viejo. Desde febrero de 2011 Samantha ha autopublicado sus novelas bestseller en Amazon. Ha escrito cuatro series: diez novelas y una novela corta. *Calle Dubín* es su primera novela para adultos.

CONÉCTATE A

http://www.ondublinstreet.com
www.samanthayoungbooks.com
www.facebook.com/OnDublinStreet
www.twitter.com/SYoungSFauthor